CRIAÇÃO
MORTAL

J. D. ROBB

SÉRIE MORTAL

Nora Roberts

escrevendo como

J. D. ROBB

CRIAÇÃO MORTAL

Tradução
Renato Motta

1ª edição

BERTRAND BRASIL
Rio de Janeiro | 2016

Copyright © 2007 *by* Nora Roberts

Título original: *Creation in Death*

Capa: Leonardo Carvalho

Texto revisado segundo o novo
Acordo Ortográfico da Língua Portuguesa

2016
Impresso no Brasil
Printed in Brazil

CIP-BRASIL. CATALOGAÇÃO NA PUBLICAÇÃO
SINDICATO NACIONAL DOS EDITORES DE LIVROS, RJ

Robb, J. D., 1950-
R545c   Criação mortal / Nora Roberts sob pseudônimo de J. D. Robb;
tradução de Renato Motta. – 1ª ed. – Rio de Janeiro: Bertrand Brasil, 2016.
23 cm. (Mortal; 25)

Tradução de: Creation in death
Sequência de: Inocência mortal
ISBN 978-85-286-2065-8

1. Ficção americana. I. Motta, Renato. II. Título. III. Série.

CDD: 813
16-33399   CDU: 821.111(73)-3

Todos os direitos reservados pela:
EDITORA BERTRAND BRASIL LTDA.
Rua Argentina, 171 – 2º andar – São Cristóvão
20921-380 – Rio de Janeiro – RJ
Tel.: (0xx21) 2585-2000 – Fax: (0xx21) 2585-2084

Atendimento e venda direta ao leitor:
mdireto@record.com.br ou (0xx21) 2585-2002

Ah! O relógio é sempre lento.
Já é mais tarde do que você pensa.

— ROBERT W. SERVICE

E a música despeja sobre os mortais
Seu magnífico desdém

— RALPH WALDO EMERSON

PRÓLOGO

Para ele, a morte era uma vocação. Matar não era meramente um ato ou um meio para alcançar um fim. Certamente não era um impulso momentâneo, nem um caminho para o lucro e a glória.

A morte era, por si só, o todo.

Ele achava que tinha desabrochado para a vida tarde e, muitas vezes, lamentava os anos que perdera antes de descobrir sua razão de ser. Todo aquele tempo perdido, tantas oportunidades desperdiçadas. Mas, ainda assim, florescera e era eternamente grato por finalmente ter olhado para dentro de si mesmo e ter descoberto o que era. A que estava destinado.

Era mestre na arte da morte. Guardião do tempo. Portador do destino.

Foram necessários algum tempo, é claro, e muitas experiências. A época de seu mentor terminara muito antes dele próprio se tornar um mestre. E, mesmo no auge, seu professor não tinha visualizado por completo o alcance daquilo, o pleno potencial. Ele tinha orgulho do que aprendera. Não só aperfeiçoara suas habilidades, como também as expandira ao aprimorar todas as técnicas.

Tinha aprendido — e rapidamente — que preferia mulheres como parceiras de dueto. Na grande ópera que escreveu e reescreveu tantas vezes, elas superavam os homens.

As exigências dele eram poucas, mas muito específicas.

Ele não as estuprava. Já tinha experimentado isso também, mas considerava o desagradável e humilhante para ambas as partes.

Não havia elegância alguma no estupro.

Como acontece com qualquer vocação ou qualquer arte que exija grande habilidade e concentração, ele também tinha aprendido que precisava de férias — intervalos de tempo que considerava períodos de latência.

Durante essas férias ele se distraía da mesma forma que as pessoas comuns sempre costumam fazer nas férias. Viajava, explorava, degustava refeições finas. Poderia esquiar, fazer mergulho ou simplesmente se sentar debaixo de um guarda-sol diante de uma praia maravilhosa e matar o tempo lendo e bebendo *mai tais*.

Ali ele planejava, preparava e fazia *acertos*.

Quando voltava ao trabalho, ele se sentia revigorado e ávido.

Exatamente como estava agora, pensou, enquanto preparava as ferramentas. Mais, muito mais, na verdade... Com seu mais recente período de latência tinha surgido a compreensão do próprio destino. Foi por isso que voltara às próprias raízes. E lá, onde começara a trilhar com seriedade o rumo do seu ofício, ele iria recriar e refazer antigas conexões antes que a cortina baixasse.

Isso acrescentava tantas camadas interessantes ao trabalho, refletiu, testando a lâmina de um canivete antigo com cabo de chifre que ele comprara numa viagem de turismo à Itália. Girou a lâmina de aço na direção da luz para admirá-la. Fora fabricada em 1953, observou.

Não à toa, era uma arma clássica.

Ele gostava de usar ferramentas fabricadas muito tempo atrás, embora também empregasse peças mais modernas. O laser, por exemplo, era notavelmente excepcional para aplicar o elemento calor.

Deveria haver uma variedade de ferramentas — pontiagudas, achatadas, frias, quentes —, uma série de elementos de diferentes formatos em vários ciclos de trabalho. Era necessária uma grande dose de habilidade, paciência e concentração para prolongar tais ciclos até alcançar o zênite absoluto das aptidões da sua parceira.

Então, e só então, ele completaria o projeto e saberia se tinha executado o seu melhor trabalho.

Aquela mulher, por exemplo, tinha sido uma excelente escolha. Ele deveria se parabenizar por isso. Durante três dias e quatro noites ela conseguira sobreviver de forma notável — e ainda havia vida nela. Isso era muito gratificante.

Ele começou com toda a suavidade, naturalmente. Era vital, absolutamente vital, aumentar a atividade aos poucos, expandir e *amplificar* a ação até o crescendo final.

Ele sabia, como um mestre da sua arte sempre sabe, que eles se aproximavam daquele ápice.

— Música! — ordenou, e então ficou em pé com os olhos fechados enquanto absorvia os acordes da abertura de *Madame Butterfly*, de Puccini.

Entendia a personagem central da ópera, que escolhera a morte por amor. Afinal, não fora também essa escolha, feita tantos anos antes, que o guiara para o seu caminho?

Deslizou a capa protetora que cobria seu terno branco cortado sob medida.

Só então se virou. E olhou para ela.

Uma coisa tão linda, analisava agora. Lembrou-se, como sempre fazia, da precursora dela. Sua mãe, ele supôs.

A Eva de todas as que vieram depois.

Toda aquela pele linda e muito branca coberta de queimaduras e contusões, cortes estreitos e pequenas picadas meticulosas. Eles eram a prova de sua contenção, paciência e meticulosidade.

O rosto dela continuava intocado — até aquele momento. Ele sempre guardava o rosto para o fim. Os olhos dela estavam fixos nos dele — arregalados, sim, mas ligeiramente sem vida. Ela já tinha experimentado quase tudo que era capaz de experimentar. E o cálculo do tempo tinha funcionado à perfeição. Muito bom, porque era isso que ele antevira e esperara.

Já tinha assegurado a criação seguinte.

Olhou com um ar quase distraído para a segunda mulher do outro lado da sala, que dormia pacificamente sob o efeito da droga que ele lhe administrara. Talvez amanhã, calculou, eles pudessem começar.

Mas para hoje...

Ele se aproximou da sua parceira.

Ele nunca amordaçava suas parceiras, pois acreditava que elas deviam ser livres para gritar, implorar, chorar, até mesmo para amaldiçoá-lo. Eram livres para expressar toda a sua emoção.

— Por favor — disse ela, apenas. — Por favor.

— Bom dia! Espero que você tenha descansado bem. Temos muito trabalho a fazer hoje. — Sorriu, enquanto encostava a ponta da faca entre a primeira e segunda costela da bela parceira. — Que tal? Vamos começar, então?

Seus gritos foram como música.

Capítulo Um

De vez em quando, pensou Eve, a vida realmente valia a pena. Ali estava ela, estendida sobre uma poltrona reclinável larga, assistindo a um filme. Houve muita ação na história — ela gostava muito de assistir a coisas explodindo — enquanto não precisava pensar muito para acompanhar o "enredo".

Podia simplesmente assistir.

Comia pipoca afogada em manteiga e sal, e o gato gordo esticado em seus pés a mantinha numa temperatura agradável e acolhedora. O dia seguinte era a sua folga, e isso significava que ela poderia dormir até acordar sozinha para então vegetar o dia todo até lhe crescer musgo.

E o melhor de tudo: tinha Roarke aconchegado na poltrona ao lado dela. E como seu marido tinha reclamado, depois de experimentar o primeiro punhado, de que a pipoca estava horrorosa, o balde sobrara todinho para ela.

Realmente, a noite não poderia estar melhor.

Na verdade, talvez pudesse — e ficaria —, já que ela pretendia levantar o marido com um macaco hidráulico quando o filme acabasse. Essa era a sua versão de "sessão dupla".

— Demais! — exclamou ela depois de uma barulhenta colisão em pleno ar entre um bonde aéreo para turistas e um dirigível publicitário. — Um espetáculo!

— Achei que essa história iria agradar você.

— Não existe história. — Ela abocanhou mais um punhado de pipocas. — É isso que me atrai. São apenas alguns diálogos que servem de ligação entre as explosões.

— Houve uma cena curta com nudez frontal.

— Pois é, mas aquilo foi para você e os da sua laia. — Lançou um olhar para ele enquanto os pedestres na tela gritavam em desespero, tentando escapar dos destroços que caíam do ar.

Ele era espantosamente lindo — pela avaliação de qualquer pessoa. Tinha um rosto esculpido por deuses talentosos em um dia de muita inspiração. Ossos fortes serviam de base sólida para sua pele branca irlandesa; a boca bem-desenhada a fazia pensar em poetas, até que ele a usava nela e Eve não conseguia pensar em mais nada. Sem falar naqueles selvagens olhos de celta que enxergavam exatamente quem ela era.

Depois era só completar a obra com aquele cabelo sedoso preto, acrescentar o corpo longo e esguio, o sexy sotaque irlandês, jogar um pouco de cérebro, sagacidade, humor, esperteza, jogo de cintura e ficava pronto um tremendo pacote do tipo "serviço completo".

E ele era todo dela.

Eve pretendia fazer muito bom uso do que era dela ao longo das próximas 36 horas, mais ou menos.

No telão, uma batalha de rua irrompeu entre os escombros com pequenas bombas e rajadas sibilantes. O herói — que vinha botando pra quebrar desde o início do filme — surgiu em meio à confusão generalizada na garupa de uma moto a jato.

Obviamente cativado pela ação, Roarke escavou mais um punhado de pipocas. Na mesma hora retirou a mão do balde e fez uma careta para os próprios dedos.

— Por que você simplesmente não despeja sal na manteiga derretida e come a gororoba?

— O milho é um veículo ideal para a mistura. Ei, qual é o problema? Você engordurou suas mãozinhas lindas?

Ele passou os dedos sobre o rosto dela e sorriu.

— Já estou limpando tudo.

— Ei! — Ela riu e colocou o balde de lado. Era seguro deixar as pipocas de lado. Nem mesmo Galahad, o gato, aguentaria comer aquilo. Ela cutucou as costelas de Roarke com força, usando um dedo, e rolou de lado até ficar por cima dele.

Talvez eles tivessem uma prévia antecipada do segundo filme da noite.

— Você vai pagar por isso, meu chapa.

— Qual é o preço?

— Vai ser um plano com parcelamento. Acho que vamos começar com... — Ela baixou a boca sobre a dele e mordeu de leve aquele maravilhoso lábio inferior. Sentiu a mão dele se movimentar sobre ela. Erguendo a cabeça, estreitou os olhos para ele. — Você está apalpando a minha bunda ou limpando o resto da manteiga e do sal dos dedos?

— É melhor uma nádega na mão que duas na calcinha. Agora, quanto a esse primeiro pagamento.

— Saiba que os juros vão ser muito pesados... — Ela lhe atacou a boca de novo e começou a afundar sobre ele.

E seu comunicador tocou.

— Droga! — Ela saiu de cima dele. — Que merda! Não estou de plantão.

— Então por que o aparelho está no seu bolso?

— Força do hábito. Sou uma burra. Merda! — Ela ergueu o corpo para pegar o comunicador e verificar o visor. — É Whitney. — Suspirando, passou a mão pelo cabelo. — Vou ter de atender.

— Pausar vídeo! — ordenou Roarke, limpando a manteiga espalhada sobre a bochecha dela. — Ligar luzes a setenta por cento.

— Obrigada. — Eve atendeu. — Dallas falando.

— Tenente, apresente-se imediatamente no East River Park, esquina da Rua 2 com Avenida D, na qualidade de investigadora principal.

— Comandante...

— Sei que você não estava neste turno, nem de plantão — interrompeu ele. — Só que agora está.

A pergunta "por quê?" passou pela cabeça de Eve, mas ela era muito bem treinada para verbalizá-la.

— Sim, senhor. Vou entrar em contato com a detetive Peabody quando estiver a caminho do local.

— Vejo você na Central.

Ele desligou.

— Isso é incomum — comentou Roarke. Ele já tinha desligado o vídeo. — Para o comandante entrar em contato com você pessoalmente e arrancá-la de casa desse jeito deve ser algo grave.

— Alguma coisa urgente — concordou Eve, colocando o comunicador no bolso. — Não há caso algum em aberto que seja urgente. Não que isso o tivesse impedido de me arrastar direto para a ação, mesmo quando estou fora. Desculpe. — Ela ergueu os olhos. — Isso estragou nossa sessão de cinema.

— Vamos sobreviver a isso. Só que agora, como não tenho compromisso, acho que vou até lá com você. Sei como me manter fora do caminho — lembrou ele, antes de ela ter chance de protestar.

Ele sabia mesmo, admitiu Eve para si mesma. E, já que ele tinha mudado sua agenda e possivelmente adiando a aquisição de um pequeno país ou planetoide, parecia justo.

— Então vamos agitar...

Ele sabia como ficar fora do caminho quando lhe convinha. Também sabia como observar. O que Roarke viu quando eles chegaram ao parque foi uma bela quantidade de patrulhas, um pequeno exército de policiais e muitos técnicos forenses na cena do crime.

Os profissionais da mídia que tinham faro para esse tipo de coisa já estavam lá, firmemente bloqueados por parte daquele exército. As barricadas tinham sido erguidas e ele, tal qual a mídia e os curiosos civis, teria que formular suas observações por trás da ação.

— Se você ficar entediado — avisou Eve —, pode cair fora. Posso voltar para casa sozinha.

— Eu não fico entediado com facilidade.

Ele olhava para ela agora, observando-a com atenção. A sua policial. O vento balançou o casaco preto de Eve, uma proteção da qual ela precisaria muito, já que aquele primeiro dia de março se mostrava tão brutalmente frio quanto fora todo o início de 2060. Ela enganchou o distintivo no cinto, e ele se perguntou como alguém poderia confundi-la com outra coisa que não uma policial. E uma policial com muita autoridade.

Alta e esguia, ela se movimentou com passos fortes na direção da área interditada pelas barricadas. Seu cabelo curto e castanho balançou um pouco ao vento — o mesmo vento que trazia o cheiro do rio.

Ele observou seu rosto, o jeito como aqueles olhos cor de uísque analisavam tudo; a forma como sua boca — que tinha parecido tão suave e quente contra a dele — estava firme agora. As luzes coloridas brincavam sobre o rosto dela, deslocando os ângulos e os planos do seu rosto.

Ela olhou brevemente para ele. Em seguida foi em frente, passando pelas barreiras a fim de fazer o que ela, Roarke refletiu, tinha nascido para fazer.

Eve passou direto pelos policiais e pelos técnicos. Alguns deles a reconheceram de imediato, outros simplesmente detectaram o que Roarke também tinha distinguido: autoridade. Quando foi abordada por um dos policiais, ela parou e puxou o casaco um pouco para o lado para mostrar o distintivo.

— Sim, senhora. Fui designado para procurar pela senhora e acompanhá-la. Meu parceiro e eu fomos os primeiros a chegar à cena.

— Ok. — Eve olhou para o policial de cima a baixo. Muito jovem, impecável como o músico de uma banda militar. Suas bochechas estavam rosadas por causa do frio. Sua voz mostrava que nascera ali mesmo em Nova York. Provavelmente no Brooklyn. — O que temos aqui?

— Senhora... Recebi ordens para deixá-la ver tudo por si mesma.

— Ah, recebeu? — Ela analisou atentamente o distintivo na farda reforçada do policial. — Tudo bem, Newkirk... Vou ver por mim mesma, então.

Ela observou o espaço bem-cercado, analisou a fileira de árvores e arbustos. Pareceu-lhe que a cena tinha sido protegida e bloqueada com muita competência. Não só do lado da margem, notou, ao vislumbrar as águas adiante. Policiais em lanchas estavam mais além, protegendo também a margem do rio.

Sentiu um arrepio de expectativa lhe subir pela espinha. O que quer que fosse, parecia algo grande.

As luzes que os técnicos tinham instalado no local lançavam raios fortes que atravessavam as sombras. Através deles, ela viu Morris vindo em sua direção. Aquilo era realmente importante, tornou a pensar, para que o chefe dos legistas tivesse sido convocado para analisar pessoalmente a cena do crime. E ela viu isso no rosto dele uma nítida rigidez de apreensão.

— Dallas. Disseram que você já estava na cena.

— Mas eles não me contaram que *você* também estava.

— Pois é, andava aqui por perto, tinha saído com amigos. Fomos ouvir um pouco de blues no Bleecker.

O que explicava as botas que ele usava, notou Eve. E também a roupa estampada de preto e prateado que Eve imaginou ter sido pele de algum réptil; não era o tipo de roupa que um homem normalmente usaria para ir a uma cena de crime. Nem mesmo o estiloso Morris.

Seu longo casaco preto esvoaçou e revelou um forro vermelho--cereja. Debaixo do casaco, ele usava calças pretas e blusão preto de gola rolê — uma roupa extremamente casual, tratando-se de Morris. Seu cabelo comprido e escuro estava penteado para trás e terminava em um rabo de cavalo preso no alto e na ponta por elásticos prateados.

— Foi o comandante quem o chamou — afirmou ela.

— Acertou. Não toquei no corpo ainda, só fiz contato visual. Estava esperando por você.

Ela não perguntou o motivo disso. Sabia que deveria tirar as próprias conclusões, sem ajuda nem dados externos.

— Venha conosco, Newkirk — ordenou ela, caminhando em direção às luzes.

O local protegido poderia ser um espaço coberto por neve ou gelo. De longe, foi o que lhe pareceu. Também de longe, o corpo disposto sobre ele parecia estar exposto de forma elaborada, como o de uma modelo posando para uma foto artística conceitual.

Mas Eve sabia o que era aquilo, mesmo a distância, e o arrepio que lhe subiu pela espinha pareceu mordê-la.

Seus olhos encontraram os de Morris, mas nenhum dos dois disse coisa alguma.

Não era gelo, nem neve. A mulher não era uma modelo e aquilo não era uma instalação artística, nem uma peça de arte.

Eve pegou uma lata de spray selante e colocou o kit de serviço no chão.

— Você ainda está usando luvas —, avisou Morris. — Esse troço faz o maior estrago nas luvas.

— Obrigada. — Sem desgrudar os olhos do corpo, ela tirou as luvas e as enfiou no bolso. Selou as mãos e prendeu a filmadora na lapela do casaco. — Gravar! — Os técnicos também gravariam tudo e Morris também faria uma gravação para si mesmo. Mas Eve queria o próprio registro.

— A vítima é do sexo feminino, de cor branca. Você já a identificou? — perguntou Eve, olhando para Morris.

— Ainda não.

— Até o momento, não identificada — continuou Eve para o microfone da filmadora. — Tem entre 25 e 30 anos, vejo manchas marrons e azuladas. Há uma pequena tatuagem de borboleta azul e amarela no quadril esquerdo. O corpo está despido e foi colocado sobre um pano branco com os braços abertos e as palmas das mãos para cima. Há uma aliança de prata no terceiro dedo da mão esquerda. Várias feridas são visíveis, indicando tortura. Lacerações, contusões, queimaduras e perfurações. Ferimentos entrecruzados nos dois pulsos parecem ter sido a causa da morte. — Olhou para Morris.

— Sim. É provável.

— Há entalhes no torso formando a mensagem "85 horas, 12 minutos e 38 segundos".

Eve soltou um suspiro longo, muito longo.

— Ele está de volta.

— Sim — concordou Morris. — Isso mesmo, é ele.

— Vamos conseguir uma identificação definitiva da vítima e calcular o momento exato da morte. — Ela olhou ao redor. — Ele pode tê-la trazido pelo parque ou pela água. O terreno é feito de rocha viva e estamos em um parque público. Poderemos obter algumas pegadas, mas elas não vão nos servir de muita coisa.

Ela pegou o kit mais uma vez e fez uma pausa quando Peabody chegou apressada.

— Desculpe a demora, tenente. Tive de atravessar a cidade, e o metrô estava uma confusão. Olá, Morris! — Peabody, com um gorro vermelho puxado bem baixo sobre seu cabelo escuro, esfregou o nariz e olhou para o corpo. — Puxa vida! Alguém a fez passar por maus bocados.

Com botas de inverno resistentes, Peabody deu alguns passos para o lado a fim de ter uma melhor visualização. — Essa mensagem. Existe algo nela que eu já vi. — Ela bateu na têmpora. — Algo me vem à cabeça, mas não sei exatamente o quê.

— Confirme a identidade dela — ordenou Eve, virando-se para Newkirk. — O que você sabe?

Ele permanecera em posição de sentido e muito atento, mas se colocou ainda mais duro e reto.

— Meu parceiro e eu estávamos em patrulha e notamos o que nos pareceu um assalto em andamento. Perseguimos um indivíduo do sexo masculino até o parque. O suspeito foi na direção leste. Não fomos capazes de prendê-lo, pois já tinha uma vantagem considerável. Meu parceiro e eu nos separamos com a intenção de cortar pelo parque e agarrá-lo mais adiante. Foi nesse momento que eu descobri a vítima. Chamei meu parceiro de volta e notifiquei o comandante Whitney.

— Notificar diretamente o comandante não é procedimento padrão em casos como esse, policial Newkirk.

— Não, senhora. Porém eu percebi que, nessas circunstâncias, a notificação não só era adequada, como necessária.

— Por quê?

— Senhora, reconheci a assinatura do assassino. Tenente, meu pai trabalha na nossa força policial. Nove anos atrás ele fez parte de uma força-tarefa que foi formada para investigar uma série de assassinatos pós-tortura. — O olhar de Newkirk deslocou-se para o corpo, mas logo voltou para Eve. — Todos tinham essa marca registrada.

— Gil Newkirk é seu pai?

— Sim, senhora... Digo, Tenente. — Os ombros do policial relaxaram ligeiramente ao responder à pergunta. — Acompanhei o caso na época, dentro das minhas limitações. Ao longo dos anos seguintes, especialmente quando entrei para a polícia, meu pai e eu conversamos diversas vezes sobre o assunto. Do jeito que os policiais fazem. Foi por isso que reconheci a assinatura. Desculpe, senhora, mas eu senti que, em um caso como esse, quebrar o procedimento padrão e notificar diretamente o comandante era o mais correto.

— Você estava certo. Boa iniciativa, policial. Fique por aqui.

Ela se virou para Peabody.

— A vítima se chama Sarifina York, tinha 28 anos. Morava na Rua 21 Oeste. Solteira. Trabalhava na Starlight, um clube retrô que fica no Chelsea.

Eve se agachou.

— Ela não foi morta aqui, nem estava envolta neste lençol quando foi trazida para cá. Ele gosta do palco limpo. Já calculou a avaliação da hora da morte, Morris?

— Onze da manhã.

— Ela aguentou 85 horas de tortura e mais alguns minutos. Isso quer dizer que ele a capturou em algum momento da segunda-feira ou antes, caso não tenha começado a marcar o tempo a partir daí. Tradicionalmente ele começa a tortura da primeira vítima logo depois de capturá-la.

— Sim, mas só liga o cronômetro quando começa a trabalhar nelas — confirmou Morris.

— Ai, merda, que porcaria, eu me lembro disso! — Peabody estava agachada, sentada sobre os calcanhares. Suas bochechas pareciam ainda mais vermelhas pela ação do vento, e seus olhos se arregalaram com a lembrança. — A mídia o batizou de "O Noivo".

— Por causa da aliança — disse-lhe Eve. — Nós deixamos vazar para os jornalistas o detalhe da aliança.

— Aconteceu cerca de dez anos atrás.

— Nove — corrigiu Eve. — Nove anos, duas semanas e... três dias desde que encontramos o primeiro corpo.

— Pode ser alguém copiando o método do antigo assassino — sugeriu Peabody.

— Não, isso é obra dele. A mensagem e o tempo entalhado na pele, nada disso nós deixamos vazar para a mídia. Escondemos esses dados com muito cuidado. Mas nunca o agarramos. Nunca encerramos o caso. Foram quatro em quinze dias. Todas morenas, a mais jovem com 28 anos, a mais velha com 33. Todas torturadas por períodos entre 23 e 52 horas.

Eve olhou para os entalhes feitos no corpo.

— Ele está ficando melhor em seu trabalho.

Morris balançou a cabeça ao fazer sua avaliação.

— Parece que os ferimentos mais superficiais foram infligidos antes dos outros, como naquela época. Vou confirmar quando levá-la para casa.

— Há marcas de ligadura nos tornozelos e nos pulsos, logo acima dos cortes. — Eve ergueu uma das mãos. — Pela aparência dos ferimentos, ela não ficou deitada ali aguentando tudo. Ele costumava usar drogas nas outras.

— Sim, vou verificar.

Eve se lembrava de tudo agora, recordava cada detalhe dos ataques; toda a antiga frustração e a fúria de antes voltaram a assaltá-la.

— Ele certamente a lavou, muito bem, por sinal, cabelo e corpo, sempre usando produtos de alta qualidade. Envolveu-a em algum material, provavelmente plástico, para o transporte. Nós nunca conseguimos um único fiapo em nenhuma das outras vítimas. Guarde a aliança numa sacola de provas, Peabody. Já pode levá-la, Morris.

Ela empinou as costas e avisou:

— Policial Newkirk, precisarei do seu relatório completo e detalhado por escrito, o mais depressa possível.

— Sim, senhora.

— Quem é o seu superior tenente?

— Grohman, senhora. Estou lotado na décima sétima DP.

— Seu pai ainda está lá, na ativa?

— Está sim, senhora.

— Muito bem, Newkirk, apresente-me o relatório. Peabody, verifique com o Cadastro de Pessoas Desaparecidas e veja se o sumiço da vítima foi comunicado. Preciso falar com o comandante.

No momento em que Eve saiu do parque o vento amainou. Uma pequena bênção. A multidão de curiosos havia diminuído, mas os cães farejadores da mídia eram muito mais obstinados. A única maneira de controlar a situação, conforme Eve sabia, era enfrentá-los de imediato.

— Não vou responder a perguntas nesse momento. — Ela teve de gritar para ser ouvida acima das perguntas que já lhe estavam sendo lançadas. — Vou fazer uma rápida declaração. E se vocês continuarem a gritar não vão conseguir o que querem. Um pouco mais cedo, na noite de hoje — continuou, através dos gritos, e o nível de ruído despencou —, policiais do Departamento de Polícia de Nova York descobriram o corpo de uma mulher no East River Park.

— Ela já foi identificada?

— Como foi morta?

Eve olhou com firmeza, intimidando os repórteres que tentavam desafiar as condições que ela determinara.

— Será que vocês acabaram de despencar na cidade, caídos de uma nuvem fofa ou estão exercitando os maxilares só para ouvir a própria voz? Conforme qualquer um aqui com metade do cérebro já sabe, a identidade da mulher não será informada até que seu parente mais próximo seja notificado. A causa da morte será determinada pelo médico legista. E qualquer pessoa que seja burra o bastante para me perguntar se já temos alguma pista será bloqueada e não receberá quaisquer dados posteriores a respeito desse assunto. Fui clara? Agora, parem de desperdiçar o meu tempo.

Ela se afastou a passos largos e já estava a meio caminho do seu carro quando viu Roarke encostado nele, junto do capô. Eve tinha se esquecido por completo de que ele estava ali.

— Por que não foi para casa?

— O quê? E perder essa diversão? Olá, Peabody.

— Oi, Roarke. — A detetive conseguiu sorrir, apesar de seu rosto parecer um par de placas de gelo. — Você estava aqui o tempo todo, desde o início?

— Quase. Saí só para dar um passeio. — Abriu a porta do carro e pegou dois copos térmicos embalados para viagem. — Fui buscar presentes para vocês.

— É café! — comemorou Peabody, com ar de reverência. — Café quente!

— Vai ajudar vocês a derreterem um pouco esse gelo. Foi muito ruim? — perguntou a Eve.

— Muito. Peabody, rastreie as informações de contato sobre o parente mais próximo da vítima.

— Sarifina York. Pode deixar!

— Vou sozinho para casa — avisou Roarke, mas logo parou. — Qual foi o nome que ela disse, mesmo?

— Sarifina York — repetiu Eve. Algo no rosto dele lhe provocou uma fisgada na barriga. — Você vai me dizer que a conhecia?

— Vinte e tantos anos, uma morena atraente? — Ele tornou a se encostar no carro quando Eve assentiu com a cabeça. — Eu a contratei há alguns meses para gerenciar um clube noturno em Chelsea. Não posso afirmar que a conhecia, mas a considerava brilhante, enérgica e muito competente. Como ela morreu?

Antes de Eve ter chance de responder, Peabody voltou de dentro do carro.

— A mãe mora em Reno, estado de Nevada, e o pai está no Havaí. Puxa, aposto que está mais quente lá. Ela tem uma irmã que mora aqui na cidade. Murray Hill. E os dados do Cadastro de Pessoas Desaparecidas acabaram de chegar. A irmã comunicou o desaparecimento dela ontem.

— Vamos dar uma olhada no apartamento da vítima antes de qualquer coisa. Em seguida vamos ao clube noturno. Só depois quero ver a irmã da vítima.

Roarke colocou uma mão no braço de Eve.

— Você ainda não me contou como ela morreu.

— De um jeito ruim. Este não é o lugar para detalhes. Posso arranjar transporte para você voltar para casa ou...

— Vou com você. Ela era uma das minhas —, lembrou ele, antes que ela pudesse protestar. — Vou com você.

Ela não discutiu. Entendeu que isso seria um desperdício de tempo e energia. E, já que ele estava ali, ela poderia usá-lo.

— Se um empregado, especialmente em um cargo de gerente, não aparece para trabalhar dois dias seguidos, você não deveria ser avisado?

— Não necessariamente. — Ele fez o que pôde para se sentir confortável sentado na parte de trás de uma viatura policial. — E eu certamente não saberia a agenda dela de cor, mas vou descobrir o que aconteceu. Se ela faltou ao trabalho, é provável que alguém tenha coberto o seu turno ou que sua ausência tenha sido comunicada ao supervisor imediato da minha Divisão de Entretenimento.

— Preciso do nome da pessoa a quem procurar.

— Vou lhe fornecer.

— Ela foi dada como desaparecida ontem. Quem recebeu a notificação do desaparecimento na polícia foi, ou deveria ter ido, conversar com os colegas dela na boate, além dos vizinhos e amigos. Precisamos fazer essa conexão, Peabody.

— Vou verificar tudo por aqui.

— Conte-me como ela morreu — repetiu Roarke.

— Morris vai determinar a causa da morte.

— Eve! — Ele pareceu impaciente.

Ela olhou para ele pelo espelho retrovisor.

— Tudo bem, só tenho como lhe contar as possibilidades ou hipóteses. Ela foi vigiada e perseguida. O assassino levou todo o tempo que quis para observar e anotar seus hábitos, rotinas e modo de se locomover pela cidade, além das suas vulnerabilidades, ou seja, quando seria mais provável ela estar sozinha e acessível. Quando ele se considerou pronto, capturou-a. Muito provavelmente na rua. Teria um veículo próprio para isso. Depois ele a drogou e a levou até a sua...

Eles tinham batizado o lugar de sua "oficina", lembrou Eve.

— Até o local que tinha preparado, muito provavelmente uma casa particular. Uma vez lá, ele a manteve drogada até estar pronto. No caso de ser a primeira, ele começou logo em seguida.

— A primeira?

— Isso mesmo. E, quando se sentiu pronto, ligou o cronômetro. Tirou as roupas dela e a amarrou. Seu material preferido para amarrar as vítimas é uma boa corda de cânhamo. Ela provoca escoriações na pele quando a vítima se mexe. Depois, ele usa quatro métodos diferentes de tortura física, sem falar na pressão psicológica. Os meios físicos são calor, frio, utensílios afiados e instrumentos de ponta achatada. Ele emprega esses métodos numa escalada crescente. Continua a fazê-lo até que, pelo que podemos especular, as vítimas deixam de lhe fornecer estímulos, prazer ou interesse. Em seguida, corta os pulsos delas e as deixa sangrar até a morte. Depois do óbito, entalha nos torsos delas as horas, minutos e segundos em que cada uma delas sobreviveu à tortura.

Houve um longo momento de silêncio absoluto.

— Quanto tempo levou? — quis saber Roarke.

— Ela foi resistente. Ele as lava depois de acabar. Esfrega-as cuidadosamente, usando sabonetes e xampus de excelente qualidade. Especulamos que ele as envolve em plástico logo em seguida e as transporta para um local previamente analisado e selecionado. Ele as coloca deitadas sobre um lençol branco limpo. E coloca uma aliança prateada em seu dedo anular da mão esquerda.

— Sim — murmurou Roarke, olhando para fora pela janela.

— Estou me lembrando dos detalhes. Já ouvi parte dessa história.

— Entre os dias onze e vinte e seis de fevereiro de 2051 ele sequestrou, torturou e matou quatro mulheres dessa maneira. Em seguida parou. Simplesmente parou. Desapareceu em pleno ar, sumiu como uma nuvem passageira. Eu esperava que estivesse no inferno.

Roarke agora entendia por que Eve tinha sido convocada pelo comandante fora do seu turno.

— Foi você quem investigou esses assassinatos?

— Com Feeney. Ele era o investigador principal do caso. Eu ainda era uma detetive de segundo ano, mas nós trabalhamos juntos no caso. Montamos uma força-tarefa a partir do segundo assassinato. Nunca conseguimos agarrá-lo.

Quatro mulheres, pensou Eve, que nunca tinham conseguido justiça.

— Ao longo dos anos ele apareceu novamente, agindo aqui e ali — continuou ela. — Em duas semanas, duas e meia no máximo, matava quatro ou cinco mulheres desse jeito. Depois, tornava a desaparecer durante um ano, um ano e meio. Agora voltou para Nova York, onde imaginamos que tudo se iniciou. Ele voltou para onde começou, mas, dessa vez, nós vamos acabar com isso.

Em sua sala de estar belamente mobiliada e equipada, com a pequena garrafa de champanhe que ele tradicionalmente abria para comemorar o fim de um projeto bem-sucedido, o homem que muitos anos antes a mídia batizara de "O Noivo" se instalou diante de seu telão de entretenimento.

Ainda era muito cedo, avaliou. Era cedo para aparecerem as primeiras notícias. Já teria amanhecido antes da sua mais recente criação ser divulgada ao público. Mas ele não resistiu à tentação de verificar se já havia algum relato.

Apenas alguns momentos, só para conferir, disse a si mesmo. Depois, degustaria o champanhe com um pouco de música. Puccini, talvez, em homenagem a... Teve de parar por um instante para tentar lembrar o nome dela. Sarifina, isso mesmo. Um nome encantador. Puccini para Sarifina. Ele reparou que Sarifina tinha reagido muito bem à música de Puccini.

Zapeou os canais pelo controle remoto e foi recompensado quase imediatamente. Encantado, sentou-se mais reto na poltrona, cruzou as pernas na altura dos tornozelos e se preparou para ouvir as resenhas sobre a sua façanha.

A identificação da mulher morta não será liberada pela polícia até o parente mais próximo ser notificado. Apesar de não haver confirmação alguma até o momento, a presença da tenente Eve Dallas no local indica que a hipótese de homicídio está sendo considerada.

Ele aplaudiu baixinho quando o rosto de Eve surgiu no telão.

— Aí está você! — exclamou ele, empolgado. — Como você está? É tão bom rever velhos amigos, bom demais! Sei que dessa vez nós vamos nos conhecer melhor, pode acreditar.

Ergueu o cálice e fez um brinde diante da imagem da tenente.

— Sei que você vai ser o meu melhor trabalho, a minha melhor criação.

Capítulo Dois

O apartamento de Sarifina era em estilo urbano moderno. Cores fortes dominavam as pinturas e os tecidos, com um preto brilhante como contraponto nas mesas e prateleiras. Elegante e vibrante, avaliou Eve. Tudo fácil e barato de se manter e limpar, o que a fez pensar em uma mulher que não tinha tempo ou inclinação para coisas complicadas.

Sua cama estava feita, coberta com uma colcha em vermelho berrante e travesseiros de estampas arrojadas. No closet, uma coleção de vestidos vintage. Elegantes, simples e em cores vibrantes. Sapatos que Eve achou que também pareciam vintage estavam guardados em caixas de proteção transparentes.

Ela parecia caprichosa com as coisas que lhe pertenciam.

— É este o tipo de roupa que ela usava na boate? — perguntou Eve, olhando para Roarke.

— Sim, exatamente. O tema do lugar é retrô anos 1940. Ela devia se misturar com os clientes, reconhecer os mais assíduos, saudá-los e circular pelas mesas. Enfim, representar o papel de uma mulher da época.

— Acho que ela conseguia isso. Vejo algumas roupas mais atuais, casuais, e dois terninhos do tipo executivo. Vamos recolher seus equipamentos eletrônicos — acrescentou, olhando para o *tele-link* sobre a mesinha de cabeceira. — Precisamos descobrir se ele entrou em contato com ela. Esse não é o seu estilo habitual, mas as coisas mudam. Recolha os *tele-links* e o computador. Ela tinha um escritório no clube?

— Sim.

— Vamos recolher os eletrônicos da sala de trabalho também.

— Ela abriu uma gaveta na mesinha debaixo da janela. Nenhuma agenda manual nem eletrônica, nenhum *tele-link* de bolso. — Ela devia estar com eles na hora do rapto. Havia uma bolsa enorme no closet e uma daquelas pastas... como era mesmo o nome? Executivas. Combinava com o terno e as roupas casuais. Também tinham bolsas para sair à noite. Vamos ver se a irmã sabe o que está faltando aqui.

— Uma embalagem de leite de soja na geladeira —, informou Peabody, quando Eve entrou. — Fora da validade desde quarta-feira. Também temos alguns restos de comida chinesa que, por puro palpite, eu diria que têm quase uma semana. Também encontrei um bloco de anotações.

Peabody o exibiu.

— Listas de compras do mercado e algumas outras coisas. Achei uma foto dessas de prender na geladeira, ela e um cara, só que a foto não estava na geladeira. Estava virada para baixo na gaveta da cozinha, o que me diz que se trata de um *ex*-namorado.

— Tudo bem, recolha tudo e vamos em frente. — Eve olhou para seu relógio de pulso. Era quase uma da manhã. Se eles começassem a bater nas portas dos vizinhos, só conseguiriam irritar as pessoas.

Gente revoltada tinha menos disposição para conversar com policiais.

— Vamos até a boate, agora.

Graças ao gosto de Roarke por filmes antigos, especialmente os feitos em preto e branco e produzidos em meados do século vinte, Eve conhecia muita coisa sobre a moda, a música e a dança da década de 1940. Pelo menos, sabia como tudo isso era mostrado pela Hollywood da época.

Entrando agora na Starlight, às quase duas da manhã, ela sentiu como se tivesse viajado numa máquina do tempo.

O clube noturno era um espaço amplo e brilhante dividido em três níveis. Cada um era acessado por um pequeno lance de escada com degraus brancos. E cada um dos espaços, mesmo a essa hora, estava cheio de pessoas que se sentavam em mesas cobertas por toalhas brancas ou em cabines com almofadas prateadas.

Os garçons eram homens de terno branco formal. As mulheres usavam vestidos pretos muito rodados e se moviam de mesa em mesa com bandejas na mão, servindo bebidas. Os clientes homens usavam *black tie* e ternos retrô, enquanto as mulheres usavam vestidos elegantes que pareciam ter saído do armário de Sarifina ou, então, blusas e saias elaboradas e vaporosas.

A elegância e a sofisticação pareciam ser as marcas registradas do lugar, e Eve ficou um pouco surpresa ao ver mesas com pessoas na casa dos vinte anos ao lado de outras que, sem dúvida, já tinham comemorado o centenário.

A música bombava, vindo de uma *big band* que se apresentava sobre o palco preto brilhante. Talvez "orquestra" fosse o termo adequado, refletiu, já que havia pelo menos vinte músicos com instrumentos de cordas, trompetes, além de um piano e uma bateria. A batida contagiante convidava casais a se apertarem na parte mais importante do lugar: a pista de dança.

Preto e prata eram o padrão das lajotas do chão, que brilhavam e refletiam as luzes cintilantes das bolas espelhadas que, por sua vez, giravam lentamente sobre a pista.

— Esse lugar é, tipo assim, o máximo dos máximos! — exclamou Peabody. — Mais que demais!

— Tudo que é velho se torna novo novamente — informou Roarke, observando cuidadosamente o lugar. — Você deve querer ver a gerente assistente daqui, Zela Wood.

— Você conhece de cabeça todos os nomes de seus funcionários? — quis saber Eve.

— Na verdade, não. Fui olhar no arquivo. Vi o nome, o horário de trabalho, a identidade com foto e... — Ele apontou para uma mulher. — Ah, sim, aquela deve ser Zela.

Eve seguiu na direção apontada. A mulher tinha um aspecto marcante e usava uma roupa em tom de ouro pálido que contrastava com a pele na cor de um café bom e forte. Seu cabelo estava marcado por ondas soltas e longas que tombavam ao redor de seus ombros e lhe desciam pelas costas. Ela caminhava com rapidez, Eve notou, mas ao mesmo tempo parecia deslizar como se tivesse todo o tempo do mundo.

Era óbvio que já tinha visto e reconhecido o chefe, pois seus olhos — quase da mesma cor que o vestido — estavam grudados nele. Seus dedos pareciam patinar sobre o corrimão prateado enquanto ela subia os degraus na direção dele.

— Olá, srta. Wood.

— É adorável recebê-lo. — Ela estendeu a mão para Roarke e o presenteou com um sorriso deslumbrante. — Vou providenciar uma mesa imediatamente para o senhor e seu grupo.

— Não queremos uma mesa. — Eve atraiu os olhos de Zela para si. — Queremos ver a sua sala.

— É claro — disse Zela, sem demonstrar emoção alguma. — Se vocês quiserem me acompanhar.

— Esta é minha esposa — apresentou Roarke, o que valeu uma careta automática de Eve. — Tenente Dallas, e esta é sua parceira, a detetive Peabody. Precisamos conversar, Zela.

— Sim, tudo bem. — Sua voz permaneceu tão suave quanto um creme que poderia ser derramado sobre aquele tom de café forte e preto, mas um ar de preocupação surgiu em seus olhos.

Ela os levou ao longo da saleta de guardar casacos, passou direto pelas portas prateadas que levavam aos toaletes e digitou uma senha que fez abrir a porta de um elevador privativo.

Momentos depois, eles saltaram em pleno século vinte e um.

A sala era simples, mobiliada de forma eficiente e refletia o negócio. Era toda profissional. Telões nas paredes exibiam áreas do clube, várias delas — incluindo a cozinha, a adega e o depósito para armazenamento de bebidas. Numa bancada havia um *multi-link*, um computador e uma estante para arquivos e discos.

— Posso lhe oferecer algo para beber? — ofereceu Zela.

— Não, obrigada — agradeceu Eve. — Você conhece Sarifina York, certo?

— Sim, claro. — A preocupação aumentou em seus olhos. — Há algo errado?

— Quando foi a última vez que a viu?

— Segunda-feira. Temos o nosso chá das segundas-feiras, voltado para os clientes mais velhos. Sarifina organiza esse evento, tem um talento especial para isso. Trabalha de uma às sete todas as segundas, e eu assumo o turno da noite. Ela saiu por volta de 8h, um pouco antes, talvez. Perguntei se havia algo errado, já que ela não apareceu para trabalhar na quarta-feira.

Zela olhou para Roarke e ajeitou o cabelo.

— Terça-feira é sua noite de folga, mas ela não veio na quarta. Eu cobri a falta dela. Simplesmente achei que...

Zela começou a mexer no colar que usava, correndo os dedos sobre as pedras claras e cintilantes.

— Ela rompeu o relacionamento com o rapaz com quem andava saindo e andava um pouco desanimada com a vida — explicou. — Achei que eles poderiam estar acertando os ponteiros novamente.

— Alguma vez ela faltou ao trabalho sem avisar antes? — quis saber Eve.

— Não, nunca.

— Você está dizendo isso para acobertá-la?

— Não. De modo algum. Sari nunca faltou ao trabalho. — O olhar de Zela procurou o de Roarke. — Nunca faltou, e é por isso que cobri sua falta numa boa. Ela adora trabalhar aqui e é maravilhosa em seu trabalho.

— Eu entendo e aprecio que você cubra o turno de uma amiga e colega de trabalho, Zela — elogiou Roarke.

— Obrigada. Quando Sari não apareceu novamente na quinta-feira e eu não consegui me comunicar com ela, bem, não sei dizer se fiquei mais irritada ou preocupada. Uma combinação das duas coisas, acho; então entrei em contato com sua irmã. Sari tinha uma irmã listada como pessoa de contato. Não liguei para o seu escritório, senhor, porque não queria colocá-la em apuros.

A respiração de Zela tremeu quando ela caiu em si.

— Mas ela está em apuros, não é? Vocês estão aqui porque ela está em apuros, certo?

Aquilo ia ser um choque brutal, Eve sabia. Seria como levar um pontapé na cara.

— Sinto muito lhe dizer isso, mas Sarifina está morta.

— Ela... O quê? Como assim?

— Sente-se um pouco, Zela. — Tomando-a pelo braço, Roarke a levou com cuidado até uma cadeira.

— A senhora disse... Que ela está *morta*? Houve algum acidente? Como... — Seus olhos em ouro pálido cintilaram com as lágrimas e o choque.

— Ela foi assassinada. Sinto muito. Vocês eram amigas?

— Oh, Deus. Oh, meu Deus. Quando aconteceu? Como? Não entendo.

— Nós estamos investigando isso, srta. Wood. — Eve desviou o olhar por um segundo para Roarke quando ele foi até um painel na parede, abriu-o e escolheu uma garrafa de conhaque a partir da seleção de bebidas. — Você pode me dizer se alguém a incomodava ou parecia interessado nela de forma incomum?

— Não. Não. Quer dizer, muitas pessoas pareciam interessadas nela. Ela é o tipo de mulher que cativa as pessoas. Eu não entendo.

— Ela reclamou sobre alguém específico que a incomodava ou a fazia se sentir desconfortável?

— Não.

— Beba um pouco disso. — Roarke colocou um cálice de conhaque na mão de Zela.

— Alguém veio aqui fazer perguntas sobre ela?

— Só hoje à noite, poucas horas atrás, um detetive da polícia. Ele me contou que a irmã de Sari tinha informado o seu desaparecimento. Eu pensei que... — As lágrimas rolaram. — Honestamente, achei que a irmã de Sari estava exagerando na preocupação. Também me preocupei um pouco, confesso, mas imaginei que ela tivesse voltado com o ex-namorado que, aliás, andava tentando convencê-la a sair do emprego. Esse era o problema — continuou Zela, enxugando uma lágrima no rosto. — Ele não gostava que ela trabalhasse aqui porque isso ocupava quase todas as suas noites.

Nesse instante, seus olhos úmidos se arregalaram.

— Será que ele a machucou? Oh, meu Deus!

— Ele parece o tipo de pessoa que faria tal coisa?

— Não, não creio nisso. Apenas um reclamão, era isso que eu achava. Exibia uma agressividade passiva e era meio babaca. Mas não acredito que ele a machucasse. Não dessa forma.

— Tudo bem. Até o momento não temos razão alguma para acreditar que ele tenha feito isso. Você pode me dar seu nome e endereço?

— Sim, claro.

— Você ainda tem as gravações do sistema de segurança da última segunda-feira?

— Sim. Sim, nós as guardamos por uma semana.

— Vou precisar delas. Vou levar os discos do sábado e do domingo também. Na segunda-feira ela saiu daqui desacompanhada?

— Eu não a vi sair. Isto é, cheguei aqui por volta de quinze para as oito e ela já estava vestindo o casaco. Eu disse algo como:

"Puxa, você gosta mesmo deste lugar!", e ela riu. Estava acabando de arrumar uma papelada. Conversamos durante alguns minutos... papos de compras, basicamente. Ela comentou que me veria na quarta-feira, e eu disse... eu disse "tenha um bom dia de folga". Em seguida ela saiu do escritório e me sentei para fazer uma verificação rápida nas reservas de última hora. Imagino que ela tenha saído daqui sozinha. Não mencionou estar com alguém.

— Tudo bem. Eu gostaria que você pegasse as gravações da segurança e as informações sobre o homem com quem ela se relacionava.

— Claro. — Zela se levantou. — Existe alguma coisa que eu possa fazer? Não sei em que poderia ajudar. A irmã dela? Devo entrar em contato com sua irmã?

— Não precisa, já estamos cuidando disso.

Quando alguém ouve uma batida na porta no meio da madrugada, a maioria das pessoas sabe, por instinto, que não é notícia boa.

Quando Jaycee York abriu a porta, Eve percebeu o medo estampado em seu rosto. Mesmo quando ela olhou nos olhos de Eve e antes de uma palavra ser dita, Eve viu a tristeza se transformar em terror.

— Sari? Ah não. Ah não, não!...

— Sra. York, podemos entrar?

— Vocês a encontraram? Mas...

— Devemos entrar, sra. York. — Peabody tomou o braço de Jaycee e a acompanhou. — É melhor a senhora se sentar.

— Vai ser ruim, então. Vai ser muito, muito ruim. Será que vocês poderiam me contar tudo de forma rápida? Poderiam ser diretos?

— Sua irmã está morta, sra. York. — Com a mão ainda no braço de Jaycee, Peabody sentiu o tremor. — Nossos sentimentos por sua perda.

— Eu sabia, eu acho. Pressenti assim que eles ligaram do clube. Sabia que algo terrível tinha acontecido com ela.

Peabody guiou Jaycee até uma poltrona na sala de estar. Havia muitas coisas no ambiente, reparou Eve; isso atestava que uma família morava ali. Muitas fotos de meninos, de um homem rindo, da vítima.

Várias mantas coloridas e almofadões estavam espalhados pelo chão e aparentavam muito uso.

— Seu marido está em casa, sra. York? — perguntou Eve. — A senhora quer que entremos em contato com ele?

— Ele não está... Clint levou os meninos ao Arizona. Foram para... Para Sedona. Por uma semana. É um acampamento da escola. — Jaycee olhou ao redor, como se esperasse vê-los. — Eles foram para o acampamento, mas eu não fui. Não quis ir acampar porque tinha muito trabalho a fazer. E achei que seria bom ter uma semana inteira só para mim, em casa. Nem me comuniquei com eles desde que foram. Não lhes contei nada para não preocupá-los. Por que fazer isso se tudo iria acabar bem? Tentei convencer a mim mesma de que tudo acabaria bem. Mas não aconteceu assim. Não acabou bem!

Ela cobriu o rosto com as mãos e começou a chorar.

Eve avaliou que a irmã mais velha devia ter dez anos mais que a vítima. Seu cabelo era curto, louro, e seus olhos devastados tinham um tom azul de verão.

— Eu liguei para a polícia. — Ela soluçava entre as palavras. — Quando eles me avisaram que ela não tinha ido trabalhar, eu chamei a polícia. Fui para o seu apartamento, mas ela não estava lá; então eu liguei. Eles disseram para eu preencher um formulário. O comunicado de uma pessoa desaparecida.

Ela fechou os olhos.

— O que aconteceu com Sari? O que aconteceu com minha irmã?

Havia um pufe diante da poltrona. Eve se sentou nele para que elas se colocassem face a face.

— Sinto muito. Ela foi assassinada.

O rosto vermelho da irmã e as bochechas manchadas pela maquiagem que escorria se tornaram pálidos de choque.

— Eles disseram... eu ouvi que o corpo de uma mulher foi encontrado agora à noite no East River Park. O nome da vítima não poderia ser divulgado até a notificação de parente mais próximo. Eu sou o parente mais próximo.

Jaycee levou a mão fechada aos lábios.

— Eu pensei: "Não, não, essa não pode ser Sari. Ela não mora no East Side." — Mas continuei esperando que alguém viesse bater na minha porta. E vocês vieram.

— Vejo que vocês eram muito ligadas; a senhora e sua irmã.

— Eu... Eu não posso. Não consigo...

— Vou pegar um pouco de água, sra. York. — Peabody colocou a mão no ombro de Jaycee. — Tudo bem se eu entrar na cozinha para pegar um pouco de água?

Jaycee simplesmente assentiu com a cabeça enquanto olhava para Eve.

— Ela era a minha bonequinha. Minha mãe morreu quando eu era pequena e depois, alguns anos mais tarde, meu pai se casou novamente. Eles tiveram Sari. Sarifina. Ela era tão bonita, como uma boneca. Eu a amava.

— Será que ela lhe diria se alguém a andasse incomodando? Se estivesse se sentindo desconfortável ou perturbada com alguma coisa?

— Diria, sim. Nós conversávamos o tempo todo. Ela amava o trabalho, era muito boa no que fazia e se sentia feliz. Só que isso era um problema para Cal, o rapaz com quem ela saía há alguns meses. Ela trabalhava à noite e não podia passar esse tempo com ele. Ela estava zangada e magoada por ter recebido um ultimato dele: Sari teria de desistir do trabalho ou ele romperia o namoro com ela. Foi por isso que eles se separaram. Mas ela estava melhor assim.

— Por quê?

— Ele não é bom o bastante para ela. Isso não é só conversa de irmã. — Ela fez uma pausa e bebeu a água que Peabody lhe ofereceu. — Obrigada. Muito obrigada. Ele só não era bom o suficiente. Era egoísta e não gostava de saber que Sari ganhava mais do que ele. Ela percebia tudo isso e reconhecia que já estava na hora de seguir em frente. Mesmo assim, andava triste com o rompimento. Ela não gosta de perder. Vocês não pensam que... Vocês acham que Cal pode tê-la machucado?

— A senhora pensa assim?

— Não. — Jaycee bebeu mais um pouco, respirou fundo e tomou outro gole. — Eu jamais pensaria isso. Nunca passou pela minha cabeça. Por que ele faria isso? Ele simplesmente não a amava — disse Jaycee, sem emoção. — E era muito interessado em si mesmo para se dar ao trabalho de... Eu preciso vê-la. Preciso ver Sari.

— Vamos providenciar para que isso aconteça. Quando a senhora a viu pela última vez?

— No domingo à tarde. Antes de Clint e os meninos saírem. Ela veio para se despedir deles. Era tão cheia de vida e de energia! Fizemos planos para fazer compras no sábado... amanhã. Meus meninos só voltam para casa no domingo e estarão se divertindo até lá. Sari e eu faríamos compras e depois almoçaríamos. Oh, Deus. Oh, meu Deus. Como ela morreu? Como minha bebê morreu?

— Ainda estamos investigando, sra. York. Assim que eu puder lhe dar mais detalhes, darei. — Eve não iria contar o que tinha acontecido àquela pobre mulher. Ainda mais em um momento em que não havia alguém ao lado para apoiá-la. — Podemos entrar em contato com o seu marido. A senhora quer que ele e seus filhos voltem para casa agora?

— Sim. Sim, quero que eles voltem mais cedo. Quero vê-los aqui em casa.

— Nesse meio-tempo existe alguém que possamos chamar? Há uma vizinha ou uma pessoa amiga que possa vir para ficar com a senhora?

— Não sei. Eu não...

— Sra. York — disse Peabody com suavidade. — A senhora não deve ficar sozinha agora. Podemos chamar uma amiga para lhe fazer companhia.

— Lib. Vocês poderiam chamar Lib? Ela virá.

Quando elas saíram do apartamento, Roarke deu um longo suspiro.

— Sempre me pergunto como você consegue fazer o que faz, mantendo-se em pé diante da morte e penetrando com tanta firmeza nas mentes daqueles que a trazem. Mas também acho que o que você faz, aguentando o que foi infligido aos que foram deixados para trás... como é o correto..., é mais penoso que todo o resto.

Ele passou a mão sobre a de Eve.

— Você não contou a ela o que aconteceu com a sua irmã. Está lhe dando um tempo para deixar passar a primeira leva de dor.

— Não sei se fiz a ela algum favor. Isso vai destruí-la por dentro. Talvez tivesse sido melhor contar tudo agora, quando ela já está em mil pedaços.

— Você fez o certo — garantiu Peabody. — Ela tem uma amiga, mas vai precisar da família. Eles vão precisar muito uns dos outros para enfrentar tudo até o fim.

— Muito bem, então. Vamos ver o que Morris pode nos dizer. Escute... — Ela se virou para Roarke. — Vou entrar em contato com você o mais rápido que puder.

— Eu gostaria de ir junto.

— Já passa de... Que horas são?... Quatro da manhã! Você não vai querer ir até o necrotério.

— Um momento — murmurou ele para Peabody. Tomando a mão de Eve, puxou-a de lado. — Eu gostaria de acompanhar tudo. Queria que você permitisse.

— Depois lhe conto tudo que conseguirmos descobrir com Morris, e você poderá dormir por algumas horas. Embora eu saiba — completou ela antes que ele pudesse falar — que não é a mesma coisa. Quero que você me garanta que não se sente responsável por isso.

Ele olhou para o apartamento da irmã de Sarifina e pensou na dor que tinha presenciado lá dentro.

— Ela não está morta porque eu a contratei. Não sou assim tão autocentrado. De qualquer modo, quero acompanhar até o fim.

— Ok. Você dirige o carro. Vamos precisar fazer uma parada no caminho. Preciso falar com Feeney.

Feeney tinha sido seu instrutor, professor e parceiro. Ele era, embora nenhum dos dois falasse nesses termos, seu pai nos momentos que mais importavam.

Ele a tinha escolhido entre tantas da turma quando Eve ainda era uma policial comum e a tornara responsabilidade sua. Eve nunca perguntou a Feeney o que ele tinha visto nela que o convencera a tomar como assistente uma policial novata. Mas sabia que, ao agir assim, fez toda a diferença em sua vida.

Ela teria sido uma boa policial mesmo sem ele. Teria chegado a detetive por mérito e necessidade própria por muita dedicação e aptidão. E talvez, por fim, teria conquistado a patente que tinha agora.

Mas não teria sido a mesma policial sem ele.

Quando Feeney foi promovido a capitão, solicitou transferência para a DDE, a Divisão de Detecção Eletrônica. A investigação eletrônica sempre fora a sua especialidade e paixão. O pedido para ele ir para a DDE foi algo natural.

Naquele momento, Eve se lembrou de que ficara um pouco irritada por ele ter saído da Divisão de Homicídios. Nos primeiros meses, sentira falta de Feeney, de vê-lo, de trabalhar com ele e de conversar com ele todos os dias; era como se tivesse perdido a própria mão.

Ela poderia deixar aquele assunto para o dia seguinte ou, pelo menos, para uma hora decente depois que amanhecesse. Mas sabia que, se as posições estivessem invertidas, ela gostaria que ele batesse na sua porta, não importava a que horas fosse.

E ele certamente ficaria pau da vida se ela não o acordasse.

Quando atendeu a porta, seu rosto estava amarrotado de sono, tornando sua expressão ainda mais cansada que o habitual. Seu cabelo parecia um escovão cor de gengibre e prata, com fios espetados para todos os lados, como se o ar em torno dele tivesse sido subitamente ionizado.

Apesar de vestir um roupão muito gasto na surpreendente cor roxa, seus olhos eram os de um policial de verdade.

— Quem morreu?

— Preciso falar com você sobre isso — avisou Eve. — Mas a questão é mais "como" a morte aconteceu do que "quem" morreu.

— Muito bem. — Ele coçou o queixo e Eve ouviu o som áspero dos seus dedos sobre a barba por fazer. — É melhor vocês entrarem. Minha esposa está dormindo, vamos continuar o papo na cozinha. Preciso de café.

Aquele era um lugar acolhedor. Um local onde moravam pessoas de verdade, avaliou Eve. Mais ou menos como o apartamento de Jaycee York era, só que com mais uma ou duas décadas de uso. Os filhos de Feeney tinham crescido e havia netos agora. Eve não sabia ao certo quantos. Mas havia uma bela área para refeições ao lado da cozinha, com uma mesa comprida o bastante para acomodar todo mundo em grandes refeições de família.

Feeney trouxe café, arrastando os chinelos que Eve apostaria um mês de salário que foram um presente de Natal.

No meio da mesa havia um vaso de forma estranha em cores entremeadas de vermelho e laranja. Trabalho da sra. Feeney, imaginou Eve. A esposa de Feeney tinha uma queda especial por hobbies e artesanato, e sempre fazia coisas daquele tipo. Objetos muitas vezes não identificáveis.

— Surgiu um caso novo — começou Eve. — A vítima é do sexo feminino, morena, vinte e tantos anos. Foi encontrada nua no East River Park.

— Sim, assisti ao último noticiário da noite.

— Foi encontrada nua. Tinha sido torturada. Muitas queimaduras, hematomas, cortes, perfurações. Seus pulsos estavam cortados.

— Ah, merda!

Sim, ele já tinha percebido, reparou Eve.

— Ela foi achada com uma aliança prateada no terceiro dedo da mão esquerda.

— Quanto tempo? — quis saber Feeney. — Quanto tempo ela aguentou? Qual foi o tempo que ele entalhou nela?

— Foi 85 horas, 12 minutos, 38 segundos.

— Merda! — reagiu ele, novamente. — Filho da puta! — A mão de Feeney cerrou-se em um punho tenso que bateu na mesa com alguma força. — Ele não vai escapar dessa vez, Dallas. Não vai escapulir de novo. Mas já deve estar com a vítima número dois.

— Sim. — Eve assentiu com a cabeça. — Também acho que já está com a número dois.

Feeney apoiou os cotovelos na mesa e passou os dedos pelo cabelo.

— Temos que repassar tudo que conseguimos descobrir nove anos atrás e também os dados que existem sobre ele nos outros trabalhos que fez. Monte uma força-tarefa completa agora mesmo, sem demora. Não podemos esperar o aparecimento do segundo corpo. Você conseguiu algo novo na cena desse crime?

— Até agora temos só o corpo, a aliança, o lençol. Vou conseguir para você uma cópia de todos os registros do local. Estou a caminho do necrotério para ver o que mais Morris poderá nos dizer. Você precisa se vestir, a menos que esteja usando roupas em roxo forte para trabalhar, ultimamente.

Ele olhou para baixo e balançou a cabeça.

— Se você visse o que minha esposa me deu de presente de Natal, entenderia por que eu ainda estou usando este. — Ele se levantou da mesa. — Escute, vão na frente e eu encontro vocês no necrotério. Vou precisar do meu carro, mesmo.

— Tudo bem.

— Dallas...

Naquele momento, Roarke percebeu que nem ele e nem Peabody existiam. Eles simplesmente não faziam parte do mundo que envolvia os outros dois.

— Temos que descobrir alguma coisa que deixamos passar da outra vez — disse Feeney, olhando só para Eve. — Algo que todo mundo deixou passar. Sempre existe alguma coisa. Uma peça, um passo em falso, um pensamento. Não podemos perdê-lo dessa vez.

— Não vamos perdê-lo.

Roarke já tinha estado no necrotério antes. Ele se perguntou se os azulejos brancos que revestiam os imensos corredores tinham sido instalados para substituir a luz natural. Ou se simplesmente estavam ali como uma aceitação da forte e definitiva austeridade do lugar.

Havia muitos ecos também, uma repetição incessante dos seus passos pesados, enquanto caminhavam. Tudo era ainda mais silencioso, ele supôs, pelo fato de apenas a equipe da noite estar de plantão.

Ainda não tinha amanhecido, mas ele já podia ver que a longa noite estava cobrando um preço maior de Peabody, que exibia peso nos olhos escuros. Em Eve isso não era visível. A fadiga acabaria por alcançá-la e sufocá-la. Era sempre assim. Por enquanto, porém, ela se mantinha em estado de alerta por puro senso de dever e determinação, além de uma raiva subjacente que ele não tinha certeza se, no caso dela, lhe servia de combustível vital.

Eve fez uma pausa fora das portas duplas da sala de autópsia.

— Você precisa realmente vê-la? — quis saber Eve.

— Preciso. Quero servir de alguma ajuda nesse caso e, se eu puder auxiliar de alguma forma, preciso entender tudo. Já vi a morte antes.

— Não desse jeito. — Ela empurrou a porta.

Morris já estava lá dentro. Tinha trocado de roupa, reparou Eve. Vestia um moletom cinza e tênis preto e prateado, que ela imaginou que ele mantinha nas instalações do necrotério para se exercitar. Estava sentado e continuou assim por um momento, numa cadeira de aço, bebericando algo espesso e marrom em um copo alto.

— Ah, tenho companhia! Aceitam um shake de proteínas?

— Nem pensar, absolutamente não! — exclamou Eve.

— O sabor é um pouco melhor que a aparência. E a bebida cumpre o que promete. Olá, Roarke! É bom rever você, apesar das condições.

— Digo o mesmo.

— A vítima trabalhava para Roarke — explicou Eve.

— Puxa, sinto muito.

— Eu mal a conhecia. Mesmo assim, obrigado.

— Pois é... — Morris colocou o shake de proteínas de lado antes de se levantar da cadeira. — Mas lamento o fato de que todos nós vamos conhecê-la muito bem, agora.

— Ela gerenciava uma das casas noturnas de Roarke. Você conhece a boate Starlight, no Chelsea?

— Ela pertence a você? — Morris sorriu de leve. — Levei um amigo lá algumas semanas atrás. É uma divertida viagem de volta a um tempo fascinante e intrigante.

— Feeney está vindo para cá.

Morris desviou o olhar para Eve.

— Imaginei que sim. Fomos nós três que nos debruçamos sobre a primeira vítima, na outra vez. Você se lembra?

— Sim, eu me lembro.

— O nome dela era Corrine. Corrine Dagby.

— Vinte e nove anos — confirmou Eve. — Vendia sapatos numa loja do centro. Gostava de festas. Resistiu durante 26 horas, 10 minutos e 58 segundos.

Morris assentiu.

— Você se lembra do que você disse quando esteve aqui, então?

— Não... Não exatamente.

— Pois eu me lembro. Você disse: "Ele vai querer mais que isso." E tinha razão. Nós descobrimos que ele queria muito mais que aquilo. Devemos esperar por Feeney?

— Ele nos alcança quando chegar.

— Tudo bem. — Morris atravessou a sala.

Roarke olhou para o centro da sala e deu um passo à frente.

Já tinha visto a morte... Vira mortes sangrentas, cruéis, violentas, inúteis e terríveis. Mas reconheceu que, mais uma vez, Eve estava certa.

Ele nunca tinha visto nada como aquilo.

CAPÍTULO TRÊS

Tantos ferimentos, observou ele, e todos cuidadosamente lavados. De algum modo, aquilo talvez parecesse menos horrível se tivesse sangue. O sangue seria a prova de que a vida tinha estado alguma vez lá.

Mas aquilo... Aquela mulher que ele lembrava como dona de muita vitalidade e transbordante de energia parecia agora uma pobre boneca mutilada e retalhada por uma criança cruel.

— Um trabalho muito cuidadoso — comentou Eve, e o olhar de Roarke voou em sua direção.

Ele pensou em falar, desabafar um pouco do horror que sentiu ao ouvir essas palavras. Mas analisou o rosto de Eve e notou que a raiva dela estava mais próxima da superfície agora, por mais que sua voz parecesse calma. Também percebeu o sentimento de dor que havia dentro dela, a dor que tantas vezes ele se perguntava como ela conseguia aguentar.

Diante disso, permaneceu calado.

— Ele é muito metódico. — Morris ligou o computador antes de entregar os micro-óculos a Eve. — Você vê essas feridas nos membros? Longas, estreitas e superficiais?

— Um bisturi, talvez, ou a ponta de uma lâmina afiada. — Embora os ferimentos estivessem sendo exibidos em uma bela ampliação no monitor, Eve se inclinou para estudá-los através dos micro-óculos. — Muito precisos, também. Ou ela foi drogada, ou ele a tinha amarrado de tal forma que ela não podia lutar o bastante para fazer alguma diferença.

— Qual dessas possibilidades recebe o seu voto? — perguntou Morris.

— Cordas. Qual é a graça se ela estiver apagada, sem poder sentir tudo de forma plena? As queimaduras são pequenas aqui. — Eve girou o braço esquerdo da vítima. — Na dobra do cotovelo elas são precisas novamente, mas a pele está um pouco carbonizada nas bordas. Acho que ele usou uma chama. Não raio laser, mas fogo de verdade.

— Concordo. Mas algumas das outras queimaduras me parecem ter sido feitas com laser. E está vendo ali, na parte interna da coxa, onde elas estão sarapintadas em várias matizes? Ele usou frio extremo.

— Sim. São hematomas, sem laceração, nem arranhões. Uma arma com superfície lisa foi empregada.

— Um cassetete oco. — Roarke também analisava o hematoma. — Um cassetete antiquado, oco, deixaria uma ferida dessas. Couro seria um material eficaz, se a pessoa tiver grana para isso. Caso ele seja preenchido com areia comum, faria um estrago com esse aspecto.

— Mais uma vez, concordo. E temos perfurações — continuou Morris. — Que estão em padrões circulares aqui, aqui e aqui. — A tela do monitor brilhou com os closes das costas da mão esquerda, o calcanhar do pé esquerdo e a nádega esquerda. — Temos vinte perfurações minúsculas nesse mesmo padrão preciso.

— Como agulhas — Eve refletiu. — Algum tipo de ferramenta... Ele poderia... — Ela curvou a mão direita, colocou-a sobre o calcanhar do corpo e pressionou o local. — Isso aqui é novidade. Não temos esse padrão de feridas nos nossos registros.

— Ele é um canalha criativo — comentou Peabody. — Morris, posso pegar uma garrafa de água?

— Claro, sirva-se à vontade.

— Você precisa de ar — avisou Eve, sem olhar para a parceira. — Saia para respirar um pouco.

— Basta água.

— Esse padrão parece ser novo — continuou Eve —, mas o resto é consistente com o que conhecemos. Mais criativo, talvez; uma ação um pouco mais paciente. Quando uma pessoa faz algo durante muito tempo, fica cada vez melhor no ofício. Vejo ferimentos mais longos e mais profundos ao longo da caixa torácica, sobre os seios. Temos áreas de queimaduras mais extensas e hematomas mais amplos nas panturrilhas.

— Isso aumenta a dor de forma gradual. Ele quer que a vítima dure mais tempo. Há cortes e queimaduras em seu rosto. Nada de hematomas. Se ele a atacasse aqui com um cassetete, ela poderia perder a consciência. Ele não queria isso.

As portas se abriram silenciosamente. Feeney entrou, foi direto para a mesa e olhou para baixo.

— Ah, que inferno! — foi tudo que disse.

— Temos um novo tipo de ferimento. Padrão circular de furos. Veja o que você acha disso.

Eve se inclinou junto do rosto arruinado, seus olhos firmes atrás dos micro-óculos.

— Não há contusões aqui que indiquem que ele a tenha amordaçado, pelo menos não com muita força. Nada que estragasse sua pele. Ele deve ter um lugar para fazer isso, um lugar muito, muito particular. Onde ela possa gritar. O relatório toxicológico já saiu?

— Sim, pouco antes de você chegar. Havia vestígios de um sedativo padrão em sua corrente sanguínea. Quase indetectável. Provavelmente ela estava acordada e consciente no momento da morte.

— Mesmo *modus operandi*. Ele só as coloca para dormir quando está ocupado com outros assuntos.

— Também havia vestígios de água e proteína em seu organismo. O laboratório ainda vai confirmar, mas...

— Ele lhe fornece nutrientes suficientes para mantê-las vivas — explicou Feeney.

Eve assentiu com a cabeça.

— Isso mesmo, eu lembro. Em seguida, acaba com elas desse jeito. — Ergueu a mão da vítima e virou o pulso para cima. — Cortes entrecruzados, mas não muito profundos. Ela vai sangrar, mas vai levar tempo para morrer. Ele soma esse tempo à contagem.

— Calculo, dada a perda de sangue anterior e do trauma, duas horas extras. Três no máximo. Mas ela teria perdido a consciência antes de tudo acabar.

— Havia algum vestígio dos produtos que ele usou para lavá-la?

— Sim. Nas feridas do couro cabeludo e nas punções sob as unhas. Enviei tudo para o laboratório.

— Mande também algumas amostras de pele e um pouco de cabelo. Quero ver a análise da água. Foi do abastecimento do centro da cidade? Ou de algum subúrbio?

— Cuidarei disso.

— Ele já deve estar trabalhando na segunda vítima. — Feeney olhou para Eve quando ela tirou os óculos de proteção. — E provavelmente já tem a terceira escolhida.

— Sim. Vou ver o comandante. Por agora, convoque alguns dos seus melhores homens. Quero que eles levantem e executem a análise dos dados na medida em que formos avançando para calcular as probabilidades. O primeiro policial a chegar na cena do crime foi o filho de Gil Newkirk.

— Que assassino filho da puta.

— Concordo. Você pode falar com Newkirk pai? Ele trabalha na décima sétima DP, a mesma que o filho. Vou convocar o filho para participar da força-tarefa se o tenente dele não se opuser.

— Quem é esse tenente?

— Grohman.

— Eu o conheço — disse Feeney. — Vou cuidar da liberação.

— Ótimo. — Eve verificou que horas eram e ordenou: — Peabody, reserve uma sala de conferências para nós, e quero que ela permaneça à nossa disposição ao longo de toda a investigação. Se alguém reclamar disso, jogue-os para Whitney. Vamos nos encontrar lá para a primeira reunião às nove da manhã.

Quando saíam, Eve lançou um olhar para Roarke.

— Acho que você vai querer ficar para esse primeiro encontro.

— Acertou em cheio.

— Mas para isso preciso pedir autorização para Whitney antes.

— Tudo bem.

— Assuma o volante. Verei o que posso fazer.

Ela ligou para o comandante na mesma hora, e não se surpreendeu ao vê-lo já trabalhando em seu gabinete.

— Senhor, estamos indo para Central nesse instante, saindo do necrotério. Vamos reservar uma sala de conferência.

— Já consegui a Sala A — avisou Peabody, do banco traseiro.

— Sala de conferências A — informou Eve. — Marquei a reunião para as nove da manhã.

— Estarei lá. O secretário Tibble também.

— Sim, senhor. Convidei o capitão Feeney, já que trabalhamos juntos na investigação anterior. Pedi a ele que conseguisse mais dois homens da divisão para cuidar dos dados. Também gostaria de chamar o policial Newkirk para esta força-tarefa, porque ele foi o primeiro a chegar à cena e é filho de um policial que também participou da investigação anterior.

— Vou lhe conseguir essa autorização.

— Senhor, Feeney já está cuidando disso. Também quero quatro homens adicionais. Baxter, Trueheart, Jenkinson e Powell. Vou redistribuir todas as tarefas que estejam desempenhando nesse momento para outros colegas. Preciso deles em tempo integral.

— O caso é seu, tenente, mas Trueheart é apenas um auxiliar, e não detetive; não tem muita experiência de campo.

— Ele é incansável, senhor, e tem um excelente olho. E Baxter o tem treinado ultimamente.

— Confio em seu julgamento.

— Obrigada. Também vou precisar da dra. Mira para avaliar e, possivelmente, atualizar o perfil do assassino. E também gostaria de usar os serviços de consultoria de um perito civil.

Whitney não disse nada durante cinco longos segundos.

— Você quer arrastar Roarke para esse caso, Dallas?

— A vítima era funcionária dele. Essa conexão poderá facilitar a limpeza de algumas vias de investigação e auxiliar os interrogatórios. Além disso, comandante, ele tem acesso a equipamentos tecnológicos mais avançados que os da Polícia de Nova York. Podemos usar isso a nosso favor.

— Mais uma vez, o caso é seu e confio no seu julgamento.

— Sim, senhor.

O dia já nascia quando Roarke embicou o carro na entrada da garagem da Central de Polícia.

— Estamos entrando no prédio, senhor. Marcarei com todos às nove da manhã.

— Vou entrar em contato com a dra. Mira e com o secretário de Segurança.

Eve se recostou por um momento quando Roarke estacionou o carro em sua vaga. No banco de trás, Peabody emitia roncos baixinhos e femininos.

— Você conhece algumas coisas sobre tortura — disse Eve, depois de algum tempo.

— Conheço, sim.

— E também conhece pessoas que conhecem outras pessoas.

— É verdade.

— É sobre isso que eu quero que você pense. Se tiver algum contato que possa acrescentar mais informações aos dados que já temos, quero que o use. O assassino tem ferramentas e também uma oficina. Certamente está bem instalada e bem equipada. Deve ter brinquedinhos eletrônicos também. Monitores para acompanhar a pulsação da vítima, e talvez os padrões de suas ondas cerebrais. Deve ter câmeras, aparelhagem de áudio. A mim, parece que ele gosta de assistir, e não dá para ficar assistindo e trabalhar ao mesmo tempo. Não quando você tem esse nível de foco.

— Para tudo de que você precisar de mim, estou à disposição.

Ela assentiu com a cabeça e, em seguida, se virou para trás e empurrou o joelho de Peabody.

— Ahn? Que foi? — Peabody se colocou com as costas retas na mesma hora. — Eu estava pensando.

— Sim, eu também sempre babo e ronco quando estou perdida em pensamentos.

— Babar? — Aflita e com vergonha, Peabody limpou a boca. — Eu não estava babando.

— Você tem uma hora para dormir um pouco no berço.

— Não preciso, estou bem. — Peabody saltou do carro e piscou os olhos com força para mostrar que estava alerta. — Dei só uma cochilada por alguns minutos.

— Você tem uma hora. — Eve andou a passos largos em direção ao elevador. — Puxe esse ronco e depois se apresente à sala de conferências. Preciso de você para me ajudar a preparar tudo.

— Não precisa ficar com raiva só porque eu apaguei por alguns minutinhos.

— Se eu estivesse com raiva, estaria chutando seu traseiro em vez de lhe dar uma hora para descansar. E é melhor não discutir com a pessoa que vai tentar descolar um bom café para as nossas horas de trabalho. Aproveite bem essa hora de descanso. Você vai precisar dela.

Quando as portas do elevador se abriram, Eve saiu com Roarke, mas logo se virou para trás, apontou um dedo para o rosto carrancudo de Peabody e avisou:

— Sua hora de descanso começou agora.

Roarke esperou até as portas tornarem a fechar.

— Você também deveria cochilar durante uma hora.

— Eu deveria é tomar um belo café.

— E comer alguma coisa.

Ela deslizou os olhos para os dele.

— Se começar a me pentelhar com esse papo sobre comer e dormir, juro que expulso você da equipe.

— Se eu não pentelhar você sobre comer e dormir, você nunca faz essas duas coisas. O que você tem no AutoChef de sua sala?

— Café — disse ela, e a vontade aumentou.

— Eu me encontro com você lá, então.

Quando Roarke se virou e caminhou na direção oposta, ela fez uma careta para as costas dele.

De qualquer modo, se ele tinha ido resolver lá o que fosse, aquele era um bom momento para ela redigir o relatório inicial. E entrar em contato com os membros da equipe.

Passou pela sala de ocorrências. Era quase hora da mudança de turno. Ao entrar na sala foi direto para o café e, em seguida, ficou parada, saboreando a metade da primeira caneca.

Quando começou a trabalhar ali na primeira investigação, não havia café de verdade para despertar o sangue dela, lembrou a si mesma. Em vez de um escritório apertado, ela trabalhava em uma mesa minúscula e entulhada na sala de ocorrências. Não estava à frente de tudo, na época. Feeney estava. Ela sabia que isso deveria pesar sobre ele, sabia que ele devia estar se lembrando de todos os passos, todas as conexões promissoras que não tinham dado em nada, todos os becos sem saída. Todos os corpos.

Aquilo precisava ser relembrado. Tudo precisava ser recordado com detalhes para não voltar a acontecer.

Ela se sentou em sua mesa e enviou mensagens para Baxter e Jenkinson com ordens para eles notificarem seus respectivos auxiliares e parceiros e se apresentarem em seguida.

Ela despejou de forma impiedosa os casos em que todos eles trabalhavam sobre as costas de outros detetives.

Sabia que enfrentaria, em breve, uma enxurrada de reclamações vindas da sala de ocorrências.

Ordenou o desarquivamento dos papéis de nove anos antes, incluindo o perfil inicial que Mira traçara. Em seguida, requisitou arquivos e relatórios de outros casos ainda não encerrados cujos modos de operar combinavam com os do assassino.

Depois disso ligou para o laboratório, forçando a barra para apressar a liberação de todo e qualquer resultado, e deixou uma ríspida mensagem de voz para o chefe do laboratório, Dick Berenski.

Com uma segunda caneca de café diante dela na mesa começou a redigir o relatório.

Já revisava o texto quando Roarke entrou. Ele colocou uma tigela térmica sobre a mesa e lhe entregou uma colher de plástico.

— Coma.

Cautelosa, Eve arrancou a tampa da tigela e olhou.

— Que bosta! Já que você se deu ao trabalho de procurar comida, por que me trouxe mingau de aveia?

— Porque é bom para você. — Ele se sentou na única cadeira para visitantes e começou a comer de uma tigela igual à de Eve.

— Você sabe muito bem que a lanchonete daqui não oferece coisa alguma que seja remotamente considerada saborosa, não sabe?

— Os ovos não são tão ruins. Se você colocar um monte de sal em cima deles.

Roarke simplesmente inclinou a cabeça meio de lado.

— Você coloca um monte de sal em tudo, mas isso não torna a comida saborosa.

Já que a tigela estava diante dela, Eve experimentou uma colherada do mingau. Aquilo serviria, pelo menos, para preencher o buraco em sua barriga.

— Aqui as pessoas encontram comida de policial — Ela provou a primeira colherada e franziu o cenho. Até que, para mingau de aveia, aquilo não estava tão nojento. — Isso aqui não é comida de policial.

— Não. Peguei na *delicatéssen* da esquina.

Por um momento o rosto de Eve rivalizou com o de Peabody, pelo menos no quesito "expressão emburrada".

— Eles têm *donuts* lá e biscoitos dinamarqueses.

— Sei que têm. — Ele sorriu para ela. — Você vai se alimentar melhor com o mingau de aveia.

Pode ser, avaliou Eve, mas ela não ficaria tão feliz.

— Quero dizer algo importante antes que tudo comece. Se você achar, em algum momento, que prefere cair fora, pode cair.

— Não vou cair fora, mas entendi a mensagem.

Ela pegou outra colherada do mingau de aveia e girou a cadeira para que eles ficassem cara a cara.

— Entenda também que, se eu perceber que seu envolvimento com o caso em nível pessoal está prejudicando a investigação mais do que ajudando, vou ter que cortar você.

— Isso acontecerá em nível pessoal ou profissional?

— Roarke!

Ele colocou sua tigela de lado para se levantar e programar uma caneca de café para si mesmo. Ela poderia tentar cortá-lo, pensou, mas ambos sabiam que não conseguiria arrancá-lo do caso por completo. E isso, ele reconheceu, seria um problema e tanto.

— Nossa vida pessoal existe e continua, não importam os atritos e brigas que acontecem quando trabalhamos juntos ou, mais precisamente, enquanto eu contribuo para o seu trabalho.

— Dessa vez é diferente.

— Sim, eu entendo isso também. — Ele se virou com o café e encontrou os olhos dela. — Vocês não conseguiram impedi-lo de continuar, no passado.

— Não o prendemos — corrigiu Eve.

— Você pensa assim, e por isso é pessoal. Por mais que você tente se manter neutra, é pessoal. É mais difícil para você e também poderá ser mais difícil para nós dois. Só que muitas coisas mudaram nesses nove anos, em muitos níveis.

— É verdade. Há nove anos eu não tinha uma pessoa me empurrando mingau de aveia goela abaixo.

— Viu só? — Seus lábios se curvaram em um sorriso. — Essa é uma mudança, para começar.

— É pouco provável que nós consigamos salvar a segunda vítima, Roarke. A não ser que aconteça algum milagre, não vamos salvá-la.

— E você está com medo de não conseguir salvar a terceira também. Sei o quanto isso pesa sobre você, consome suas forças e também a empurra para a frente. Mas há uma pessoa que entende você, a ama muito e tem recursos consideráveis.

Ele atravessou a sala pequena só para tocar o rosto dela.

— O padrão *dele* pode ter mudado pouco ao longo de todo esse tempo, Eve, mas *você* mudou muito. Acredito de verdade que ele será interrompido dessa vez. Você vai fazê-lo parar.

— Preciso acreditar nisso, também. Vamos lá, então. — Ela comeu mais uma colherada do mingau de aveia. — Acabou o tempo de descanso de Peabody. Tenho que terminar esse relatório e enviar cópias para toda a força-tarefa. Também já solicitei cópias dos arquivos dos outros homicídios atribuídos a ele. Vá acordar Peabody e diga a ela que preciso que ela desarquive todas as pastas do caso antigo. Depois disso, vocês dois podem preparar o cenário na sala de conferências. Preciso de mais dez minutos aqui.

— Tudo bem. Mais uma coisa: se não houver na sala de conferências algo diferente daquele café de sempre, que mais parece lama, vou levar café comigo.

Eve manteve a palavra e entrou na sala de conferência dez minutos mais tarde. Atrás dela, dois policiais transportavam um segundo quadro branco. Ela colocou sobre a mesa uma caixa cheia de arquivos antigos.

— Quero que o caso atual seja apresentado antes — avisou a Peabody. — Depois, vamos ter a nossa lição de história. — Ela puxou os arquivos e os colocou sobre a mesa de conferências. — Trouxe muitas imagens da cena e do corpo. Use o segundo quadro para exibi-las.

— Certo.

Ela foi até o quadro branco na parede e começou a escrever em letras maiúsculas.

As letras bem-desenhadas de Eve sempre surpreendiam Roarke. Eram muito precisas, quase perfeitas, contrastando com a sua letra manuscrita que mais parecia um monte de garranchos. Ele notou que ela anotava cuidadosamente o nome da vítima e abria uma linha do tempo a partir do momento que informaram sua saída da boate, passando pela hora da sua morte e a descoberta do corpo.

Depois de desenhar uma linha vertical que dividia o quadro ao meio, ela começou a escrever outros nomes, começando pelo de Corrine Dagby.

Aquelas letras não eram apenas dados, refletiu Roarke. Eram uma espécie de memorial para as mortas. Elas não seriam esquecidas. Mais que isso, ele pensou: Eve escrevia para si mesma, porque agora buscaria a justiça para cada um daqueles nomes.

Feeney entrou.

— O garoto foi liberado para trabalhar conosco. O garoto Newkirk. — Seu olhar se moveu para o quadro e se manteve lá. — O pai dele ficou de desencavar suas anotações antigas. Ele se ofereceu para trabalhar no que você precisar, mesmo que seja depois da hora, e ofereceu seu tempo livre para nos ajudar.

— Ótimo.

— Convoquei McNab e Callendar. McNab conhece o nosso ritmo e não reclama do trabalho repetitivo. Callendar é boa no que faz. Ela não perde nenhum detalhe.

— Eu trouxe Baxter, Trueheart, Jenkinson e Powell.

— Powell?

— Isso mesmo. Ele foi transferido da sexagésima quinta DP há cerca de três meses. Trabalha há vinte anos na polícia. Quando se agarra a um caso, só larga quando chega ao osso. Temos também os policiais Harris e Darnell. Eles são resistentes. Vou dar a liderança desse grupo a Newkirk. Ele foi o primeiro na cena e conhece a investigação anterior.

— Se ele é como o pai, certamente é um excelente policial.

— Sim, foi isso o que pensei. Tibble, Whitney e Mira já devem estar a caminho.

Eve se afastou um pouco do quadro.

— Vou repassar primeiro os dados sobre o crime atual. Você quer falar rapidamente sobre a antiga investigação?

Feeney balançou a cabeça para os lados.

— Você assume tudo. Isso poderá me ajudar a analisar as coisas por um ângulo diferente. — Pegou um caderno do bolso e o entregou a Eve. — Essas são as minhas anotações originais. Fiz uma cópia para mim.

Ela sabia que ele não estava apenas lhe passando o caderno de anotações, mas também o comando de toda a operação. O gesto comoveu Eve profundamente.

— É assim que você quer?

— É o que é certo. É como as coisas devem ser. — Ele se afastou quando vários policiais começaram a entrar na sala.

Eve chamou um dos recém-chegados e ordenou que ele distribuísse as pastas. Em seguida analisou os quadros que Peabody e Roarke tinham preparado.

Todos aqueles rostos, pensou. Toda aquela dor.

Como seria a vítima que estava nas mãos dele naquele instante exato? Qual seria o seu nome? Alguém já estaria à procura dela?

Quando Whitney entrou com Mira, Eve recomeçou a história do início. Pareceu se espantar com o contraste entre o comandante e a psiquiatra. O homem grande de ombros largos, pele escura e muitos anos de comando entalhados no rosto, e a mulher calma de aparência suave em um elegante terninho rosa pálido.

— Tenente... O secretário de Segurança já está chegando.

— Sim, senhor. A equipe está toda reunida aqui. Dra. Mira, existem cópias do perfil original do assassino que a senhora montou no passado em cada pasta sobre a mesa, mas, se a senhora desejar acrescentar mais alguma coisa agora oralmente, fique à vontade.

— Eu gostaria de reler os arquivos dos assassinatos antigos.

— Eles estarão à sua disposição. Comandante, o senhor gostaria de falar alguma coisa?

— Não, comande a reunião, Dallas. — Ele deu um passo para o lado quando Tibble entrou.

O secretário de segurança era um homem alto e muito contido — pelo menos, Eve sempre o considerara assim. Não era um homem fácil de avaliar, mas ela duvidava que ele tivesse conseguido galgar os degraus da sua brilhante carreira se ele fosse de outra forma. Conhecia o labirinto do jogo político, um mal necessário. Na opinião de Eve, porém, sempre encontrava um jeito de fazer com que o Departamento de Polícia ficasse acima de tudo.

Tinha pele e olhos escuros e usava ternos escuros. Tudo aquilo era parte da sua presença marcante, decidiu. Ao lado de uma voz forte e uma vontade de ferro.

— Bom dia, secretário Tibble.

— Olá, tenente. Peço desculpas por ter atrasado o início da reunião.

— Não, senhor, estamos dentro do cronograma. Se o senhor já estiver pronto...

Ele simplesmente assentiu e, em seguida, dirigiu-se para o fundo da sala. Não se sentou, preferindo permanecer em pé. Era um grande observador.

Eve deu a Peabody um aceno de cabeça e, em seguida, caminhou até a frente da sala. Atrás dela, o telão se acendeu.

— Sarifina York — começou ela. — Tinha vinte e oito anos quando morreu.

Eve apresentava a vítima em primeiro lugar, Roarke percebeu. Queria deixar aquela imagem marcada na mente de todos os policiais que estavam na sala de forma tão forte que cada profissional da lei que se encontrava naquele ambiente se lembraria dela quando estivesse enterrado em tarefas de rotina, nos dados e nas frustrações das longas horas de trabalho.

Do mesmo modo que iriam se lembrar do que tinha sido feito a ela nas imagens que viriam a seguir.

Ela passou por todas elas, por cada vítima. Nomes, rostos, idades, as imagens dos seus sofrimentos e das suas mortes. Levou um longo tempo, mas não houve interrupções, nem surgiram sinais de inquietação.

— Acreditamos que todas essas mulheres, vinte e três ao todo, foram sequestradas, torturadas e assassinadas por um único indivíduo. Acreditamos na possibilidade de existirem outras além dessas, mas que não foram conectadas a este caso ou cujo desaparecimento não foi comunicado. Seus corpos podem nunca ter sido encontrados ou não foram mortas da mesma forma. São vítimas anteriores, supomos, que vieram antes de Corrine Dagby, quando ele decidiu seguir um método em particular.

Ela pausou por um breve instante. Queria se assegurar, Roarke compreendeu, que os olhos e toda a atenção da sala estariam voltados para a imagem da primeira vítima.

— O método dele muda pouco de vítima para vítima, como vocês poderão analisar nas cópias dos registros dos assassinatos de nove anos atrás. As cópias dos arquivos de cada caso, na íntegra, de todos os assassinatos atribuídos ao suspeito virão em seguida.

Seus olhos percorreram a sala e, conforme Roarke observou, ela viu tudo.

— Sua metodologia é, em princípio, típica de um assassino em série. Acreditamos que ele persiga e selecione suas vítimas seguindo um padrão especial. Elas estão todas dentro de uma determinada faixa etária, têm a mesma raça, gênero e cor de pele. Ele aprende tudo sobre suas rotinas e hábitos. Sabe seus endereços, onde trabalham, onde fazem compras e com quem dormem.

Eve parou de novo e mudou ligeiramente de posição. Roarke reparou quando a luz oblíqua que entrava pelas telas de privacidade da janela da sala cintilou em sua arma no coldre lateral.

— Vinte e três mulheres, até onde sabemos. Eram alvos específicos. Não encontramos ligação alguma entre quaisquer outras vítimas, além da idade e aparência básica. Nenhuma das vítimas nunca relatou um perseguidor, nunca mencionou a um amigo, colega de trabalho ou parente que tivesse sido abordada ou incomodada. Em cada um dos casos, a vítima deixou o local e não foi vista novamente até seu corpo ser descoberto.

— Ele deve ter transporte pessoal de algum tipo e o usa para levar a vítima até um lugar predeterminado. Esse, por sua vez, deve ser um local bem privativo, já que ele rapta as vítimas, como aconteceu com Sarifina York, vários dias antes de matá-las. Em todas as investigações anteriores, soube-se, através de cronogramas e dados forenses, que ele sempre seleciona e rapta a sua segunda vítima antes de terminar com a primeira; do mesmo modo, escolhe e sequestra a terceira antes de matar a segunda.

Ela ressaltou os pontos principais do seu relatório da cena do crime, os laudos do Instituto Médico-Legal e levou os membros da equipe através do processo da tortura e o método de morte.

Roarke ouviu Callendar, uma das detetives da área de eletrônicos, exclamar um "Meu Jesus" baixinho, enquanto Eve descrevia os detalhes.

— Ele poderá se desviar um pouco do padrão — continuou Eve —, ajustando o método para alguma vítima específica. De acordo com o perfil da dra. Mira, tudo é feito sob medida para testar a resistência da vítima, sua tolerância para a dor e vontade de viver. Ele é cuidadoso, metódico e paciente. O mais provável é que seja um homem maduro, com alto nível de inteligência. Mora sozinho e tem algum rendimento estável, provavelmente uma vida financeira segura. Embora selecione mulheres, não existem provas de que ele abuse sexualmente delas.

— Uma pequena bênção... — murmurou Callendar. Se Eve a ouviu, não expressou nada em voz alta.

— Sexo, controle e poder obtidos das vítimas não são coisas que interessem a ele. Elas não são seres que lhe despertem interesse sexual. Ao esculpir em seus torsos o tempo gasto com cada uma delas, ele as rotula. A aliança que coloca em seus dedos é outra forma de rotulá-las. Elas são propriedade dele. — Eve olhou para Mira em busca de confirmação.

— Sim — concordou a psiquiatra. A mulher encantadora com as ondas suaves no cabelo preto falava com voz calma. — Os assassinatos são um ritual, embora não especificamente ritualísticos no sentido padrão. Eles são *seu* ritual pessoal, a partir da seleção e da perseguição, através do rapto e da tortura, na atenção aos detalhes, que incluem o tempo decorrido, na maneira como ele cuida delas após a morte. O uso das alianças indica uma intimidade e um interesse de proprietário. Elas pertencem a ele. O mais provável é que cada uma delas represente uma mulher que foi importante em sua vida.

— Ele lava o corpo e o cabelo delas — continuou Eve. — Apesar disso remover a maior parte das evidências forenses, fomos capazes de determinar a marca de sabonete e do xampu usado nas vítimas anteriores. São todos de marcas famosas e caras, indicando que a apresentação do corpo é importante para ele.

— Isso mesmo — concordou Mira, quando Eve olhou para ela mais uma vez. — Muito importante.

— Isso importa tanto quanto a forma de abandonar o corpo. Ele as coloca sobre um lençol branco e as deixa normalmente em um parque ou área verde. Pernas juntas, como se vê nas fotos. Reparem, mais uma vez, que não se trata de uma posição sexual. Mas os braços estão estendidos para fora.

— É uma espécie de abertura — comentou Mira. — Ou abraço. Talvez até aceitação do que lhes foi feito.

— Apesar de ele seguir o caminho tradicional do assassino em série até esse momento, acontece um desvio aqui. Apresente a linha do tempo, Peabody — ordenou Eve e se virou quando a tela piscou. — Ele não acelera a escalada de violência, e o tempo entre os assassinatos não se estreita de forma expressiva. Ele gasta duas a três semanas em cada fase do trabalho, porém, logo para. Depois de um ou dois anos, dá início a um novo ciclo em outro lugar. Sua marca foi identificada em Nova York, no País de Gales, na Flórida, na Romênia, na Bolívia, e agora aparece novamente em Nova York.

Foram vinte e três mulheres ao longo de nove anos, em quatro países. O filho da puta arrogante está de volta a Nova York e também é aqui que sua carreira vai terminar.

Agora, Roarke observou, aparecia o ardor que Eve tinha retido durante a transmissão das informações, nomes e métodos e evidências. Ali estava a sugestão da raiva do vingador.

— Neste exato momento existe por aí alguma mulher entre 28 e 33 anos. Ela tem cabelos castanhos escuros, pele clara, estatura mediana, é magra. E já foi raptada. Se nós o encontrarmos, conseguiremos tê-la de volta.

Vou repassar a cada um a sua tarefa individual. Se surgir alguma dúvida ou questionamento, esperem até eu terminar. Mas preciso lhes dizer só mais uma coisa: vamos pegá-lo. Vamos pegá-lo aqui em Nova York, com um caso tão bem-amarrado que ele vai sentir as garras da lei sufocando-o a cada hora de cada dia e de cada ano que passará na prisão.

Não era apenas raiva, Roarke notou, mas também orgulho. E ela estava transmitindo aquela raiva e aquele orgulho para eles, a fim de que todos trabalhassem até cair de cansaço.

Ela era magnífica.

— Ele não poderá caminhar, nem correr, nem voar ou rastejar para fora da cidade — avisou Eve a eles. — Ele não poderá nos escapar pelos dedos no tribunal porque um de nós deu ao seu advogado uma abertura do tamanho da bunda de uma pulga.

— Ele tem que pagar pelo que fez. Vamos fazer de tudo para que ele pague pela vida que roubou de cada uma dessas vinte e três mulheres.

Capítulo Quatro

Quando Eve deu por encerrada a apresentação, o secretário Tibble caminhou até a frente da sala. Na mesma hora ela parou e deu um passo para o lado a fim de lhe dar a palavra.

— Esta equipe terá à sua disposição todos os recursos do Departamento de Polícia de Nova York. Qualquer hora extra que for necessária será autorizada. Se a investigadora principal do caso determinar que é necessária mais mão de obra e o comandante concordar com isso, mais profissionais serão colocados à disposição. Todos os afastamentos programados, com exceção dos casos de emergência ou médicos, estão cancelados para esta equipe até o encerramento do caso.

Ele fez uma pausa para avaliar as reações. Obviamente satisfeito com o que viu, continuou:

— Tenho toda a confiança de que cada membro dessa equipe vai trabalhar com dedicação e sem tréguas até que esse desgraçado seja identificado, detido e preso em uma cela pelo resto de sua vida anormal. Vocês serão não somente os que vão impedi-lo de ir em frente, mas também os que construirão um caso sólido que servirá de chave para a sua cela. Não quero que ninguém cometa burradas, e autorizo a tenente Dallas a esfolar vivo quem fizer alguma cagada.

Como ele olhou diretamente para Eve ao fazer essa declaração, ela simplesmente assentiu.

— Sim, senhor.

— A mídia vai atacá-los como lobos famintos. O Código Azul para esse caso foi considerado por nós, mas logo rejeitado. O público exige proteção e as pessoas devem estar cientes de que um tipo específico de mulher está servindo de alvo potencial. No entanto, os jornalistas serão informados por uma voz; uma única voz que representará este grupo de trabalho e, na prática, todo o departamento. A tenente Dallas será essa voz. Entendido? — perguntou, olhando diretamente para ela mais uma vez.

— Sim, senhor — concordou Eve com muito menos entusiasmo.

— O resto de vocês não deverá comentar sobre o caso nem se envolver com jornalistas, a não ser para lhes informar a hora certa e previsão do tempo para hoje, caso eles perguntem. A mídia deverá ser sempre encaminhada à tenente. Não deverão ocorrer vazamentos, exceto os sancionados pelo próprio departamento. Se vazar algum dado importante e a fonte do vazamento for descoberta, e podem apostar que será, o indivíduo será transferido para um recanto ignóbil desta cidade, onde cuidará de algum arquivo morto. Acabem com esse assassino. Encerrem a carreira dele agora, de forma limpa e rápida. Ao trabalho, tenente!

— Sim, senhor. Tudo bem, todos já conhecem suas atribuições principais. Ao trabalho!

Tibble cumprimentou Eve com a cabeça. Pés e pernas de cadeiras fizeram ruídos.

— Entrevista coletiva com a imprensa ao meio-dia. — Tibble ergueu um dedo, como se já antecipasse a reação dela. — Você fará uma declaração curta, vá direto ao ponto. Vai responder a perguntas durante cinco minutos. Não mais. Essas coisas são necessárias, tenente.

— Entendido. Senhor secretário, nos casos anteriores nós não divulgamos para a mídia as informações sobre os números entalhados nos torsos das vítimas.

— Procedam da mesma forma agora. Envie para mim uma cópia de todos os relatórios, solicitações e requisições. — Ele olhou para os quadros e para os rostos estampados ali. — O que ele vê quando olha para elas? — quis saber.

— Potencial — disse Eve, sem pensar duas vezes.

— Potencial? — repetiu Tibble, olhando-a.

— Sim, senhor, é isso que eu acho que ele vê. Com todo o respeito, senhor, preciso começar.

— Sim, claro. Dispensada.

Ela caminhou até Feeney.

— Este espaço vai servir para as investigações eletrônicas ligadas ao caso?

— Vai, sim. Estamos trazendo aqui para baixo o equipamento de que precisamos. Tudo estará instalado em trinta minutos. Já que ele voltou, e voltou para cá, temos que descobrir se ele usa o mesmo local de antes. Será que tem um espaço específico para isso? Talvez ele até more aqui quando não está trabalhando.

— Uma casa própria, um depósito desocupado. Há um monte deles na cidade e nos bairros periféricos — especulou Eve. — O canalha poderia estar atuando do outro lado do rio, em Nova Jersey, para depois usar Nova York apenas como local de desova. Se o lugar usado é o mesmo... e ele me parece um sujeito preso aos hábitos... isso diminui o nosso leque de probabilidades. Vamos verificar quem são os donos de imóveis com essas características que estão no nome da mesma pessoa há mais de nove anos. Dez! — corrigiu. — Ele precisou de algum tempo para se preparar.

— O leque continuará enorme. — Feeney coçou o nariz. — Vai ser como procurar uma agulha no palheiro. Tudo bem, vamos começar a trabalhar.

— Você está numa boa com a busca de pessoas desaparecidas?

Ele soltou um suspiro e enfiou as mãos nos bolsos largos.

— Você vai me perguntar se eu estou bem a cada tarefa ou passo que dermos?

Eve movimentou os ombros, e suas mãos também se enfiaram nos bolsos.

— É uma situação estranha.

— Já trabalhei na busca eletrônica em outros de seus casos e operações.

— Não é a mesma coisa, Feeney. — Ela esperou até seus olhos se encontrarem, até ter certeza de que eles se entendiam. — Nós dois sabemos que dessa vez é diferente. Portanto, se alguma coisa incomodar você, quero saber.

Ele olhou ao redor da sala para os policiais e membros da equipe que transportavam equipamentos e mesas. Então, virou a cabeça para o lado e chamou Eve para conversar com ele em um canto da sala.

— Isso me incomoda, mas não do jeito que você imagina. Eu me revolto até hoje por saber que nós não pegamos esse cara, que ele escorregou pelos nossos dedos numa investigação comandada por mim!

— Trabalhei com você na época e nós tínhamos uma equipe grande atrás dele. A culpa teria de ser de todos nós.

Seus olhos caídos e tristes como os de um cão basset encontraram os dela.

— Você sabe que não é assim. Sabe como a coisa funciona.

Ela sabia, claro que sim. Ele tinha lhe ensinado tudo sobre a responsabilidade e o peso do comando.

— Sei. — Ela passou a mão pelo cabelo. — Sim, eu sei.

— Agora é a sua vez. Você vai levar algumas porradas pesadas, porque nós dois sabemos que haverá outro nome e outro rosto naquele quadro antes de o agarrarmos. Você terá de conviver com isso, não pode fazer outra coisa senão aceitar o fardo. Isso me incomoda — confirmou ele. — Mas me incomodaria muito mais se outra pessoa que não fosse você tivesse sido apontada como investigadora principal desse caso. Está claro?

— Está claro.

— Vou começar a pesquisar a lista de pessoas desaparecidas. — Ele inclinou a cabeça em direção a Roarke. — Nosso consultor civil seria uma boa escolha para lidar com a busca dos imóveis.

— Sim, seria. Por que você não o manda fazer isso? Vou agitar o pessoal do laboratório, subornar e/ou ameaçar Dick Cabeção para ele liberar logo os laudos. — Ela olhou, viu que Roarke já trabalhava com McNab para configurar os centros de comunicação e dados. — Deixe só eu trocar umas palavrinhas com o civil antes.

Ela atravessou a sala até Roarke e bateu em seu ombro. Ele tinha prendido o cabelo atrás da nuca, como sempre fazia antes de mergulhar em pesadas pesquisas eletrônicas. Ainda usava o mesmo suéter e o jeans que vestira ao sair de casa, quando eles foram para a cena do crime. Ela notou que ele parecia apenas mais um membro da equipe, e não o imperador do mundo dos negócios.

— Preciso de um minuto — ela avisou a ele e se afastou alguns passos.

— Em que posso ajudá-la, tenente?

— Feeney arrumou trabalho para você. Ele vai lhe explicar o que é. Vou sair com Peabody. Eu só quero que... Escute, não comece a comprar coisas por aqui.

Ele ergueu as sobrancelhas, e um ar divertido surgiu claramente em seu rosto.

— Comprar coisas como...?

— Brinquedos eletrônicos, móveis novos, almoços encomendados, garotas dançarinas, sei lá — disse ela, balançando a mão com ar distraído. — Você não está aqui para servir de fornecedor para a Polícia de Nova York.

— E se eu ficar com fome e depois tiver vontade de dançar?

— Suprima a vontade. — Ela lhe deu uma cutucada no peito que ele corretamente interpretou como carinho e advertência. — E não espere que eu lhe dê beijos de despedida, olá e coisas desse tipo, porque estamos em horário de trabalho e fazer isso vai nos fazer parecer...

— Casados? — Diante do olhar duro que ela lançou, ele sorriu.

— Muito bem, tenente, farei o máximo para suprimir todos os meus desejos.

Até parece, pensou Eve, mas teve de se satisfazer com isso.

— Peabody! — gritou. — Venha comigo.

Na saída, Peabody passou na máquina de venda de refrigerantes. Pegou uma Pepsi Diet para ela e uma lata comum para Eve.

— Preciso manter o nível de cafeína elevado. Nunca participei de algo dessa magnitude. Surge um caso novo, e poucas horas depois temos uma força-tarefa, uma sala de guerra completa e um estímulo do próprio secretário de Segurança.

— Vamos solucionar o caso.

— Sim, mas temos esse caso, os crimes de nove anos atrás e os que aconteceram nesse intervalo de tempo. Estamos com muitas bolas no ar ao mesmo tempo.

— É um caso só. — disse Eve quando elas entraram na viatura.

— Um caso com um monte de peças.

— Braços — Peabody disse, depois de pensar um segundo. — Mais parecem braços. É como um polvo.

— Este caso *é* um polvo.

— Pois é. Tem um monte de tentáculos, todos esses braços, mas uma só cabeça. Se acharmos a cabeça, temos todo o resto.

— Muito bom — decidiu Eve. — Nada mal... Este caso é um polvo.

— Digamos que não consigamos chegar direto à cabeça, não no início, mas se fisgarmos um desses tentáculos, então...

— Já entendi a imagem, Peabody — Pronto, agora ela estava com aquela imagem nadando na cabeça: um polvo gigante. Eve ficou aliviada quando o *tele-link* do painel tocou.

— Dallas falando!

— E aí, como vão as coisas?

— Olá, Nadine. — Eve deixou seu olhar se fixar por um segundo na tela onde Nadine Furst, um nome quente no mundo da mídia, sorriu para ela.

— Uma coletiva de imprensa foi convocada e você aparece como porta-voz do departamento. Sei o quanto você adora isso... — ela riu.

— Sou a investigadora do caso.

— Então... — Na tela, os olhos de gato de Nadine eram afiados e curiosos. — Mas por que esse caso ganhou tanto destaque? Temos uma mulher morta no parque, cuja identidade ainda não foi divulgada.

— Vamos informar o nome dela na coletiva.

— Puxa, me dê uma dica. Celebridade?

— Não há indícios disso.

— Vamos lá, seja minha amiga!

O problema era que elas *eram* amigas. Além disso, Nadine era alguém em quem Eve podia confiar. No momento, ela tinha muito prestígio. E poderia, refletiu Eve, ser útil.

— Você vai gostar de ir a essa coletiva, Nadine.

— Mas eu tenho um conflito de horários. Você poderia pelo menos...

— Você vai gostar de estar lá, e quando a coletiva acabar aposto que vai sair dali e ir direto me procurar.

— Se você me oferecer uma entrevista exclusiva, isso vai iluminar meu dia, Dallas.

— Você não vai ganhar exclusividade alguma. Será um papo só entre mim e você, Nadine. Sem câmeras. Será interessante, pode apostar.

— Estarei lá!

— Isso foi inteligente — elogiou Peabody quando Eve desligou.

— Muito inteligente. Traga-a para perto, faça um trato e consiga seus belos contatos e recursos.

— Ela vai manter o bico calado sobre o que eu lhe pedir. — Eve concordou. — E será o funil perfeito para qualquer vazamento que o departamento quiser liberar. — Ela estacionou o carro e revirou os ombros. — Antes disso, porém, vamos pegar no pé de Dick Cabeção.

Dick Berenski merecia seu apelido. Tinha uma cabeça em forma de ovo coberta com cabelo preto liso; sua personalidade era mais oleosa que uma lata de sardinhas. Ele era escorregadio, tinha um ar decadente e não apenas estava aberto a subornos como costumava esperar por eles.

Apesar de ser um idiota, cuidava muito bem de um laboratório excepcional, desempenhava bem o seu trabalho e conhecia a localização exata das covinhas nos traseiros das modelos das páginas centrais das revistas.

Eve entrou e passou direto pelas bancadas compridas, as estações de trabalho e os cubículos de paredes claras. Viu Berenski se balançar para a frente e para trás em seu banquinho diante de uma bancada, tamborilando seus dedos compridos como patas de aranha em teclados e tocando em algumas telas.

Era um idiota, pensou Eve, mas um idiota multitarefa.

— Onde está o meu laudo? — perguntou a tenente.

Ele nem se deu ao trabalho de erguer a cabeça.

— Segure sua onda, Dallas. Você quer o serviço rápido ou bem-executado?

— Quero rápido e bem-feito. Não me sacaneie com isso, Cabeção.

— Já disse para você segurar sua onda!

Eve estreitou os olhos, porque quando ele se virou no banco havia fúria em seu rosto. Aquela não era sua reação habitual a coisa alguma.

— Pensa que estou enrolando aqui? — reclamou. — Acha que estou batendo umazinha só para me distrair?

— Não seria a primeira vez.

— Porque esse caso também não é a nossa primeira vez, certo?

Eve revirou as próprias lembranças.

— Você não era chefe daqui, nove anos atrás.

— Mas era técnico-sênior! Eu que examinei a pele e o cabelo daquelas quatro vítimas. Harte levou os louros, mas eu que fiz o trabalho, merda.

Harte, Eve lembrou, também tinha um apelido: Harte Chupão.

— Então você fez o seu trabalho? Palmas, muitas palmas! Agora, eu preciso da análise do cabelo e da pele *desta* vítima.

— Sim, fiz meu trabalho — confirmou ele, dessa vez em um tom amargo. — Analisei, pesquisei e identifiquei um material onde mal havia vestígios. E informei a todos as marcas da porra do sabonete e do xampu. Foram *vocês* que não pegaram o canalha.

— Está insinuando que você fez o seu trabalho, mas nós não fizemos o nosso? É melhor *você* segurar sua onda, Cabeção!

— Ah, desculpem, por favor não deem porrada no árbitro. — Com muita coragem, em sua opinião, Peabody se colocou entre o chefe do laboratório e a investigadora principal do caso. — Todo mundo que se envolveu no caso nove anos atrás está mais sensível dessa vez.

— Como é que você sabe? — Dick se virou contra Peabody. — Nessa época você ainda vivia em alguma comunidade Família Livre, do tipo "paz e amor", cantando no mato para a porra da lua.

— Ei! — exclamou Peabody.

— Já chega! — Eve manteve a voz baixa e o tom cortante. — Se você não consegue segurar essa barra, Berenski, vou convocar outro técnico.

— Sou o chefe e você não apita nada aqui. *Eu decido* quem trabalha onde. Segure a onda um instantinho, um minutinho só! Droga!

Como sabia que aquela reação não era normal, Eve se manteve calada enquanto ele olhava para os dedos compridos e ágeis.

— Alguns casos permanecem com a gente, entende, Dallas? Eles se agarram em nossas entranhas. Depois, outras merdas entram e saem, você acaba afastando o caso do pensamento. Mas, de repente, o pesadelo volta e chuta o seu saco.

Ele respirou fundo e olhou para Eve. Não era apenas a fúria, ela via agora. Era a frustração amarga que, em um trabalho como aquele, podia jogar a pessoa perigosamente na escuridão do luto.

— Você se lembra de quando ele parou, sumiu do nada e todo mundo imaginou que estivesse morto ou tinha sido preso por algum outro crime? Nós não o pegamos e isso foi foda, mas ele parou. — Berenski soltou um suspiro. — Só que não parou. Não estava morto, nem jogado no fundo de uma jaula. Estava só passeando pelo planeta, se divertindo como antigamente. Agora está de volta à minha bancada e isso me deixa puto!

— Estou servindo como presidente honorária do Clube dos Putos e Revoltados — informou Eve. — Posso levar seu pedido de adesão ao clube para avaliação, se desejar.

Ele bufou uma risada e a crise passou.

— Já cheguei aos resultados. Estava só refazendo tudo. Verificação tripla. Não são as mesmas marcas de produtos de antes.

— As antigas marcas ainda estão disponíveis para venda?

— Estão sim, esse é o problema. Ele usou sabonete de manteiga de karité com azeite de oliva e óleos de palma, de rosa e de camomila nas quatro primeiras vítimas. Um sabonete artesanal importado da França. Marca L'Essence, sei lá como os franceses pronunciam isso. Coisa fina, mais de quinze dólares a unidade nove anos atrás. O xampu era do mesmo fabricante e mesma marca, com extrato de caviar e erva-doce.

— Eles colocam caviar em xampus? — espantou-se Peabody. — Que desperdício!

— São só ovas de peixe; uma coisa nojenta, se quer saber minha opinião. O técnico que trabalhou com as vítimas do País de Gales foi bom o bastante para chegar à mesma conclusão e seu laudo foi igual ao meu. Mesma coisa na Flórida. Eles não conseguiram nada na Romênia nem na Bolívia. Mas agora ele trocou de marca.

— Usou que marca?

— Pois é... O que temos ainda é sabonete artesanal, tem manteiga de karité, manteiga de cacau, azeite de oliva, óleo de toranja e de abricó. Ele foi muito específico e usou um ingrediente ainda mais exclusivo: toranja rosa. O sabonete é fabricado exclusivamente na Itália, e prepare a cara de espanto... Custa *cinquenta* dólares a unidade.

— Então ele subiu de nível.

— Sim, aí é que está. Dei uma olhada no site deles e confirmei. — Ele exibiu as imagens do produto. Cada sabonete tinha a cor de uma joia preciosa, e várias flores raras e ervas finas enfeitavam a embalagem. — Só existe uma loja na cidade que os vende. O xampu é da mesma marca, feito com óleo de trufas brancas, custa cento e cinquenta dólares o frasco de 240 ml.

Ele fungou e bufou.

— Eu não pagaria isso nem por uma garrafa de bebida da melhor qualidade.

— Você não precisa pagar — disse Eve com ar distraído. — Consegue bebida na base do suborno.

— É. Mesmo assim é caro!

Muito caro, produtos exclusivos. Prestígio, pensou Eve. O melhor do melhor?

— Qual é o revendedor exclusivo aqui na cidade?

— Um lugar chamado Scentual. Há uma loja na Madison, esquina com Rua 53. Eles também têm uma filial no West Village, na rua Christopher.

— Muito bom. E quanto ao lençol?

— Linho irlandês de setecentos fios. Essa é outra mudança importante. Na primeira vez ele usou algodão egípcio de quinhentos fios. O lençol de agora é fabricado na Irlanda e na Escócia. Existe um monte de lojas por lá. Aqui, podem ser encontrados em lojas finas e locais que vendem enxovais de luxo. A marca é Fáilte.

Ele massacrou o idioma irlandês, reparou Eve, pois já tinha ouvido aquela palavra antes.

— Ok. Mande cópias para mim, para Whitney, para Tibble e para Feeney. Você já examinou a água?

— Ainda estou trabalhando nela. Na minha hipótese mais provável, ainda não confirmada, é que foi água do abastecimento público, só que filtrada. Pode ser água da torneira, mas definitivamente foi filtrada. A água de Nova York é excelente, mas esse cara parece ser fanático por coisas puras.

— Fanático, com certeza. Legal, muito obrigada. Peabody, vamos às compras.

— Beleza!

— Dallas — Berenski se virou mais uma vez no banco. — Traga-me algo mais desta vez. Consiga-me alguma coisa.

— Estou trabalhando nisso.

Eve foi até a distribuidora do centro em primeiro lugar, e seu olfato foi invadido pelas fragrâncias da loja no instante em que entrou. Aquilo era como cair dentro de um buquê gigantesco, pensou Eve.

Todos os atendentes vestiam cores fortes para combinar com o material à venda, especulou Eve. Os produtos eram exibidos como se fossem peças de arte inestimáveis em um pequeno museu intimista.

Muitos clientes circulavam e compravam coisas. Considerando o preço de cada sabonete ali, Eve perguntou que diabos havia de errado com aquela gente.

Ela e Peabody foram abordadas por uma loura que devia ter um metro e noventa, contando os saltos altos. Suas botas, a saia e o casaco justo no corpo eram cor de banana verde.

— Sejam bem-vindas à Scentual. Em que posso ajudá-las?

— Informações. — Eve exibiu o distintivo.

— De que tipo?

— Sabonetes com manteiga de karité, manteiga de cacau, toranja rosa e...

— Ah, nossa linha *citrus*! Por favor, venham por aqui.

— Não quero os sabonetes. Quero sua lista de clientes para as vendas desse produto e do xampu com óleo de trufas. Quero saber quais são os clientes que compraram os dois produtos.

— Isso é um pouco difícil, porque...

— Vou facilitar as coisas. Quero a lista dos clientes ou então consigo um mandado para vê-la. Isso vai manter a loja fechada durante algumas horas, é claro. Talvez dias...

A loura pigarreou para limpar a garganta.

— A senhora provavelmente deve falar com a gerente.

— Tudo bem.

Ela olhou ao redor quando a loura saiu correndo, e viu Peabody cheirando fragmentos de sabonetes que eram ofertados como amostras.

— Pare com essa frescura!

— Eu nunca vou conseguir comprar mais que algumas lasquinhas desse tipo de produto. Estou só cheirando. Adorei esse aqui... Gardênia. Meio fora de moda, mas muito sexy. Um cheiro "feminino", como meu namorado diria. Você viu que embalagens lindas? Viu os óleos de banho? — Seus olhos deslumbrados circularam pelos tons suaves das sofisticadas garrafinhas expostas nas prateleiras. — Tudo aqui é absolutamente *mag*.

— Quer dizer que você teria coragem de pagar duzentos paus por um troço que vai descer pelo ralo? Eu só compraria algo engarrafado que custasse tão caro seu eu fosse capaz de beber o produto.

Ela se virou para trás quando outra mulher se aproximou. Dessa vez era uma ruiva miúda, usando um terninho cor de safira.

— Sou Chessie, a gerente. Há algum problema?

— Não para mim. Preciso da sua lista de clientes para a compra de dois produtos específicos, já que tais produtos estão relacionados a uma investigação policial.

— Sim, entendo. Eu poderia ver a sua identificação, por favor?

Eve exibiu o distintivo novamente. Chessie o pegou, analisou longamente e, em seguida, ergueu o olhar para Eve.

— Tenente Dallas?

— Isso mesmo.

— Ficarei muito feliz por ajudá-la em tudo que puder, da forma que conseguir. Quais são os produtos específicos, por favor?

Ao ser informada, a gerente assentiu com a cabeça, pediu alguns minutos e Eve a viu se afastar.

— Peabody... — Quando olhou em volta, sua parceira testava uma amostra minúscula de um creme para o corpo que esfregava nas costas da mão.

— Parece seda! — exclamou Peabody. — É como seda líquida! Tenho um primo que faz sabonetes artesanais, cremes para o corpo e tudo o mais, e os produtos são ótimos, mas isso aqui...

— Pare de esfregar esses troços em si mesma. Vou ter que andar depois ao seu lado, na viatura, e você vai fazer com que o ambiente pareça com um imenso e arrepiante passeio pela campina.

— Mas as campinas têm um perfume pastoral.

— Exatamente. É assustador. Ele pode ter comprado o material aqui — disse ela, pensando em voz alta. — Ou na outra loja do centro da cidade, ou pela internet. Merda, ele poderia ter comprado o material na Itália ou sei lá mais onde vendem essas coisas, e ter trazido para os Estados Unidos. Tudo bem, pelo menos já é um começo.

Chessie voltou com algumas listas.

— Não fizemos venda alguma, nem a dinheiro nem a crédito, dos dois produtos ao mesmo tempo. Nem a nossa loja da Avenida Madison. Já entrei em contato com eles. Como medida de precaução, pesquisei todas as vendas de cada produto, em cada loja. Obviamente não temos como informar os nomes dos clientes para as compras pagas à vista. Pesquisei nos últimos trinta dias, mas posso voltar mais no tempo, caso a senhora precise.

— Isso deve servir por enquanto. Obrigada. — Eve pegou as listas. — Você recebeu algum memorando a meu respeito?

— Sim, certamente. Existe algo mais que eu possa fazer para ajudá-la?

— No momento, náo.

— Se ela recebeu o famoso memorando "coopere com a tenente Dallas", Roarke é dono deste lugar — garantiu Peabody, quando elas saíram novamente na calçada. — Puxa, você poderia *nadar* nesse óleo de banho, se quisesse, Dallas! Como é que ainda não...

— Espere um instante. — Ela abriu o *tele-link* e entrou em contato com Roarke.

— Olá, tenente.

— Você fabrica lençóis e roupas de cama da marca Fáilte?

— Fabrico. Por quê?

— Mais tarde eu explico. — Ela encerrou a transmissão. — Não acredito em coincidências, Peabody.

— Opa. Acabou de cair a ficha aqui também. A primeira vítima trabalhava para ele, foi lavada dos pés à cabeça com produtos de uma loja que pertence a ele e exposta sobre um lençol que ele fabrica. Não, também não estou acreditando nessas coincidências. Mas não sei que diabos isso pode significar.

— Vamos descobrir. Você dirige. — Eve pegou o *tele-link* mais uma vez e ligou para Feeney. — Acesse os registros de pessoas desaparecidas e adicione um dado novo na busca de dados. Procure uma mulher que trabalhe em alguma das empresas de Roarke. Não conte nada a ele por enquanto. Busque qualquer mulher desaparecida nos últimos dias que se encaixe no perfil das nossas vítimas e trabalhe em um dos empreendimentos de Roarke em Nova York.

— Entendido. Tenho três mulheres desaparecidas, vítimas em potencial, que me foram informadas pela polícia de três estados. Espere um minutinho. Você não tem que ir à coletiva de imprensa?

— Estou a caminho.

— Tudo bem, tudo bem — resmungou ele. — Coletivas levam algum tempo. Vamos lá. Temos possibilidades em algumas das... Filho da puta! Gia Rossi, trinta e um anos, trabalha como personal trainer e é professora de musculação na BodyWorks, uma subsidiária da Consciência Saudável, divisão das Indústrias Roarke. Foi registrada como desaparecida na noite passada.

— Pegue um dos policiais e vá até o local de trabalho dela e também à sua residência. Converse com a pessoa que notificou o desaparecimento e depois...

— Eu sei o que fazer, Dallas.

— Certo. Vá em frente, Feeney. — Ela desligou. — Maldita coletiva de imprensa!

— Você tem que dizer a ele, Dallas. Precisa contar a Roarke tudo que está acontecendo.

— Eu sei, eu sei. Mas tenho de enfrentar essa bosta de entrevista com a mídia antes e ainda tenho de pensar. Roarke vai ter de encarar essa. Vai ter de lidar com o problema...

Eve pensaria nisso depois. No momento, ela só conseguia pensar que talvez já fosse tarde demais para Gia Rossi. E só poderia imaginar o que já tinha sido feito com ela.

Ele a lavou ao som da ópera *Falstaff*, que sempre o deixava com um astral alegre. Uma bela música para uma pequena tarefa. Sua parceira precisava estar absolutamente limpa antes de iniciar o trabalho. Ele apreciou, em particular, o momento de lavar o cabelo dela, em um tom belíssimo de castanho.

Gostava dos aromas, é claro — uma sugestão de componentes cítricos e sua fragrância feminina natural misturada com o cheiro do medo.

Ela choramingou baixinho quando ele a lavou e soluçou um pouco, o que o deixou preocupado. Preferia os gritos, os xingamentos, as orações, as súplicas, que seguiam numa escalada até o choro incoerente.

Mas ainda era cedo, ele pensou.

A água com a qual ele a enxaguou estava gelada. Isso transformou o choro em suspiros duros e pequenos gritos. Assim era melhor!

— Ora, veja... isso foi refrescante, não é verdade? Estimulante. Você tem um excelente tônus muscular, devo ressaltar. Um corpo forte e saudável faz toda a diferença.

Ela tremia de forma violenta agora, seus dentes batiam constantemente e seus lábios adquiriram um tom azul pálido. Poderia ser muito interessante, ele decidiu, contrastar o frio intenso com o calor.

— Por favor. — Ela engasgou quando ele se virou para analisar suas ferramentas. — O que você quer? O que você quer?

— Tudo o que você puder me dar — respondeu ele. Escolheu seu maçarico mais fino, acendeu a chama e, em seguida, reduziu-a à espessura de um alfinete.

Quando ele se virou e os olhos dela viram a chama fina, ela o recompensou com aqueles gritos desesperados, extremamente selvagens.

— Vamos começar, então?

Ele se posicionou na base da mesa e sorriu, deliciado, ao apreciar os elegantes arcos formados pelos seus pés.

Capítulo Cinco

Eve detestava coletivas de imprensa, mas quase sempre odiava ainda mais a funcionária de Relações Públicas da Polícia. Foi ela quem sugeriu que Eve se submetesse ao preparador de mídia e que usasse um pouco de maquiagem para exibir uma imagem mais agradável nas telas.

— Assassinato não é assunto agradável — rebateu Eve, caminhando a passos largos rumo aos portões principais do prédio da Central de Polícia.

— Não, claro que não. — A RP correu para acompanhar Eve. — Mas queremos evitar palavras como "assassinato". A declaração que foi preparada...

— Não vai parecer nada saborosa quando eu a enfiar pela sua goela abaixo. Não sou sua porta-voz e isso não é um evento.

— Não, mas existem formas de dizer as coisas de um jeito informativo com muito tato e diplomacia.

— Diplomacia não passa de conversa fiada com polimento de cuspe.

Eve empurrou as portas. Tibble tinha preferido oferecer a coletiva nos degraus da Central para exibir a solidez do prédio e também, Eve imaginou, para garantir que o evento seria curto.

O vento de março não ia ser nem um pouco acolhedor.

Ela se aproximou do palanque e esperou o nível de ruído abaixar para poder falar. Avistou Nadine na mesma hora. O casaco vermelho berrante da repórter se destacava como um farol.

— Tenho uma declaração a fazer e depois responderei a algumas poucas perguntas. O corpo de uma mulher de vinte e oito anos de idade, identificada como Sarifina York, foi encontrado esta madrugada no East River Park. Foi determinado que a srta. York foi provavelmente sequestrada na última segunda-feira à noite e mantida em cativelro por vários dias. O método pelo qual foi assassinada e as provas recolhidas até agora indicam que a srta. York foi morta pela mesma pessoa que tirou a vida de quatro mulheres durante um período de quinze dias nesta cidade, há nove anos.

Isso provocou uma erupção na plateia e muita agitação, mas Eve ignorou o efeito. Permaneceu em silêncio enquanto perguntas e pedidos lhe eram arremessados. Ficou parada, calada, até o silêncio voltar a reinar.

— O Departamento de Polícia de Nova York autorizou a formação imediata de uma força-tarefa. Sua finalidade principal será investigar este crime, encontrar e prender o criminoso. Vamos usar todos os recursos, cada hora de cada funcionário e toda a experiência à nossa disposição para fazer isso. Perguntas?

Elas voaram como mísseis, mas o fato de haver tantas lhe permitiu escolher a dedo as que lhe interessavam responder.

— Como ela foi morta? — repetiu Eve. — A srta. York foi torturada ao longo de vários dias e morreu pela perda de sangue. Não, nós não temos nenhum suspeito até o momento e, sim, estamos acompanhando e continuaremos a seguir toda e qualquer pista que aparecer.

Ela respondeu a mais alguns questionamentos, sentindo-se grata pelo tempo oferecido estar quase acabando. Observou que

Nadine não lhe fez pergunta alguma; na verdade, tinha se afastado da multidão de repórteres e conversava com alguém pelo *tele-link*.

— A senhora disse que a vítima foi torturada — gritou alguém.

— Poderia nos fornecer mais algum detalhe?

— Não posso, nem fornecerei. Esses detalhes são confidenciais e importantes para a investigação. Mesmo que não fossem, não relataria mais nada, para evitar que vocês divulguem ao mundo os sofrimentos que a vítima enfrentou e provoquem ainda mais dor em seus familiares e amigos. A vida dessa jovem lhe foi arrancada. Só isso já é motivo mais que suficiente para todos nos sentirmos ultrajados.

Ela deu um passo para trás, virou-se e tornou a entrar na Central de Polícia.

Nadine ainda levaria alguns minutos para chegar até a Divisão de Homicídios, pois teria que usar seu charme para abrir caminho através dos potenciais bloqueios até a sala de Eve.

Além disso, Eve pensou, ela poderia esperar. Pelo menos algum tempo.

Antes de qualquer coisa, ela precisava falar com Roarke.

Sentiu o cheiro assim que entrou na sala de conferências e preferia muito mais aquele aroma ao bombardeio olfatório da Scentual.

Alguém, ela pensou, tinha trazido sanduíche grelhado.

Seguiu até a estação de trabalho de Roarke e notou que ele comia um sanduíche de frios. Ele fez uma pausa no trabalho por tempo suficiente para pegar metade do sanduíche e entregá-lo a Eve.

— Coma alguma coisa.

Ela olhou com desconfiança para as fatias enroladas.

— O que é isso?

— Nenhuma substância encontrada na natureza, isso posso garantir. Foi por isso que disse "coma *alguma coisa*".

Mais para agradá-lo do que por fome, ela deu uma mordida.

— Preciso falar com você.

— Se está atrás de respostas relacionadas à tarefa que me deu, não vai obter nada por enquanto. Existem, literalmente, milhares de apartamentos, residências particulares, depósitos e outras estruturas potenciais em Nova York, nos subúrbios e em Nova Jersey, que têm a mesma pessoa ou organização como dono ao longo da última década.

— Como você está lidando com tantos dados?

— Dividi tudo em quadrantes, pode-se dizer. Subdividi a pesquisa por tipos de estrutura e, em seguida, por tipos de propriedade. É um trabalho terrivelmente tedioso.

— Você pediu por isso.

— É verdade. — Olhando para ela, ele pegou uma garrafa de água e tomou um gole.

— Temos uma novidade. O laboratório identificou o sabonete e o xampu usados para lavar a vítima.

— Trabalho rápido!

— Foi mesmo. Cabeção mergulhou "de cabeça". Ele já tinha trabalhado nesse caso antes.

— Ah.

— O assassino usa produtos altamente sofisticados. Muito exclusivos. São vendidos em apenas uma loja em Nova York, que tem duas filiais. A loja pertence a você.

— A mim? — Ele se recostou na cadeira com os olhos frios e o rosto duro. — E o mesmo aconteceu com o lençol que ele usou.

— Exato. — Já que a comida estava ali e ela também, Eve deu mais uma mordida no sanduíche de recheio misterioso. — Alguém pouco cético poderia achar que é uma coincidência, já que você fabrica grandes quantidades de quase tudo.

— Mas você e eu não somos pouco céticos.

— Não. Foi por isso que eu pedi a Feeney que colocasse os nomes das suas funcionárias na pesquisa de pessoas desaparecidas nos últimos dias. Você não vai gostar do resultado.

— Quem é ela?

— Gia Rossi. — Eve pegou a água e tomou um gole. — Ela é personal trainer e instrutora da BodyWorks. Você a conhece?

— Não. — Ele apertou os dedos sobre os olhos por um momento, depois os tirou. — Não, não acredito que conheça. Houve alguma dessas conexões ou sobreposições de nomes de vítimas da investigação anterior que tinham ligação comigo?

— Não que eu saiba, mas já comecei a averiguar desde aquela época. Ele mudou os produtos dessa vez. Se você é parte do motivo, temos de descobrir o porquê disso. Um concorrente talvez... ou ex--funcionário. Precisamos trabalhar esse ângulo.

— Quando foi que ele raptou essa segunda vítima?

— Ela foi informada como desaparecida desde ontem. Não sei os detalhes ainda, Feeney está correndo atrás. Tenho de puxar outro fio agora, mas vamos cavar mais fundo nisso. Sei que isso é um golpe duro para você, mas também foi um erro. Um erro *dele*. Não havia nada que servisse de ligação externa entre as vítimas nos outros casos. Agora há.

— Sim. Agora há.

— Desculpe, mas eu preciso ir.

— Vá em frente. Vou continuar nesse trabalho por enquanto.

Ela não o beijou, embora uma parte dela quisesse fazer isso, só para lhe dar conforto. Em vez disso, ela colocou a mão sobre a dele e apertou suavemente. Logo depois, saiu.

Ela seguiu rumo à sua sala e encontrou Baxter.

— Até agora nada — informou ele. — Tornamos a interrogar a irmã, fomos ao clube e conversamos com os vizinhos da vítima. Conseguimos um zero imenso.

— E o ex-namorado?

— Está fora da cidade durante o fim de semana. Um vizinho disse que ele foi praticar *snowboard* no Colorado.

— Por que alguém iria deliberadamente saltar e girar na neve, no alto de uma montanha? — perguntou Eve a si mesma em voz alta.

— Não faço ideia. Gosto mais de esportes de verão, onde as mulheres andam muito, *muito menos* vestidas. Neve e gelo? Não dá para ver pele nenhuma.

— Você é um porco, Baxter.

— Com muito orgulho. Você quer que eu investigue o ex--namorado? O vizinho acha que sabe onde o cara está hospedado. Ele voltará para Nova York amanhã à noite.

— Vamos procurá-lo quando ele chegar. Vá falar com Jenkinson, agora. Veja em que ponto ele e Powell estão na lista de pessoas interrogadas nos outros casos. Você e Trueheart poderão ajudá-lo nisso. A mídia ainda está por fora dos detalhes dos casos antigos; isso significa que temos mais um dia. Amanhã vamos ser soterrados por pistas falsas oferecidas por lunáticos. Teremos que investigar cada uma delas. Então é melhor limparmos o caminho com o que temos em mãos.

Nadine estava à espera de Eve, sentada na cadeira das visitas, as pernas cruzadas, examinando as unhas enquanto falava em seu fone de ouvido.

— Você vai ter de que remarcar ou cancelar — avisou ela, pelo fone. — Não, nada disso. Nós combinamos por escrito quando eu assumi essa matéria que se aparecesse alguma coisa quente e urgente, algo que eu sentisse que precisava perseguir pessoalmente, teria preferência sobre todo o resto. Esse foi o nosso acordo.

Ela olhou para Eve e revirou os olhos verdes muito inteligentes.

— É para isso que servem os assistentes e os auxiliares dos assistentes — continuou ela, junto ao fone. — Quanto à matéria, o repórter pode reagendar tudo. Sei muito bem que pode. Sou uma tremenda repórter!

Ela arrancou o headset.

— O preço de ser famosa é alto! — filosofou Eve.

— Nem me conte. A sorte é que eu e a fama combinamos muito bem. Posso tomar um café?

Com ar de gentileza, Eve foi até o AutoChef. Seu organismo começava a dar sinais de cansaço. Café iria colocá-la novamente em alerta. Nadine se sentou sem dizer nada.

Ela usava a fama muito bem, refletiu Eve. O cabelo estiloso com fios luminosos, as feições marcantes e o terninho sempre pronto para a câmera. Mas Eve sabia que, embora Nadine tivesse o *Now*, um programa de TV só dela, e os índices de audiência do programa estivessem mais nas alturas que um viciado em zeus, aquela mulher era exatamente o que afirmava: uma tremenda repórter.

— Com quem você falava pelo *tele-link* durante a coletiva?

— Adivinhe! — rebateu Nadine.

Eve girou o corpo e ofereceu o café.

— Com sua equipe de pesquisas para levantar os detalhes do caso de anos atrás.

Nadine sorriu, deu um gole e exclamou:

— Achei a pessoa que está usando o chapéu-pensador!

— Algumas dicas daquela investigação acabaram vazando.

— Sim, algumas — Nadine concordou e seu sorriso desapareceu. — Alguns detalhes sobre como as vítimas foram torturadas. Imagino que tenha havido coisas muito piores que não vazaram.

— Sim, houve. Muito piores.

— Você trabalhou no caso.

— Feeney foi o investigador principal, eu era sua parceira.

— Eu não morava em Nova York há nove anos. Batalhava por um espaço numa emissora de segunda linha da Filadélfia, que era filiada a uma grande rede. Mas me lembro desse caso. E dos assassinatos. Tentei crescer na carreira fazendo uma série de reportagens sobre eles. Foi isso que me tirou daquele inferno na Filadélfia.

— Mundo pequeno.

Nadine concordou com a cabeça e bebeu mais café.

— O que você quer?

— Você tem uma equipe de pesquisa na ponta dos dedos agora, e é uma grande estrela em sua área. — Eve encostou o quadril na quina da mesa. — Eu quero tudo, qualquer coisa que você puder desenterrar sobre os assassinatos. Todos eles. Os daqui, os da Europa, os da Flórida, os da América do Sul.

Nadine piscou.

— O quê? Como assim? Onde?

— Vou lhe explicar os detalhes em caráter extraoficial. Depois, você coloca seus pesquisadores e suas habilidades bem-ajustadas para farejar tudo. Ele já pegou a segunda vítima, Nadine.

— Oh, Deus.

— Não posso ajudá-la. As probabilidades são mínimas de conseguirmos rastreá-lo rápido o suficiente para conseguir salvá-la. Preciso descobrir tudo que puder. Talvez possamos salvar a mulher que ele está caçando agora.

— Deixe-me pensar. — Fechando os olhos, Nadine se sentou novamente e bebeu mais café. — Tenho duas pessoas inteligentes que posso intimidar e subornar para manter o trabalho e os resultados fora do radar. Eu também sou muito inteligente, é claro, de modo que já somos três. — Balançando a cabeça, ela se sentou novamente. — Você sabe que eu faço isso porque acredito que uma vida vale mais do que uma história. Pouco mais... — completou, com um sorriso. — E farei isso porque você e eu somos amigas que se respeitam e jogam limpo. Não preciso de pagamento.

— Eu sei disso. Do mesmo jeito que você sabe que eu vou recompensá-la pelo seu trabalho.

Nadine ergueu uma sobrancelha.

— Como sou muito inteligente, não vou rejeitar a recompensa. Quero uma entrevista exclusiva com você.

— Depois que ele estiver preso, não antes.

— Combinado. Que tal uma entrevista ao vivo no *Now*?

— Não force a barra, Nadine.

Ela riu.

— Então eu quero uma entrevista ao vivo com o membro da sua equipe que você escolher. Exibiremos trechos da entrevista exclusiva e extensa que você vai fazer comigo. E que terá sido gravada antes.

Eve pensou sobre a proposta.

— Tudo bem, dá para aceitar isso.

— Beleza! Para obter mais dados eu preciso de antigos detalhes. — Nadine pegou o gravador e inclinou a cabeça. — Pode ser?

— Tudo bem, pode ser.

Havia algo irritante em nível visceral no trabalho de uma central de polícia. Era uma experiência interessante, pensou Roarke, mas muito, muito estranha para alguém com o seu... colorido passado.

Ele já tinha trabalhado *com* a policia várias vezes — sem contar sua mulher; Já recebera policiais em sua casa para eventos sociais e profissionais. Mas trabalhar em uma sala de guerra no núcleo da Central de Polícia quase o dia todo... Bem, isso era completamente diferente.

Eles andavam de um lado para outro sem parar, observou ele. Saíam rapidamente da sala e voltavam em seguida, comunicando-se entre si quase sempre numa gíria policial que, às vezes, lhe parecia estranhamente formal; seus passos eram curtos, enérgicos e, de algum modo, coloridos ao mesmo tempo.

Roarke era acompanhado por McNab, por quem tinha desenvolvido uma bela amizade, e também trabalhava com Callendar, uma investigadora curvilínea com uma bela pele escura e olhos levemente puxados. Todos ali conseguiam ficam sentados, em pé ou quase dançar pelo espaço, enquanto trabalhavam de forma frenética atrás de dados, em busca de um único byte que poderia ser vital para a investigação. Pareciam abelhas numa ocupada colmeia.

Quanto ao colorido, com exceção de seu capitão, parecia que a DDE buscava o chamativo. McNab usava um jeans amarelo brilhante e uma camisa turquesa estampada com o que pareciam ser tartarugas voadoras. Seu cabelo muito cumprido e louro estava amarrado em um rabo de cavalo e preso por um elástico grosso amarelo canário. Nos dois lados do rosto comprido e bonito, os lóbulos das orelhas pareciam sobrecarregados por uma série complexa de argolas e piercings.

Roarke se perguntou por que, honestamente, uma pessoa gostaria de ter tantos buracos feitos na pele.

O rapaz, entretanto, tinha um carisma forte e era excelente no trabalho que desenvolvia.

A garota, que parecia ter pouco mais de vinte anos, Roarke ainda não conhecia. Tinha uma bonita pele cor de mel queimado e massas densas de cabelo preto encaracolado torcido em direções diversas e arrumado por várias presilhas em todas as cores do arco-íris. Aros de prata por onde o punho de Roarke poderia passar com facilidade estavam pendurados em suas orelhas. Ela usava calça larga com múltiplos bolsos em tons berrantes de rosa e lavanda, complementada por um suéter verde colante onde se lia E-DEUSES! estampado sobre seus generosos seios.

Tinha unhas compridas esmeraldas que, quando usava o teclado, clicavam nas teclas como castanholas loucas.

Assim como McNab, ela parecia incansável. Ambos eram irrequietos pacotes de energia malcontida e se sacudiam e pulavam de forma constante: pés, cabeças, ombros e bundas.

Fascinante.

— Ei, você, Lourinho — ela gritou. McNab olhou por cima do ombro.

— Está falando comigo, Sutiã 48?

— Sua vez. Líquido!

— Eu pego. Você quer? — ofereceu a Roarke. — Alguma coisa para beber?

— Aceito sim, obrigado.

— Ligado ou desligado?

Demorou um instante para Roarke traduzir mentalmente a gíria nova, e nesse momento ele se sentiu muito velho.

— Pode ser com um pouco de ligação.

— Fui! — Quando McNab saiu da sala quase aos pulos, Callendar lançou para Roarke um sorriso curto e bonito.

— Quer dizer que você é o tal cara totalmente submerso em grana, certo? Dá para você nadar de costas na bufunfa, pelo que dizem. Como é viver assim?

— Gratificante — foi a resposta decisiva.

— Aposto que é. — Empurrando a cadeira de trabalho com os pés, ela rodopiou pela sala até conseguir ver a tela onde Roarke trabalhava. — Uau! Trocentas janelas com buscas, simulações e cruzamentos de dados. Também está rolando uma pesquisa secundária cognitiva por imagem?

Isso ele conseguia traduzir com maior facilidade.

— Está, sim. Resolvi verificar nomes, anagramas. E fazer cruzamentos de datas. Depois, amplio a abrangência e vou mais fundo na busca por informações antigas e outras potenciais ligações.

— Inteligente. McNab disse que você é fera nisso: profunda mineração de dados. — Ela olhou para a própria estação de trabalho. — Tudo aqui em torno de nós se resume nisso.

Ela deslizou de volta para sua mesa sacudindo os ombros ao som de alguma música interna e voltou para a tarefa que desempenhava.

Entretido com tudo aquilo, Roarke se voltou para o próprio trabalho, mas parou quando Eve e Feeney entraram.

Gia Rossi, pensou. O nome e as ideias que inventara sobre a dona daquele nome — e que fizera questão de esconder no fundo da mente — voltavam agora para a primeira fila.

Seus olhos se encontraram com os de Eve e ele deixou o trabalho de lado para ir até ela.

— Precisamos atualizar a equipe sobre Gia Rossi — avisou Eve. — Os que estão trabalhando em campo serão informados via *tele-link*. Precisamos mencionar sua conexão com os fatos.

— Entendido.

— Muito bem, então.

Peabody entrou e lançou para Roarke um olhar calmo e solidário. Ela atravessou a sala e inseriu no sistema um novo disco de dados.

— Temos uma atualização — anunciou Eve. Os ruídos, os cliques dos sapatos, os saltos pela sala, as vozes e a agitação subitamente cessaram. — Temos razões para acreditar que uma mulher reportada como desaparecida desde quinta-feira à noite foi sequestrada pelo nosso suspeito. Gia Rossi é o nome dela.

Peabody colocou a imagem e os dados na tela.

— Trinta e um anos, cabelos castanhos, pele morena, um metro e sessenta e cinco de altura, cinquenta e cinco quilos. Foi vista pela última vez deixando seu local de trabalho, a academia BodyWorks na Rua 46 Oeste. Capitão Feeney...

— O ex-marido de Rossi — começou Feeney —, Jaymes Riley, notificou a polícia sobre o desaparecimento dela às oito da manhã de sexta-feira. Devido ao procedimento oficial, ela não foi oficialmente listada como desaparecida até completar o prazo de 24 horas. A srta. Rossi não voltou para casa na quinta-feira à noite, onde combinara de se encontrar com o ex-marido que, segundo sua declaração, estava lá para deixar o cão que eles tinham sob o acordo de guarda conjunta.

Houve alguns sorrisos afetados, mas isso já era esperado e Feeney olhou fixamente para todos até o riso sumir.

— Os vizinhos confirmaram o acordo. Riley não conseguiu contatá-la pelo *tele-link* de bolso. Nós já confirmamos que ele tentou, de fato, verificar seu paradeiro; entrou em contato com seus colegas de trabalho e seus amigos. As declarações dadas ao policial de busca e a mim foram corroboradas. Ele não é considerado envolvido no desaparecimento da ex-esposa.

Normalmente a srta. Rossi saía do prédio onde trabalhava na Rua 46 e caminhava para oeste na direção da Broadway, seguindo depois para o norte até o metrô da Rua 49. Vamos averiguar se existem testemunhas que comprovem a passagem por essas áreas. Os discos de segurança do Departamento de Trânsito não mostram a entrada da desaparecida na estação do metrô na quinta-feira à noite, e seu passe não é usado desde quinta-feira de manhã. Testemunhas declararam que ela deixou o prédio por volta de 17h30 na tarde do desaparecimento. Vestia um casaco preto, calças de moletom preto, uma blusa de moletom cinza com o logotipo da BodyWorks e um gorro cinza.

Ele recuou, olhou para Eve e a convidou:

— Tenente.

— A suposta vítima se encaixa no padrão estabelecido — continuou Eve. — O programa de probabilidades determinou em mais de 96% a chance de ela ter sido levada e estar sendo mantida em cárcere privado pelo nosso suspeito não determinado. Seu desaparecimento e outras informações reunidas hoje adicionaram outro elemento ao padrão: tanto York quanto Rossi eram empregadas de uma subsidiária das Indústrias Roarke. Dada a notória magnitude dessa organização, apenas esse fator contaria pouco quanto às probabilidades de existir uma ligação real. No entanto, a marca do sabonete e do xampu, já identificados pelo laboratório, indica que ambos foram fabricados e vendidos por subsidiárias dessa mesma organização, bem como o lençol sobre o qual foi depositada a srta. York.

Roarke sentiu os olhos de todos se voltarem para ele, junto com muita especulação. Aceitou isso com naturalidade.

— A probabilidade é alta — continuou Eve — de que exista conexão em algum nível entre o suspeito e as Indústrias Roarke. Até o momento nenhuma ligação ou ponto central tinha sido achado. Agora nós temos uma ligação e vamos usá-la. Os produtos para cabelo e corpo são extremamente sofisticados e têm pontos de venda limitados. Ele os comprou em algum lugar. McNab, descubra onde.

— Entendido.

— Callendar, investigue as vendas do lençol e cruze os dados com os achados de McNab. Roarke!

— Sim, tenente.

— Liste os seus funcionários. Encontre e marque os indivíduos que se encaixam no padrão e trabalham ou moram nesta cidade. Ele os levou daqui. É bem provável que ele rapte a vítima número três em questão de dias. Precisamos de nomes.

— Vocês vão tê-los, tenente.

— Jenkinson, quero um relatório completo e detalhado de você e de Powell até nove da manhã. Baxter, mesma coisa para você e Trueheart. Estarei disponível 24 horas por dia e espero ser notificada de imediato caso algum dado novo surja. Tornaremos a nos encontrar às oito da manhã. É tudo por hoje.

Ela tirou o headset e chamou:

— Peabody.

— Sim, senhora.

— Registre tudo, copie os arquivos e vá para casa dormir um pouco. Feeney, você pode dar uma olhada nos trabalhos dos detetives eletrônicos até agora e me enviar um resumo básico do que já foi feito?

— Posso e farei isso — confirmou Feeney.

— Roarke, vá em frente, registre e copie tudo que tem até agora. Em seguida, envie as pontas soltas para meu computador daqui e de casa. Quando estiver pronto, preciso da sua presença em minha sala.

Eve saiu da sala de guerra e foi direto para o consultório de Mira.

— Avise a doutora que estou aqui — ordenou à secretária super-protetora de Mira. — Não me venha com desculpas.

— Imediatamente, senhora.

— Eve! — O rosto de Mira analisou a tenente e na mesma hora seus olhos exibiram preocupação. — Você parece exausta.

— Meu segundo fôlego acabou, estou esperando pelo terceiro fôlego para renovar minhas energias. Mas antes preciso me sentar para conversar um pouco.

— Sim, eu sei. Vou dedicar a você todo o tempo que for preciso.

— Quero conversar agora, mas preciso dessa energia nova antes de mergulhar na psicologia do caso. E há mais dados que precisam ser analisados pelo seu ponto de vista. Peabody ficou de lhe enviar uma cópia da atualização do caso.

— Podemos marcar para amanhã, então.

— Certo. Depois da reunião das oito.

— Eu procuro você. Vá dormir um pouco, Eve.

— Vou fazer isso, em algum lugar.

Ela entrou na própria sala, programou mais café e considerou tomar uma das pílulas estimulantes que o departamento aprovava, mas que sempre a deixavam agitada.

Tomou o café em pé diante da janela estreita, olhando para uma fatia da cidade entre os prédios. Os bondes aéreos de transferência de passageiros cruzavam o ar, suas luzes cortando em várias direções o céu que escurecia.

Era hora de ir para casa, jantar e repousar um pouco, talvez assistir a um filme.

Abaixo, o tráfego das ruas ficava mais denso; multidões estavam com a mesma ideia que ela, bem como as pessoas que circulavam ruidosamente pelo ar.

Em algum lugar lá fora havia um homem que parecia realmente apreciar seu trabalho. Talvez ele não estivesse pensando em repousar.

Será que parou para jantar? Curtiu uma bela e saudável refeição antes de voltar às atividades? Quando será que começara a trabalhar em Gia Rossi? Quando será que tinha zerado o cronômetro?

Ela estava desaparecida havia 47 horas, calculou Eve. Mas ele não iria começar a marcar o tempo antes de começar. O trabalho na vítima número dois só tinha início após a primeira ser eliminada.

Ela não ouviu Roarke entrar, ele tinha uma habilidade espantosa para o silêncio, mas sentiu sua presença.

— Talvez tenhamos sorte — disse ela. — Talvez ele não comece a trabalhar nela até amanhã. Temos outro ângulo para explorar dessa vez, e talvez tenhamos sorte.

— Ela se foi. Você sabe disso.

Eve girou o corpo. Ele parecia zangado, o que provavelmente era uma coisa boa; também parecia ligeiramente exausto, uma raridade.

— Não terei certeza até estar em pé diante do corpo dela. É desse jeito que estou lidando com tudo. Vamos para casa. Poderemos trabalhar a partir de lá.

Ele fechou a porta ao sair.

— Pesquisei sua carreira. Ela trabalha para mim há quase quatro anos. Seus pais são divorciados. Ela tem um irmão mais novo, um meio-irmão e uma meia-irmã. Foi para a faculdade em Baltimore, onde sua mãe e o irmão mais novo ainda moram. Suas avaliações profissionais têm sido sempre excelentes. Ela recebeu um aumento três semanas atrás.

— Você sabe que isso não é culpa sua.

— Culpa? — Ele poderia ser culpado por muita coisa, sabia e aceitava o fato. Mas não por isso. — Não. Mas em algum lugar dessa história eu posso muito bem ser a razão dessas mulheres em especial estarem morrendo nesse momento específico.

— A razão não tem nada a ver com isso. Você não me servirá de nada se começar a se corroer por dentro com culpa inapropriada. Se fizer isso, vai cair fora da equipe.

— Você não pode me chutar disso — reagiu ele, com raiva considerável. — Com ou sem a sua porcaria de força-tarefa e os seus tremendos procedimentos eu estou bem no meio disso.

— Ótimo. Perca o nosso tempo ficando puto comigo. — Ela pegou o casaco. — Muito útil esse chilique.

Ela tentou empurrá-lo para fora do caminho, mas ele a agarrou pelo braço e a girou para ele. Por um instante, a raiva parecia esculpida em seu rosto. Então ele a puxou contra si e a enlaçou com os braços.

— Preciso descontar a raiva em alguém. Você está disponível.

— Talvez. — Ela se deixou relaxar no abraço dele. — Tudo bem, pode ser, mas você tem que manter a cabeça limpa e alerta. Preciso do seu cérebro, bem como dos seus recursos. Essa é outra vantagem que não tínhamos há nove anos.

— Saber que você está certa não torna as coisas mais fáceis de engolir. Preciso sair deste lugar — afirmou ele, recuando um pouco. — Juro por Deus que preciso. Não consigo respirar o mesmo ar de tantos policiais sem engasgar.

— Ei! — protestou Eve.

Ele bateu com o dedo no queixo dela.

— Você é a única exceção.

Ela pegou uma pasta de arquivos que queria levar para casa.

— Vamos nessa.

Ela dirigiu a viatura, basicamente por saber que a batalha para alcançar a parte alta da cidade a manteria acordada. Um chuveiro quente, pensou. Depois, algo sólido de preparo rápido no estômago e ela estaria em forma para trabalhar durante mais algumas horas.

— Summerset seria útil — sugeriu Roarke.

— Útil como? Taco de hóquei?

— Os arquivos dos funcionários, Eve. Ele saberia pesquisar esses arquivos e gerar uma lista de mulheres que trabalham para mim e se encaixam nesse padrão. Eu ficaria com mais tempo livre para investigar outras coisas.

— Tudo bem, desde que ele entenda que vai responder a mim. E que eu poderei humilhá-lo e esmagá-lo, como muitas vezes é necessário fazer com as pessoas sob meu comando. Isso sempre acrescenta um pouco de diversão ao meu dia.

— Sim, você é ótima nessa função.

— Pois é. Tenho um talento especial. — Ela esquadrinhou o exército de veículos que seguiam em direção ao norte, as multidões de pedestres a passos rápidos nas calçadas, nas passarelas aéreas ou forçando o caminho sobre as faixas de pedestres. — Ninguém percebe as coisas, as outras pessoas. Claro, quando alguém pula de um prédio e cai na cabeça de um desavisado, isso lhes fornece um instante de reflexão, mas ninguém liga para uma mulher que é obrigada a entrar em um carro, numa van ou só Deus sabe que veículo, a não ser que ela ponha a boca no trombone. Na maior parte das vezes as pessoas mantêm a cabeça baixa e seguem em frente.

— O ceticismo é outro de seus talentos afiados. Mas nem sempre é assim. Pelo menos, não com todo mundo.

Ela encolheu os ombros.

— Não, nem sempre. Ele é esperto ou tem algum disfarce, algo que as pessoas não registram. Se ela espernease e armasse um barraco, aí, sim, alguém notaria. Talvez não fizessem nada para impedir, mas teriam percebido. Portanto, não houve uma luta aberta na rua. Uma das teorias que estamos trabalhando é a de que ele as droga antes em vez de dominá-las. Uma picada rápida — acrescentou. — Depois, ele coloca o braço em torno da vítima. "Ei, Sari, como vai?" É só um indivíduo que ajuda uma mulher que bebeu ou se drogou demais e mal consegue entrar no carro. Que, por sinal, deveria estar estacionado perto de onde ele a agarrou. Amanhã vamos ter de visitar muitos estacionamentos e garagens.

Quando ela atravessou os portões de casa, percebeu que não se lembrava de algum dia ter se sentido mais grata por ver a imponência e o espaço ocupado pela belíssima casa com as luzes das janelas todas acesas.

— Vou tomar um banho e pegar algo para comer no meu escritório.

— Você vai pegar é uma boa noite de sono — corrigiu ele. — Está exausta, Eve.

Sem dúvida ela estava, mas era sempre irritante quando alguém a lembrava disso.

— Ainda tenho um pouco de energia.

— Mentira. Você não dorme há mais de 36 horas. Nem eu, por falar nisso. Nós dois precisamos dormir um pouco.

— Vou levar só duas horinhas para montar um quadro aqui em casa e rever algumas anotações...

Em vez de discutir, pois Roarke estava terrivelmente cansado para se dar a esse trabalho, ele não disse mais nada. Simplesmente iria jogá-la em cima da cama à força, pois sabia que se ela se visse em posição horizontal durante 30 segundos apagaria na mesma hora.

Ela estacionou o carro na frente da casa e pegou sua pasta de arquivos.

Sabia que Summerset estaria no saguão, e ele não a desapontou.

— Mais um cadáver deu entrada aqui? Preencha a sua ficha — sugeriu a ele antes de Summerset ter chance de responder. — Vou tomar uma chuveirada antes de começar a trabalhar.

Ela foi direto para cima sem tirar o casaco e sem deixá-lo pendurado sobre o pilar do primeiro degrau, como era seu hábito. Isso, conforme ela sabia, irritava profundamente o mordomo. Assim que sumiu no alto da escada ela esfregou os olhos, que pareciam ter areia, e permitiu que escapasse um bocejo irreprimível.

O chuveiro iria parecer um milagre.

Ela jogou a bolsa em algum lugar do quarto e tirou o casaco. Quando desafivelou o coldre, seu olhar pousou sobre a cama. Talvez cinco minutos apagada ali. Só cinco minutos, prometeu a si mesma, só para ela conseguir tomar banho sem perigo de se afogar.

Jogando o cinto com o coldre longe, subiu na plataforma onde a cama se espalhava como nuvens de seda no céu. Deslizou sobre o leito e se estendeu nele de barriga para baixo.

E fez Roarke errar o palpite, pois apagou em cinco segundos.

Ele apareceu cinco minutos depois e a viu na cama com o gato esparramado sobre a sua bunda.

— Muito bom — disse Roarke a Galahad. — Pelo menos não vamos precisar brigar para ela dormir. Só que, pelo amor de Deus, ela não poderia, pelo menos, ter descalçado as botas? Como conseguiu pegar no sono assim, desse jeito?

Ele descalçou as botas dela com certa dificuldade; ela não se moveu um centímetro. Em seguida, ele tirou a própria bota. Depois simplesmente se largou estendido ao lado dela e passou o braço em volta da sua cintura.

E mergulhou em um sono profundo quase tão depressa quanto ela.

Capítulo Seis

No sonho havia um lençol branco sobre o fundo escuro, e o corpo arruinado estava sobre ele. Amargo de frio, o alvorecer esculpia sua primeira luz e gravava silhuetas agudas nas espirais que se viam a leste.

Ela ficou de pé com as mãos nos bolsos da jaqueta preta, o quepe de policial abaixado sobre a testa.

O corpo estava entre ela e um relógio preto grande com um imenso mostrador branco. Os segundos tiquetaqueavam sem parar, e cada avanço do mostrador era um ribombar de trovão que fazia o ar estremecer.

No sonho, Feeney estava ao seu lado. As duras luzes da cena do crime, acima deles, pareciam querer lavar o que eles analisavam atentamente. Não havia fios de prata no cabelo dele para refletir as luzes, e as rugas em seu rosto não eram tão profundas.

Eu a treinei para isso, para você conseguir ver o que precisa ser visto e encontrar o que está por baixo de tudo.

Ela se agachou e abriu o kit.

Ela não parece em paz, pensou Eve, refletindo em como as pessoas descreviam tantas vezes o repouso dos mortos. Eles, na verdade, nunca pareciam ter paz.

Mas a morte não é sono. É outra coisa.

O corpo abriu os olhos.

Meu nome é Corrine Dagby. Eu tinha vinte e nove anos. Nasci em Danville, Illinois, e vim até Nova York para ser atriz. Trabalhei como garçonete porque é isso o que fazemos. Tinha um namorado, e ele vai chorar quando você contar a ele que estou morta. O mesmo acontecerá com os outros, com minha família e meus amigos. Comprei sapatos novos um dia antes de ele me raptar. Nunca vou conseguir estreá-los. Ele me feriu e continuou machucando até eu morrer.

Você não me ouviu gritando?

Ela estava no necrotério, agora. E a mão ensanguentada de Morris segurava um bisturi. Seu cabelo estava menor e formava um rabinho curto que lhe descia pela nuca. Debruçado sobre o corpo, ele olhou para Eve.

Ela era saudável e tinha um rosto bonito até ele arruiná-lo. Cantava no chuveiro e dançava na rua. Todos nós fazemos isso até virmos para cá. E, no fim, todos nós acabamos aqui.

No canto, o grande relógio marcava o tempo, implacável, e cada segundo ecoava.

Elas não virão para cá se eu conseguir impedi-lo, ela pensou. Não virão se eu parar com isso. Elas vão cantar no chuveiro e dançar na rua, vão comer bolinhos e passear de trem. Se eu interromper tudo isso.

Mas você não conseguiu impedi-lo. Corrine abriu os olhos novamente. *Consegue enxergar isso?*

Os rostos e corpos mudaram, um se fundindo ao outro enquanto o relógio martelava o tempo. Martelava até sua cabeça parecer latejar a cada segundo, e ela apertou as mãos contra os ouvidos para bloquear aquela sensação.

Rápidos, mais rápidos, os rostos brilharam e se fundiram enquanto os segundos continuaram a correr, implacáveis. Tantas vozes, todas as vozes clamaram ao mesmo tempo e se fundiram numa só, e essa voz uníssona gritou:

Você não consegue nos ouvir gritando?

Ela acordou com um grito abafado, o terrível clamor ecoando em sua cabeça. A luz era fraca, morna com o fogo baixo iluminando uma lareira. O gato bateu com a cabeça contra seu ombro como se lhe dissesse: "Acorde, pelo amor de Deus."

— Sim, já acordei. Estou acordada. Santo Cristo! — Ela se virou e olhou para o teto enquanto tentava recuperar o fôlego. Com uma das mãos acariciou Galahad entre as orelhas e olhou que horas eram no relógio de pulso. — Ah, droga!

Ela tinha saído do ar durante quase três horas. Empurrando o sono para longe, Eve pressionou as palmas das mãos sobre os olhos e fez um esforço para se levantar da cama. Foi quando ouviu o chiado e o som pulsante do chuveiro.

Colocou a mão sobre a colcha ao lado e sentiu o calor do corpo dele ainda ali. Então eles dois tinham dormido, percebeu. Bom para eles.

Arrancando toda a roupa enquanto caminhava, ela seguiu na direção do chuveiro.

Queria lavar a fadiga, a aspereza de tudo, o horror das últimas 24 horas. Queria que a força da água afastasse a dor de cabeça que sentiu ao acordar e arrastasse com ela os restos do sonho.

Então, quando deu um passo na direção do vidro largo que envolvia o chuveiro generoso, percebeu que queria mais.

Ela o queria.

Ele estava de costas para ela, as mãos apoiadas sobre o vidro, deixando que a água em jatos múltiplos batesse em cima dele. Seu cabelo preto e liso estava muito molhado e sua pele brilhava. Costas largas, observou ela; uma bunda firme e redonda que dava vontade de morder; e todos aqueles músculos fortes e tonificados.

Ele não devia estar acordado há muito tempo, calculou Eve. Provavelmente tinha ficado tão exausto quanto ela.

A água estaria muito fria, ela sabia disso. Mas ela ajeitaria isso. Eles iriam ajeitar um ao outro.

Ela avançou, colocou os braços ao redor da cintura dele e pressionou seu corpo em suas costas. Mordeu de leve o seu ombro.

— Olha o que eu achei! — brincou ela. — Isso aqui é melhor que o brinquedo-surpresa da caixa de cereais. Aumente a temperatura da água para trinta e oito graus.

— Você precisa nos cozinhar?

— Preciso. De qualquer forma, você nem vai reparar. — Para provar isso, ela deslizou as mãos para baixo até envolver o membro dele. — Viu só?

— É assim que você se comporta com todos os participantes da sua força-tarefa?

— Bem que eles gostariam.

Ele se virou e envolveu o rosto dela entre as mãos.

— Veja só como meus desejos se tornaram realidade. — Ele a beijou suavemente. Testa, bochechas, lábios. — Pensei que você fosse dormir um pouco mais.

— Já dormi mais do que pretendia. — Ela pressionou o corpo contra o dele mais uma vez e colocou a cabeça em seu ombro, enquanto a água os inundava. — Isso é melhor que o sono.

Quando o vapor começou a subir, ela inclinou a cabeça para trás. Encontrou a boca dele com a dela, macia novamente, tão macia que eles pareciam afundar mais e mais.

Seus dedos passaram de leve sobre o cabelo dela, penetrando por entre os fios molhados enquanto ele murmurava algo doce contra os seus lábios. E, apesar de tanta doçura, ela reconheceu a necessidade.

Sim, eles iriam ajeitar um ao outro.

Ela afastou os lábios e os pressionou contra a garganta dele para sentir sua pulsação, enquanto suas mãos lhe acariciavam as costas. Quando ele a abraçou com mais força, tornou a virá-la e deixou a água escorrer sobre ambos, lavando tudo que o dia lhes fizera.

Agora suas mãos se moviam sobre ela, cremosas com o sabonete e deslizando sobre a pele de um jeito que só faltava gemer de prazer.

Mais uma vez, virou-a contra ele. Suas mãos lhe circularam os seios, deslizando docemente sobre eles, enquanto sua boca saboreava a lateral do seu pescoço e o ombro.

Ela gemeu uma vez, ergueu o braço para puxá-lo mais para junto dela, e estremeceu quando suas mãos circularam cada vez mais para baixo.

Ele a sentiu se entregar, abrindo-se e aguardando. Percebeu a maneira como seu corpo se movia devagar, a forma como a respiração dela se arrastava. Conseguiu ouvir o grito rápido que lhe escapou quando ele deslizou as mãos entre suas pernas para dentro do corpo dela. Viu o quanto ela tremeu e seu braço o apertou mais quando ele usou os próprios dedos para provocá-la e lhe trazer ainda mais prazer. E sentiu o choque de sua liberação, quando mergulhou os dedos ainda mais fundo naquele veludo quente e molhado.

— Pegue mais — sussurrou ela.

Ele teve que dar mais.

Os gemidos dela viraram tremores e sua respiração se transformou em soluços.

Sua rendição, para ele e para ela mesma, o excitava além da imaginação. O cansaço e a tristeza que o sono e o chuveiro não tinham lavado se afogaram em seu amor por ela.

Ele a girou mais uma vez e pressionou suas costas contra a parede. Sua respiração era entrecortada, mas seus olhos estavam fixos nos dele.

— Pode pegar mais, agora — ofereceu ela.

Segurando-a pelos quadris, ele lutava para se controlar e prolongar o momento. E se sentiu deslizar lentamente para dentro dela.

O vapor subiu com mais força em torno deles, a água fluiu em nuvens. Eles olhavam um para o outro e se moviam ao mesmo tempo.

Aquilo era mais que prazer, ele pensou. De alguma forma, era ainda mais que amor. No momento em que cada um deles mais precisava, eles davam um ao outro o dom humano essencial da esperança.

Mesmo com a respiração rouca dela, entrecortada por mais um soluço perdido, ele viu seu sorriso. Libertado, ele capturou aqueles lábios curvados. Rodeado por ela e totalmente afogado nela, ele se deixou levar pelo prazer, sentiu o amor... E agarrou a esperança.

— Bem, isso me deixou disposta. — Eve esticou o pescoço depois de vestir a adorada camiseta velha e folgada da Polícia de Nova York. — Algumas horas de sono seguidas por sexo debaixo do chuveiro. Eu devia tornar isso uma combinação obrigatória para todos os membros da equipe.

— Receio não ter tempo para dormir e brincar debaixo do chuveiro com Peabody e Callendar. Mesmo sabendo que seria pelo bem da equipe.

— Ha-ha-ha. Muito engraçado. — Ela se sentou no braço do sofá na saleta de estar da suíte e calçou grossas meias. — Vou manter você como meu reforçador de energia pessoal. Tenho de voltar ao trabalho.

— Antes, comida! — exigiu Roarke.

— Ahn... Pensei em comer uma...

— Eu sei o que você pensou. — Ele pegou a mão dela e saíram do quarto. — Vejo desapontamento em seu caminho, porque não vai ser pizza.

— Acho que você tem preconceito contra pizza.

— Não tenho preconceito algum com pizzas. No entanto, insisto em outro elemento para reforçar sua energia. Além de dormir e fazer sexo no chuveiro, vamos comer carne.

— Carne vermelha é difícil de recusar, mas quero batatas fritas para acompanhar.

— Mmm-hmm.

Ela conhecia aquele "mmm-hmm". Significava legumes. Também sabia que aquela agitação sobre comida decente iria manter os pensamentos de Roarke longe do que poderia estar acontecendo com Gia Rossi.

Ela o deixou escolher tudo que considerava nutrição adequada enquanto alimentava o gato. Os legumes eram uma espécie de mistura que ele chamou de *niçoise*. Pelo menos havia coisas crocantes ali.

Ela leu os relatórios dos seus detetives enquanto comiam.

— As pessoas se lembram dos detalhes — refletiu Eve. — Tal como os viram. As pessoas que estavam perto das vítimas anteriores se lembram dos detalhes.

— Imagino que sim — confirmou Roarke. — Para elas... Para cada uma dessas vítimas... foi muito provavelmente um choque e uma perda que acontecem só uma vez na vida.

— Se tiverem sorte. Mesmo assim, elas não nos contam nada de novo. Não existiam pessoas novas em suas vidas, nenhum comentário ou reclamação sobre elas serem incomodadas por alguém ou estarem preocupadas com alguma coisa. Cada uma delas tinha uma rotina básica, com algumas variações, é claro. Mas cada uma caminhava para o trabalho ou para o transporte público basicamente na mesma hora todos os dias. Nenhuma testemunha viável veio afirmar que as viu com alguém no momento em que desapareceram.

— Testemunha viável?

Ela encolheu os ombros e comeu uma batata frita.

— Você recebe muitos malucos, e algumas pessoas são do tipo que prestam atenção em tudo. Mas não viram coisa alguma de importante. Mesmo assim a gente ouviu todos, cada um deles. Acabamos perdendo tempo seguindo pistas falsas. As pessoas são um pé no saco, sabia?

— Você disse que ia investigar estacionamentos e garagens. Suponho que tenham feito isso também, no passado.

— Fizemos, sim. Assistimos a muitas horas de vídeos de segurança; interrogamos dezenas de atendentes, androides e humanos; verificamos tickets de estacionamento. Resultado? Nadica de nada. O que significa que ele pode ter estacionado o carro na rua, ou em um terreno baldio, ou simplesmente teve sorte.

— Teve sorte quatro vezes? — Roarke ergueu as sobrancelhas enquanto comia.

— Pois é, esse é o ponto. Não creio que tenha sido sorte. Ele não depende de sorte, é meticuloso e bem preparado.

— Vocês consideraram a possibilidade dele ter usado um veículo oficial? Uma patrulha, uma viatura oficial, um táxi?

— Sim, consideramos essa possibilidade, mas isso não nos levou a lugar algum. Mas vamos investigar novamente agora. Mandei Newkirk peneirar os registros e buscar alguma compra privada de algum carro desse tipo. Muitas viaturas e carros oficiais vão a leilão duas vezes por ano. Também vamos verificar carros roubados. McNab está pesquisando as fichas dos funcionários dos meios de transporte da cidade, vamos ver o que aparece. Vamos cruzar todos os dados com os dos outros casos. Mesmo que ele tenha mudado de nome e aparência, impressões digitais são exigidas em todas as identidades, para facilitar esse tipo de busca. Nada apareceu ainda.

— E quanto a equipamentos e suprimentos médicos? Ele as droga e as algema. Certamente tem algum equipamento para lidar com o sangue.

— Já passamos por isso e vamos voltar a essas possibilidades. Existem inúmeras clínicas, hospitais, centros de saúde, médicos, paramédicos. Ainda temos os médicos, os paramédicos, os auxiliares e assim por diante que perderam suas licenças. Foram trabalhar em funerárias, centros de apoio a pessoas de luto, até mesmo em salões de beleza que fazem escultura de corpo. Teremos pela frente horas e mais horas de longas caminhadas e trabalho monótono.

— Sim, imagino que terão. Vocês estão cobrindo todas as áreas possíveis.

— Talvez. Trabalhamos duro durante semanas, mesmo depois dos assassinatos pararem. Mais tarde, Feeney e eu trabalhamos ainda várias semanas, cada vez que arrumávamos um tempinho. Não havia belas noites de sono nem sexo no chuveiro, naquela época.

Ela se forçou a caminhar um pouco pelo quarto. Talvez, olhando para trás, pudesse ver algo que ainda não tinha visto.

— Nós trabalhamos o tempo todo, quase sempre atropelando os horários e roubando muito do nosso tempo de descanso. Sentados diante de uma cerveja às três da manhã em um bar frequentado por policiais, conversando e revendo tudo mais uma vez. E sei muito bem que ele ia para casa e continuava trabalhando. Eu fazia isso.

Ela olhou para Roarke, que continuava sentado diante da mesa, com os restos da refeição que compartilharam. Dados sobre a morte enchiam a tela do computador e o telão na parede.

— A sra. Feeney é dessas que aceita o nosso trabalho. Entende os policiais, as operações, a vida que levam. Provavelmente é por isso que tem um monte de hobbies estranhos.

— Para evitar se ver sentada, inquieta, preocupando-se quando são três da manhã e o marido ainda não voltou para casa.

— Sim. É uma barra para vocês, os companheiros.

Ele sorriu de leve.

— Conseguimos administrar.

— Ele a ama muito. Sabe o jeito como ele fala da "esposa" com aquele ar sofrido? Feeney estaria perdido sem ela. Sei como é isso. Sei como ele deve estar trabalhando no caso agora, enquanto ela provavelmente está tricotando algo do tamanho de um carro compacto. Sei que ele está vendo todos aqueles rostos de antes junto com o de agora.

Você não consegue nos ouvir gritando?

— E ele sabe que a culpa é dele — afirmou Eve.

— Como você pode dizer isso? — quis saber Roarke. — Ele fez tudo que podia ser feito.

— Não, porque sempre existe algo mais a fazer. Ele perdeu algum detalhe, ou não analisou um fato pelo ângulo certo, ou deixou de fazer a pergunta certa no momento exato. Uma pergunta que talvez outra pessoa tivesse feito. Isso não a tornaria melhor, nem significaria que ela trabalhou com mais dedicação. Significa apenas que... — Ela ergueu a mão e a girou no ar, como se virasse uma página. — Significa que ela revirou uma pedra intacta, abriu alguma porta, e ele não fez isso. Ele estava no comando; por isso é o culpado.

— E agora a culpa será sua?

— Agora será minha. E isso o magoa porque... Puxa, foi ele quem me criou. Em termos de formação policial, foi ele quem me criou. Eu não queria colocá-lo nessa força-tarefa — declarou Eve, tornando a sentar. — Mas não poderia deixá-lo de fora.

— Feeney é resistente e cabeça dura — Roarke a lembrou. — Assim como a policial que ele criou. Ele vai conseguir lidar com isso, Eve.

— Eu sei. — Ela suspirou e olhou para o telão da parede. — Como é que ele as escolhe? Já sabemos que, dessa vez, parte dos requisitos é que elas trabalhem em alguma das suas empresas. Ele é tão inteligente que certamente sabia que nós descobriríamos isso. Portanto, ele quer que a gente saiba. Ele nos dá a informação e quer que nós a tenhamos. Sabemos o tipo de mulher que prefere e o tempo que levou para escolhê-las. Ele não se importa se descobrimos as marcas dos produtos que usou para limpá-las. Só que, dessa vez, ele nos deu um pouco mais. Aqui está uma nova peça, o que vocês vão fazer com ela?

Eve olhou para Roarke.

— Será que ele conhece você? Pessoalmente ou em nível profissional? Já faz negócios com você? Será que você comprou uma empresa que era dele e que talvez ele não quisesse vender? Será que você fez uma oferta menor que a dele numa licitação? Será que o demitiu ou o ignorou numa promoção de cargo? Nada é aleatório com ele. Portanto, suas escolhas dessa vez foram deliberadas.

Ele analisou todas essas perguntas, em silêncio, virando-as por todos os ângulos.

— Se ele trabalha para mim, eu posso descobrir. As viagens... — disse Roarke. — Posso descobrir se elas são relacionadas com os negócios ou com o seu tempo pessoal. Posso pesquisar os arquivos dos funcionários que foram enviados para os locais dos outros assassinatos e em qual período ou se ele pediu uma licença pessoal para viajar.

— Quantos empregados você acha que tem?

Os lábios dele se abriram de leve.

— Honestamente? Eu não saberia dizer.

— Exato. Mas se nós usarmos o perfil que Mira vai montar, e vamos ter uma versão atualizada dele amanhã, poderemos estreitar as buscas de forma expressiva.

Como era hábito quando ele preparava a refeição, Eve se levantou para recolher os pratos.

— Vou rodar um programa de probabilidades, mas acho que existe uma chance pequena dele trabalhar para você. Não consigo imaginá-lo como um funcionário insatisfeito.

— Concordo. Mas posso verificar as mesmas informações com meus principais concorrentes e subcontratantes. Usando meu equipamento secreto, é claro.

Ela ficou calada ao ouvir isso, a princípio. Simplesmente levou os pratos para a cozinha e os colocou dentro da máquina de lavar louça. O escritório secreto de Roarke, formado com equipamentos não registrados, lhe permitia escapar do CompuGuard — o programa de vigilância do governo — e também contornar as leis de privacidade.

O que quer que ele encontrasse, Eve não conseguiria usar no tribunal, pois não poderia revelar onde tinha obtido os dados. Meios ilegais, pensou ela, eram uma forma de atravessar a linha vermelha. Tais manobras dariam a um bom advogado de defesa aquela tal abertura do tamanho da bunda de uma pulga.

Você não consegue nos ouvir gritando?

Ela caminhou até o escritório onde ele estava.

— Sinal verde: pode executar as buscas.

— Tudo bem, mas vai levar um tempo considerável.

— Então é melhor você começar logo.

Sozinha, ela começou a montar o seu quadro dos assassinatos, enquanto o computador lhe repassava, por voz, os relatórios de progresso da sua equipe.

Esse quadro é pequeno demais, ela pensou. Muito pequeno para conter todos os rostos, todos os dados. Todas as mortes.

— Tenente.

— Pausar computador! — ordenou ela, e se virou para Summerset, que estava na porta. — Que foi? Estou trabalhando.

— Sim, posso ver isso. Roarke me pediu para lhe trazer esses dados. — Ele lhe entregou um disco. — Trata-se da busca de empregados que ele pediu que eu fizesse.

— Bom. — Ela pegou o disco, caminhou de volta até sua mesa. E olhou para trás. — Você ainda está aqui? Vá embora.

Ignorando-a, ele continuou em pé, em seu terno preto fúnebre, suas costas duras e retas como um taco.

— Eu me lembro de tudo isso. E me lembro dos relatos da mídia sobre essas mulheres. Mas não foi divulgado nada sobre esses números entalhados em seus torsos.

— Os civis não precisam saber de tudo.

— Ele me parece ter muito cuidado na forma como modela cada número e cada letra de forma precisa. Já vi isso antes.

Os olhos de Eve se aguçaram.

— O que quer dizer?

— Não era exatamente desse jeito. Embora, é claro, houvesse muito em comum. Aconteceu durante as Guerras Urbanas.

— Os métodos de tortura?

— Não, não. Embora, é claro, isso também acontecesse com frequência. Tortura é um método clássico de extrair informações ou infligir punição. Embora raramente seja tão... organizado como nesse caso.

— Conte-me algo que eu não saiba.

Ele olhou para ela.

— A senhora é muito jovem para ter vivenciado as Guerras Urbanas ou para lembrar a escória que se estabeleceu em algumas partes da Europa depois que tudo terminou aqui. De qualquer modo, havia elementos lá que os civis, por assim dizer, não precisavam conhecer.

Ele tinha toda a atenção de Eve, agora.

— Tais como...?

— Quando eu servia como médico, os feridos e os mortos eram trazidos para nós. Às vezes vinham em pilhas, às vezes em pedaços. Tentávamos juntar os mortos e aqueles que sucumbiam aos ferimentos para entregá-los aos membros da família, caso existissem, desde que o corpo pudesse ser identificado. Às vezes os enviávamos para sepultamento ou cremação. Os que não tinham identificação ou estavam além da impossibilidade de ser identificados eram listados por números até o descarte final. Mantínhamos os registros, listando as vítimas por qualquer descrição possível, quaisquer sinais pessoais, o local onde tinham sido mortas e assim por diante. E inscrevíamos números nelas, tais como a data da morte, ou o mais próximo que conseguíamos chegar dela.

— Isso era um procedimento operacional padrão?

— Era o que fazíamos quando eu trabalhava em Londres. Havia outros métodos em outras áreas; em algumas das piores áreas eram feitos apenas enterros e cremações em massa, sem qualquer registro.

Ela caminhou de volta até o quadro e estudou os entalhes dos corpos. Não era a mesma coisa, pensou. Mas surgia um ângulo novo.

— Ele sabe seus nomes — disse ela. — O nome não é um problema. Mas os dados são importantes. Eles precisam ser registrados. São os dados que as identificam. O tempo exato é o que fornece a ele os nomes delas. Eu preciso montar outro quadro.

— Como assim?

— Outro quadro... Quadro de vítimas. Não tenho espaço suficiente para colocar os dados todas em um quadro só. Temos alguma coisa por aqui onde eu possa trabalhar?

— Creio que posso encontrar o que a senhora precisa.

— Ótimo. Vá fazer isso.

Quando ele saiu, ela foi para sua mesa e adicionou dados sobre as Guerras Urbanas às anotações; em seguida, continuou a especular sobre o assunto.

Soldado, médico... Talvez alguém que tenha perdido um membro da família ou um grande amor... Não, não, ela não gostou dessa hipótese. Por que ele iria torturar e profanar um símbolo que tivesse importância para ele? Por outro lado, se um ente querido tinha sido torturado, morto e identificado dessa forma, isso poderia ser uma vingança ou uma recriação distorcida.

Pode ser que ele tivesse sido torturado e sobrevivido. Torturado por uma mulher de cabelo castanho e dessa faixa etária.

Ou talvez ele tivesse sido o torturador.

Ela se levantou e caminhou pelo aposento. Mas então... Por que esperar décadas para recriar o passado? Será que algum evento serviu de gatilho para isso? Ou ele fez experiências desde aquela época até encontrar o método que lhe convinha?

E pode ser que ele seja apenas um maldito lunático.

Mas as Guerras Urbanas eram um novo ângulo, certamente, o perfil de Mira indicava que ele era um homem maduro, mesmo nove anos atrás. Provavelmente do sexo masculino, lembrou; possivelmente branco, com idade entre 35 e 60.

Tornou-se mais sofisticado, mas... Sim, poderia ter vivido muita coisa nas guerras quando era jovem.

Ela se sentou novamente e, acrescentando novas especulações, rodou o programa de probabilidades.

Enquanto o sistema processava, ela colocou o disco que Summerset tinha trazido.

— Computador, exibir os resultados no telão dois.

Entendido. Processando...

Quando a tela começou a rolar, seu queixo simplesmente caiu.

— Meu Deus!

Havia centenas de nomes. Talvez milhares.

Ela não podia se queixar da eficiência de Summerset. Os nomes estavam agrupados de acordo com o local onde as pessoas trabalhavam e onde viviam. Pelo visto, havia uma multidão de mulheres com cabelo castanho entre 28 e 33 anos que trabalhava em alguma empresa que pertencia aos Empreendimentos Roarke.

— Isso é mais que um simples polvo. É um polvo com mil tentáculos.

Ela ia precisar de muito café.

O escritório secreto de Roarke era simples e espaçoso. Tinha uma vista deslumbrante da cidade por trás das telas de privacidade. A imensa mesa de comando instalada em um console em forma de U exibia equipamentos mais sofisticados e poderosos que os de muitos governos poderosos.

Ele certamente sabia disso, pois fornecia equipamentos para vários órgãos desses governos.

Também sabia que, por mais que aquele equipamento fosse topo de linha, *hackear* sistemas com sucesso dependia da habilidade do operador. E de muita paciência.

Roarke percorreu os arquivos dos próprios funcionários em primeiro lugar. Por mais numerosos que fossem, aquilo era bem simples. Como foi com a busca que ele empreendeu para localizar os funcionários do sexo masculino que trabalhavam ou tinham trabalhado para ele e que viajaram para os outros locais dos assassinatos ou tiraram alguma licença durante esses períodos.

Enquanto isso, gerou outra lista com seus principais concorrentes. Mais tarde iria procurar pelas empresas que não considerava rivais importantes. Antes, porém, ia começar do topo.

Qualquer empresa, organização ou indivíduo que fosse competitivo como Roarke era protegido por várias camadas de segurança nos arquivos internos. E cada uma dessas camadas teria de ser transposta com muito cuidado.

Ele se sentou diante do console onde os controles piscavam ou cintilavam como joias, arregaçou as mangas e prendeu o cabelo.

Começou a busca por empresas com escritórios ou interesses em uma ou mais daquelas localizações.

E pôs-se a trabalhar camada por camada.

Enquanto trabalhava, conversava em voz alta consigo mesmo, com as máquinas e com os obstáculos de segurança que tentavam impedi-lo de entrar. Conforme o tempo passava, seus xingamentos foram se tornando mais irlandeses e seu sotaque mais pronunciado, até que lentamente as camadas começaram a derreter.

Fez uma pausa para tomar café e digitalizar os resultados de sua pesquisa inicial.

Não havia empregado algum que se encaixasse em todos os requisitos. Porém, conforme observou, alguns deles tinham estado em pelo menos dois dos locais da busca ou em licença durante a época dos assassinatos.

No caso desses, valia a pena investigar mais a fundo.

Ele mudou de posição e trabalhou em sistema de multitarefa, mantendo-se afiado. Escavou sua passagem através dos bloqueios de segurança de diversos tipos e trilhou seu caminho através dos dados encontrados. As buscas ordenadas, as referências cruzadas e as análises simultâneas faziam o equipamento zumbir como se tivesse dúzias de vozes.

Em determinado momento, ele se levantou para programar mais um bule de café e olhou que horas eram.

4h16 da manhã.

Xingando, recostou-se na cadeira confortável e passou a mão pelo rosto. Não era de espantar que estivesse perdendo a agudeza de percepção. Eve, ele sabia, devia estar dormindo em sua mesa. Se ela tivesse decidido parar de trabalhar por aquela noite, certamente teria vindo verificar seu progresso antes de qualquer coisa.

Em vez disso, ela trabalhava até cair dura e ele estava fazendo exatamente a mesma coisa. Portanto, não tinha moral para reclamar com ela sobre isso.

Quase 4h30 da manhã, refletiu. Gia Rossi já poderia estar morta a essa altura ou pedindo a todos os deuses para que a morte chegasse depressa.

Roarke fechou os olhos por um momento e, embora soubesse que a culpa era inútil, deixou-se inundar por ela. Estava cansado demais para sentir raiva.

— Copiar documento C para o disco e salvar todos os dados. Ahn... Continuar a execução atual; copiar e salvar tudo quando a tarefa estiver completa. O operador estará fora.

Entendido.

Antes de sair, Roarke fez uma ligação para Dublin.

— Bom dia, Brian.

O rosto largo de seu velho companheiro se franziu com um sorriso de surpresa.

— Ora vejam se não é o magnata em pessoa. De que lado da poça você está, no momento?

— Do lado ianque. Sei que é um pouco cedo aí no seu lado para eu ligar para um taberneiro. Espero não ter acordado você.

— Não me acordou, não. Estou tomando meu chá matinal. Como vai a nossa tenente querida?

— Ela está bem, obrigado. Está sozinho aí?

— Estou, o que é uma pena. No momento estou sem mulheres encantadoras para aquecer os lençóis ao meu lado, ao contrário de você.

— Sinto muito por você, meu velho. Brian, estou procurando um torturador.

— Está falando sério? — Uma leve expressão de surpresa surgiu nos olhos de Brian. — E você anda muito sensível ultimamente para cuidar pessoalmente desses assuntos?

— Eu sempre fui sensível com relação a isso, e você também. Ele já acabou com a vida de mais de vinte mulheres na última década, todas na faixa etária entre 28 e 30 e poucos anos. Todas elas tinham cabelo castanho e pele clara. A última foi encontrada ontem à noite. Ela trabalhava para mim.

— Ahhh — lamentou Brian. — Bem...

— Outra empregada minha está desaparecida. Isso é parte do método dele, mas essa jovem também é minha responsabilidade.

Brian puxou o ar pelo nariz, com força.

— Você não andava de sacanagem com nenhuma delas, andava?

— Não. Ele é mais velho que nós, pelo menos foi esse o perfil que a polícia traçou. Dez anos mais velho, no mínimo. E é habilidoso. Viaja muito. Deve ter grana suficiente à disposição para pagar por um local privativo e fazer seu trabalho. Se é um profissional, tira férias a cada dois anos para fazer a mesma coisa que no trabalho normal. Não há sexo envolvido. Nem estupro. Ele rapta, amarra, tortura, mata, limpa. E cronometra quanto tempo cada vítima aguentou as torturas antes de morrer.

— Nunca ouvi falar de algo ou alguém assim. Que negócio desagradável! — Brian puxou a orelha, pensativo. — Posso fazer algumas perguntas por aqui, dar uns toques em algumas pessoas.

— Eu ficaria muito grato se você fizesse isso.

— Entro em contato com você *quando* ou *se* achar alguma coisa — prometeu Brian. — Enquanto isso, dê à tenente um beijo doce meu e diga-lhe que estou só à espera de que ela dê um chute na sua bunda inútil e venha correndo para o meu abraço saudoso.

— Pode deixar que eu dou o recado.

Depois de terminar a ligação, Roarke pegou os discos que tinha gravado e, com as máquinas ainda zumbindo, saiu da sala secreta.

Encontrou Eve onde já imaginava. Sua cabeça estava sobre o tampo da mesa, apoiada no antebraço. Ele observou os quadros dos assassinatos e reparou que já havia dois quadros lado a lado; viu os discos, as notas manuscritas e várias listas geradas pelo sistema.

A meia xícara de café não estava muito fria e o gato dormia enroscado na poltrona reclinável.

Foi até onde Eve estava e a ergueu da cadeira. Ela resmungou alguma queixa, acordou e começou a se mexer.

— Que foi?

— Para a cama — avisou ele, enquanto a carregava para o elevador.

— Que horas são? Puxa... — Ela esfregou os olhos. — Devo ter cochilado um pouco.

— Não por muito tempo, o seu café ainda estava morno. Precisamos apagar agora, nós dois.

— A reunião é às oito. — Sua voz estava arrastada de fadiga. — Preciso estar de pé às seis. Tenho de organizar tudo antes. Ainda nem...

— Tudo bem, tudo bem. — Ele saiu do elevador direto no quarto. — Volte a dormir porque as seis vão chegar daqui a pouco.

— Você conseguiu alguma coisa?

— Os programas ainda estão rodando. — Ele a colocou na cama, e achou que não havia problema em deixá-la dormir com a roupa de ficar em casa. Aparentemente, ela também não se importou com isso, pois se arrastou para debaixo do edredom do jeito que estava.

— Conseguiu algum dado que eu possa usar? Alguma coisa com que eu consiga trabalhar?

— Vamos tratar disso de manhã. — Ele despiu a camisa, tirou a calça e deslizou para a cama junto dela.

— Se aparecer alguma...

— Calada! — Ele a puxou contra ele e roçou os seus lábios com os dela. — Durma.

Ouviu-a suspirar uma única vez — talvez de aborrecimento. Assim que o suspiro terminou, ela apagou por completo.

Capítulo Sete

Era tão incomum para ele não se levantar antes dela que Eve simplesmente fitou os olhos azuis celtas de Roarke quando ele a acordou com carícias no cabelo.

— Está pensando em alguma coisa?

— Eu inevitavelmente penso em alguma coisa quando estou na cama com minha esposa.

— Como você é homem, e com um jeito insaciável, provavelmente pensa em sexo até quando está atravessando a rua.

— E você não tem muita sorte por isso ser verdade? — Ele lhe beijou a ponta do nariz. — Mas vamos ficar só no pensamento esta manhã. Você não queria se levantar às seis?

— Queria... Merda! Tudo bem. — Ela rolou de costas e desejou que o relógio biológico do seu corpo aceitasse o fato de que já era de manhã. — Você não poderia inventar algo que despeje café no sistema das pessoas só com o poder da mente?

— Vou pesquisar sobre o assunto.

Ela saiu da cama meio trôpega e cambaleou até o AutoChef.

— Vou lá para a piscina dar umas braçadas. Acho que isso vai me ajudar a acordar e trabalhar meus músculos.

— Boa ideia. Vou fazer o mesmo. Dê-me um gole desse café.

Ela pensou, com mau humor, que ele poderia preparar uma porcaria de café só para ele, mas lhe passou a caneca mesmo assim, junto com uma cara feia.

— Nada de polo aquático!

— Se isso é um eufemismo para sexo na piscina, você está a salvo. Tudo que eu quero é um mergulho. — Ele devolveu o café.

Desceram juntos; ela com os olhos ainda turvos; ele, pensativo.

A área da piscina era exuberante, cheia de plantas e água azul cintilante. Flores tropicais perfumavam o ar quente e úmido. Ela teria adorado se permitir nadar durante vinte minutos em vigorosas braçadas, seguidas de mais café e um banho de despedida na água borbulhante da banheira de hidromassagem.

Além do mais, já que ele estava ali, talvez aceitasse uma rápida partida de polo aquático.

Mas aquele não era o momento adequado para indulgências. Ela mergulhou e voltou à tona logo em seguida, lançando-se em seguida às braçadas determinadas, em estilo livre. O embotamento em seu cérebro e corpo começou a desvanecer com o esforço, a água fria e a simples repetição dos movimentos.

Depois de dez minutos ela se sentiu solta novamente e razoavelmente alerta. Talvez tenha lhe passado pela cabeça, com certa melancolia, a possibilidade de ficar de molho mais alguns minutos na água quase fervente da banheira, mas reconheceu que aquele conforto poderia colocá-la de volta em sono profundo.

Em vez disso vestiu um roupão.

— Você quer ir para o centro da cidade comigo ou trabalhar a partir daqui?

Ele considerou as possibilidades enquanto jogava para trás o cabelo molhado.

— Vou trabalhar mais um pouco no equipamento sem registro, pelo menos por enquanto. Se eu conseguir terminar ou encontrar algo novo, entro em contato com você ou vou sozinho para a Central.

— Por mim, tudo bem. — Ela foi até o elevador com ele. — Algum progresso?

— Considerável, mas depois de quatro da manhã não surgiu mais nada de útil.

— Foi nessa hora que nós fomos dormir?

— Um pouco mais tarde, na verdade. Mais uma coisa, querida: você não descansou o suficiente. — Ele tocou no rosto dela. — Você parece muito pálida.

— Estou bem.

— E você? Encontrou alguma coisa útil?

— Ainda não tenho certeza.

Ela lhe contou sobre as observações de Summerset enquanto ambos se aprontavam para sair.

— Então você acha que é possível que ele tenha trabalhado em um dos centros médicos, em algum campo de batalha durante as Guerras Urbanas?

— É uma ideia. Fiz algumas pesquisas — contou ela, enquanto afivelava o coldre. — Não achei um monte de detalhes sobre isso, pelo menos até agora. Mas havia muitas instalações que utilizavam esse mesmo método básico de marcar as pessoas. Um punhado deles aqui em Nova York.

— O lugar onde ele começou seu trabalho.

— Pois é, estou pensando nisso — ela concordou com um aceno de cabeça. — Existe alguma coisa aqui, em particular, que é importante. Ele começou aqui e agora voltou para cá. Há um mundo imenso lá fora, e ele usou seu método em várias cidades. Só que agora resolveu repetir a primeira localização.

— Não se trata apenas do lugar. Aqui ele tem você e Feeney... Morris, Whitney, Mira. Há outros também.

— Sim, estou matutando sobre isso. Existem outros fatores além desses. Se ele é um assassino de repetição que tem alguma bronca dos policiais, certamente gosta de esfregar o que faz na nossa cara. Ele nos envia mensagens e deixa pistas enigmáticas para que possa se sentir superior. Nós não estamos vendo aonde ele quer chegar, mas eu continuo matutando.

Ela tomou um último gole de café com aquele ar resoluto.

— Tenho que ir andando ou não vou conseguir me preparar para a reunião.

— Ah, uma coisa: pediram para eu lhe dizer que Brian estará à sua espera de braços abertos quando você resolver me largar.

— Hein? Brian? O Brian irlandês?

— Esse mesmo. Entrei em contato com ele e lhe pedi para procurar alguns torturadores por lá. Ele tem bons contatos — explicou Roarke. — E sabe como trazer à tona informações preciosas.

— Ahh... — Às vezes, Eve percebia que tinha se casado com um homem que mantinha um monte de associados e ligações incomuns. Até que isso vinha a calhar de vez em quando. — Muito bem, então. A gente se vê mais tarde.

Ele foi até onde ela estava e passou a mão pelo seu cabelo novamente.

— Cuide bem da minha tenente.

— É o que pretendo fazer. — Ela encontrou os próprios lábios com os dele e recuou um passo. — Ficaremos em contato.

Depois de repassar a situação à sua força-tarefa, logo no início da reunião, Eve ordenou a todos que fizessem apresentações orais sobre seus progressos ou a falta deles. Escutou teorias, argumentos a favor ou contra, ideias para abordagens por ângulos diferentes ou para perseguir ângulos antigos a partir de uma nova perspectiva.

— Se as Guerras Urbanas forem um ponto importante — sugeriu Baxter — e passarmos a considerar esse maldito como um antigo profissional da área médica ou alguém que tenha obtido seu treinamento nessa época, estaremos falando de um sujeito na casa dos oitenta anos, talvez até mais. Isso o coloca com meio século de vida a mais que suas vítimas. Como é que um sujeito caquético conseguiria fazer isso?

— Nosso amigo Cão Tarado se esquece de que muitos sujeitos passam da meia-idade e continuam em forma — disse Jenkinson, apontando o dedo para Baxter. — Oitenta é o novo sessenta.

— Canalha Doente tem razão — reconheceu Baxter, apontando para Jenkinson. — E como ele é um cara que já começou a bater o pino, deve ter experiência disso. Mas afirmo que é preciso muita força física e agilidade para ensacar uma mulher de trinta anos e carregá-la na rua. Ainda mais as que ele rapta, acostumadas a malhar e com tudo em cima.

— Ele pode ter sido uma criança durante as Guerras Urbanas. — Como se pedisse desculpas por falar, Trueheart pigarreou. — Não é que oitenta anos seja velho, mas...

— Você já faz a barba, cara de bebê? — perguntou Jenkinson.

— Embora seja uma triste verdade que o policial Cara de Bebê tenha menos cabelo no queixo que Canalha Doente tem nas orelhas, muitas crianças foram chutadas de um lado para outro e vários órfãos foram espancados durante as Guerras Urbanas. Pelo menos foi o que ouvi dizer — acrescentou Baxter com um sorriso largo para Jenkinson. — Eu ainda não tinha nascido.

Eve aceitou o papo furado e os insultos brincalhões entre os colegas. Deixou a coisa rolar por mais alguns minutos. E quando avaliou que todos os dados atualizados tinham sido transmitidos, todas as ideias exploradas e o estresse aliviado distribuiu as tarefas do dia e dispensou todos.

— Peabody, localize o ex-namorado de Sarifina York. Precisamos conversar com ele. Vou conversar com Mira em minha sala daqui a alguns minutos. Vamos, doutora?

— Há muitos caminhos a considerar — começou Mira quando elas saíram da sala de conferências.

— Um deles vai nos levar a ele. — Em algum momento, pensou Eve.

— Sua consistência é sua vantagem e desvantagem ao mesmo tempo. Esse é o fator que vai levá-lo a você. A inflexibilidade dele vai miná-lo em algum momento.

— Inflexibilidade?

— Sua recusa em se desviar — confirmou Mira. — Ou sua incapacidade em se afastar de um padrão definido que permite a você, Eve, saber muitas coisas sobre ele. Então você consegue antever os fatos.

— Eu antevi que ele já tinha agarrado a vítima número dois. Só que antever não está ajudando Gia Rossi.

Mira sacudiu a cabeça.

— Isso não é relevante. Você não poderia ter ajudado Gia Rossi, pois ela já tinha sido capturada antes de você descobrir ou poder desconfiar que ele tinha voltado aos negócios.

— Esse é o nome do que ele faz? — Eve abriu caminho até sua sala e fez um gesto para a cadeira de visitante enquanto se apoiava na quina da mesa. — Negócios?

— Seu padrão é eficiente, uma espécie de rotina de negócios aperfeiçoada. Ou ritual, como eu já disse. É muito orgulhoso do próprio trabalho e por isso o compartilha. Apresenta sua obra a todos, mas só quando está concluída.

— Sim. Quando acaba com todas, deseja exibi-las, mostrá-las como obras suas. É por isso que ele as arruma sobre um lençol branco e coloca uma aliança no dedo delas. Já entendi isso. Durante as Guerras Urbanas, se resolvermos levar essa teoria em frente, os corpos eram exibidos, empilhados ou amontoados, dependendo das instalações. E cobertos. Por lençóis, lonas, plásticos, o que houvesse disponível. Normalmente as roupas, sapatos e objetos pessoais eram levados. Na maior parte das vezes, tudo era reciclado e enviado para outras pessoas. Em estilo "não desperdice o que não lhe serve mais", típico de tempos de guerra. É por isso que ele leva suas roupas e pertences pessoais, mas inverte o final e as deixa nuas, descobertas.

— Orgulho. Acredito que, na visão dele, elas são lindas. Na morte, elas são belíssimas para ele. — Mira se mexeu e cruzou as pernas. Tinha prendido o cabelo em um coque suave à altura da nuca e vestia um terninho amarelo claro, tão pálido que parecia sussurrar uma promessa de primavera. — Sua escolha do tipo de vítima indica, como eu disse na reunião, alguma ligação anterior com uma mulher dessa idade e cor de pele. Ela simboliza algo para ele. Mãe, amante, irmã, amor inalcançado.

— Inalcançado?

— Ele não conseguiu controlar essa pessoa, não pôde fazer com que ela o enxergasse como ele queria ser visto, nem na vida nem na morte. Agora ele consegue isso, várias vezes.

— Ele não as estupra, não abusa sexualmente delas. Se essa mulher fosse uma amante, ele não a veria como algo sexual?

— Amor, não amante. As mulheres são Virgens Marias ou prostitutas para ele. Então ele as teme e as respeita.

— Castiga e mata a prostituta — refletiu Eve. — E cria a Virgem Maria, que ele purifica e exibe.

— Sim. É a feminilidade delas e não a sua sexualidade que lhe traz essa obsessão. Pode ser que ele seja impotente. Na verdade, acredito que vamos descobrir exatamente isso quando você o agarrar. Mas o sexo não é importante para ele, não o impulsiona. Se o considerássemos impotente, ele poderia mutilar os genitais das vítimas ou abusar sexualmente delas com objetos. Mas esse não foi o caso em qualquer das vítimas.

Mira continuou:

— É possível que ele obtenha liberação ou satisfação sexual a partir da sua dor, mas isso é secundário; poderíamos dizer que é um subproduto. É a dor que o estimula, a resistência da vítima e o resultado final: a morte.

Eve se colocou de pé, foi até o AutoChef e programou café para dois distraidamente.

— A senhora mencionou uma rotina de negócios eficiente, e eu não discordo. Mas tudo me parece uma espécie de ciência. Experimentos regulares e específicos. Ciência misturada com arte, eu acho.

— Não discordamos nisso. — Mira aceitou o café. — Ele é focado e dedicado. O autocontrole e o poder de controlar os outros são vitais para ele. Sua capacidade de se afastar e se manter distante do trabalho ativo por longos períodos indica grande controle e força de vontade. Eu não acredito, mesmo com tudo isso, que lhe seja possível manter relações pessoais ou íntimas não importa por quanto tempo. Certamente não com mulheres. Quanto a relações de negócios? Acredito que consiga mantê-las, até certo ponto. Ele deve ter uma fonte de renda estável. Investe em suas vítimas.

— Os produtos sofisticados e caros, os anéis de prata. A viagem para selecioná-las em lugares diferentes. O custo de obter ou manter o lugar onde ele trabalha nas vítimas.

— Sim, e dada a natureza dos produtos, ele está acostumado a um alto estilo de vida. A limpeza delas é parte do ritual, sim, mas ele poderia fazê-lo com produtos mais comuns. Marcas populares.

— Não aceita nada, a não ser o melhor — concordou Eve. — Mas isso também me levou à hipótese de que ele possa ser um concorrente de Roarke ou um empregado em uma posição administrativa.

— As duas coisas seriam lógicas. — Mira bebeu o café em silêncio, satisfeita por Eve ter se lembrado da forma como ela apreciava a bebida. — Ele escolheu deixar claro essa conexão. Assim como escolheu voltar a Nova York para novos trabalhos, neste momento. Mas havia mais uma conexão para ele completar, Eve. — A médica colocou a caneca de lado e seu olhar ficou sério quando olhou para Eve. — Havia você. Estas mulheres são, de certo modo, mulheres de Roarke. Você é dele em todos os sentidos.

Testando a ideia, Eve franziu o cenho.

— Então ele optou por esse padrão específico por minha causa? Eu não era a investigadora principal na primeira vez.

— Mas era um elemento feminino na investigação original e tem cabelo castanho. Era muito jovem naquela época para atender às suas especificações. Mas não é tão jovem agora.

— A senhora acha que eu posso ser um alvo?

— Acho. Acho, sim.

— Ora... — Bebendo o café, Eve considerou a possibilidade com mais cuidado. As teorias de Mira não deviam ser descartadas com facilidade. — Normalmente ele prefere cabelo mais comprido.

— Houve exceções.

— Sim, sim, duas exceções. Mas ele tem sido inteligente o tempo todo. Isso não seria inteligente. — Eve analisou todos os ângulos daquela ideia mentalmente e mudou o padrão de raciocínio. — É muito mais difícil derrubar uma policial treinada do que uma civil.

— Você seria um grande prêmio pelo ponto de vista dele. Representaria um desafio, uma proeza. E se ele conhece alguma coisa sobre você, e eu garanto que conhece, iria ter certeza de que você aguentaria as torturas durante muito tempo.

— É difícil alguém me perseguir, doutora. Primeiro, porque eu sacaria na mesma hora. Em segundo lugar, não tenho rotinas regulares, não como as outras. Elas entravam e saíam do trabalho em horas regulares, era fácil acompanhá-las. Eu não sou assim.

— O que só serviria para aumentar o nível do desafio — argumentou Mira — e também sua satisfação final. Você acha que ele pode ter adicionado Roarke como um elemento na trama por ser um competidor. Isso pode ser verdade. Mas o que ele faz não é vingança, não em um nível consciente. Tudo que faz é para uma finalidade. Eu acredito que, nesse caso, você é uma delas.

— Isso seria útil.

— Sim — Mira suspirou. — Eu imaginei que você iria encarar isso dessa forma.

Com os olhos comprimidos, Eve analisou as possibilidades novamente e explorou a nova ideia.

— Se formos em frente com essa ideia, eu poderia encontrar um jeito de servir de isca e levá-lo a fazer um movimento em minha direção antes que ele pegue outra vítima; poderíamos pará-lo. Conseguiríamos derrubá-lo e tirá-lo de cena.

— Você não vai conseguir se fazer de isca. — Olhando para Eve, Mira levantou sua caneca de café. — Eu lhe garanto que ele já tem uma programação e um calendário definidos. A única variável é o tempo que suas vítimas resistem, mas ele já tem um terceiro nome selecionado. A menos que ele planejasse matar apenas três mulheres dessa vez, o que seria menos do que nos outros ataques, a próxima *não vai* ser você.

— Então temos de encontrar essa vítima antes. Vamos manter a sua teoria entre nós, pelo menos por enquanto. Quero pensar a respeito.

— Quero que você pense sobre isso — disse Mira, já se levantando. — Na condição de participante dessa força-tarefa, formadora de perfis de assassinos e amiga que se preocupa muito com você, quero que você pense sobre o assunto com muito cuidado.

— Farei isso.

— Tudo isso é muito duro para você, para Feeney. E também para mim e para o comandante. Nós já estivemos nesse ponto antes e, em um sentido muito real, falhamos. Se tornarmos a falhar...

— Isso não é uma opção — garantiu Eve. — Faça-me um favor, doutora. Sei que é uma coisa complicada, mas dê uma olhada na lista que Summerset preparou. São mulheres que trabalham para Roarke. Basta ver se alguma delas lhe parece mais o tipo dele. Não podemos vigiar todas essas mulheres, mas se houver um jeito de encurtarmos a lista...

— Farei isso agora mesmo.

— Preciso ir.

— Tudo bem. — Mira entregou a caneca vazia e passou os dedos de leve sobre as costas da mão de Eve. — Não basta pensar com cuidado, seja cuidadosa com você mesma.

Assim que Mira saiu, o *tele-link* da mesa de Eve tocou. Depois de ver quem era, Eve atendeu.

— Olá, Nadine.

— Dallas... Alguma notícia de Gia Rossi?

— Estamos procurando. Se você está interrompendo o meu dia em busca de alguma atualização...

— Na verdade, estou interrompendo o *meu dia* para lhe trazer novidades. Um dos meus dedicados investigadores garimpou uma pepita interessante. Da Romênia.

De forma automática, Eve colocou na tela do monitor tudo que tinha sobre a investigação romena.

— Devo receber os arquivos completos do caso da Romênia ainda hoje. O que você conseguiu?

— Tessa Bolvak, uma cigana romena. Tinha seu próprio show na TV. "Hora mediúnica" era o nome do programa, apesar de durar só vinte minutos, para ser precisa.

— Você está interrompendo o trabalho de nós duas para falar de uma vidente?

— Uma vidente renomada em círculos romenos durante o tempo em questão. Ela era vidente muito procurada, e várias vezes trabalhou como consultora para a polícia.

— Esses romenos são malucos.

— Outras autoridades policiais fazem uso de médiuns — lembrou Nadine. — Você mesma fez uso, não faz muito tempo.

— Sim, e você lembra como essa história acabou para todo mundo?

— No entanto — continuou Nadine —, não estamos aqui para debater essa questão. A Incrível Tessa fez um programa especial sobre os crimes de lá, e sua participação na investigação. Tanto ela quanto seus produtores reconheceram o valor de um caso grande e suculento. Ela declarou que seu assassino é um mestre da morte e também seu servo.

— Ai, cacete!

— *Tem mais*! Ela disse que a morte o procurava e lhe fornecia nomes. É um homem pálido — disse Nadine, virando-se de lado para ler o que aparecia no seu monitor. — Com alma negra. A morte está inserida nele do mesmo jeito que ele está inserido na morte. A música aumenta de intensidade à medida que o sangue corre. Ele se apresenta para ela, a divina diva que canta para ele. Então, ele as procura como flores para o buquê da morte, o buquê que ele coloca em um altar.

— Nadine, dá um tempo!

— Espere, espere. Um homem pálido — ela continuou — que carrega a árvore da vida e vive em função da morte. Tessa tem um monte de clientes fora do programa.

— Eu já mencionei romenos malucos?

— E aqui está mais uma maluquice para você. Dois dias depois que o programa foi ao ar, o corpo dela foi encontrado com a garganta cortada, flutuando no Danúbio.

— Que pena ela não ter recebido a visão da chegada dele.

— Há-há. As autoridades consideraram o caso como assalto seguido de morte. As joias e a bolsa nunca foram encontradas. Mas eu me pergunto se, aos responsáveis por esses casos, não faltou o meu senso de ironia ou o seu cinismo natural, Dallas.

— Por que a ironia ficou com você? — Eve se queixou. — Eu tenho muita ironia, sabia? Pode ser que ela estivesse tão distraída olhando em sua bola de cristal que não percebeu a aproximação de um cara que queria suas bugigangas.

Aquilo era coincidência demais, refletiu Eve, para ser apenas baboseira, mas ela completou:

— Talvez o nosso assassino a tenha apagado porque algo nas visões exageradas dela chegou perto demais dele.

— Isso me ocorreu — concordou Nadine. — Não se encaixa no seu padrão, mas...

— Ele não deu a ela o... status, vamos dizer, que costuma oferecer às suas vítimas escolhidas. Ela só o incomodava. Então ele acabou com ela. Você tem uma cópia do programa que ela apresentou?

— Tenho.

— Envie esse material para mim. Vou ligar para o pessoal da Romênia novamente, ver se eles têm algo mais palpável sobre o caso. Você conseguiu mais alguma coisa?

— Um monte de tabloides com manchetes em letras garrafais, tanto na mídia impressa quanto nos noticiários. Minhas abelhinhas ocupadas estão vasculhando todo esse material para ver se pinta alguma coisa que valha a pena ser analisada duas vezes.

— Então me avise se encontrar.

Quando ela desligou, Eva anotou: homem pálido. Música. Árvore da Vida. Casa da morte.

Em seguida, foi procurar Peabody.

— Acho que a temperatura melhorou. Está ficando mais quente — Peabody curvou os ombros e tentou expandi-los de modo que o vento selvagem de março não explodisse em sua medula.

— Você e eu estamos no mesmo lado do equador?

— Puxa, estou falando sério. Acho que está uns dois graus mais quente que ontem. E estamos em março, já é praticamente abril. Pensando melhor, é quase verão.

— Esse vento gelado obviamente danificou seu cérebro. — Eve exibiu o distintivo para o scanner de segurança do prédio de Cal Marshall. — Já que é assim, estou quase desistindo da ideia de mandar você tomar a frente e interrogar o ex-namorado da srta. York.

— Não! Eu consigo fazer isso. Está congelando. O frio ficou tão cruel que parece estar perfurando minhas córneas e atingindo as retinas. Mas ainda não entrou no cérebro.

Quando elas foram liberadas, Peabody entrou na frente e arrancou o quepe.

— Fiquei com cabelo de cuia por causa do quepe? É impossível fazer um bom interrogatório com cabelo de cuia.

— Você tem cabelo. Devia estar satisfeita com isso.

— Cabelo de cuia — murmurou Peabody, passando as mãos por entre os fios, sacudindo a cabeça e afofando o cabelo quando elas entraram no elevador.

— Pare! Pare de ser uma mulherzinha fresca. Jesus, que irritação! Se eu tivesse um parceiro sem peitos, não haveria toda essa obsessão com o cabelo.

— Baxter iria combater bravamente o cabelo de cuia antes de uma entrevista.

Como aquilo, indiscutivelmente, era verdade, Eve só fez uma careta.

— Ele não conta.

— Miniki também. Ele...

— Continue batendo nessa tecla e eu juro que vou amarrar você numa cadeira e raspar todo o seu cabelo, máquina zero! Você nunca mais vai sofrer a tortura e o constrangimento de aparecer diante de uma pessoa com cabelo de cuia.

Eve saiu do elevador com passos largos e acompanhou os números dos apartamentos até chegar ao de Cal Marshall.

— Eu ainda assumo a liderança? — perguntou Peabody com humildade.

Eve lhe lançou um olhar fulminante e bateu na porta. Quando ela se abriu, a tenente se moveu discretamente para o lado e deixou Peabody liderar a ação.

— Sr. Marshall? Sou a detetive Peabody. Já conversamos antes. Esta é a minha parceira, tenente Dallas. Podemos entrar?

— Sim. Certo. Claro.

Ele era louro, muito bronzeado, tinha o corpo em forma e olhos azuis como os de um lago ártico. Eles pareciam um pouco vazios agora, levemente inexpressivos, e sua voz tinha o mesmo tom.

— Sari. É sobre Sari, não é?

— Não seria melhor nos sentarmos?

— O quê? Oh, sim, claro. Devemos sentar, por favor.

Através de uma porta aberta, Eve avistou uma cama impecavelmente feita em cima da qual se via uma mochila imensa. Havia também uma prancha de snowboard com a ponta contra a parede. Na sala de estar, um casaco pesado de esqui estava estendido sobre uma cadeira com o crachá do teleférico ainda pendurado nele.

Em cima da mesa preta de formato irregular que ficava diante do sofá azul escuro com interior em gel se encontravam várias garrafas vazias de cerveja.

Ele entrou, refletiu Eve, largou o equipamento e conferiu as mensagens no *tele-link*. Foi quando soube. Sentou-se aqui e bebeu o resto da noite.

— Eu ouvi. Cheguei em casa e soube da notícia. — Esfregou os olhos com força. — Ahn... Hum, Bale soube através de Zela, que trabalha com Sari na boate. Ela contou a ele... E ele me contou.

— Deve ter sido um choque — disse Peabody. — Esse foi o primeiro momento em que você soube da morte dela? Não estava com o seu *tele-link* de bolso, nem assistiu a nenhuma reportagem no noticiário enquanto esteve fora?

— Desliguei o *tele-link*. Queria apenas curtir meu snowboard. Só pensei no esporte. Eu e Bale fomos para o Colorado e eu fiquei isolado. "Isolado no Colorado" é uma piada comum por lá — explicou. — Voamos para cá de volta ontem à noite. Bale mora mais perto da estação de esqui e chegou em sua casa antes. Zela lhe deixou uma mensagem. Conversou com ele. Foi só então que ele me ligou. Eu cheguei em casa e ele...

— O senhor e Sarifina estavam envolvidos, certo?

— Sim, estávamos... Estávamos juntos até umas duas semanas atrás. — Ele tornou a passar as mãos pelo rosto. — Há duas semanas nós... Nós terminamos.

— Por que vocês romperam?

— Ela sempre estava muito ocupada. Sempre estava... — Ele parou e ergueu o olhar para Peabody. — Eu queria mais, entende? Queria que ela estivesse mais disponível para mim, mais interessada no que eu queria fazer, na hora em que me dava vontade. A relação não estava funcionando, não do jeito que eu esperava. Então lhe disse que estava tudo acabado para mim.

— Vocês brigaram?

— Brigamos. Fomos bem cruéis um com o outro. Ela me disse que eu era egoísta, imaturo e autocentrado. Eu disse algo como "você é igualzinha". Merda, merda, merda. Ela está morta! Bale me disse que... Puxa, eu estava curtindo meu snowboard e falando mal dela o tempo todo com Bale. E ela já estava morta! Vocês acham que eu a feri? Porque eu queria feri-la, mesmo. Aqui! — mostrou ele, batendo com o punho no coração. — Eu queria que ela se sentisse péssima por eu ter caído fora, entendem? Queria que ela ficasse sozinha, sofrendo muito, enquanto eu encontrava outra pessoa... um monte de outras mulheres que sabem como se divertir. Cristo!

Ele baixou a cabeça e a colocou entre as mãos, repetindo:

— Ah, meu Deus.

— Nós não achamos que o senhor a tenha machucado, sr. Marshall. Antes de vocês se separarem, ela dormia aqui em sua companhia?

— Cada vez menos. As coisas estavam se desintegrando entre nós. Mal víamos um ao outro. Uma ou duas vezes por semana, talvez.

— Ela alguma vez mencionou alguém que a incomodava? Alguma pessoa que a fazia se sentir desconfortável?

— Já nem conversávamos muito, ultimamente. — Ele disse isso com a voz calma enquanto olhava para as mãos. — Eu não me lembro dela comentar nada desse tipo. Ela gostava das pessoas idosas que frequentavam a boate. Especialmente os homens mais velhos. Suaves, ela dizia. Eles ficavam mais suaves com a idade, como o uísque ou algo assim. Alguns davam em cima dela de vez em quando, e ela bem que curtia a atenção que recebia deles. Mas isso nunca me incomodou. Eu até achava engraçado.

— Alguma pessoa em especial?

— Não sei dizer. Na verdade, nem prestava muita atenção. Não curto nem um pouco essa onda retrô. Fico entediado com coisas do passado, entendem? Mas ela parecia ótima quando se vestia para o trabalho. Puxa, ela ficava maravilhosa!

— Não conseguimos muita água dessa fonte — comentou Peabody quando elas desceram.

— Não sei... Ela gostava de homens mais velhos e eles gostavam dela. É grande a probabilidade de o assassino ser um homem mais velho.

— E daí?

— Aposto que ele conversou com ela algum momento ao longo dessa história. Uma ou duas semanas antes de ele a agarrar, provavelmente fez contato com ela na boate. Seria uma grande emoção, para ele, ter uma conversa ou talvez dançar um pouco com sua vítima. Um bom jeito de conseguir outra imagem dela, um indicador, um ritmo.

— Pode ser. — Peabody sussurrou e sua voz quase tremeu com o frio quando elas saíram na rua. — E se... Se ele fez isso e ela o encontrou mais tarde, na rua, ou onde quer que ele a tenha agarrado? Ela seria amigável, estaria à vontade. Puxa, esse é o sr. Suave, da Starlight.

— Então, se ele fez contato com ela... Talvez também tenha feito contato com Gia Rossi.

— Vamos à academia onde ela trabalhava?

— É um bom lugar para começar.

E le sabia como se misturar. Sabia como se tornar imperceptível, de modo que os olhos das pessoas passavam sobre ele sem sequer notar sua presença. Essa era uma habilidade pessoal que ele costumava usar com perfeição durante a fase de pesquisa em qualquer projeto.

E ele usava essa habilidade naquele exato momento ao observá-la. Eve Dallas saía naquele instante do prédio e descia a rua. Dava passos largos e firmes. Parecia solta, mas muito ocupada. Era forte.

Ele apreciava muito mulheres fortes física e mentalmente.

Ela, sem dúvida, tinha sido muito forte no passado. A Eva de todas as outras mulheres... A mãe. Tinha sido muito forte lembrou-se, mas ele acreditava que esta Eve de agora — a sua última Eva — seria ainda mais forte que qualquer uma que tivesse vindo antes.

Mas não é o momento certo para você por enquanto, pensou ele, enquanto a olhava, e observava atentamente a forma como ela se movia. Não era ainda o momento dessa Eve. Mas quando ele chegasse, ahhh...

Ele acreditava que ela iria ser o seu melhor trabalho de todos os tempos. Um novo nível de excelência. O auge de tudo que ele realizara.

Por ora, porém, havia outra mulher que exigia sua atenção.

Agora, ele precisava voltar para casa e encontrá-la.

O gerente da BodyWorks era um sujeito com um metro e oitenta de altura, origem asiática e um corpo que parecia feito de aço moldado. Atendia pelo nome de Pi. Vestia uma malha de ginástica muito justa e exibia um pequeno e bem-cuidado cavanhaque.

— Como eu disse aos outros policiais, foi um dia como outro qualquer. Gia deu suas aulas e atendeu seus clientes. Entreguei a eles a lista. Vocês precisam de...

— Não, eles já pegaram tudo. Obrigada pela cooperação.

Ele se largou sobre uma cadeira no escritório que mais parecia um aquário e de onde era possível ver todas as áreas do complexo. Lá fora, as pessoas malhavam, suavam, trotavam, flexionavam e alongavam.

— Somos amigos, entendem? Não posso aceitar a ideia de algo ruim ter acontecido a ela. Mas garanto a vocês: ela sabe cuidar de si mesma. É o que eu acho. Ela é dura na queda.

— Alguma pessoa pediu para ter aulas especificamente com ela nas últimas semanas? — quis saber Eve.

— Sim, conforme já contei aos outros policiais. Ela consegue boas referências de clientes. Recomendações boca a boca, sabem como é? Ela é boa no que faz e alcança excelentes resultados, mesmo sem bancar o sargentão exigente com os alunos.

— E os caras mais velhos também? Digamos, com mais de 60 anos?

— Claro, claro... A busca pela boa forma física não é apenas para os jovens. Ela tem alguns clientes dessa faixa etária e nós os recebemos aqui para as aulas comuns. Gia dá aula de tai chi duas vezes por semana e de ioga dia sim, dia não. São aulas voltadas para grupos de alunos acima dos sessenta anos. Duas vezes por semana ela dá aulas para quem já passou dos cem.

— Ela recebeu alguém novo em alguma dessas turmas nas últimas semanas?

— Como expliquei aos outros policiais, quando um cliente é membro do clube, não precisa se inscrever para qualquer aula específica que queira ter. Simplesmente entra aqui e escolhe o que prefere fazer.

— E quanto aos que se filiaram ao clube nos últimos trinta dias, digamos? Do sexo masculino e com mais de 50 anos para começarmos a peneirar?

— Posso conseguir essa lista. Mas a pessoa não precisa se tornar membro do clube na filial que vai usar. Se ela tiver entrado por meio de qualquer uma das nossas filiais... e somos uma rede mundial, devo acrescentar... basta passar o cartão pelo sensor.

— E vocês têm o registro de quem entrou? Mantêm o controle de como seus membros usam as instalações, quantas vezes eles vêm aqui e quem paga taxas extras para um personal trainer?

— Temos, claro. Esse tipo de dados vai direto para os principais escritórios. Mas talvez eu consiga...

— Tudo bem, posso arranjar essas informações — disse Eve. — Não se preocupe. Sabe dizer se ela atendia clientes fora daqui?

— Isso é contra a nossa política — afirmou ele.

— Não estamos preocupados com a política de vocês, Pi. Ela não vai ficar em apuros se conseguiu levantar alguma grana por fora. Queremos apenas encontrá-la.

— Sim, bem, talvez ela tenha feito isso. — Ele inflou as bochechas e soltou o ar. — Quando alguém está disposto a pagar uma grana preta para o profissional ir à casa do cliente durante uma hora algumas vezes por semana, é difícil recusar. Somos amigos, eu e Gia, mas eu administro este lugar. Ela sabe que eu sei e tudo o mais. Mesmo assim não conversamos sobre o assunto. Nunca falamos disso.

— Que tal nos dar um palpite, já que vocês são amigos? Sabe se ela aceitou algum cliente particular recentemente?

Ele inflou as bochechas novamente.

— Ela conseguiu entradas para um jogo dos Knicks recentemente, lugares junto da quadra. Vamos assistir a essa partida na semana que vem. É meu aniversário. Filho da puta! — Ele passou as mãos com força sobre a cabeça raspada. — Esses ingressos estão fora do alcance do orçamento dela. Gia brincou comigo, disse que tinha acertado na loteria. Achei que ela tinha conseguido aquilo mais barato com um cambista, intermediário ou algo assim.

— Quando foi que ela conseguiu os ingressos?

— Algumas semanas atrás. Escutem, vocês precisam encontrá-la, certo? Por favor, encontrem-na.

Capítulo Oito

Ao sair, Eve repetiu a rota que Gia habitualmente fazia ao ir até a estação do metrô. Aquela mulher era uma nova-iorquina típica, refletiu. Isso significava que costumava caminhar em um passo rápido e, embora seu radar estivesse sempre ligado, ela talvez estivesse perdida nos próprios pensamentos.

Poderia ser uma mulher que só olha vitrines, pensou Eve. Poderia parar e observar as novidades ou até entrar em alguma loja, mas...

— Baxter e Trueheart investigaram as lojas e mercados ao longo do caminho dela — disse Eve. — Ninguém se lembra de tê-la visto naquele dia. Alguns atendentes reconheceram a foto dela, de visitas anteriores. Mas não no dia em que ela sumiu.

— Ela não conseguiu chegar à estação do metrô.

— Não. Porque talvez não estivesse indo para a estação. — Eve se virou, deu um passo para o lado e analisou os prédios da agitada Nova York, à sua volta. — Já sabemos que a desaparecida tinha algum dinheiro extra, o suficiente para dois ingressos caros. Digamos que ela tenha conseguido um cliente novo. Talvez a casa do cliente fique a uma distância curta de onde ela trabalha. Ou pode ser que ele tenha lhe fornecido o táxi ou um transporte próprio.

Considerando isso, ela refletiu sobre o que Baxter dissera sobre a possível diferença de idade potencial entre o agressor e as vítimas. Sem contar que Gia Rossi era uma personal trainer e estava no auge da condição física.

— Talvez ela tenha caminhado direto para os braços do raptor. Foi direto para o ninho dele.

— Ele nem precisou agarrá-la. Simplesmente abriu a porta.

— Esperto — disse Eve, baixinho. — Sim, isso seria muita esperteza. Entre em contato com Newkirk. Quero que ele e os outros policiais investiguem esta região. Pente fino em todas as direções ao longo de cinco quarteirões. — Eve seguiu em direção ao carro. — Quero que a foto dela seja exibida para cada funcionário, garçom, morador de rua, porteiro e androide. Ligue para McNab — acrescentou, já se posicionando atrás do volante. — Quero que ele envie a foto dela para todas as empresas de táxi e serviços privados de transporte. E também empresas de ônibus e bondes aéreos. Busquem em todos esses lugares. Depois, vão até o Departamento de Trânsito da cidade. Verifiquem as entradas de pessoas em outras estações. Ela não usou seu cartão de metrô naquela noite, mas talvez tenha usado o transporte subterrâneo do mesmo jeito, só que para outro lugar.

Peabody já estava retransmitindo as ordens para Newkirk.

— Ela foi até ele — repetiu Eve, antes de mergulhar com o carro no tráfego pesado. — É isso que eu acho. Que foi direto para as garras dele.

Seguindo o palpite, ela ligou para Zela.

— Sim? — Obviamente ainda sonolenta, Zela reprimiu um bocejo. — Tenente? O que houve?

— Alguma vez Sarifina deu aulas particulares?

— Aulas particulares? Desculpe, eu ainda estou com a cabeça meio enevoada.

— Aulas de dança. Sabe dizer se ela alguma vez deu aulas de dança particulares?

— De vez em quando ela dava sim, claro. As pessoas gostam de exibir alguns movimentos básicos em ocasiões especiais. Casamentos, bar mitzvahs, reuniões, esse tipo de coisas.

— Aulas na boate ou na casa dos clientes?

— Geralmente na boate. De manhã, quando estamos fechados.

— Geralmente — insistiu Eve. — Mas havia exceções.

— Dê-me um segundo. — Zela se movimentou pelo apartamento enquanto falava, e Eve ouviu o apito de um AutoChef. — Trabalhei até quase três da manhã e depois tomei um comprimido para dormir. Não tenho conseguido boas noites de sono desde... Preciso clarear as ideias.

— Zela. — Um tom de impaciência surgiu na voz de Eve. — Preciso saber se Sarifina costumava ir à casa dos clientes.

— De vez em quando, especialmente para os clientes mais velhos. Ou no caso de crianças. Às vezes os pais querem que seus filhos aprendam a dançar. Ou um casal mais velho quer agitar um pouco numa ocasião específica ou em um cruzeiro. Mas geralmente nós fazemos esse tipo de coisa no local de trabalho, dentro da boate.

— Sabe dizer se ela aceitou algum cliente particular nas últimas semanas?

— Deixe-me pensar, ok? Deixe-me pensar. — Zela engoliu o que Eve imaginou que fosse café. — Poderia ter aceitado, sim. Saritinha é coração mole, entende? Gostava de prestar favores para as pessoas. Nós não conversávamos uma com a outra sobre esse tipo de coisa o tempo todo. Mas se tivesse conseguido o aluno através da boate, quer dizer, se ela dava aulas para alguém de lá, certamente teria anotado tudo. A boate recebe uma porcentagem da aula, e Saritinha tinha um rigor quase religioso em manter bons registros sobre tudo.

— Mas não haveria porcentagens se ela fosse até a casa deles, certo?

— Bem, essa é uma área cinzenta. Como eu disse, ela gostava de prestar favores. Pode ter resolvido dar uma ou duas horas do seu tempo a alguém, dando desconto e combinando tudo fora do caderno de anotações. Faria isso durante o seu tempo pessoal, antes ou depois do trabalho, ou em seu dia de folga. Qual é o mal disso?

Qual era o mal?, pensou Eve, depois de desligar.

— A princípio, nós todos achamos que ele as agarrava na rua. Mas elas foram até ele. Nesses dois casos, eu apostaria o meu salário como elas foram diretamente até ele. Como chegaram lá?

— A foto de Sarifina York foi divulgada ontem. Mas foi no fim de semana que ela sumiu — acrescentou Peabody. — Se ela pegou um táxi, o motorista pode não ter prestado atenção em seu rosto ou pode não ter ainda assistido aos noticiários que falam dela.

— Não. Não. Temos de investigar cada possibilidade, mas isso seria desleixo, e ele não é desleixado. Por que assumir um risco como esse? Deixar um registro solto, uma testemunha em potencial andando por aí? Um motorista de táxi que a deixou na porta dele? Não, essa ideia não funciona.

— Bem, a mesma coisa se aplica aos transportes particulares.

— Não se foi ele mesmo quem forneceu o transporte. Pessoalmente. Verificaremos do mesmo jeito, vamos investigar todos os meios de transporte e o Departamento de Trânsito. Além de todas as vans que atuam nas áreas em que as vítimas foram vistas pela última vez.

Horas de trabalho, horas desperdiçadas, pensou Eve. Mesmo assim, aquilo tinha que ser feito.

— Ele não aceitaria correr um risco desses. Ele as atrai, é isso que faz. Um sujeito bom, um cara inofensivo, um agradável cavalheiro que quer aprender a dançar tango ou simplesmente deseja ficar em forma. Elas recebem uma grana tranquila pelo serviço e ele lhes oferece transporte.

— Ninguém os viu na rua porque eles não ficaram na rua por muito tempo. — Peabody balançou a cabeça enquanto a teoria tomava forma dentro da sua cabeça. — Elas saem do trabalho e entram no veículo que já está à espera. Ninguém vai notar. Só que...

— Só que...?

— Como ele pode ter certeza de que elas não vão contar nada a alguém? — especulou Peabody. — O que quero dizer é o seguinte: nenhuma dessas mulheres parece burra. Como ele poderia ter certeza de que não comentariam com um amigo ou um colega de trabalho que arrumaram um aluno particular novo. "Vou a tal lugar dar uma aula para fulano...".

Eve parou o carro diante do prédio de Gia Rossi, mas continuou sentada no banco, tamborilando no volante com os dedos.

— Boa observação. Sabemos que elas não contaram a ninguém. Ou pelo menos a nenhuma pessoa que nos tenha repassado tal informação. E chegamos à questão de por que ele faria isso e como poderia ter certeza absoluta do silêncio delas. Temos que calcular a probabilidade disso. — Ela saiu e pegou a chave mestra para abrir a portaria. — Primeiro ele lhes informa um nome inventado e um endereço igualmente falso. Agora, se elas são inteligentes ou estão preocupadas de alguma forma, vão verificar isso para se certificar de que os dados são legítimos. Não é difícil fazer isso se você tem dinheiro suficiente e conhecimento. Mas essa é outra área para a DDE pesquisar.

Elas entraram no prédio de três andares. O apartamento de Gia Rossi ficava no térreo.

— Agora vamos analisar o perfil dele. Inteligente, maduro, controlado.

Ela usou a chave mestra novamente para quebrar o lacre eletrônico que Baxter tinha ativado e, logo depois passou pelo segredo da fechadura.

— Sabemos que ele viaja muito, então estamos olhando para alguém que é provavelmente sofisticado e, eu até apostaria, encantador. Ele *conhece* as suas vítimas.

Quando elas entraram, Eve parou e olhou ao redor da sala de estar apertada. Notou um telão de entretenimento na parede; um pequeno sofá, duas cadeiras, mesas onde miudezas e peças de decoração se encontravam. Meias jogadas e sapatos — principalmente tênis e outros calçados esportivos. Os equipamentos eletrônicos já tinham sido levados.

— Ele sabe do que elas gostam — continuou ela. — Conhece tudo que lhes agrada. E faz o jogo certo. Consegue se tornar familiar com elas na base do olho no olho, aparece nos seus locais de trabalho e bate-papos gostosos. Mas não em demasia para não despertar suspeitas nem chamar atenção. Ele se mistura com o ambiente, e se mistura bem. É o sr. Suave, o sr. Cara Legal. O sr. Inofensivo.

Ela caminhou até a janela e olhou para a rua, a calçada, os edifícios vizinhos.

— Ele conquista a confiança delas. Talvez fale sobre sua esposa ou filha, algo que pinte um retrato bonito em suas cabeças. Normalidade. Leva tempo, com certeza, mas ele curte a espera. Só então ele traz para o papo a possibilidade de ter aulas particulares. Ou age de forma ainda mais inteligente: manipula as vítimas e faz com que elas mesmas ofereçam.

Ela se virou e entrou no quarto minúsculo e igualmente apertado.

— Só depois as pega. Gia Rossi tem telas de privacidade, mas são velhas e baratas. Usando o equipamento certo, ele pode vigiá-la de outra janela. Sabe quando ela se levanta, quanto tempo leva para se arrumar para o trabalho, a que horas ela sai e o caminho que faz. Aposto que mantém tudo registrado. Um cara científico, esse nosso assassino. Eu me pergunto quantas ele escolheu, observou, registrou e rejeitou. Quantas mulheres estão vivas neste instante porque não se encaixaram perfeitamente em suas específicas exigências.

— Isso é assustador.

— Muito. — Mergulhando as mãos nos bolsos, Eve balançou o corpo sobre os calcanhares. — Talvez ele sempre tenha trabalhado desse jeito ou mais ou menos assim. O contato pessoal prévio, as manobras para trazer o alvo até ele. Vamos analisar mais uma vez os velhos casos sob esse ângulo. E também olharemos para os possíveis alvos escolhidos, dessa vez tendo isso em mente.

— Dallas? O que estamos procurando aqui? Isto é... Aqui, no apartamento da mulher desaparecida?

— Procuramos por ela. Gia Rossi. Ele conhece os detalhes dela ou acha que conhece. Vamos ver o que encontramos.

F oi o que elas não encontraram que adicionou mais peso à teoria de Eve. Por mais que o espaço ali fosse apertado e confuso, Gia Rossi mantinha seus discos de exercícios e músicas para malhação meticulosamente organizados.

— Vejo dois espaços vazios em sua estante de discos para uso profissional e mais três na prateleira de arquivos de música — anunciou Eve. — Pelo jeito como ela os mantinha em ordem alfabética, suponho que tratavam de treinamento cardiovascular e aulas de ioga. Vamos conferir os objetos pessoais que Baxter encontrou em seu armário da academia.

— Ela tem muitos equipamentos pessoais. Pesos de mão, tornozelo e punho, tapetes, bolas para flexão muscular e uma esteira. — Peabody gesticulou dentro do closet onde Rossi tinha transformado em depósito de material de trabalho. — Imagino que faltam alguns pesos mais leves e alguns dos mais pesados para os tornozelos, bem como extensores elásticos de mais resistência.

— Leves para o aluno, pesados para a professora. Ela levava algum equipamento básico, um pouco de música, vídeos de demonstração. Alguma vez você já trabalhou com um personal trainer?

— Nunca. — Peabody flexionou com força os músculos das nádegas e se perguntou se essa seria uma boa forma de diminuir a extensão da sua bunda. — E você?

— Não, mas aposto que uma boa personal trainer prepararia um belo programa... Algo especificamente criado para algum cliente com um determinado tipo de corpo, idade, peso, objetivos e assim por diante. Se ela fez isso aqui, a DDE poderá descobrir. Vamos embora.

Roarke entrou em uma sala de guerra cheia de vibração de ambos os tipos: eletrônica e humana. Policiais diante de *tele--links*, com fones de ouvido, trabalhando diante de monitores. Alguns estavam sentados e outros andando de um lado para outro, como se dançassem.

Mas sua tenente particular não estava na sala.

Ele deu de cara com McNab, que vestia um jeans prateado e uma camiseta casual de domingo em um tom quase ofuscante de laranja.

— A tenente está no prédio?

— Não. Foi fazer investigações de campo, mas está a caminho daqui. Estou trabalhando em novas abordagens. Você quer conhecê-las?

— Quero, claro.

Batendo na ponta das botas prateadas com amortecimento a ar, McNab girou na cadeira.

— Acabei de espalhar fotos de Sarifina York e Gia Rossi por todo o sistema de transporte público e privado. Dallas está trabalhando com a ideia de que nosso assassino fornecia transporte para as vítimas.

— E elas simplesmente caíam nessa?

— Isso mesmo. Preciso beber alguma coisa. Vamos andar e falar ao mesmo tempo.

McNab contou tudo a Roarke enquanto ia até a máquina de venda automática de bebidas. Refletiu longamente antes de escolher e acabou optando por um refrigerante de laranja — talvez para combinar com a camisa que usava.

— Uma aula ou consulta particular na casa do cliente. — Roarke avaliou a hipótese. — Interessante... Isso eliminaria o risco envolvido em qualquer tipo de rapto público. Mesmo assim, o método apresenta seus próprios riscos e problemas.

— Isso mesmo. E se elas mudassem de ideia, não aparecessem ou decidissem levar alguma amiga junto? São muitas possibilidades.

— Ele sugou o refrigerante. — Mas ela quer que trabalhemos nisso.

Então... vamos trabalhar nisso. Pediu que, quando você aparecesse aqui, começasse a dar uma olhada na sua lista de funcionárias, tendo em mente esse novo ângulo: mulheres que se enquadram nesses parâmetros e que poderiam fazer atendimentos domiciliares fora do expediente.

— Sim, posso fazer isso.

— São muitas possibilidades — McNab repetiu —, se considerarmos todos os negócios que você dirige. Conseguiu algum progresso na pesquisa dos imóveis?

— Nada que se destaque no bolo, nem de longe.

— Às vezes você tem que jogar tudo para cima e ver em que ângulo as coisas caem de volta, entende? Ficar focado numa coisa só faz com que a gente enxergue apenas dados e mais dados. Talvez eu possa assumir sua tarefa enquanto você trabalha nas novas ideias.

— Olhos novos. Sim, é uma boa sugestão.

— Beleza, então... Olhe só, lá vêm as nossas damas. Só de olhar para elas já provoca um *póim* lá embaixo, não é? — McNab fez o som de uma mola, mas com uma conotação indubitavelmente sexual, enquanto sorria para o comprido corredor onde Peabody acabava de saltar de uma passarela aérea ao lado de Eve.

Mas logo atirou para Roarke um olhar rápido.

— Eu quero dizer, você tem um *póim* no seu e eu tenho no meu. Eu não sinto *póim* nenhum pela tenente. Aliás, ela chutaria minha bunda se ouvisse isso e depois lhe entregaria meu traseiro ensanguentado para você arrastá-lo pelo chão sujo. A Body viria depois para ralar tudo na terra, antes de colocar fogo em mim. Estava só comentando.

— Eu entendi o que você quis dizer. — McNab conseguia sempre divertir Roarke. — E não poderia concordar mais com você, incluindo a parte da sua bunda sangrando no chão sujo. Sim, elas são mulheres muito atraentes. Olá, tenente — saudou Roarke, enquanto os passos compridos de Eve a levavam até ele.

— Fico muito feliz de ver que vocês estão com tempo sobrando para tomar um refrigerante.

— Nada disso, senhora. Estava atualizando Roarke sobre os desdobramentos mais recentes e reenviando suas ordens para ele.

— Você me pareceu estar sugando essa bebida com os olhos arregalados para mim.

— Ah... Posso ter me distraído, mas isso foi um fator menor que não me impediu de atualizar Roarke nem de lhe explicar tudo. As fotos das vítimas já foram transmitidas, tenente. Abri outra linha para possíveis respostas a partir dessas fontes. Andamos peneirando dicas e consultas sobre as investigações, e acho que, se conseguirmos alguma pista a partir desse ponto, não devemos deixar que ela se perca na mistura geral.

— Ótimo. Boa ideia. Quero que você repasse para alguém o que está fazendo e investigue os equipamentos de Gia Rossi, especialmente seu computador. Estou à procura de programas de treinamento personalizados. Encontre-me um que corresponda ao nosso suspeito.

— Agora mesmo!

— Onde está Feeney?

— Fazendo a ronda — disse McNab. — Dando uma conferida e analisando o trabalho de toda a equipe para ver se agita o povo ou libera um intervalo. Ele estava revendo as análises médicas quando eu saí para pegar... isto é, quando eu saí para atualizar Roarke.

— Diga-lhe que preciso de alguém para ir até a BodyWorks. Gia Rossi sempre usava os computadores da academia. Já entrei em contato com o gerente e ele está cooperando. Faça com que alguém os traga e passe um pente-fino neles. A pesquisa é a mesma.

— Sim, senhora.

— Roarke, venha comigo.

Roarke acompanhou o passo de Eve ao se afastar dali.

— Formidáveis!

— O quê?

— Vocês duas. Eu tinha usado a palavra "atraentes", mas "formidáveis" também serve. Muito sexy.

— Não use a palavra "sexy" no trabalho.

— Você acabou de fazer isso.

Tudo bem, ela admitiu, isso a fez ter vontade de rir. O que era, obviamente, a intenção dele. Isso aliviou um pouco a tensão na base do seu crânio.

— Já vi que você vestiu a roupa de engraçadinho hoje.

Ela foi até a sala de ocorrências, mas parou quando ouviu um dos homens chamá-la pelo nome.

— Recolhemos um corpo perto da Avenida D, tenente. Um lance que deu errado — explicou um policial. — Já fichamos aquela acompanhante licenciada ali...

Ele apontou com a cabeça na direção de uma mulher magra com uma blusa ensanguentada que estava sentada junto a uma mesa.

— Ela diz que o cara queria fazer uma festa em sua companhia e ela topou. Só que ele se recusou a pagar a conta e deu dois socos na sua cara quando ela se opôs a aceitar o calote. Foi quando a moça pegou sua faca, contra a qual ela alega que ele se lançou sem querer. Seis vezes.

— Que desajeitado!

— Pois é. A questão, tenente, é que ela mesma veio se entregar. Não tentou fugir e insiste em repetir a mesma história. Alega que ele ria feito um idiota a cada vez que a faca entrava. Duas testemunhas confirmam que viram os dois combinando um preço, e outros a ouviram gritar. Dá para ver que ela está com um belo olho roxo que não para de inchar.

— Sim, dá para ver. Ela tem antecedentes?

— Pequenos registros, nada violento. Recebeu sua licença de acompanhante licenciada há três anos.

— E o morto?

— Ah, ele tem uma folha comprida e linda! Assaltos, agressões com armas mortais, posse e venda de substâncias ilegais. Acabou de sair da gaiola por um assalto à mão armada... Espancou quase até a morte a atendente de uma loja de conveniência 24 horas. Estava cheio de zeus na cabeça.

Eve olhou para a acompanhante licenciada. A mulher parecia mais irritada do que preocupada. Seu rosto exibia um triste arco--íris de contusões.

— Um cara cheio de zeus nas ideias pode muito bem se lançar contra uma faca várias vezes — sentenciou Eve. — Aguarde até que o exame toxicológico do cadáver fique pronto, repasse a história com ela mais uma vez e depois a leve para a carceragem.

— O cara estava mesmo doidão, tenente. Até um advogado novato vai alegar legítima defesa em favor dela, mas poderíamos enquadrá-la por porte ilegal de arma, já que a faca era maior que o limite permitido.

— E de que adiantaria?

— Sim, é isso que eu também acho, mas queria pedir sua opinião antes de agir.

— Ela já pediu um defensor público ou um representante legal?

— Ainda não. Por enquanto a moça está só revoltada. — Ele balançou a cabeça na direção da detida. — Sabe que esse incidente significa suspensão automática de trinta dias na licença, então ela ficará fora das ruas por um mês. Conseguiu dois socos na cara e arruinou o que garante ser uma blusa novinha.

— A vida é assim mesmo. Peça o exame toxicológico no morto e ajuste tudo. Ligue para a Divisão de Drogas Ilegais se alguma coisa parecer insustentável em juízo — acrescentou Eve. — Alguém de lá provavelmente já tem alguma acusação contra ele.

Ela entrou em sua sala e fechou a porta.

— Ela vai escapar — comentou Roarke.

— Provavelmente. Foi inteligente, da parte dela, não fugir e vir se entregar voluntariamente. Foi muito menos inteligente ao aceitar fazer a festa com um cara cheio de zeus na cabeça. Se ela já trabalhava nessa região há dois ou três anos deveria saber que ele estava fora de órbita.

— Uma garota precisa ganhar a vida.

— Foi o que eu ouvi dizer. E então, alguma novidade no equipamento não registrado?

— Nada que preste, pelo menos até este momento. Summerset está fazendo mais pesquisas e cruzamentos de dados. Ele sabe o que procurar e como encontrar.

As sobrancelhas de Eve se uniram.

— Isso quer dizer que eu vou ter que ser grata a ele?

— Vou cuidar disso.

— Ótimo. — Ela tirou o casaco e foi pegar café. — Será que McNab realmente lhe fez uma atualização sobre em que pé estamos?

— Fez, sim. Vou percorrer a lista de funcionárias e separar as que possam dar aulas ou atender a consultas domiciliares. Você acha que foi esse o padrão dele o tempo todo?

— Não sei, não posso dizer com certeza. — Eve esfregou os olhos e coçou a cabeça com fúria, como se quisesse acordar o cérebro sob o couro cabeludo. — Mas estamos falando de mais de vinte mulheres. Qual é a probabilidade de que nenhuma delas tenha dito a alguém, ao longo do tempo, aonde estava indo? Ele usou um nome falso, com certeza, mas, se elas tivessem recebido o endereço com antecedência e a consulta ou aula já tivesse sido acertada, quais as chances de nenhuma mulher ter comentado isso com alguém ou ter deixado algum tipo de registro da consulta?

— Uma probabilidade baixa. Sim, eu concordo. Mas... Pode ter havido mais de vinte e poucas mulheres. E vejo pela sua cara que você já considerou essa possibilidade — acrescentou, ao analisar o rosto de Eve. — Ele as escolheu e combinou tudo. Caso tenha sentido ou sabido que tinham mencionado o encontro com alguém, simplesmente seguiu com a farsa. E fez uma porcaria de uma aula de dança. Que tal?

— Sim, acho que isso é possível. E também acho que ele conseguiria agarrá-las ou atraí-las mais tarde, em seu cronograma. Vamos ter de revisar os casos anteriores para descobrir se alguma das vítimas aceitou uma consulta ou aula domiciliar uma ou duas semanas antes de serem mortas. Ele é focado — continuou Eve. — É cuidadoso o suficiente para se certificar de que a barra está limpa, mas certamente é focado. Consigo imaginá-lo adiando o rapto de uma vítima ou trocando-a de ordem. Se for assim, é uma coisa que não tínhamos antes. Um erro que deixamos passar.

Roarke tomou seu café. De repente, a sala de Eve lhe pareceu absurdamente minúscula e confinada. Sem falar na luz fraca que escoava pelo pequeno buraco que se passava por janela ou a caixinha de fósforos formada pelas paredes.

— Você nunca pensou em pedir uma sala maior?

— Para quê?

— Um espaço para respirar melhor pode ser um bônus.

— Consigo respirar bem, aqui. Você não pode carregar o peso desse caso nas costas, Roarke.

— E como você sugere que eu evite isso? — perguntou ele. — Sou seu trampolim para as mortes, não sou? Há uma mulher morta porque trabalhava para mim. Outra, nesse exato momento, está sendo torturada. É tarde demais para Gia Rossi.

— Nunca é tarde demais até que seja tarde demais. — Mesmo assim, Eve sabia que devia ser direta e franca com ele, e Roarke teria de ser capaz de lidar com isso. — A probabilidade de a encontrarmos a tempo é baixa. Nada é impossível, mas, neste momento, não é muito provável.

— E a próxima já deve estar na mira dele.

— Sim, ele já deve tê-la vigiado, escolhido e trabalhado nela, a essa altura. Mas temos mais tempo até chegarmos lá. Ele não é infalível e existe só um dele. Coloquei tudo de melhor que eu tenho nesse caso. Ele vai encerrar a carreira aqui.

Seus olhos ficaram firmes e duros, uma verdadeira policial.

— A carreira dele vai acabar aqui. Mas você não vai ser de grande ajuda para mim se não conseguir colocar de lado a sua ligação emocional.

— Bem, eu não consigo. Mas posso usar essa emoção. Posso fazer o que preciso fazer.

— Ok.

— Isso inclui ter o direito de ficar revoltado de vez em quando.

— Tudo bem. Mas enfie uma coisa dentro dessa sua cabeça: a responsabilidade disso é só dele. Totalmente, completamente, absolutamente. Nenhuma parte dela é sua. *Ele* é o culpado. Se sua mãe o usou como saco de pancada quando era criança, a culpa continua sendo dele. Foi ele quem fez a escolha. Se o seu pai, o tio, a tia ou o primo de Toledo metia a porrada nele todas as quintas-feiras, a responsabilidade continua sendo dele. Você e eu sabemos disso. Conhecemos tudo sobre escolhas. Sabemos que sempre que uma pessoa tira a vida de alguém, sejam quais forem as circunstâncias, sejam quais forem os motivos, o ato continua sendo escolha dela. Certo ou errado, ela é a responsável.

Roarke olhou para o café e o colocou de lado. Seus olhos encontraram os de Eve.

— Eu amo você por muitos motivos.

— Talvez você possa me enumerar alguns deles, mais tarde.

— Vou lhe dar um agora mesmo. Esse seu centro moral infalível. Tão sólido e verdadeiro. — Ele colocou as mãos em seus ombros, puxou-a para junto dele e a beijou suavemente. — E tem também o sexo.

— Sabia que você ia encaixar isso no papo.

— Todas as vezes que for humanamente possível. Muito bem, então... — Ele fez uma curta massagem nos ombros dela e se afastou. — Há uma coisa que eu posso fazer agora mesmo: mandar vir almoço para toda a equipe. Não diga nada! — continuou ele, erguendo um dedo de advertência. — Nem sequer mexa os lábios!

— Pensei que você gostasse quando meus lábios se mexem. Escute, eu não quero que você...

— Eu estava pensando em pedir pizza.

Com os olhos entreabertos, ela deixou escapar um suspiro.

— Isso é golpe baixo, meu chapa.

— Conheço todas as suas fraquezas, tenente. Uma delas é pizza coberta com muito pepperoni.

— Só não faça disso um hábito. Mandar vir comida. Eles são gananciosos.

— Considero sua equipe forte o bastante para aguentar algumas fatias. Vou cuidar disso e dar início à nova pesquisa na minha lista de funcionárias.

Quando ele saiu, ela simplesmente fechou a porta. Queria trabalhar em silêncio por algum tempo, com o mínimo de interrupção, para pensar e montar algumas teorias antes de voltar para o barulho e as pressões da sala de guerra.

Mandou aparecer na tela os arquivos da primeira investigação.

Ela conhecia todas aquelas mulheres. Seus nomes, seus rostos, de onde tinham vindo, onde tinham morado, onde haviam trabalhado ou estudado.

Um grupo diverso em tudo, com exceção da aparência. E agora ela procuraria mais um ponto em comum.

Corrine, aspirante a atriz que trabalhava como garçonete e encaixava nas horas vagas um curso de teatro, dança e aulas de canto, sempre que podia pagar. Ele poderia tê-la atraído desse jeito. Sim, poderia ter feito isso de várias formas. "Venha a tal lugar para um teste que estamos fazendo para uma peça." Que atriz iniciante e ávida não morderia essa isca? Ou iria até um determinado endereço, numa data e hora marcadas, para ajudar a servir bebidas numa festa? Para arrumar uma grana extra. Possibilidades...

Ela desceu pela lista de nomes com o dedo. Uma secretária, uma estudante de graduação trabalhando no seu mestrado em estudos estrangeiros, uma balconista numa loja de presentes que se interessava por trabalhos em cerâmica.

Seguindo a sequência de nomes, ela começou a fazer ligações e conversou mais uma vez com pessoas que já tinha interrogado nove anos antes.

Ouviu uma batida curta na porta, e Peabody colocou a cabeça pela fresta. Tinha na mão uma fatia de pizza comida pela metade.

— A pizza chegou! Eles estão atacando as caixas com fome de lobos. É melhor você ir lá fora, se quiser alguma.

— Um minuto.

Peabody deu outra mordida.

— Conseguiu alguma coisa?

— Talvez. Pode ser... — Eve desejou que o cheiro de pizza não fosse tão terrivelmente perturbador. — Vou falar com todo mundo. Veja quem está em trabalho de rua e mande-os entrar em contato conosco pelo fone. Quero conversar com a toda a equipe ao mesmo tempo.

— Entendido.

— Pegue os dados das vítimas da primeira investigação e coloque-os no telão.

Eve recolheu suas anotações, seus discos e ligou para Mira.

— Preciso da senhora na sala de guerra.

— Dez minutos.

— Menos — avisou Eve, e desligou.

Quando Eve entrou na sala de guerra, verificou que duas pizzas já tinham sido devoradas, e mais de um terço da terceira caixa. Depois de arrumar suas anotações sobre a mesa, marchou até as pizzas e pegou uma fatia.

— Jenkinson, Powell, Newkirk e Harris já estão na linha — avisou Peabody. Todo o resto está aqui.

— Mira está a caminho. Quero que ela tome parte nisso. — No instante em que Eve deu a primeira mordida na pizza, Feeney veio em sua direção.

— Você conseguiu algo novo! Dá para ver pela sua cara.

— Pode ser. Uma ligação possível, talvez até um método. Vou explicar tudo assim que Mira entrar na sala. — Ela olhou por cima do ombro em seguida e pegou no ar, com habilidade, a lata de Pepsi que Roarke jogou em sua direção. — Algum progresso? — perguntou a ele.

— Tenho 56 fortes possibilidades, considerando as suas vocações ou profissões. Ainda estão chegando mais dados.

— Ok. Peabody, ligue o telão e abra os arquivos dos discos que eu trouxe agora. — Ela assentiu com a cabeça quando Mira entrou. Depois de tomar um longo gole, Eve colocou o fone de ouvido.

— Ouçam muito bem, todos vocês! Preciso de sua atenção. Se vocês não conseguirem comer pizza e pensar ao mesmo tempo...

— Vocês têm pizza aí? — reclamou Jenkinson em seu ouvido.

— Estamos trabalhando em uma nova teoria — explicou Eve, e começou a colocar as ideias para fora.

Capítulo Nove

— Uma das colegas que trabalhava com Corrine Dagby no dia da sua morte se lembrou, ou *acha* que se lembrou, de a vítima ter mencionado estar prestes a desempenhar um papel numa peça em um teatro bem distante da Broadway. Se ela comentou isso com alguma pessoa, membro da família, amigo ou algum dos outros alunos em suas aulas, ninguém sabe nem lembra.

"Melissa Congress, segunda vítima", continuou Eve. "Trabalhava como secretária. Foi vista pela última vez deixando uma boate do Lower West e estava muito bêbada. Essa continua a ser, muito provavelmente, uma mulher agarrada ao acaso, em um momento de oportunidade. Entretanto, sabemos que ela era famosa por se queixar com regularidade do seu emprego, salário e horas trabalhadas. Continua a existir uma possibilidade de ter sido abordada por alguém que lhe propôs uma entrevista para outro emprego; se foi isso, ela já tinha conversado com ele ou reconheceu seu sequestrador.

"Anise Waters. Estudante da Universidade de Columbia. Falava fluentemente mandarim e russo. Fazia mestrado em ciências políticas. Às vezes complementava a renda dando aulas particulares, geralmente no campus. Foi vista pela última vez deixando a biblioteca principal da universidade. Testemunhas afirmam que ela dispensou o convite de um grupo de colegas que iam tomar drinques, alegando ter muito trabalho. Como era uma aluna séria e dedicada, todos imaginaram que tinha ido direto para casa a fim de estudar. Ela não mencionou, não que alguém lembre, nenhum tipo de aulas particulares para a noite do seu desaparecimento. Os discos com material para aulas de línguas que ela pegou na biblioteca nunca foram recuperados. A vítima tinha marcado uma aula particular no campus para o dia seguinte. Supõe-se que ela pegou emprestado os discos sobre essa matéria para tal propósito.

"A última vítima é Joley Weitz. Foi vista pela última vez saindo da Arts A Fact, loja onde trabalhava, mais ou menos às 17 horas. A vítima fazia trabalhos em cerâmica, e vendeu algumas peças que tinha em consignação em seu local de trabalho. Seu patrão afirmou que ela mencionou que iria a um lugar especial antes de se aprontar para um encontro com o novo namorado. Esse namorado foi devidamente identificado e liberado. Como a vítima tinha um vestido reservado numa butique em que frequentava, a polícia imaginou que pegar esse item para levar ao encontro seria o tal 'lugar especial'. Ela nunca chegou à butique, supondo-se que era esse o seu destino pretendido."

Eve esperou um momento, deixando as informações assentarem.

— Há uma nova teoria. As vítimas podem ter sido abordadas pelo suspeito em algum momento. York dava aulas de dança, Rossi fazia horas extras como personal trainer fora do trabalho. É uma suposição razoável que todas ou muitas dessas mulheres tenham recebido ofertas de um trabalho particular e foram direto para as garras do seu assassino. Andei examinando os outros casos fora de Nova York e acredito que essa possibilidade se mantém forte em todas as vezes. Temos uma assistente pessoal, uma fotógrafa, uma enfermeira, uma decoradora, uma pesquisadora de dados, uma escritora *freelancer*, duas cuidadoras a domicílio, duas artistas, a funcionária de uma creche, a dona de uma pequena loja de flores, uma bibliotecária, uma esteticista de cabelo e pele, uma camareira de hotel. Temos também uma professora de música, uma fitoterapeuta e uma assistente de bufê.

"Nenhuma ligação, com exceção da aparência física, foi encontrada entre essas mulheres. Mas... E se levarmos em consideração essa possibilidade? A oportunidade de chefiar a cozinha para um jantar privado, uma sessão de fotos, cuidados particulares de enfermagem, escrever um artigo e assim por diante?"

— Mas então, por que ninguém sabia que eles estavam pegando esses trabalhos extras por fora ou que fariam testes de algum tipo? — quis saber Baxter.

— Boa pergunta. Algumas delas foram prováveis presas aleatórias, conforme supomos o tempo todo. Também é possível que ele tenha levado algum tempo depois de elas chegarem ao local marcado, a fim de envolvê-las em uma conversa casual para determinar se tinham comentado com alguém sobre o contato. Em alguns casos, uma atividade extra fora do local de trabalho delas seria contra as regras da empresa. Quando um policial exerce atividades adicionais como guarda particular, segurança de locais ou eventos ou, até mesmo, guarda-costas, ele guarda isso para si mesmo. Dra. Mira? Alguma ideia a respeito?

— Isso poderia ser mais uma forma de controle e prazer. Convidar suas vítimas e fazê-las entrar no local por livre e espontânea vontade seria mais uma prova pessoal da superioridade sobre elas. Poderia até mesmo fazer parte do ritual que ele criou. E temos a falta de violência no corpo; aqui, ressalto o fato de não ter provas de ele ter usado os punhos nem as mãos para ferir ou estrangular, nem há indícios de abusos sexuais. Isso indica que ele não é um agressor físico de contato direto. A violência ocorre por meio de implementos e ferramentas. Um método como o que você está teorizando se encaixaria na estrutura do seu perfil.

— Gosto dessa linha — comentou Baxter. — Faz mais sentido para mim. Caso ele tenha sessenta anos ou mais, usaria um engodo em vez de força para apanhá-las.

— Concordo — disse Eve. — Se essa ideia se mantiver, isso indica que ele está ciente de que as vítimas são, ou poderiam ser, fisicamente mais fortes que ele — ressaltou. — Todas essas profissionais estavam em boa forma, algumas tinham uma forma física excepcional. Ele tem como alvo mulheres jovens e fortes. Acreditamos que ele mesmo não seja jovem e talvez não seja particularmente forte.

— Essa pode ser uma das razões pela qual ele precisa subjugá-las, humilhá-las e controlá-las — concordou Mira. — Sim... Ao atraí-las até um lugar de onde não terão saída, ele as domina intelectualmente; em seguida, passa a dominá-las fisicamente até o ponto de sua morte, incluindo o desfecho. Ele não apenas as sobrepuja, como também as torna diferentes do que eram. E, ao fazer isso, torna-as suas.

— O que isso nos diz? — Eve esquadrinhou a sala. — Isso nos mostra algo que não sabíamos sobre ele antes.

— É um covarde — afirmou Peabody, e lançou para Eve um olhar curto, brilhante e cheio de orgulho.

— Exatamente. Ele não confronta suas vítimas, conforme acreditávamos; não se arrisca a envolvimentos numa luta pública com elas, nem mesmo com a ajuda de uma droga. Usa o engodo e a mentira, o poder de atração do dinheiro, a promessa de um progresso na carreira delas ou a realização de um objetivo pessoal. Ele precisa conhecê-las bem o bastante para usar o que combina melhor ou tem o maior potencial de funcionar em cada caso. Pode ser que ele passe mais tempo observando e seguindo cada vítima do que supúnhamos inicialmente. E, quanto mais tempo leva fazendo isso, mais chances haverá de alguém, em algum lugar, reparar nele ou vê-lo junto de uma ou mais vítimas.

— Temos dado tiros na água nessa área — afirmou Baxter.

— Vamos voltar e interrogar as pessoas mais uma vez; vamos perguntar sobre os homens com os quais as vítimas passaram algum tempo no trabalho, sujeitos que possam ter contratado uma de suas aulas particulares ou tenham comentado que iriam fazer isso. Vamos voltar um mês no tempo... dois meses. Ele certamente não terá mais voltado ao local depois de raptá-las. Já encerrou esse momento com elas e passou para a fase seguinte. Vamos procurar quem costumava orbitar as vítimas nesses locais ou os frequentava e não aparece lá há uma semana, no caso de York, e nos últimos três dias, no caso de Rossi.

— McNab, desenterre os dados dos computadores de Rossi e me encontre um cliente externo dela. Roarke, quero nomes, endereços e locais de trabalho de todo mundo na sua lista que pareça se encaixar no perfil que montamos. Feeney, mantenha o foco no ângulo das Guerras Urbanas. Dados sobre identificação de corpos, avaliações, comentários, nomes de médicos designados oficialmente naquela época e voluntários onde quer que você consiga encontrá-los. Quero fotos, lendas de terror, histórias de guerra, editoriais, cada fragmento que você conseguir desencavar. Baxter, você e Trueheart saiam pelas ruas. Jenkinson, você e Powell vasculhem tudo lá fora e me encontrem alguém cuja memória possa ser refrescada. Peabody, anote tudo isso.

— Sim, senhora.

Ela fez menção de sair da sala e Feeney avisou:

— Preciso conversar com você.

— Tudo bem. Surgiu algo novo?

— Na sua sala.

Com um encolher de ombros descontraído, Eve seguiu em frente.

— Estou indo para lá, mesmo — retrucou ela. — Quero dissecar os processos entre o primeiro caso e as mortes de agora, e também começar a reconvocar as pessoas da lista original. Só precisamos de uma brecha, uma rachadura que seja para penetrar na couraça. Eu *sei* disso.

Feeney não comentou nada enquanto eles seguiam através da sala de ocorrências até a sala de Eve.

— Quer café? — ofereceu ela, franzindo a testa quando ele fechou a porta. — Algum problema?

— Por que você não veio me comunicar isso?

— Isso o quê?

— Essa nova teoria.

— Bem, eu... — Sinceramente perplexa, ela balançou a cabeça. — Acabei de fazê-lo.

— Papo furado! O que você fez foi cumprir o seu papel de investigadora principal do caso e líder de equipe, informou e atribuiu funções. Mas não me comunicou nada antes. Esse era um caso *meu*, você se lembrou disso? Era do *meu caso* que você estava falando agora mesmo, lá fora.

— Essa possibilidade simplesmente me surgiu na cabeça. Algo que o namorado de Sarifina York disse fez um clique e me abriu um novo ângulo de abordagem. Eu comecei a trabalhar nisso e...

— *Você* começou a trabalhar nisso... — interrompeu ele — e vasculhou os arquivos do *meu caso*. Um caso em que eu trabalhei como investigador principal. Eu estava no comando. Era eu quem dava as ordens.

Ao sentir que seus músculos da barriga começaram a se retorcer, Eve inspirou longa e profundamente.

— Isso mesmo, da mesma forma como estou vasculhando os outros casos. Eles todos fazem parte do mesmo conjunto, e se isso representar uma abertura...

— Uma abertura que eu deixei escapar? — Os olhos inchados e cansados de Feeney estavam duros e brilhantes, agora. — Uma abordagem que eu não fiz quando os corpos começaram a se empilhar?

— Não. Por Deus, Feeney, ninguém está dizendo ou achando isso. Essa ideia simplesmente me surgiu na cabeça. Você foi a pessoa que me ensinou que quando uma porta se entreabre nós temos que empurrá-la e forçar sua abertura. Pois muito bem... Eu estou empurrando!

— Ora, ora... — Ele balançou a cabeça lentamente. — Pelo menos você se lembra de quem lhe ensinou alguma coisa. Quem a transformou numa policial de verdade.

Agora a garganta de Eve estava subitamente seca.

— Sim, eu me lembro. Estava lá desde o início, Feeney, quando ainda trabalhava como guarda e você me escolheu. E acompanhei esse caso de perto. Estava bem ali, mas a solução não surgiu.

— Você me devia a consideração de me fornecer uma dica prévia quando estava prestes a desconstruir meu trabalho. Em vez disso você puxou tudo para fora, deitou, rolou, sapateou na minha cabeça e me empurrou uma pesquisa secundária sobre uma babaquice qualquer de Guerras Urbanas. Eu vivi e respirei esse caso dia e noite, você sabia disso?

— Sim, eu sabia. Mas é que...

— Você só não sabe quantas vezes eu revirei isso na cabeça, revivi e tornei a respirar aquela atmosfera de novo — ele tornou a interromper, furioso. — De repente, você descobre uma brecha e acha que pode rasgar meu trabalho anterior em mil pedaços sem me dar a porra de um toque.

— Não foi essa a minha intenção nem o meu propósito. A investigação é a minha prioridade...

— Essa merda também é prioridade minha!

— Ah, é? — A raiva e a angústia formaram uma sopa fervilhante na barriga de Eve. — Que bom então, porque eu lidei com o problema da melhor forma que conheço: com rapidez! Quanto mais depressa nós avançarmos com isso, maiores as chances de Rossi escapar com vida, e, no momento, essas chances são as mesmas de uma bola de neve no inferno. Seu trabalho não está em perigo aqui. A vida *dela* é que está!

— Não venha me falar da vida dela. Ele apontou o dedo no ar para Eve. — Nem da vida de York, de Dagby, de Congress, de Water ou de Weitz. Você acha que é a única que sabe os nomes delas de cor? — A amargura crepitava em seu tom de voz. — Acha que é a única que arrasta o peso delas por aí? Não venha me dar lições de moral sobre as suas prioridades... *Tenente*!

— Você deixou bem claro o seu ponto de vista e seus sentimentos sobre este assunto... *Capitão*! Agora, como investigadora principal do caso, estou lhe avisando que é hora de recuar. Você precisa repousar um pouco!

— Porra nenhuma!

— Tire um cochilo de uma hora ou vá para casa e descanse até se desfazer de todo esse peso.

— Senão o quê? Você vai me chutar dessa investigação?

— Não coloque as coisas nesses termos — disse ela, com muita calma. — Não leve nenhum de nós dois para esse terreno árido.

— Foi você que nos colocou aqui. É melhor pensar nisso. — Ele saiu batendo a porta com força suficiente para fazer tremer o vidro da sala.

A respiração de Eve ficou ofegante e ela apoiou uma das mãos sobre a mesa ao se largar na cadeira. Suas pernas pareciam água e suas entranhas eram uma tormenta em alto-mar.

Eles já tinham discutido antes. Não era possível conhecer alguém e trabalhar com essa pessoa, especialmente sob circunstâncias frequentemente tensas e difíceis, sem uma eventual troca de palavras duras. Só que essa tinha sido tão cortante e cruel que Eve sentiu que sua pele fora esfolada.

Ela queria água — só um litro ou dois para diminuir a queimação em sua garganta —, mas não se considerava firme o bastante para se levantar da cadeira e se recompor.

Então, permaneceu sentada até conseguir recobrar o fôlego e ver cessar o tremor das mãos. E, com uma dor de cabeça que rugia a partir da base do crânio até o topo da cabeça, abriu alguns arquivos e se preparou para dar mais um passo.

Vasculhou esses arquivos por duas horas inteiras, utilizando o trabalho de tradutores sempre que necessário. Como precisava de um pouco de ar, levantou-se e forçou sua janela até abri-la por completo. Ficou ali em pé, respirando o ar gelado. Só mais duas horas de trabalho, pensou. Em mais duas horas ela daria essa etapa por encerrada, rodaria mais alguns programas de probabilidades e redigiria um relatório.

Organizar dados e palpites, declarações e boatos, anotar tudo em linguagem clara e com base em fatos sempre ajudou você a ver melhor e a sentir melhor.

Feeney também lhe ensinara isso.

Droga!

Quando seu comunicador tocou, ela pensou em ignorá-lo. Simplesmente deixou que o aparelho tocasse enquanto se mantinha em pé, respirando o ar frio.

Acabou atendendo.

— Dallas falando.

— Acho que descobri algo interessante. — A empolgação na voz de McNab acabou com a névoa em seu cérebro.

— Estou a caminho.

Quando ela entrou na sala de guerra, quase conseguiu ver a onda de energia do ambiente, e viu que Feeney não estava lá.

— Encontrei algo no computador doméstico dela — começou McNab.

— Isso caiu no seu colo, Lourinho — comentou Callendar.

— Essas informações foram obtidas graças à minha excepcional competência em recuperação de dados, Peituda.

A maneira como eles sorriram um para o outro mostrava um orgulho quase eufórico pelo trabalho em equipe.

— Menos, McNab... — aconselhou Eve. — O que você conseguiu?

— Vou colocar os dados no telão. Encontrei no arquivo denominado "Ervas". Estava vasculhando os arquivos "exercícios", "treinamentos", "aulas" e outros. Procurei no mais óbvio, imaginando que o arquivo "ervas" era sobre nutrição ou, sei lá, receitas. Mas o que ela queria dizer era "erva" do tipo "grana".

— Clientes particulares.

— Isso mesmo. Por que ela não batizou o arquivo de "clientes"? Devia ter vários. Trabalhava até eles dispensarem seus serviços e escrevia atualizações mensais sobre eles. Antes de começar a atendê--los, fazia uma análise básica, do tipo "proposta inicial", eu acho. Havia um monte delas, mas esta aqui...

McNab apontou para algo no monitor.

— Ela criou essa pasta dezesseis dias atrás; desde então, acompanhou e fez atualizações frequentes aqui e ali. Até a véspera do dia em que sumiu no ar. E fez uma cópia extra dos dados, que não manteve em nenhum dos arquivos comuns.

— Levou a cópia com ela — concluiu Eve, analisando a tela na parede. — Foi apresentar a proposta para o cliente. Um tal de Ted.

— É o nome do cliente, ou o nome que ele lhe informou. Tinha todos os seus clientes particulares listados pelo primeiro nome nos programas individualizados que montou.

— Altura, peso, biotipo, medidas básicas, idade. — Eve se sentiu um pouco tonta com a súbita empolgação. — Histórico médico, pelo menos o que ele informou a ela. Aqui há metas, sugestão de equipamentos, agenda de treinamento e programa de nutrição. Muito meticulosa...

— Meninos e meninas! — anunciou Eve. — Temos nossa primeira descrição. O suspeito tem 1,68 metro de altura, pesa 64 quilos. Você é meio gordinho, não é, seu filho da mãe? 61 anos. E é barrigudo, segundo essas medidas.

Ela manteve os olhos na tela.

— Peabody, entre em contato com todos os policiais que estão em trabalho de campo. McNab, investigue os computadores da BodyWorks e nos encontre Ted. Callendar, faça uma pesquisa nos computadores de Sarifina York com esse nome e busque qualquer programa de instrução que ela possa ter escrito que inclua esse tipo de corpo e idade. Atenção para qualquer coisa que combine ou acrescente algo a esses dados.

Ela se virou.

— Roarke, traga-me qualquer coisa que você descobrir. Vamos entrar em contato com as mulheres da sua lista para descobrir se elas foram procuradas por alguém pedindo uma visita domiciliar. Todos os policiais da equipe devem interrogar novamente as pessoas sobre um homem com essa descrição. Baxter e Trueheart, voltem à boate e à academia. Procurem extrair algo da memória de alguém. Preciso de um ponto de partida. Conseguimos uma brecha. Vamos tirar esse canalha do buraco.

Ele suspirou quando deu um passo para trás de sua mesa de trabalho.

— Que decepção, Gia! Eu depositava grandes esperanças em você.

Ele torceu para que o emocionante coro de *Aida* pudesse trazê-la de volta a si, pelo menos um pouco, mas ela continuava parada ali com os olhos abertos e fixos.

Não estava morta. Seu coração ainda batia, e os pulmões funcionavam. Estado catatônico. O que era interessante, ele admitiu para si mesmo quando foi lavar e esterilizar seus instrumentos. Ele poderia cortá-la, queimá-la, arrancar-lhe um olho ou furá-la com uma tesoura sem uma mínima reação.

E esse era o problema, obviamente. Aquilo era uma questão de parceria, e sua atual parceira se mostrava muito ausente em seu desempenho.

— Vamos tentar novamente mais tarde — prometeu ele. — Odeio ver você falhar dessa forma. Fisicamente você me parecia uma das melhores de todas as minhas meninas, mas creio que lhe faltam os recursos mentais e emocionais.

Ele olhou para o relógio.

— Só 26 horas. Puxa, é um retrocesso inaceitável. Acho que assim você não vai quebrar o recorde de Sarifina.

Ele guardou as ferramentas e caminhou de volta para a mesa onde sua parceira jazia, sangrando dos cortes recentes, o torso cheio de manchas negras e entrecruzado por arranhóes finos.

— Vou deixar a música tocar para você. Veja se ela alcança o fundo da sua cabeça dura. — Ele bateu com o dedo na têmpora dela. — Vamos ver o que acontece, minha cara. Estou esperando uma nova convidada em breve. Mas não quero que você a considere uma substituta ou mesmo uma sucessora.

Ele se inclinou e beijou sua bochecha ainda não danificada, como um pai beijaria uma filha.

— Descanse um pouco e vamos tentar novamente mais tarde.

Era hora... tempo, tempo, tempo... de ir lá para cima. Era preciso limpar tudo e trocar de roupa. Mais tarde ele prepararia o chá e os biscoitos finos. Sua convidada estava chegando.

Ter companhia era sempre um prazer!

Ele destrancou a porta do laboratório e tornou a trancá-la ao sair. Em seu escritório, ele olhou para a tela na parede e estalou a língua, decepcionado, diante da imagem de Gia deitada ali, em coma. Receava ter de encerrar tudo muito em breve.

Vestindo o seu impecável terno branco, ele se sentou à mesa de trabalho para atualizar os dados. Ela simplesmente não estava respondendo a nenhum estímulo, refletiu, enquanto digitava os seus sinais vitais, os métodos e as músicas utilizadas nos últimos trinta minutos de sua sessão. Ele acreditava que gelo seco talvez a trouxesse de volta. Ou o laser, as agulhas e as drogas que conseguira obter.

Mas era hora de admitir e aceitar a realidade. O relógio de Gia estava quase parando.

Uma pena.

Quando seu registro foi concluído, ele refez o caminho através do labirinto do porão, passou pelas gavetas de armazenamento que já não estavam em uso e seguiu pela antiga área de trabalho onde, no passado, seu avô tinha produzido a sua arte.

As tradições da família, pensou ele, formavam a base sólida de uma sociedade civilizada. Ele evitou o elevador e subiu pela escada. Gia tinha razão numa coisa, lembrou. Um pouco de exercícios regulares era algo que lhe faria bem.

Ele se permitira ganhar um pouco de peso durante seu mais recente recesso, admitiu, dando um leve tapa em sua barriguinha. O vinho, a comida, a contemplação silenciosa e, é claro, a medicação. Quando esse período de trabalho estivesse encerrado, ele passaria uma temporada em algum spa e se concentraria na própria saúde física e mental. Isso seria simplesmente o máximo.

Talvez viajasse para fora do planeta dessa vez. Ainda tinha muito a explorar, além da sua terra. Poderia ser divertido, e certamente benéfico, passar algum tempo no playground extraplanetário de Roarke, o Olympus Resort.

Fazer isso seria uma espécie de cereja do bolo, depois de completar sua meta atual: a tenente Eve Dallas, do Departamento de Polícia de Nova York.

Ela não iria decepcioná-lo como Gia fizera, disso tinha certeza. Ainda havia alguns obstáculos a superar antes de agarrá-la. Sim, sim, isso não era negável. Mas ele encontraria um jeito.

Destrancou a porta do porão revestido de aço usando uma senha e uma chave, entrou na cozinha espaçosa e limpíssima e tornou a trancá-lo.

Separaria algum tempo no dia seguinte só para estudar os dados acumulados para a sua Eva final. Ela não era tão previsível quanto as que geralmente selecionava. Por outro lado, esse era exatamente um dos elementos que a tornava tão especial.

Ele estava ansioso para reencontrá-la depois de tantos anos.

Movimentou-se com descontração pela casa antiga e encantadora, olhando em torno para se certificar de que tudo estava em ordem. Seguiu pela sala de jantar formal, onde sempre fazia suas refeições, e pela biblioteca, onde costumava sentar para ler ou simplesmente ouvir música.

A sala de estar era seu aposento favorito. Ali havia uma bonita lareira entalhada em granito rosa, de onde lírios asiáticos em rosa pálido pareciam brotar de um largo e glamoroso vaso de cristal.

Havia um imenso piano de cauda no canto, e ele ainda conseguia vê-la ali, criando e recriando músicas belíssimas. Podia vê-la tentando ensinar seus dedos infelizmente curtos e gorduchos a dominar as teclas brancas e pretas.

Ele nunca as dominou, nem sua voz conseguiu cumprir as exigências e a beleza das notas, mas seu amor pela música era profundo e sincero.

As portas duplas do outro lado da sala de estar permaneciam sempre fechadas e agora estavam trancadas. Era assim que ele as mantinha há muitos anos. Os negócios conduzidos ali eram realizados, agora, em outros lugares.

Sua casa era apenas dele. E dela também, é claro, pensou. Seria sempre a casa dela.

Subiu a escada em curva. Ele ainda usava o mesmo quarto que tinha quando era garoto. Não conseguia se obrigar a usar o quarto onde seus pais tinham dormido. Onde *ela* tinha dormido.

Ele o mantinha preservado. Tudo ali continuava perfeito, como havia sido uma vez.

Fazendo uma pausa, estudou o retrato dela, que fora pintado ainda no tempo em que ela brilhava, simplesmente cintilava com a flor da sua juventude e da sua vitalidade. Ela usava branco na pintura — na opinião dele, ela sempre deveria ter usado branco. Por causa de sua pureza. Se ao menos ela tivesse permanecido pura!

O vestido lhe descia lindamente pelo corpo; aquele corpo esbelto e forte; o colar de brilhantes, com o seu símbolo de vida, estava em torno de seu pescoço. Preso para cima da cabeça, seu cabelo era como uma coroa; na verdade, quando ele a vira pela primeira vez na vida, achou que ela fosse uma princesa.

Ela sorrira para ele de forma maravilhosamente doce, gentil e amorosa.

A morte tinha sido seu presente para ela, refletiu. E a morte foi também a sua homenagem a ela, através de todas as filhas que tinha colocado aos seus pés.

Ele beijou a aliança de prata que usava sempre no dedo anular, uma réplica exata da que havia no retrato. Símbolos do vínculo eterno que existia entre eles.

Tirou o terno. Colocou o paletó, o colete, a calça e a camisa na cesta de roupa suja. Em seguida tomou banho. Ele sempre tomava banho. Banhos certamente eram relaxantes e conseguiam acalmá--lo. Além do mais, era pouco higiênico receber visitas embebido na própria sujeira, certo?

Esfregou-se com força e determinação, de forma quase violenta, utilizando várias buchas no corpo, escovas nas unhas, nos pés e nos cabelos. As buchas e escovas também seriam todas higienizadas em seguida e eram mensalmente substituídas.

Em seguida, usou o tubo secador de corpo. Toalhas, em sua opinião, eram tão anti-higiênicas quanto a água de um banho de banheira.

Escovou os dentes, aplicou desodorante e alguns cremes.

Vestiu o robe e voltou ao quarto para examinar o closet. Havia uma dúzia de ternos brancos, as camisas ficavam ao lado. Ele nunca recebia suas convidadas em roupas de trabalho.

Escolheu um terno cinza escuro, que combinava com a camisa cinza clara, e uma gravata cinza mais escura, *ton sur ton*. Vestiu-se de forma meticulosa e escovou cuidadosamente o cabelo branco como a neve antes de adicionar uma pequena barba e bigodes falsos.

Em seguida, recolocou o cordão no pescoço — o cordão dela —, removido antes do banho.

O símbolo de uma árvore com muitos ramos brilhava em ouro. A árvore da vida.

Satisfeito com sua aparência, caminhou através da cozinha e seguiu até a garagem, onde guardava o sedan preto. Sempre era um passeio agradável dirigir pela cidade ao som suave de Verdi.

Deixou o carro, conforme planejado, em um estacionamento pequeno e malcuidado a três quarteirões da empresa Seu Romance, o lugar onde sua parceira em potencial trabalhava. Se ela fosse pontual, estaria vindo em sua direção exatamente naquele instante, refletindo sobre a oportunidade que ele colocara em suas mãos.

Seus passos seriam rápidos e ela estaria vestindo o casaco azul-escuro e o lenço multicolorido.

Deixou o carro e caminhou com descontração em direção à loja. Ele a tinha conhecido ali, na seção de pães e bolos, e ficara imediatamente encantado por sua aparência, sua graça e suas habilidades.

Dois meses se passaram desde o primeiro encontro. Em breve, todo o tempo, o trabalho e o cuidado que tinha dedicado a essa escolha dariam frutos.

Ele a viu a um quarteirão de distância e diminuiu o ritmo. Na mão, ele carregava dois pequenos pacotes de compras feitas em lojas próximas. Pareceria, para quem o visse de relance, apenas um homem fazendo compras ocasionais em um domingo.

Ninguém o notou, ninguém prestou atenção à sua passagem. Ele sorriu quando a viu, ergueu a mão e acenou.

— Senhorita Greenfeld. Resolvi vir ao seu encontro para acompanhá-la o resto do caminho. Desculpe fazê-la caminhar tanto no frio.

— Está tudo bem. Ela jogou para trás o lindo cabelo castanho que usava quase na altura dos ombros. — Foi tão simpático o senhor ter vindo me pegar de carro. Eu poderia ter tomado um táxi ou ido de metrô.

— Ora, mas que tolice. — Ele não a tocou enquanto caminhava ao seu lado, como faria um pedestre qualquer, enquanto falava com alguém em um *tele-link* de bolso. — Você veio me oferecer um pouco do seu tempo numa tarde de domingo... — Ele apontou para o estacionamento. — E isso me deu a oportunidade de fazer algumas compras.

Abriu a porta do carro para ela e calculou que tinham estado juntos na rua durante não mais que três minutos.

Quando ele abriu a porta do carro e ligou o motor, sorriu.

— Você está cheirando a baunilha e canela — comentou ele.

— Ossos do ofício.

— É uma delícia.

— Mal posso esperar para conhecer sua neta.

— Ela está muito empolgada com os planos do casamento. Ele riu e balançou a cabeça, como um avô indulgente. — Não pensa em mais nada esses dias, a não ser nos planos para o casamento. Agradecemos que você tenha aceitado se encontrar conosco de forma tão discreta, por assim dizer. Minha querida neta é muito exigente. Não gosta de organizadores de casamento nem de planejadores profissionais. Prefere fazer tudo sozinha. Nada de empresas ou organizações envolvidas.

— É uma mulher que sabe o que quer.

— Isso mesmo. Mas quando conheci um pouco do seu trabalho, soube de imediato que ela gostaria muito de se encontrar com você. Mesmo você trabalhando na Seu Romance, um lugar onde ela não aceitaria sequer passar na porta. — Com uma risadinha, ele balançou a cabeça. — Já faz mais de um ano que ela teve problemas com a gerente daquela loja. Mas minha netinha é assim mesmo. Sua mãe, que Deus a tenha, era igualzinha: teimosa e cabeça dura.

— Sei o quanto Frieda pode ser temperamental. Se ela descobrisse que eu estava aceitando esse trabalho por fora, ficaria furiosa. É por isso que manter esse acordo só entre nós é melhor para todos.

— Certamente sim.

Quando ele parou o carro na calçada, ela ficou boquiaberta com a casa.

— Que bela residência! É sua? Isto é, o senhor é dono do espaço todo?

— Sou, sim. Essa propriedade já está na família há várias gerações. Quis que nos encontrássemos aqui, especificamente, para que você pudesse conhecer o lugar onde o casamento e a recepção irão acontecer.

Ele desligou o motor e a acompanhou até a casa.

— Deixe-me levá-la até a sala. Por favor, fique à vontade.

— Que lugar lindo, sr. Gaines!

— Obrigado. Por favor, me chame de Edward. Espero que eu possa chamá-la apenas de Ariel.

— Sim, por favor.

— Aqui, deixe-me pegar o seu casaco.

Ele pendurou as coisas dela do armário do saguão. Mais tarde ele se livraria do casaco, do cachecol e da roupa, é claro. Mas ele gostava dessa parte da falsa adulação.

Ele voltou à sala de estar e suspirou.

— Vejo que minha neta ainda não chegou. Ela raramente é pontual. Vou nos preparar um chá. Por favor, sinta-se em casa.

— Obrigada.

Na cozinha, ele alterou o monitor de segurança para exibir a sala, a fim de poder vê-la enquanto se preparava.

Havia androides na casa, é claro, mas ele substituía seus drives de memória com regularidade. A verdade é que a maior parte das tarefas ele preferia desempenhar pessoalmente.

Escolheu chá Earl Grey e o conjunto de chá Meissen que pertencera à sua avó. Preparou a bebida exatamente como tinha aprendido: aqueceu o bule, deixou a água ferver algum tempo e mediu tudo com precisão.

Usando pinças, colocou os preciosos e caros cubos de açúcar na tigela. Ela gostaria de colocar o açúcar pessoalmente, e ele sabia disso. Já a vira colocar um revoltante adoçante químico no próprio chá. Ela iria considerar os cubos de açúcar de verdade como uma lisonja, e nem perceberia que eles estavam reforçados com o tranquilizante forte até a substância estar dissolvida em seu organismo.

Depois de colocar um guardanapo rendado sobre um prato, ele arrumou, numa bandeja, os biscoitos finos cobertos de açúcar comprados especialmente para aquele pequeno *tête-à-tête*. Também acrescentou uma rosa em um pequeno jarro verde claro.

Perfeito.

Ele levou a bandeja de chá — com três xícaras para manter a fantasia de que a neta iria aparecer a qualquer momento — até a sala, onde Ariel circulava e admirava alguns dos seus tesouros.

— Adorei esta sala. Vão utilizá-la no casamento?

— Sim, vamos. É meu aposento favorito, muito acolhedor. — Ele colocou a bandeja entre as duas poltronas com abas que ficavam diante da lareira. — Vamos tomar chá enquanto esperamos pela noiva. Ah, esses cookies são os favoritos dela. Acho que seria interessante se você os aproveitasse para a recepção.

— Estou certa de que poderei fazer isso. — Ariel se sentou, inclinando-se levemente para poder ficar de frente para ele. — Trouxe um disco com imagens de vários dos bolos que eu já fiz e também de outros que ajudei a confeccionar.

— Excelente! — Ele sorriu e ergueu o açucareiro. — Um cubo ou dois?

— Vou viver perigosamente e aceitar dois.

— Perfeito. — Ele se recostou na poltrona e mordiscou um biscoito enquanto ela conversava sobre seus planos e ideias. Quando seus olhos começaram a se fechar, a voz começou a falhar.

Ele limpou as migalhas dos dedos quando ela tentou se levantar da poltrona.

— Há algo errado — ela conseguiu dizer. — Algo errado comigo.

— Não. — Ele suspirou e tomou um gole de chá quando ela deixou a cabeça tombar para a frente, inconsciente. — Tudo está exatamente como deveria.

Capítulo Dez

A fim de trabalhar sem enlouquecer, Roarke ergueu um muro mental de silêncio. Ele simplesmente se colocou atrás do muro e filtrou os apitos e campainhas, os estalos, as vozes, as sinetas e os bipes eletrônicos.

A princípio aceitara pesquisar os nomes de A até M, sendo que Eve iria fazer as buscas na segunda metade do alfabeto. Como era possível ele empregar tantas morenas com sobrenomes que começavam com A? Havia Aaronson, Abbott, Abercrombie e Abrams, e a lista continuava até Azula.

Não levou muito tempo até ficar indubitavelmente claro que só duas pessoas não seriam suficientes para contatar todas aquelas mulheres.

Eve convocou mais policiais, e o nível de ruído aumentou exponencialmente.

Ele tentou não pensar sobre o tempo que passava rapidamente enquanto ele estava ali sentado, entrando em contato com funcionárias que nem sequer conhecia, nunca tinha visto e seria improvável encontrar algum dia. Mulheres que dependiam dele para seu sustento e realizavam tarefas que ele, ou algum administrador que trabalhava para ele, tinha criado e colocado sob a responsabilidade delas.

Cada contato levava tempo. A camareira de um hotel não estava acostumada a receber uma ligação direta em casa ou no trabalho, pelo *tele-link* de bolso, do proprietário do hotel. O chefão supremo, de terno de grife, ligando da torre de marfim. Cada ligação era tediosa, repetitiva e até mesmo — ele era forçado a admitir — irritantemente *burocrática*.

Rotina, seria o nome que Eve daria àquilo, e ele se perguntou como ela conseguia suportar a imensa monotonia daquele trabalho.

— Ei, Irlandês! — Callendar atravessou a barreira invisível que Roarke criara em torno de si e o cutucou no braço. — Você precisa tirar a bunda da cadeira, se movimentar um pouco e reabastecer o tanque de combustível.

— Como disse? — Por um momento, a voz que ele ouvia não passava de um zumbido dentro do caos reinante. — O quê?

— Nesse tipo de trabalho a energia despenca se você não a mantiver bombando em força máxima. Faça uma pausa, pegue algo para comer na lanchonete, trabalhe com um fone de ouvido.

— Eu ainda nem saí da porcaria da letra B.

— É um trabalho puxado. — Ela assentiu com a cabeça e lhe ofereceu um salgadinho de soja da embalagem que mantinha em sua estação de trabalho. — Faça o que eu sugeri, movimente-se um pouco. O sangue fica parado na bunda quando o sujeito permanece sentado por muito tempo, mesmo numa bunda de primeira linha como a sua. É melhor trazer o sangue de volta à cabeça, senão seu cérebro vai pifar.

Ela estava certa e Roarke sabia disso. Uma parte dele queria rosnar para ela, mandá-la cuidar da própria vida e deixá-lo em paz. Em vez disso, porém, ele se afastou da mesa em que trabalhava.

— Você quer alguma coisa da lanchonete? — perguntou ele.

— Surpreenda-me com alguma coisa gostosa, molhada e borbulhante.

Ele se sentiu bem ao se colocar em pé, movimentar-se um pouco e se afastar do trabalho e do barulho.

Quando ele saiu, notou que policiais circulavam por toda parte, alguns batiam papo diante das máquinas de venda automática, um homem rindo de forma descontrolada passou carregado à força por uma dupla de guardas corpulentos. Ele não recebeu nem mesmo uma olhada rápida das pessoas que passavam nos corredores.

Reparou que o lugar fedia a um café muito ruim, desodorante vencido e perfume forte e barato.

Santo Cristo, ele bem que precisava de uma lufada de ar fresco.

Escolheu um refrigerante grande para Callendar e continuou em pé, olhando para as opções oferecidas. Não havia absolutamente nada ali que ele quisesse. Comprou uma água e só então pegou o *tele-link* no bolso e fez uma ligação.

Quando se virou, viu Mira caminhando em sua direção. Aquilo, ele decidiu, era a coisa mais próxima de ar fresco que ele conseguiria encontrar dentro do labirinto que era a Central de Polícia.

— Não sabia que você ainda estava por aqui — disse Roarke.

— Fui para casa, mas não consegui sossegar. Mandei Dennis ir jantar com a nossa filha e voltei para adiantar um pouco o trabalho acumulado. — Ela olhou para o imenso refrigerante com gás na mão de Roarke e sorriu de leve. — Essa não me parece sua escolha habitual, em se tratando de bebidas.

— É para uma das detetives eletrônicas.

— Ah... Isso deve ser difícil para você.

— Terrivelmente tedioso. Preferia trabalhar um ano manejando um macaco hidráulico do que uma semana como policial.

— Ah, sim, essa certamente não é a sua rotina usual. Mas eu me referia a você ser usado dessa forma, sem saber por que razão nem por quem.

— É enlouquecedor — ele admitiu. — Estava refletindo agora mesmo que sequer conheço a maioria dessas mulheres com as quais estamos tentando fazer contato. Elas não passam de pequenas engrenagens em uma roda imensa, não é?

— Se isso fosse tudo que elas representam em sua vida, garanto que você não estaria aqui. Poderia lhe dizer que você não é responsável por coisa alguma do que aconteceu ou poderá acontecer a alguém, Roarke, mas isso você já sabe. Sentir, porém, é uma coisa muito diferente.

— É verdade — concordou ele. — E como! O que eu quero é um alvo, e não existe um. Ainda.

— Você está acostumado a ter o controle das coisas, tomar as medidas certas ou, pelo menos, direcioná-las. — Ela tocou o braço dele em um gesto de solidariedade. — O que é exatamente o que você está fazendo nesse instante, embora possa parecer o contrário. É por isso que estou aqui, também. Vim na esperança de que Eve me arranje algo para fazer.

— Quer um refrigerante?

Ela riu.

— Não, mas obrigada mesmo assim.

Eles caminharam juntos pelo corredor, mas logo se separaram quando Roarke voltou para a sua estação de trabalho e Mira seguiu em frente até onde Eve estava.

— Por favor, me dê alguma tarefa — pediu Mira. — Qualquer coisa.

— Estamos tentando entrar em contato com todas essas mulheres, doutora. — Eve explicou do que se tratava a lista que segurava, a abordagem a ser seguida, e entregou para Mira todos aqueles nomes.

Trajando *black tie*, ele se acomodou em seu camarote no Grand Tier do Metropolitan Opera House. Sentiu-se ansioso e empolgado com a perspectiva de assistir a uma bela apresentação do *Rigoletto*. Sua mais nova parceira estava bem guardada e dormindo. Quanto a Gia... Bem, ele não queria estragar sua noite refletindo sobre aquela decepção.

Ele encerraria esse projeto no dia seguinte e iria em frente.

Aquela noite, porém, seria dedicada à música, às vozes, às luzes e ao drama. Sabia que levaria tudo aquilo para casa com ele; iria reviver e tornar a experimentar cada momento mais tarde, quando pretendia bebericar um conhaque diante da lareira.

No dia seguinte, pararia o cronômetro.

Agora ele permaneceria sentado ali, sentindo formigamentos de prazer enquanto a orquestra afinava os instrumentos.

Ele contratou um serviço completo de bufê, foi tudo que Eve conseguiu pensar quando a comida começou a aparecer na sala de guerra em grandes levas. Havia bandejas e mais bandejas de carnes, pão, queijo, saladas, doces. Somado a tudo isso, ela reparou nos dois enormes sacos de ouro preto em pó: café... Café de verdade produzido pelo próprio Roarke.

Roarke percebeu o olhar de Eve e notou que ela estava visivelmente irritada. Ele simplesmente balançou a cabeça para os lados.

— Nada de esporros — disse ele.

Ela forçou passagem em meio ao que parecia uma avalanche de alunos saindo para o recreio.

— Quero uma palavrinha com você — avisou Eve.

Ela saiu da sala, e, quando Roarke se juntou a ela o barulho da sala de guerra foi um claro indicador de que ninguém ali resistiria a um belo sanduíche de rosbife.

— Escute, aceitei quando você mandou trazer uma tonelada de pizza, mas...

— Preciso fazer algo útil — interrompeu ele. — Tudo isso é muito pouco, mas pelo menos é alguma coisa. É positivo. É tangível.

— Policiais sabem procurar a própria comida, e, se eu resolver liberar um lanche para todos, tenho autoridade e um orçamento específico para isso. Existem procedimentos a cumprir.

Ele se afastou dela e se virou de repente, com a frustração quase transbordando.

— Por Deus, nós já estamos enterrados nesses malditos procedimentos. Por que você se incomoda tanto por eu comprar a porra de alguns sanduíches?

Ela parou quando sentiu as garras do próprio temperamento forte lhe apertando a garganta.

— Porque isso é tangível. — Ela pressionou os dedos sobre os olhos e os esfregou com força. — É algo que eu posso chutar com força.

— Não dá para você tirar uma hora de descanso? Olhe para mim. Olhe para mim, cacete! — Ele repetiu, colocando as mãos nos ombros dela. — Você está esgotada. Precisa de uma hora para alongar os músculos, descansar e desligar um pouco.

— Isso não vai acontecer. Por falar nisso, você não me parece nem um pouco descansado ou revigorado.

— Sinto como se meu cérebro tivesse sido usado como um saco de pancadas. Não é só por causa do tempo gasto, nem a falta de sono. O pior é o tédio terrível.

Isso a fez franzir o cenho e a animou, pelo menos um pouco.

— Você já fez trabalho de policial antes.

— Só participei de tarefas curtas e fiz fragmentos de pesquisas, sempre com um belo desafio e um objetivo claro.

— Desafio? Do tipo arriscar a vida e sair ensanguentado, eu sei.

Mais calmo, ele girou a cabeça para exercitar os músculos do pescoço e se perguntou quantos anos levaria para se livrar daquelas cãibras.

— Sinto muito em dizer, mas isso é muito mais atraente do que ficar sentado diante da tela de um monitor durante horas a fio.

— Sim. Entendo exatamente o que você quer dizer. Mas isso é parte do trabalho policial, e uma parte importante, por sinal. Nem tudo são perseguições de jetcóptero e arrombar portas. Escute... Você pode tirar uma hora para se deitar e descansar um pouco. Provavelmente deveria fazer isso. Vou liberar sua saída.

Ele esfregou o dedo pela covinha do queixo dela.

— Eu sei que isso vai soar extremamente desagradável, mas, se você não vai descansar, eu não vou descansar. Essa vai ser a nova regra até encerrarmos o caso.

Reclamar iria lhe exigir uma energia extra que Eve não tinha para despender.

— Ok. Tudo bem.

— Há mais alguma coisa errada. — Ele colocou a mão sob o queixo de Eve e a deixou lá, mesmo quando ela se encolheu e tentou se desvencilhar. — Veja só o que acontece quando o seu cérebro é usado como saco de pancadas: eu não reparei antes. O que houve?

— Lidar com um canalha assassino que nos escapou pelos dedos anos atrás e voltou a matar mulheres debaixo do nosso nariz é o bastante, não acha?

— Não, está rolando algo mais. — Foi o "nos escapou pelos dedos" que chamou a atenção dele. — Onde está Feeney?

Como resposta ela passou por ele e chutou a máquina de venda automática de forma tão violenta que disparou o alarme de segurança.

Aviso! Aviso! Vandalizar ou danificar esta unidade é crime punível com um máximo de trinta dias de prisão e multa de até mil dólares por ataque. Aviso! Aviso!

— Tudo bem — disse Roarke com a voz suave, agarrando-lhe o braço e guiando-a pelo corredor. — Vamos levar a conversa para a sua sala antes de sermos presos por tentar roubar refrigerantes.

— Não tenho tempo para...

— Acho que arrumar tempo será o melhor para todos.

Ele a carregou direto para a sala, e os policiais que estavam de plantão no fim de semana à noite mal olharam para eles.

Roarke fechou a porta e se encostou nela no instante em que Eve chutou a mesa.

— Quando você acabar de chutar objetos inanimados, conte--me o que houve.

— Eu estraguei tudo, foi isso que houve. Porra, porra, uma merda federal. Eu estraguei tudo.

— Como assim?

— Quanto tempo eu teria levado? Dez minutos? Cinco? Cinco minutos para lhe apresentar um resumo antes da reunião. Mas eu não pensei nisso, nem sequer passou pela minha mente. — Obviamente no limite do desespero, ela pôs as mãos nos dois lados da cabeça e apertou com força. — O que há de errado comigo que me fez deixar passar algo dessa importância?

— Tente me explicar novamente. Com mais clareza — sugeriu Roarke.

— Feeney. Eu não lhe repassei os dados recentes, não lhe contei sobre o ângulo novo que estava investigando, nem sobre a ideia de que o suspeito possivelmente entrou em contato com a vítima e a atraiu para ele, em vez de agarrá-la na rua. Ao contrário da nossa velha teoria, do tempo dos primeiros casos. Droga!

Sua mesa recebeu outro chute forte.

— Simplesmente joguei as coisas em cima de Feeney, informando tudo a ele ao mesmo tempo em que aos outros, sem levar em conta que foi ele quem liderou a primeira investigação. Tudo de que eu precisava fazer era chamá-lo em um canto e contar: "Escute, temos uma teoria nova." Depois algum tempo para as coisas assentarem em sua cabeça.

— Suponho que ele não tenha reagido bem a isso.

— Quem pode culpá-lo? — retorquiu Eve. Seus olhos cansados estavam mais escuros com a culpa. — Ele voou em cima de mim com os dois pés juntos e o que eu fiz? Resolvi me defender e não consegui dizer simplesmente "puxa, me desculpe, fiquei enrolada com a situação e não raciocinei direito". Não, não disse nada disso. Que merda!

Ela cobriu o rosto um momento e limpou com as costas da mão as lágrimas que teimavam em surgir.

— Isso foi péssimo!

— Querida, você está muito cansada.

— E o que uma porra tem a ver com outra? Tudo bem, estou cansada, mas esse é o meu trabalho, é assim que as coisas são. Estar cansado não significa nada. Reagi mal à reclamação dele, Roarke. Mandei que ele fizesse uma pausa e fosse para casa. Isso foi o mesmo que derrubá-lo e esfregar o chão com a cara dele.

— Mas ele precisava de um descanso, Eve?

— Essa não é a questão.

— Claro que é!

Nesse momento, ela suspirou.

— Só porque foi a reação correta, isso não significa que eu estava certa. Ele disse que não o respeito, e isso não é verdade. Isso está absurdamente longe da verdade, mas é inegável que eu não lhe demonstrei respeito nesse caso específico. É como eu disse antes... A outra investigação foi liderada por ele, era uma questão de respeito ao comando. Tudo o que fiz ao agir desse jeito foi aumentar o peso que já havia nos ombros dele.

— Sente-se. Ora, pelo amor de Deus, sente-se por cinco minutos. — Ele andou com passos largos e só faltou pegá-la no colo e pousá-la na cadeira. — Eu conheço algumas coisas sobre comando. Muitas vezes a situação não é bonita nem confortável, e muitas vezes também não é justa. Só que alguém tinha que assumir a liderança e tomar as decisões. Talvez você não tenha pensado nos sentimentos dele, e pode se arrepender o quanto quiser, caso ache que isso ajuda. A verdade, porém, é que você está com outras prioridades na cabeça, mais do que mimar Feeney.

— Não se trata de mimar.

— Ele tinha um grande envolvimento com esse caso e obviamente precisava se livrar dessa pressão — continuou Roarke, como se ela não tivesse falado. — E fez isso muito bem em cima de você, na minha opinião. Agora vocês dois estão sentindo pena de si mesmos.

A boca de Eve se abriu em choque por dois segundos, mas o choque se tornou um rosnado.

— Vá lamber sabão!

— Espero ter energia para lamber *você* em algum momento no futuro próximo. Eve, você o mandou para casa porque entendeu, apesar da sua raiva e mágoa, que ele precisava se afastar por algum tempo. E ele foi embora porque entendeu, apesar da raiva e da mágoa dele, que precisava disso. Então, missão cumprida e fim de papo. Suponho que em algum momento, talvez amanhã, vocês vão limpar o terreno, esquecer os efeitos colaterais e todo o resto, correto?

Ela fungou e fez uma careta.

— Bem, se você acha que basta parecer usar de perspicácia e razão sobre o que aconteceu...

— Ele ama você.

— Ah, que papo furado!

Roarke teve que rir.

— E você também o ama. Mesmo que vocês não passassem de colegas um para o outro, a coisa poderia ser complicada. Quando adicionamos o amor, a situação piora e o caminho poderá ser ainda mais espinhoso para ambos, ainda mais depois que vocês dois se entrincheiraram desse jeito.

De onde estava sentada, Eve ainda conseguiria chutar a mesa. Ela fez isso, mas com menos força dessa vez.

— Você está parecendo Mira dando a primeira aula do semestre.

— Vou aceitar isso como um elogio. Está melhor?

— Não sei. Talvez. — Ela apertou as mãos contra as têmporas. — Minha cabeça está me matando.

Roarke simplesmente colocou a mão no bolso e pegou uma caixinha. Abriu-a com o polegar e a estendeu para Eve. Ela franziu o cenho ao ver os pequenos comprimidos azuis. Eram analgésicos comuns, e ela sabia que ele iria perturbá-la caso ela se recusasse a tomar um, e isso só faria aumentar a dor de cabeça. Pior ainda: ele poderia enfiar um deles goela abaixo, o que seria uma humilhação à qual ela não queria se arriscar, ainda mais estando a um passo de derramar lágrimas de autopiedade.

Ela pegou um dos comprimidos e o engoliu.

— Isso! Boa menina.

— Vá enxugar gelo!

Ele a puxou para junto dele, abraçou-a e mordiscou seu lábio inferior.

— Isso é só uma prévia das coisas que faremos.

Já que eles estavam nisso, ela tocou o rosto dele.

— Você também me pareceu um pouco cansado e deprimido, ainda há pouco.

— Estava me sentindo exatamente assim, cansado e deprimido. — Ele descansou a testa na dela por um momento. — Vamos comer um sanduíche e tomar um café decente.

McNab fez sinal para Eve assim que eles entraram na sala.

— Consegui dados interessantes — avisou ele.

— Tire essa mostarda da cara, detetive.

— Ah, desculpe. — Ele limpou o rosto com as costas da mão. — Dei início a uma busca por Ted na filial onde Gia Rossi trabalha — começou. — Consegui achar alguns sujeitos que se encaixam na altura e no peso, mas não na idade; outros estão na faixa etária certa, mas têm tipo físico diferente. Ampliei a busca para outras filiais. Pi está colaborando em tudo, mas ainda não apareceu nada de relevante. Resolvi pesquisar nas redondezas.

— Vá direto ao ponto, McNab.

— Tudo bem. Achei alguns caras... Ninguém chamado Ted, mas alguns que se enquadram na descrição, mas é melhor você conferir, porque eles não se encaixam no perfil que buscamos. Temos homens casados com filhos e netos, mas nenhuma propriedade das que buscamos listadas em seu nome ou no nome da família. Pelo menos entre os que eu encontrei até agora.

— E são esses os dados interessantes?

— Não. Comecei a pensar... Que tal tentar nos locais dos outros assassinatos? Procurei na Flórida e, logo de cara, consegui um dado interessante.

Ele colocou as informações na tela.

— A matrícula da academia está em nome de Edward Nave. Data de nascimento: 08 de junho de 1989, a idade exata do nosso suspeito. Os membros da academia são submetidos a testes adicionais; por isso temos a sua altura, na mosca... Ele estava alguns quilos mais magro, mas precisamos aceitar algumas variáveis. Ah, e Peabody me disse que Ted é um dos apelidos para Edward, portanto...

— Endereço.

— Bem, isso é um problema. O lugar é falso. Ele informou um endereço que o coloca morando na Grande Opera House de Miami. Já verifiquei.

— Mostre os dados da sua identidade.

— Pois é... — McNab puxou a ponta da orelha cheia de argolas decorativas. — Problema número dois. Posso lhe mostrar um punhado de Edward Naves, mas os dados deles não correspondem aos da ficha da academia.

— Repasse-os para mim, mesmo assim. Vamos investigá-los. Há quanto tempo ele é membro dessa academia? Quando ele fez a sua matrícula na Flórida?

— Há cinco anos. Cerca de três meses antes do primeiro assassinato ocorrido lá. É ele, Dallas. — A convicção transpareceu na voz de McNab e endureceu o seu rosto. — Estou falando por instinto, mas acho que ele se escondeu deliberadamente.

— Vamos desentocá-lo. — Ela olhou para Roarke. — Essa academia tem filiais na Europa?

— Tem, sim.

— Deem início às pesquisas nas outras cidades-alvo! Pode ser, é muito provável que esse seja um dos métodos que ele usa para lançar suas iscas.

Ela foi para a própria estação de trabalho. Iria escavar os dados da Flórida mais uma vez, decidiu, para ver se descobria alguma ligação entre o centro de *fitness* e alguma das vítimas de lá: uma frequentadora, uma funcionária ou alguém da limpeza.

— Eve — Mira se levantou de onde estava e seu olhar fez o estômago de Eve afundar. — Andei tentando entrar em contato com uma jovem chamada Ariel Greenfeld. Ela trabalha como confeiteira em um lugar chamado Seu Romance. Ela não atendeu às ligações que eu fiz para os *tele-links* informados. Acabei de falar com seu contato de emergência, um vizinho. Greenfeld não voltou para o seu apartamento desde que saiu para trabalhar hoje de manhã.

— Consigam-me o endereço! — Ela pensou em dizer a Peabody para se apressar, mas parou a tempo. Tinha cometido um erro com Feeney e não havia motivo para dar patadas em mais ninguém. — Roarke e eu vamos dar uma olhada. A não ser que eu dê alguma ordem em contrário, todos os membros desta equipe deverão ir para casa antes das onze da noite de hoje e mergulhar direto na cama. Apresentem-se de volta aqui às oito da manhã em ponto para a primeira reunião. Se alguma coisa surgir nesse meio-tempo, por mínima que seja, quero ser a primeira a saber.

Enquanto seguiam para o apartamento de Ariel, Eve olhou para Roarke. Seu rosto era ilegível, mas ela o compreendia bem. Ali havia culpa, preocupação e perguntas.

— O que funciona nesse lugar... "Seu Romance"?

— É uma empresa de eventos de alto nível e oferece tudo de que você precisa para qualquer comemoração em um único lugar. Trabalhamos com uma bela variedade de produtos: trajes especiais, flores e plantas, confeitaria, bufê, decoração, arquitetura de eventos. Resolvi abri-la quando planejamos o nosso casamento. Por que ir a vários lugares e contratar tantas pessoas se você poderia ir a um apenas e encontrar ali tudo de que precisa? Caso deseje algo ainda mais específico, temos consultores que encontrarão esse algo que você quer.

Eve pensou que ela poderia realmente procurar um lugar como aquele para compras ou uma festa. Desde que tivesse caído de uma janela do terceiro andar, rachado a cabeça na calçada e sofrido graves danos cerebrais. Mesmo assim ela elogiou.

— Que coisa prática!

— Foi isso que eu também pensei. A empresa está indo muito bem. Ela trabalha lá há oito meses... Ariel Greenfeld.

— E pode ser que, nesse exato momento, ela esteja trepando com um cara que conheceu em um bar.

Ele virou a cabeça para olhar para ela.

— Você não acha isso. Eu deveria entrar em contato com sua supervisora e descobrir a que horas ela saiu do trabalho.

— Espere um pouco antes de fazer isso. Vamos conferir o seu apartamento e conversar com o vizinho. Escute, você sabe por que resolvi manter a equipe trabalhando por mais duas horas? Ela pode não ser a próxima vítima. Pode ser que tenhamos colocado esse bloco na rua, todo mundo correndo atrás, e outra mulher foi apanhada. Primeiro nós precisamos obter uma visão mais clara da situação.

— Sim, uma visão mais clara. Como está sua cabeça?

— Está emburrada e impedida de agir por causa do analgésico. Sei que a dor ainda está lá, mas consigo ignorá-la.

Quando eles acabaram de estacionar o carro, ele colocou a mão sobre a dela.

— Onde estão suas luvas?

— Em algum lugar. Longe daqui.

Ele manteve a mão dela sob a dele e abriu o porta-luvas. Pegou o par de reposição que tinha trazido para Eve de um recente passeio de compras que fizera.

— Use estas. Está frio.

Ela as vestiu e se sentiu grata por elas enquanto caminhavam quase um quarteirão até o prédio.

— Você não comeu aquele sanduíche — lembrou ela.

— Nem você.

— Pelo menos eu não torrei centenas de dólares para depois ficar sem provar sequer uma batata frita ou um uma fatia de alguma coisa da tábua de frios.

— Nunca entendi o apelo de algo conhecido como "tábua de frios". — Valorizando a companhia dela, ele passou um braço sobre seus ombros enquanto caminhavam.

Em vez de esperar para ser admitida no prédio, ela usou seu cartão mestre no portão de entrada.

Era um prédio decente, ela notou. Algo que descreveria como de classe trabalhadora, mas com solidez. Inquilinos com emprego estável e renda de classe média. Portaria muito arrumada, câmeras de segurança de bom nível, um só elevador.

— Terceiro andar! — ordenou ao elevador. — Ela pode ir a pé daqui até o trabalho, se não se importar com uma boa caminhada. E pode pegar o metrô e economizar o esforço de caminhar cinco quarteirões em caso de tempo ruim ou se estiver atrasada. Confeiteiros começam a trabalhar cedo, certo? A que horas a loja abre?

— Abre às 7h30 para a padaria e o café. Funciona de dez da manhã às seis da tarde para as outras atividades, com horário estendido até oito da noite aos sábados. Mas você tem razão... a padaria começa a funcionar antes do expediente normal.

— Umas duas horas, pelo menos. Então, ela deve entrar por volta das seis da manhã... — Ela parou quando chegaram ao terceiro andar. — O vizinho mora no 305.

Ela caminhou até a porta e mal ergueu o punho para bater quando a porta se abriu. O homem que a atendeu tinha vinte e tantos anos e ostentava cabelo espetado em um tom de bronze com listras pretas. Vestia uma camisa folgada e jeans velho. Tinha no rosto uma expressão de preocupação maldisfarçada.

— Olá, ouvi o elevador. Vocês são policiais?

— Tenente Dallas. — Eve levantou seu distintivo. — Você é Erik Pastor?

— Isso mesmo. Entrem, por favor. Ari ainda não voltou para casa. Estive tentando entrar em contato com as pessoas para descobrir se alguém a encontrou.

— Quando você a viu pela última vez?

— Hoje de manhã, logo cedo. Ela veio me trazer alguns *muffins*. Nós saímos na noite passada, um grupo grande de amigos. Ari foi para casa antes da meia-noite porque tinha que estar no trabalho às seis da manhã. Mas percebeu, corretamente, que eu acordaria de ressaca.

Ele se sentou no braço do sofá. A área em volta era a prova palpável de que um homem tinha passado a maior parte do dia tentando se recuperar de uma bela noitada. Havia salgadinhos de soja, latas de refrigerante, uma embalagem de comprimidos para dor de cabeça, um cobertor e várias almofadas espalhadas pela sala.

— Só consegui chegar até o sofá — continuou ele. — Quando a ouvi entrar, gemi. Ari me zoou um pouco e disse que mais tarde iríamos nos ver. Disse que, se eu não estivesse morto, ela pegaria algumas coisas na volta para casa e me prepararia um jantar. Aconteceu alguma coisa com ela? Eles não quiseram me contar nada pelo *tele-link*.

— Vocês são muito ligados? Você e Ariel?

— Sim. Isto é, não daquele jeito, entende? Somos amigos. Estamos sempre juntos.

— Pode ser que ela esteja com alguém com quem seja mais que um amigo?

— Ela já saiu com uns dois caras. Algo casual, nada sério. Já liguei para eles. Droga, já liguei para todo mundo. Além do mais, ela teria me contado. Sua voz tremeu um pouco e Eve percebeu que ele lutava para manter o controle. — Quando ela diz que vai voltar e preparar o jantar, é isso que faz. Já estava começando a me preocupar antes mesmo de vocês me ligarem.

— A que horas ela saiu do trabalho hoje?

— Ahn, deixe-me ver... Umas quatro da tarde, talvez. Sim, acho que quatro. Domingo o turno é menor e ela sai às quatro. Normalmente volta direto para casa. Aos domingos ela faz compras, às vezes, e alguns dos nossos amigos se encontram para comer ou algo assim.

— Gostaríamos de dar uma olhada no apartamento dela.

— Ah, claro, ela não se importaria. Vou pegar a chave. Temos as chaves dos apartamentos um do outro.

— Ela comentou algo sobre ter um compromisso hoje? Uma reunião com alguém?

— Não. Ou melhor, não faço ideia. Estava com a cabeça enterrada debaixo do travesseiro, rezando para ter uma morte rápida e misericordiosa em meio à ressaca braba quando ela apareceu aqui em casa. Não prestei atenção. Ele pegou um molho de chaves numa gaveta. Não entendo por que ela não está atendendo o *tele-link* de bolso. Por que vocês estão fazendo tantas perguntas?

— Vamos dar uma olhada no apartamento dela — sugeriu Eve. — A partir daí decidimos o que fazer.

O lugar tinha cheiro de cookies, Eve percebeu. Embora a cozinha fosse pequena, era muito organizada e equipada por alguém que sabia o que estava fazendo.

— Algumas mulheres adoram comprar brincos ou sapatos — disse Erik. — Ari compra ingredientes e utensílios de culinária. Há uma loja especializada no Meatpacking District chamada Treze Pães. Ela tem orgasmos só de entrar lá.

— Há algo faltando? Alguma coisa que normalmente estaria aqui se ela estivesse apenas indo para o trabalho?

— Ahn, não sei. Acho que não. Devo dar uma olhada por aí?

— Já que está aqui, por que não?

Enquanto ele fazia isso, Eve viu que havia um pequeno computador numa mesa ao lado da cozinha. Mas não podia tocar naquilo, pelo menos até conseguir um mandado judicial.

Hackear a máquina seria forçar a barra.

— O nome dele pode estar ali dentro — murmurou Roarke. — Algo a ver com o sumiço dela pode estar ali dentro.

— Eu sei, mas ela poderia entrar por aquela porta daqui a trinta segundos e eu teria invadido a sua privacidade de forma ilegal.

— Que se dane isso! — Ele passou por Eve e resolveu ligar o computador na mesma hora.

— Espere, droga. Por favor, espere um pouco.

— Os sapatos dela! — Erik saiu do quarto com o rosto confuso e preocupado.

— O que tem eles?

— Seus sapatos pretos de grife não estão aqui. Ela usa tênis porque vai a pé para o trabalho. São oito quarteirões até a empresa, que fica longe daqui, e ela trabalha em pé o dia todo. Só que seus tênis também não estão aqui. Ela só faria isso se fosse a outro lugar depois do expediente. Levaria o par de sapatos bons com ela.

Seu rosto se iluminou e ele completou:

— Ela levou os sapatos pretos sofisticados. Deve ter ido a algum encontro e se esqueceu de me contar, ou eu estava apagado e não ouvi... Sim, certamente foi isso! Ela foi se encontrar com alguém depois do trabalho.

Eve se virou para Roarke na mesma hora e ordenou:

— Ligue o computador.

Capítulo Onze

Eve retransmitiu os novos dados para a equipe na Central e ordenou que todos os aparelhos eletrônicos de Ariel fossem recolhidos. Cavalgando um novo surto de adrenalina, virou-se para Roarke.

— Temos uma chance de agarrá-lo.

Roarke continuou a analisar a tela com imagens de bolos de casamento e projeções de custos.

— Levando em consideração a parte meio vazia do copo, ele foi quem teve a chance de nos enganar.

— Esse pensamento é errado. Estamos nos movendo com base em uma pista que não tínhamos antes. Desse jeito, vamos na direção certa. Se não fosse isso, só teríamos descoberto muitas horas mais tarde, talvez dias, que Greenfeld tinha desaparecido. Não saberíamos que ele a tinha agarrado.

— E em que isso vai ajudá-la, Eve?

— Tudo que soubermos lhe dará uma chance maior de escapar. Sabemos que ele a pegou há cerca de cinco horas. E supomos que ele frequentou a loja onde ela trabalhava e entrou em contato com

ela de algum modo. Cinco horas, Roarke — repetiu. — Ele ainda
não fez coisa alguma com ela. Provavelmente apenas a sedou. Não
vai começar a trabalhar nela até que...

Ele ergueu a cabeça para ela, e seus olhos estavam gélidos.

— Até que tenha terminado com Gia Rossi. Até que ele tenha
acabado de cortá-la e entalhá-la.

— Isso mesmo. — Não havia jeito de amenizar a situação, pensou
Eve, nem valia a pena tentar. — Só que, até encontrarmos o corpo de
Rossi, Greenfeld está viva. Até encontrarmos seu corpo, ela tem uma
chance. Agora, com o que descobrimos, ela tem uma chance maior.
Vamos interrogar um monte de gente, bater em portas, conferir estacionamentos, verificar transportes públicos. Vamos conversar com os
seus colegas de trabalho e outros amigos. Temos a idade e a descrição
do tipo físico do canalha. Não tínhamos nada disso 24 horas atrás.

Ela deu um passo na direção dele e tocou em seu braço.

— Faça uma cópia desse programa, sim? — pediu Eve. — Vamos
trabalhar nisso a partir de casa. Talvez algo surja na pesquisa que
Summerset está fazendo ou pelo ângulo dos imóveis. Alguma peça
vai encaixar.

— Tudo bem. Mas nenhum de nós vai trabalhar nisso antes de
descansarmos algumas horas, Eve. Estou falando sério — afirmou,
antes de ela poder protestar. — Você ordenou à sua equipe que fosse
descansar durante algumas horas por um bom motivo.

— Eu bem que preciso de um banho — comentou ela, depois
de um momento. — Uma hora, só. Temos que aceitar esse meio-
-termo, Roarke — completou ela, erguendo a mão para impedi-lo de
reclamar. — Admita que é melhor aceitar isso do que ficar metade
desse tempo brigando.

— Tudo bem, concordo. — Ele copiou os dados e lhe entregou
o disco.

Como ela não considerava a viagem para casa como parte do
tempo de descanso, deixou Roarke assumir o volante e folheou suas
anotações, prazos, nomes e declarações.

Ele agarrara o terceiro alvo mais cedo que o previsto, refletiu Eve. Ela só pensou em duas razões possíveis para isso: a captura precoce se adequara à programação pessoal dele ou dela. A segunda opção era que Gia Rossi não devia estar resistindo muito bem às torturas.

Talvez já estivesse morta — uma possibilidade que Eve não viu nenhuma razão para compartilhar com Roarke.

Tinha sido uma questão de horas, ela calculou. Se o contato tivesse sido feito poucas horas mais cedo, eles teriam encontrado Ariel Greenfeld antes de ela ser apanhada. Uma pergunta certa feita no momento certo... Não só a mulher teria sido salva como eles teriam dados sólidos sobre o suspeito.

Ela saiu do trabalho às quatro. Tinha planejado fazer jantar para seu vizinho. Então, planejava estar em casa depois do compromisso em duas ou três horas, no máximo.

— Quantas horas de preparação são necessárias para um papo desse tipo? — quis saber Eve. — Apresentar um orçamento para bolos de casamento, sobremesas, esse tipo de coisa?

— Por parte dela? — Roarke calculou. — Ela reuniu muitas imagens, uma série de variações de estilo, tipos de sabores. Isso dá trabalho. Creio que gastou umas duas horas nessa preparação. Se ela imaginou, com razão, que as pessoas levam os detalhes de um casamento muito a sério, deve ter se preparado para oferecer ao cliente em potencial todo o tempo de que ele precisava ou queria.

— Ok, vamos calcular duas horas. Isso nos leva às seis da tarde, sem contar o tempo de viagem. Ela diz ao cara do outro lado do corredor que vai comprar algumas coisas na volta para arranjar... na verdade, cozinhar... o jantar. Isso deve ter levado algum tempo. As compras, a preparação. Provavelmente... uma hora?

— Pode ser. — Roarke encolheu os ombros. — Summerset saberia informar melhor.

— Saberia... Bem, pelo menos até eu consultar Sua Ossolência, vou contar uma hora. O que nos leva às sete da noite, mais uma vez sem o tempo de viagem. Houve balada no sábado, um domingo longo, trabalho na segunda de manhã... Não creio que ela planejasse comer muito tarde depois de voltar para casa.

— E o que isso lhe diz?

— Que, provavelmente, até onde ela sabia, não iria muito longe para esse compromisso. Nada de atravessar o rio até Nova Jersey, muito menos a ponte para o Brooklyn ou para o Queens. Há muito tráfego nas pontes e nos túneis. A probabilidade maior é que ele esteja em Manhattan. Isso estreita nosso leque de pesquisas.

Eve se mexeu um pouco e continuou:

— Ela planeja uma refeição rápida para um amigo, não um jantar elaborado para um amante. Simplesmente um amigo com o qual ela planeja compartilhar a boa notícia de ter conseguido um trabalho extra. Resolve comprar alguns ingredientes a caminho de casa. Isso mostra que pretendia voltar para casa sozinha, de transporte público ou a pé, para poder passar no mercado. Há uma boa chance de ele estar no centro, não ao norte da cidade.

Ela tornou a se recostar no banco.

— Vamos focar nisso, por agora. Depois ampliamos a busca, mas começamos e mantemos o foco nesse ponto.

Eve avaliou as possibilidades ao longo do caminho para casa, acrescentando alguns fatores e brincando com novos ângulos. Guerras Urbanas, método de identificação de corpos, clínicas no Lower West ou no East Side.

Era quase certo que ele tinha algum tipo de transporte pessoal, mas também seria perfeito se conseguisse agarrar algumas ou todas as suas vítimas a pé.

As pessoas tendem a fazer compras e frequentar restaurantes perto de casa, em sua zona de conforto. A loja de sabonete e xampu... a filial do centro era a mais provável, a menos que ele tivesse comprado os produtos *on-line* ou trazido tudo com ele do exterior para Nova York. A Starlight ficava no Chelsea, a confeitaria no centro da cidade e o primeiro local de desova nessa nova rodada de ataques fora no Lower East. Gia Rossi trabalhava no centro.

Talvez ele não estivesse agindo muito longe de casa dessa vez. Talvez.

Eve listou os fatos conhecidos e desconhecidos em seu tablet com a intenção de transferir tudo para o computador do escritório da sua casa e rodar programas de probabilidades nele.

— Quero cópias em disco de tudo que Summerset tiver conseguido para conseguir usar no meu computador — avisou ela, enquanto passavam pelos portões de casa. — Vou perguntar a ele sobre o tempo que Ariel Greenfeld poderia ter usado em compras e na cozinha, mas quero verificar quais mercados e lojas ela frequenta. E outros pontos comerciais abaixo da Rua 50. Pelo que o vizinho contou, ela parecia empolgada com algum novo mercado local. Vamos interrogar os outros com quem ela saiu na noite de sábado. Talvez tenha deixado escapar alguma coisa sobre seus planos para domingo.

Eles saltaram em lados opostos do carro, mas Roarke colocou a mão no braço de Eve quando eles chegaram na base dos degraus da escada da frente.

— Você nunca achou que pudesse haver alguma chance real para Gia Rossi.

— Nunca disse isso, porque sempre existe uma chance.

— Próxima de zero. Isso não fez com que você desistisse de ir em frente investigando, embora soubesse que as chances dela eram ínfimas, e aceitou o fato como parte do trabalho.

— Escute...

— Não, não me interprete mal, isso não é uma crítica. É uma pequena revelação pessoal que surgiu na minha cabeça quando eu estava vindo para casa. Ver você trabalhar, ouvindo palavras ocultas, mesmo quando você não as pronunciava. Sua mente transmite enciclopédias. Você não se sente da mesma forma no caso de Ariel Greenfeld.

Ele deslizou a mão pelo braço de Eve até encontrar a mão dela, entrelaçou os dedos e continuou:

— Você acredita que existe uma chance de verdade, agora. Não só para encontrá-lo, mas principalmente para detê-lo. Você precisa acreditar nisso o tempo todo ou não será capaz de fazer o que faz. Precisa acreditar que vai encontrá-lo e prendê-lo antes que seja tarde demais para esta mulher, e por isso as chances de Gia Rossi subiram de quase nulas para pequenas. Isso energiza você e, ao mesmo tempo, aumenta a pressão. Mas agora elas têm uma chance, Eve. *Você* é a chance delas.

— Nós somos — corrigiu ela. — Todo mundo trabalhando no caso é a melhor chance para elas. E é melhor que não as abandonemos.

Ela esperava que Summerset se materializasse no saguão e queria que Roarke tomasse a iniciativa de conversar com ele. Porém, no instante em que entrou em casa, ouviu risos na sala de estar, e o som borbulhante era inconfundível.

— Mavis está aqui.

— Eis aqui o seu momento de descontração. — Roarke fez deslizar dos ombros de Eve o seu casaco. — É difícil imaginar, e eu não creio que exista, um jeito mais divertido para alguém se distrair e deixar repousar as células cerebrais do que tomar uma dose de Mavis Freestone.

Era difícil discordar disso. Mas, quando Eve entrou na sala, viu que Mavis tinha levado Trina. Como se isso não fosse assustador o suficiente, também tinham levado a bebê de Mavis para um passeio noturno.

O mais aterrorizante naquele instante, porém, foi ver que Belle, a recém-nascida, fora colocada no colo de Summerset e o queixo da pobrezinha estava sendo acariciado pelos dedos esqueléticos do mordomo.

— Estou traumatizada — garantiu Eve. — Ele não deveria sorrir assim. É contra as leis do homem e da natureza.

— Não seja tão rabugenta — Roarke lhe deu uma cotovelada carinhosa nas costelas. — Minhas caras damas — disse ele em tom normal, e todo o grupo ergueu os olhos.

— Oi! — O rosto já brilhante de Mavis se iluminou mais. — Vocês voltaram para casa! Estávamos quase saindo, mas Bella queria mais alguns "cuti-cutis" de Summerset.

Isso, na opinião de Eve, era prova do quanto os bebês e as crianças em geral eram esquisitos.

Mavis saltou da poltrona e fez a saia curta e leve rodar em torno do *body* de bolinhas que usava. A saia era rosa bebê, o *body* tinha bolinhas cor-de-rosa sobre azul brilhante. Eve reparou que ela pintara o cabelo com listras azuis também sobre um louro platinado.

Ela pegou uma das mãos de Roarke, uma de Eve, e os puxou para a sala.

— Leonardo teve que ir a Nova Los Angeles para atender a um cliente. Então Trina, Belle e eu resolvemos curtir um dia só para garotas que terminou nesse tempinho com Summerset. Veja quem está aqui, Belle. Veja só quem veio ver você.

Sem ter muita escolha, Eve olhou para a bebê ainda aconchegada nos braços de Summerset. A maioria das pessoas, refletiu Eve, diria que aquela menina parecia uma boneca. O problema era que, para Eve, bonecas eram simplesmente assustadoras.

Entretanto, a verdade é que a menininha, se ninguém reparasse na baba, parecia uma gatinha rosa, linda e rechonchuda. Uma fita branca rendada fora amarrada em seu cabelo, como se ela tivesse sido embrulhada para presente. Os olhos azuis escuros eram animados, talvez um pouco em demasia. Eles fizeram Eve especular sobre o que exatamente se passava dentro de um ser humano do tamanho de um cãozinho poodle.

Ela usava uma roupa em que as pernas e os pés formavam uma peça só, e um suéter que parecia ser de pele genuína. Por cima de tudo havia um babador que proclamava:

MEU PAPAI É O MÁXIMO!

— Bonitinha! — elogiou Eve, e já ia recuar um passo quando Roarke bloqueou sua retirada com o corpo e se debruçou por cima do ombro de Eve sobre a criança.

— Acho que "lindíssima" é uma palavra mais precisa. Que belo trabalho vocês fizeram, Mavis!

— Obrigada. — A ex-assaltante de ruas e atual sensação na área de música e vídeo em todo o mundo olhou para a filha com os olhos brilhantes, em um tom sobrenatural de azul. — Às vezes olho para Belle e simplesmente não consigo acreditar que ela saiu daqui de dentro de mim.

— Você precisa me lembrar desse detalhe? — perguntou Eve, e Mavis riu de novo.

— Talvez pudéssemos ficar um tempinho juntos agora, a menos que vocês se sintam muito cansados. Puxa, vocês parecem arrasados.

— Um tratamento de beleza adequado lhes faria bem — comentou Trina.

— Fique longe de mim! — Eve apontou um dedo na direção da esteticista.

— Uma bela refeição também nos faria bem — atalhou Roarke, sorrindo para as visitas. — Por que não se juntam a nós?

— Summerset já nos alimentou até quase explodirmos, mas poderíamos ficar mais um pouco só para fazer companhia a vocês. É estranho saber que nosso grande papai não estará lá quando chegarmos em casa, não é, Bellarama?

— Vou lhes preparar algo agora mesmo.

Eve viu Summerset se virar para sair e, prevendo o que iria acontecer, foi rápida e covarde. Esquivou-se e deu um "chega pra lá" em Roarke com o quadril, deixando-o na linha de fogo.

Ela amava aquele homem e seria capaz de arriscar sua vida por ele. Mas, quando se tratava de bebês, ele que afundasse, porque ela nadaria para longe.

As mãos dele foram projetadas para fora de um jeito instintivo, como os de um homem que recebe nos braços algo frágil ou potencialmente explosivo.

— Eu não... Acho que deveria... Ah, tudo bem — murmurou, enquanto Summerset fazia a transferência com muita habilidade.

— Há alguma coisa em particular que vocês gostariam? — Um fiapo de sorriso tocou os lábios do Summerset quando os olhos de Roarke pareceram fazer um buraco através dele. — Para comer?

— Algo rápido — foi só o que Roarke conseguiu dizer. Ele já tinha desarmado uma bomba que estava a poucos segundos de explodir e sentira menos pânico do que naquele momento.

— Estava na torcida para ver você. — Mavis sorriu para Roarke e se largou na poltrona, deixando-o em pé sobre o que parecia um terreno muito instável. — Acabei de perder todo o resto de barriga, e meus médicos já me liberaram. Tenho um monte de material novo e pensei em voltar ao estúdio para agitar e gravar alguns vídeos.

— Sim. Isso me parece... ahn... ótimo.

— *Mag*. Pensei em levar Bella ao estúdio comigo. Ela é apaixonada por música. Se não der certo, Leonardo e eu podemos tentar outra ideia.

— Você não vai querer uma babá, obviamente — exclamou Trina.

— Não, pelo menos por enquanto. Quero que ela seja só minha nos primeiros meses. Minha e do pai dela. Mas estou com uma vontade louca de voltar ao trabalho e quero ver se consigo lidar com tudo.

— Tenho certeza de que você vai se sair bem. — Roarke olhou para a bebê e viu que os olhos de Belle estavam quase fechando, como se os cílios escuros e grossos fossem pesados demais para as pálpebras delicadas conseguirem aguentar. — Ela vai dormir. — Seus próprios lábios abriram um sorriso ao sentir que algo ligeiramente aterrorizante se transformava numa coisa doce. — Está acabada de tanta agitação e festa, não é? Há algo que eu possa fazer para ajudá-la?

— Você já está ajudando — garantiu Mavis. — Mesmo assim vamos colocá-la para dormir. Há um monitor em seu berço portátil.

— Mavis se levantou. — O receptor fica bem aqui. — Ela mostrou uma plaquinha em forma de flamingo presa logo acima da sua orelha direita. — Basta colocá-la aqui no berço, Roarke. Se ela acordar, basta lhe fazer uns carinhos na barriga que ela capota.

O tal berço era uma pequena cadeira de sonhos portátil, conforme Roarke observou. O aparelho era todo revestido nos tons de arco-íris, marca registrada de Mavis, e, ao que parecia, de Belle também. Embora depositar a criança ali fosse uma tarefa que parecia muito simples, Roarke sentiu um fio de suor lhe descer até a base da espinha.

Quando ela já estava acomodada e ele se endireitou, o alívio e a satisfação que sentiu foram quase orgásticos.

Mavis se agachou e ajeitou as cobertas.

— Ela vai ficar numa boa aqui, não é, minha menininha?

— E quanto ao gato? Não existe algo sobre gatos e bebês?

Mavis sorriu para Roarke.

— Acho que esse papo é falso. De qualquer modo, Galahad morre de medo dela. Ele deu uma olhada nela e sumiu. Se ele vier bisbilhotar perto dela, eu vou saber. Posso até ouvi-la respirar pelo receptor.

Depois de dar uma última ajeitada no cobertor, Mavis se levantou.

— Vocês devem comer na sala de jantar como nós. A lareira está acesa e o ambiente está maravilhoso. Vocês vão relaxar melhor assim. Estão com cara de atropelados. Não vamos ficar aqui por muito tempo.

— Vamos descansar só por uma hora. — Agora que o perigo de alguém pedir para ela segurar a bebê tinha passado, Eve se virou para Roarke e sentenciou: — Vamos comer.

Eles se instalaram na sala de jantar, onde o fogo rugia e foi acesa uma dúzia de velas. Summerset, justiça lhe seja feita, tinha conseguido preparar uma refeição muito rápida e saborosa. Fatias finas de frango assado estava mergulhadas em algum tipo de molho perfumado, batatas apresentadas de forma elegante, e algo que talvez fosse abóbora, mas preparada de tal forma que não mereceria a censura de ninguém.

Ele serviu um cálice de vinho para Trina e, para Mavis, algo rosa e espumoso, acompanhado de um prato de biscoitos finos e chocolates sofisticados.

— Se eu vier aqui com muita frequência, vou voltar rapidinho ao peso de quando estava grávida. — Mavis pegou um chocolate. — Amamentar me deixa tão faminta quanto a gravidez.

— É proibido falar de leite materno à mesa! — advertiu Eve.

— O problema é que eu meio que levo essa refeição para toda parte. — Mavis sorriu. — Você pode falar sobre o caso que está investigando, então. Você vai pensar nisso o jantar todo mesmo, Dallas. Nós soubemos das coisas pelos noticiários. Eu me lembrei de quando esse cara esteve por aqui antes. Aplicava pequenos golpes, naquela época. Todas as garotas que trabalhavam na rua viviam apavoradas o tempo todo por causa dele.

— Vocês eram jovens demais para ele planejar agarrá-las.

— Pode ser, mas foi assustador. Trina e eu fomos para muito longe do cabelo escuro quando fizemos nossa festa do cabelo ontem à noite. Só por precaução, entende?

Eve olhou para as listras azuis e prateadas de Mavis e em seguida para a torre de cachos vermelho sirene de Trina.

— Sim, definitivamente vocês não são o tipo dele — sentenciou.

— Fico contente em ouvir isso. Como vai o caso, afinal? Pelas notícias na mídia, tudo parece terrível.

— Temos algumas pistas para seguir.

— Preparei alguns cabelos no estúdio do Canal 75 ontem. — Trina analisou os cookies longamente e estreitou os olhos, mas acabou pegando um. — Um repórter tentou impressionar a celebridade que eu preparava, sabe como é? Vomitou um monte de informações e teorias; depois, descreveu algumas cenas sanguinolentas e disse que a polícia estava muito frustrada.

— Muitos repórteres são babacas.

— Vários deles dizem a mesma coisa sobre os policiais. — Trina sorriu. — Acho que a proporção correta é 50-50. De qualquer modo, esse foi o grande babado no salão ontem; tivemos as cadeiras cheias de mulheres que queriam se livrar do cabelo escuro.

Eve espetou com o garfo um pedaço de frango.

— Você ainda trabalha em salões de beleza? — Eve analisou a informação. — Pensei que você estivesse trabalhando só no show de Nadine e fazendo alguns atendimentos em particular.

— Pelo salão dá para conseguir clientes externos se a pessoa souber fazer a coisa do jeito certo. Além disso, Roarke me arrumou um emprego ótimo.

— Para fazer o quê?

— Trina gerencia o salão de beleza do Bliss, o spa que eu tenho no centro da cidade — explicou Roarke. — Foi uma excelente escolha, essa que eu fiz.

— Jogada de mestre — Trina ergueu um brinde para ele. — Os negócios aumentaram em sete por cento desde que assumi a gerência.

— Suas funcionárias aceitam trabalhos externos? — quis saber Eve.

— Isso é contra a política do salão. — Trina balançou as sobrancelhas para Roarke de forma dramática e tomou um gole de vinho. — Clientes privados significam que eles não vão ao spa, e aí o salão e a empresa não recebem o dinheiro. E eles não gastam grana ali por impulso. Mas vamos cair na real. Quando um cliente pede uma sessão em domicílio... por falar nisso, nossos profissionais se chamam *consultores*... Obviamente não vão dar com a língua nos dentes, a menos que não queiram o trabalho.

— Estou à procura de um homem com cerca de setenta anos, baixinho e gorducho.

— Ah, nós atendemos esse tipo de cliente, com certeza. Mas nossa estratégia é enviá-lo, com muito tato, para a sessão de escultura de corpo. A não ser que eles já frequentem os nossos centros de *fitness* e...

— Estou falando em termos específicos — interrompeu Eve. — Quero um homem desse tipo que tenha aparecido e proposto a alguma atendente uma sessão em domicílio. No espaço dos últimos dois meses, digamos.

— É um período grande, Dallas — disse Trina. — Atendemos muita gente ali. Na condição de gerente, a maioria dos consultores não costuma contar a mim sobre consultas particulares, a menos que isso seja aprovado.

— Aprovado como?

— Às vezes enviamos equipes ou um profissional para trabalho solo em ocasiões especiais, e o salão leva uma bela porcentagem.

— Isso é um tiro no escuro — murmurou Eve.

— Mas agora que você citou isso, tive um cliente assim. Eu acho.

Eve pousou o garfo.

— Você acha que teve ou atendeu alguém assim?

— Escute, é como eu falei, nós temos muito movimento. As pessoas me propõem serviços em domicílio quase todo dia. Qual é a urgência de... Oh... Ei, ei, para tudo! — exclamou, e seu vinho espirrou pela borda do cálice quando ela o pousou sobre a mesa com um único golpe. — É esse o tal cara? É esse o maldito sujeito? Puta merda!

— Simplesmente me conte tudo o que você se lembra.

— Ok... Nossa, deixe-me limpar as teias de aranha da memória. — Trina fechou os olhos e respirou fundo várias vezes. — Esse cara entrou no salão. Foi fazer uma manicure, eu creio. Não me lembro de quem o atendeu. Acho que era um sábado à tarde, e o movimento nesse dia é de arrebentar. Ele esperou um tempão para ser atendido e ficou vagando pela loja do spa. Eu acho. Eu estava superocupada, entende? Só me lembro de ter olhado para ele umas duas vezes. Depois chegou a hora da minha pausa e fui ao bar tomar um milk-shake. Será que foi um refrigerante...? Não, foi um milk-shake, sim.

— Trina, não me importo com o que você bebeu.

— Puxa, estou só recriando as imagens. — Seus olhos se abriram e se arregalaram. — Se você quer as imagens, preciso obtê-las antes. Foi um milk-shake, sim. Com banana e amêndoas. Nossos drinques são um espetáculo de gostosos. Foi então que ele chegou, muito educado, falando "desculpe, senhorita" e coisas desse tipo. Ele reparou que eu estava no comando e, como já estava à espera de ser atendido há algum tempo, também reparou na minha habilidade.

Ela sorriu para si mesma.

— Foi por isso que eu não o mandei cair fora, nem avisei que estava na minha hora de folga. Ele queria saber como seria possível conseguir uma sessão de beleza no estilo *homecare*. Só que não era para ele, não era... Espere mais um minuto.

Franzindo a testa, ela ergueu seu vinho e tomou mais um gole enquanto Eve lutava para não pular em cima dela e arrancar o resto dos detalhes na base do tapa.

— A esposa dele, talvez? Sim, foi isso, isso, isso! — Uma consulta em casa para a sua esposa. Ela não estava nada bem e ele achava que um tratamento desse tipo a faria se sentir melhor: limpeza de pele, manicure, pedicura, pacote completo.

— Trina...

— Espere a porra de um minuto, droga! Deixe-me ajeitar as coisas na cabeça. Eu lhe expliquei como fazemos nesses casos, informei os valores e assim por diante; ele me perguntou se eu consideraria fazer isso no meu dia de folga. Desse modo eu não precisaria correr de volta para o trabalho e ofereceria à esposa dele todo o tempo que ela quisesse. Deixou-me até escolher o dia. Ele até me mostrou uma foto da esposa. E garantiu que ficaria feliz em me pagar o que eu achasse justo.

— Ele lhe informou o endereço?

— Você continua me interrompendo. — Obviamente irritada, Trina abriu os olhos novamente. — Não. Eu lhe disse que precisava verificar minha agenda. Foi o que eu fiz, levei um tempão pensando nas possibilidades. Até mesmo os caras mais velhos podem raptar uma pessoa, certo? Estava com a agenda lotada por alguns dias. Mas acho que informei umas duas datas possíveis, para algumas semanas mais tarde. Ele disse que verificaria as datas com a enfermeira da esposa e qual delas funcionaria melhor. Perguntou se eu tinha um cartão para que ele pudesse entrar em contato comigo. Eu lhe dei. E foi só isso.

— Ele não deu mais retorno?

— Não. Acho que eu tornei a vê-lo mais ou menos uma semana mais tarde. Em algum lugar. Onde foi mesmo? Ah, lembrei! Foi em um bar onde eu tomava drinques com um sujeito que estava na minha mira. Até pensei "puxa, mas esse não é o tipo de espelunca onde a gente vê um homem distinto que tem uma mulher doente".

— Ele lhe deu algum nome?

— Talvez. Não me lembro. Se eu conseguir achar a manicure que o atendeu, teríamos o nome dele na agenda. Pelo menos o primeiro nome. É esse o cara?

Não a pressione, pensou Eve. Continue nos detalhes.

— Qual era a cor do seu cabelo nesse dia?

— Você deve estar brincando. Deve ter sido há quase um mês. Sim, sei que foi no primeiro sábado de fevereiro, porque me lembro de pensar que, se repetíssemos o espetacular movimento de janeiro, eu pediria um aumento. O movimento cresceu e eu ganhei o aumento. Ei, obrigada, mais uma vez — disse ela para Roarke.

— Caramel Mocha — murmurou Mavis. — Com luzes em pontas espraiadas, tipo estrela-do-mar.

— Ah, é? — Trina se virou para ela. — Tem certeza disso?

— Em mim você fez a estrela-do-mar com pontas rosa. — A mão de Mavis tremeu um pouco quando ela pegou o copo. — Tenho uma memória fantástica para essas coisas. Oh, uau, uau. Acho que estou meio enjoada.

— Você? Mas era eu quem ele planejava torturar e matar. Acho que eu me sinto... — Trina apertou a barriga com a mão e semicerrou os olhos. — Puta da vida! Sim, é isso que eu sinto. Aquele filho da mãe. Esposa doente, não é? Ia me pagar qualquer valor que eu cobrasse, não é? Ele ia é me *matar*, isso sim! — Pegou o vinho e tomou tudo de um gole só. — Por que não fez isso?

— Porque você mudou a cor do cabelo. — Mavis respirou fundo várias vezes. — Você manteve a cor escura durante menos de uma semana e depois trocou direto para o tom Wild Raven com flocos de neve.

— Só para eu me localizar... — exigiu Eve. — Esse tal de Caramel Mocha, a tradução disso é "escuro"?

— Basicamente, sim — confirmou Trina. — Claro que a minha forma de trabalhar está muito além do básico.

— Você consegue descrever o sujeito?

— Sim, acho que sim. Mas ele usava um reforçador de volume no cabelo.

— Isso quer dizer peruca?

— Sim, só que de muito boa qualidade. Ei! Foi por isso que eu não o reconheci de cara, no bar. Ele não era a mesma pessoa. Quer dizer, o reforçador de volume no seu cabelo não era o mesmo; o homem era, mas com cabelo diferente. Não tive a chance de olhar de perto, nem tempo suficiente para dizer se era cabelo ou peruca.

— Quero que você o descreva para mim. Quero que você me dê todos os detalhes que se lembrar dele. Aparência, voz, tipo físico, gestos, qualquer marca que o identifique. Tudo. Amanhã de manhã você vai trabalhar com um artista da polícia.

— Sério? De verdade? Eu virei uma espécie de testemunha ocular. Que "uau"!

— Vamos levar essa conversa para a minha sala aqui de casa. Pense! Construa-o em sua mente.

Eve pegou o *tele-link*.

— Peabody. Preciso que você entre em contato com Yancy. Quero que ele esteja pronto para trabalhar com uma testemunha amanhã. Sete em ponto.

— Esse "sete" aí significa sete da *manhã*? — quis saber Trina.

— Feche a matraca — disse Eve, erguendo um dedo. — Anotou tudo, Peabody?

— Entendi. Quem é essa aí do seu lado? Trina?

— Sim. Ela é nossa testemunha. Que mundo estranho e pequeno! Quero Yancy, Peabody. Estou pegando a descrição básica dele e vamos retransmiti-la para toda a equipe. Diga a McNab que quero que ele e os detetives eletrônicos estejam todos a postos para descobrir um rosto que se encaixe com a descrição e depois com o retrato falado, assim que Yancy me conseguir um.

Eve andava enquanto falava e foi até a sala de jantar, depois atravessou o corredor, o saguão e subiu a escada. Enquanto as ordens e instruções eram despejadas para todos, Trina olhou para Roarke, atônita.

— Dallas é um pouco assustadora quando fareja alguma coisa.

— Ela consegue ser muito mais assustadora, minha cara. Subam, por favor, eu vou em seguida. — Ele se virou e acariciou o ombro de Mavis. — Que tal você, Bella e Trina dormirem aqui esta noite?

— Sério? Por vocês está tudo bem?

— Claro. Vou fazer com que Summerset cuide de tudo o que vocês precisam.

— Obrigada. Puxa, obrigada mesmo! Sei que é bobagem, que ninguém vai nos incomodar em casa, mas...

— Vamos todos nos sentir bem melhor, considerando as circunstâncias, se vocês estiverem protegidas aqui. Por que não entra em contato com Leonardo e avisa a ele?

— Certo, bem lembrado. Obrigada. Mais uma coisinha, Roarke...

— Diga...

— Se Trina não tivesse trocado a cor do cabelo...

— Eu sei. — Ele beijou o topo da cabeça de Mavis. — Ficamos todos muito felizes de saber que o Caramel Mocha não combinava com ela.

Capítulo Doze

Eve foi direto para a sua mesa e apontou para uma cadeira.
— Sente-se. Vamos começar pelo básico: altura, peso e tipo físico.

— Achei que já tivesse descrito isso para você. — Trina olhou em volta. Já tinha estado no escritório doméstico de Eve antes, mas não na função de testemunha ocular. — Por que você não reforma este lugar e o melhora para ficar no mesmo nível do resto da casa?

— Aqui não é o resto da casa. Trina, concentre-se.

— Só queria entender por que você gosta de trabalhar na área de baixa renda do Taj Mahal.

— Sou uma tola sentimental. Altura.

— Ok, humm. Mais para baixo que para alto, menos de 1m70. Mais que 1m60. É que eu estava sentada junto ao balcão do bar, ele estava em pé... — Ela apertou os lábios e usou a palma da mão na horizontal para medir o espaço. — Sim, isso mesmo. Talvez 1m68 ou pouco mais? É meu melhor palpite.

— Peso.

— Ah, isso eu não sei. Quando faço trabalhos no corpo das pessoas, elas estão nuas. Não consigo calcular quando estão vestidas. Mas pode-se dizer que ele era barrilzinho.

— Barrilzinho?

— Sim, ele era... — Espalmou as mãos afastadas sobre o estômago e as girou até o peito. — Barrigudinho, especialmente na frente, como alguns caras ficam com a idade. Não do tipo "rolha de poço", mas bem longe de ser o Mr. Fitness do pedaço. Pançudinho, como o seu velho tio Carmine.

— Se eu tivesse um tio Carmine — reagiu Eve. — Vamos em frente. Cor do cabelo?

— Cinza-escuro azulado penteado para trás, mais alto em cima e batidinho dos lados. Mas era peruca.

— Cinza-escuro, cortado curto e alto em cima.

— Um cinza-escuro sem imaginação, se quer saber. O cinza deve ter um brilho suave, mas é isso mesmo. O cabelo dele era branco quando eu o vi no bar da outra vez. Se fosse ele, e eu praticamente tenho certeza que era. Nesse outro dia ele estava com o cabelo com boa forma e branco. Simpático. Não sei por que ele iria preferir cinza escuro azulado quando tem um lindo cabelo todo branco.

— Cabelo branco. O branco não era peruca, então.

— Dei uma olhada rápida do tipo "ei, conheço aquele cara"; Mas sim, de relance me pareceu cabelo branco natural. Mas não tenho certeza absoluta disso.

— Olhos?

— Puxa... Escute, Dallas, essa eu não tenho certeza. Acho que claros. Mais para claros, sim, mas não sei dizer se era azul, verde, cinza ou mel. Tenho quase certeza de que não eram escuros. É que a peruca me pareceu deslocada desde o princípio porque era escura, e o resto dele não era. Aliás, ele tem uma pele ótima.

— Como assim?

— Pálida e macia. — Algumas rugas, claro, mas nada muito marcado. Ele cuida da pele. Sem papadas nem queixo duplo, então deve ter feito alguma coisa ali. Sua pele tinha viço e boa textura.

— Pálida — murmurou Eve. Cabelos brancos, olhos claros, pele pálida. Um homem pálido. Talvez a vidente romena não estivesse longe do alvo.

— Pois é. Ele pintou as sobrancelhas na cor da peruca. Ficou meio estranho. Geralmente ninguém notaria, mas é meu trabalho sacar essas coisas. No bar ele estava todo branco, mas eu tomava uns drinques com o outro carinha, imaginando que naquela noite talvez conseguisse descolar "a melhor transa da minha vida".

— Você disse que ele era um executivo. Estava de terno ou simplesmente tinha um jeitão de executivo?

— As duas coisas. Vestia um terno de grife, acho que cinza, como o cabelo e as sobrancelhas. Provavelmente. Parecia o tipo de cara que tem um closet cheio de ternos. Três peças, é claro — acrescentou. — Calça, paletó e colete. Ponta do lenço aparecendo no bolso e gravata; classudo, sabe como é? Mesma coisa no bar. Terno escuro, formando um belo contraste com o cabelo branco.

Ela fez uma pausa e coçou a nuca.

— Agora é que está caindo a ficha. Eu teria aceitado o serviço. Se ele tivesse voltado a me procurar, eu teria aceitado. Dia de folga, uma bela grana extra, que mal haveria?

Sua respiração ficou irregular e a cor sumiu das suas bochechas.

— Ele me pareceu tão agradável... quer dizer, um homem "seguro", entende? Um cara mais velho com jeito doce que queria oferecer algo especial para sua esposa doente. Eu teria cobrado uma nota preta dele, é claro, mas teria aceitado a proposta numa boa.

— Mas não aceitou — lembrou Eve. — Ele cometeu um erro ao tentar pegar você... Uma pessoa que presta atenção percebe detalhes e se lembra de tudo. Escute o que vou lhe dizer...

Eve se inclinou para frente, porque podia ver que só agora, na verdade, Trina percebia o perigo que correra. Não só tinha perdido a cor por completo como tremia de leve.

— Olhe para mim, Trina, e ouça o que eu vou dizer. Ele levou alguém hoje. Raptou outra mulher. Essa jovem ainda tem alguma chance, antes que ele comece a trabalhar nela. Ele leva algum tempo para começar. Você está me escutando?

— Estou. — Trina umedeceu os lábios. — Estou escutando...

— Ele cometeu um erro com você — repetiu Eve. — O que você está me dizendo e o que vai fazer amanhã com o artista da polícia que prepara retratos falados vai nos ajudar a chegar até ele. Você vai nos ajudar a salvar a vida dela, Trina. Talvez mais do que a dela. Você entende isso?

Trina fez que sim com a cabeça.

— Posso beber um pouco de água, talvez? Minha boca ficou seca de repente.

— Certo. Espere um minuto.

Quando Eve foi até a cozinha do escritório, Roarke entrou na conversa.

— Você está indo muito bem, — garantiu ele, olhando para Trina.

— Estou tremendo mais que vara verde — admitiu Trina. — Quase me cagando de medo. Puxa... Estou aqui, sentada na Fortaleza de Roarke, dentro da Câmara Fortificada de Dallas. Não é possível alguém estar mais seguro que isso. Mesmo assim estou tremendo. Onde está Mavis?

— Está contatando Leonardo. Vocês três vão passar a noite aqui conosco, se isso estiver bem para você.

— Está ótimo! Dormir em um lugar com mais classe que o paraíso? A gente sabe que um assassino enlouquecido não vai entrar aqui para fazer as unhas, certo?

— Mas esse canalha gosta de trabalhar com as unhas bem feitas — comentou Eve, ao voltar com uma garrafa de água. — Vou precisar da agenda de marcação de consultas do spa — disse para Roarke.

— Vou providenciar isso. Mais uma coisa — disse ele, olhando para Trina. — Vou conseguir alguém para cobrir a sua falta amanhã no trabalho. Não se preocupe com isso.

— Obrigada. — Ela engoliu a água em grandes goles. — Tudo bem.

Eve esperou enquanto Trina bebia tudo e pediu:

— Fale-me sobre a voz dele.

— Hum... suave, acho. Calma. Hummm... Refinada, talvez? Acho que essa é a palavra certa. Um cara de bom nível, com grana, voz marcante e agradável. Bom nível cultural, sem ser esnobe. Isso era outra coisa que o fazia parecer agradável e seguro, estou percebendo agora.

— Algum sotaque?

— Não. Tinha o ritmo de voz de quem teve uma boa educação, mas nada de sotaque.

— Marcas específicas, tatuagens, cicatrizes?

— Nada. — A voz dela estava mais firme e a cor lhe voltava ao rosto. — Nada que se destacasse.

— Tudo bem. — Aquilo era o suficiente, pensou Eve. Se ela forçasse mais a barra, Yancy talvez não conseguisse lhe arrancar novos detalhes no dia seguinte. — Qualquer detalhe extra que você lembrar, avise. Vou precisar dos nomes de todos os consultores que estavam trabalhando no dia em que ele apareceu; quero ver a pessoa que o atendeu quando você falou com ele, talvez ela possa ter tentado lhe vender algo da loja. Mas não se preocupe, pois posso conseguir quase tudo com Roarke. Quero que você tenha uma boa noite de sono.

— Sim, eu também. Acho que vou descer e ficar um pouco com Mavis e Belle até me acalmar um pouco mais.

— Summerset vai mostrar onde vocês vão dormir esta noite. Se precisarem de mais alguma coisa, basta pedir — acrescentou Roarke.

— Pode deixar. Isso tudo é tão... intenso! — Trina balançou a cabeça quando se levantou. — Vou tentar descansar e... — Parou de falar e se virou. — Ele cheirava bem.

— Como assim?

— Perfume bom, mas não usado em exagero. Algumas pessoas não sabem usar um perfume de qualidade com sutileza. Era como... — Ela tornou a fechar os olhos. — Uma pitada de alecrim e tons de baunilha. Muito gostoso. — Deu de ombros e saiu do escritório.

— Demos grandes passos.

— Para você. — Roarke caminhou até se sentar na quina da mesa. — E eu diria que para Trina também.

— Sim, ela é uma maníaca por cabelos, mas isso deu um belo retorno. Preciso divulgar essa descrição. Quero rodar uma busca no CPIAC, o Centro de Pesquisa Internacional de Atividades Criminais. Não creio que ele esteja fichado lá, mas vale a tentativa. E você precisa trabalhar com os resultados do seu computador sem registro. Veja se tem algum concorrente que se encaixa nesse perfil.

— Certo.

— Ele desistiu de Trina e capturou Sarifina York.

— Por Deus, não diga isso a ela.

Eve o fitou com olhos penetrantes.

— Você acha que eu faria isso?

— Desculpe. Claro que não. Vou dar mais uma olhada nos dados imobiliários, focando em algum lugar abaixo da rua 50. Aviso você quando acabar.

— Tudo bem. As probabilidades estão aumentando. A maré vai virar.

— Acredito em você. — Ele estendeu a mão e passou o polegar nas olheiras dela. — Tente não beber café demais.

Eve decidiu que tentar não significava conseguir. Além do mais, quanto café poderia ser considerado "demais"? Ela enviou a descrição para a equipe e logo depois remeteu os dados do suspeito para o CPIAC.

Conseguiu uma infinidade de nomes com a descrição básica que informara e passou muito tempo peneirando tudo, mas não podia deixar de tentar.

Começou a rodar várias probabilidades. O suspeito morava, trabalhava e tinha ligações com o centro de Manhattan. Frequentava lojas, restaurantes e empresas nessa parte da cidade a fim de selecionar seus alvos. Usava vários aprimoramentos estéticos para alterar sua aparência durante os encontros com as vítimas em potencial.

Eve rodou uma pesquisa nas garagens e estacionamentos públicos e privados no centro da cidade. Em seguida, entrou em contato com os proprietários desses lugares, gerentes e atendentes.

Esquadrinhou os edifícios da área — os que ainda estavam em pé e os que tinham sido demolidos, e também aqueles que tinham abrigado corpos ou foram usados como clínicas durante as Guerras Urbanas.

Quando o resultado chegou, ela leu o relatório de Newkirk, redigido depois do primeiro interrogatório feito no prédio de Greenfeld.

Nada.

Mesmo assim, gostou do relato meticuloso apresentado por Newkirk. Ali havia os nomes, endereços e um resumo detalhado de todas as conversas.

Imaginando que, para ele, aquilo talvez fosse um dom natural, folheou os arquivos e descobriu o número de contato de Gil Newkirk.

Ele atendeu o *tele-link* na mesma hora, com voz de alerta máximo e o sinal de vídeo bloqueado, o que fez Eve se lembrar de que já era tarde da noite.

— Policial Newkirk, aqui fala a tenente Dallas. Peço desculpas por perturbá-lo assim tão tarde.

— Não há problema, tenente. Espere um minuto, por favor.

Ela aguardou diante da tela azul por não mais que trinta segundos. O vídeo foi ligado e surgiu diante dela uma versão mais velha e grisalha do jovem policial que Eve tinha conhecido na cena do crime.

— Em que posso ajudá-la, tenente?

— Estou seguindo uma nova pista, mas devo ressaltar, antes de qualquer coisa, que seu filho é uma excelente aquisição para a nossa força policial, Newkirk. Você deve sentir orgulho dele.

— Cada dia mais — concordou ele. — Muito obrigado, tenente.

— Estou aqui pensando se você conseguiria puxar pela memória quanto aos interrogatórios que realizou durante a primeira investigação, nove anos atrás. Tenho interesse em um indivíduo específico.

Ela lhe apresentou a descrição.

— Isso já faz nove anos.

— Sim, sei que é um tiro no escuro. Ele pode estar com mais peso agora e talvez tenha o cabelo mais escuro, tingido. Mas acho que seu cabelo branco original pode ser um dado consistente. Ele pode ter morado, trabalhado ou talvez tivesse um negócio na área de um ou mais dos incidentes.

— Conversei com um monte de gente na época, tenente. E só comecei a trabalhar no caso depois do segundo assassinato. Mas, se você me der algum tempo, posso pesquisar nas minhas anotações pessoais.

— Elas são tão precisas e detalhadas quanto os relatórios do seu filho?

Gil sorriu.

— Fui o professor dele, não fui?

— Então eu agradeceria muito qualquer luz que você possa lançar sobre este assunto. Estarei na Central às 7h da manhã em ponto. Você pode ligar para lá ou para qualquer um dos meus *tele-links*, a qualquer hora. Vou lhe repassar todos os meus números de contato.

Ele assentiu.

— Pode falar. — Depois de anotar todos os números, assentiu mais uma vez. — Andei relendo algumas das minhas anotações nos últimos dias. O capitão Feeney e eu tivemos algumas conversas sobre esse assunto.

— Sim, eu sei. Sinta-se à vontade para contatá-lo em vez de ligar para mim. E desculpe, mais uma vez, por acordá-lo.

— Sou policial há 33 anos, já estou acostumado.

Outro tiro no escuro, refletiu Eve quando desligou. Mas esses tiros começavam a dar frutos.

Quando Roarke entrou, ela precisou lutar para se concentrar. Seus olhos queriam desistir.

— Alguma coisa?

— Nada na busca entre meus concorrentes, pelo menos nada que se encaixe com perfeição no que procuramos,

— E quanto a algo que se encaixe mais ou menos?

— Um punhado de homens corresponde, de uma ou outra forma, à descrição do suspeito e está, de algum modo, envolvido com os escalões superiores dos concorrentes. Mas não há nada forte ou factível. Muitos desses homens estão fora do país ou do planeta. Quando os levo a outros locais e horários, nenhum deles se encaixa. Desci um pouco mais na hierarquia para o caso de algum funcionário de baixo escalão ter algum tipo de ressentimento contra mim ou contra minhas empresas. Não achei nada. Enquanto pesquisava isso, cheguei à conclusão de que perseguia o impossível.

— É preciso perseguir até o impossível para agarrá-lo.

— Eve, isso não tem a ver comigo. Não estou na raiz de tudo. Você é que está.

Ela piscou duas vezes.

— Mas eu...

— Dá para ver isso perfeitamente no seu rosto. — Um tom de raiva surgiu na voz dele. — Você está cansada demais para conseguir disfarçar. Isso não é surpresa para você. Porra, Eve! Você já tinha isso em mente há algum tempo, mas continuou me entupindo de tarefas tolas para me enrolar.

— Ei, ei, pode parar!

Ele veio na direção dela com passos largos e a levantou da cadeira pelos ombros.

— Você não tinha esse direito. Nem de longe! Já sabia ou desconfiava que ele estava me usando porque sou ligado a você. A policial que esteve conectada a ele desde a primeira série de mortes, desde a primeira investigação.

— Calma!

— Não vou me acalmar porra nenhuma!

A ira de Roarke, quente ou fria, era igualmente perigosa. Isso, acrescido do tumulto emocional e da fadiga em estado bruto, era uma mistura mortal.

— Você seria um belo alvo para ele. A maior joia em sua coroa sangrenta. Você já estava com essa possibilidade na cabeça e não teve sequer a cortesia de me contar.

— Não! Já estou cheia de gente me dizendo que eu não tive a cortesia de fazer isso ou aquilo. Esta é uma investigação de assassinato e minhas regras de etiqueta estão muito longe daqui. Me larga!

Ele a ergueu ainda mais, até ela ficar na ponta dos pés.

— Se eu não estivesse me sentindo tão culpado e distraído, achando que tinha feito ou dito algo e isso era o verdadeiro motivo de ele atacar minhas funcionárias, teria chegado a essa conclusão muito antes. E você me deixou no escuro!

— Não sei se sou eu ou você, mas eu tinha certeza, e você está confirmando isso, de que você se descontrolaria se eu contasse.

— Então resolveu mentir para mim.

A fúria dela floresceu de forma tão brusca e inesperada que ela teve de lutar com força contra a vontade de esmurrá-lo.

— Nunca menti para você.

— Mentiu sim, por omissão. — Ele a largou no chão. — Pensei que confiássemos mais um no outro.

— Porra, que merda! — Ela se sentou e apertou a cabeça com as mãos. — Talvez eu esteja estragando tudo mesmo, pra todo lado. Primeiro com Feeney, agora com você. Eu *confio* em você, Roarke, e, se não consegui provar isso até hoje com tudo que eu tenho em mim, não sei mais o que fazer.

— Mencionar essa possibilidade terrível daria conta do recado.

— Eu precisava pensar sobre o assunto. Isso nunca tinha me ocorrido até Mira tocar nesse ponto. O que só aconteceu hoje. Não tive tempo para pensar, porra. Nem de rodar o programa de probabilidades.

— Pois então faça isso agora.

Ela baixou as mãos e olhou para ele. O próprio temperamento de Eve lhe provocava um zumbido na cabeça, e o que lhe restava na mente pareceu estar em curto-circuito.

— Não aguento isso — desabafou ela. — Você tem que entender, por mais difícil que seja, que eu não vou aguentar você me esculachando também. Não consigo levar porrada de você e de Feeney no mesmo dia. Não planejei magoar nenhum dos dois. Estava apenas fazendo o meu trabalho da melhor forma que conseguia. Não escondi nada de você, simplesmente ainda não tinha assimilado a realidade.

— E ainda não tinha descoberto como usar o fato, caso sua percepção tivesse fundamento.

— Isso mesmo. Mas, se ela tiver fundamento, pretendo usá-la. Você sabe que sim, porque me conhece bem.

— Conheço, sim. Puxa, como conheço! — Ele se virou e caminhou até as janelas.

— Houve um tempo em que eu não tinha ninguém para consultar sobre uma decisão. Houve um tempo — continuou ela — em que não era necessário levar os pensamentos ou os sentimentos de alguém em conta antes de tomar qualquer decisão. Isso não é mais verdade. Quando refleti sobre essa possibilidade e me surgiram ideias ou opções novas, eu deveria ter contado a você. Não deveria ter ido em frente sem comentar nada.

Aquilo era verdade, disse Roarke a si mesmo, enquanto tentava dominar a própria fúria e medo. Aquilo era tudo verdade e valia para eles dois. Pelo menos era um pequeno conforto, ainda que ingrato.

— Mesmo assim você vai seguir em frente se achar que deve, independentemente dos meus pensamentos e sentimentos.

— Vou, sim.

Ele se virou.

— Eu provavelmente não iria amar você tanto, apesar de estar com o coração na boca, se você fosse diferente.

Ela soltou um suspiro.

— Provavelmente não amaria você tanto, etc., etc., se você não entendesse que eu não consigo ser diferente.

— Muito bem, então.

— Por favor, desculpe. Sei que é difícil para você.

— Sim, você sabe. — Ele foi até Eve. — Sei que você sabe, mas não entende a complexidade de tudo. Como poderia? Por que deveria? — Ele tocou no rosto dela. — Eu não teria ficado tão revoltado se não tivesse levado todo esse tempo para perceber que isso não tem nada a ver comigo, e sim com você.

— Pois é. Você nem sempre está no centro de tudo, garotão.

Ele sorriu, como ela queria, mas seus olhos ficaram intensos.

— Vamos trocar ideias longamente e discutir quaisquer planos que você invente para tentar usar esse ângulo. Para se usar como isca.

— Certo. Eu lhe dou minha palavra.

— Tudo bem então. Precisamos ir para a cama. Quanto a isso eu quero as coisas do meu jeito, tenente. São quase 2h da manhã e você vai querer se levantar às 5h, imagino.

— Sim, tudo bem. Vamos tirar um cochilo.

Ela caminhou com ele, mas não conseguiu impedir a ideia que não parava de surgir em sua mente.

— Já estava rondando a minha cabeça há algum tempo a ideia de eu ser um alvo — ela começou. — Um monte de informações e suposições começaram a se embaralhar na minha mente.

— Já que estive batalhando ao seu lado nos últimos dois dias e três noites, tenho uma boa percepção do quanto está superlotada a sua cabeça.

— Pois é, mas sabe de uma coisa? Nossa, estou me tornando a cada minuto mais feminina, antes mesmo de as palavras saírem da minha boca.

— Por favor, não podemos permitir isso!

— Estou falando sério. — Ligeiramente envergonhada, Eve enfiou as mãos nos bolsos. — Eu me sinto como aquelas mulheres que mordem uma coisa, moem e remoem um assunto e não conseguem deixar a bola baixar. Qualquer hora dessas vou começar a me perguntar que cor de tintura labial combina melhor com a minha aparência. Ou com meus sapatos.

Ele riu e balançou a cabeça.

— Acho que estamos a salvo disso.

— Se eu enveredar por esse caminho, pode me derrubar com um soco, ok?

— O prazer será meu.

— Mas o que mais me incomoda e me irrita é que ainda não sei se essa abordagem seria viável de verdade. Não tem como eu passar na casa de um sujeito para planejar uma festa que ele pretende dar, nem ensiná-lo a dançar samba.

— Você muitas vezes vai a casas de estranhos para interrogá-los ou tomar depoimentos.

— Ah, sim. — Ela puxou o próprio cabelo quando eles entraram no quarto. — Mas raramente vou sozinha, estou sempre ligada no que está à minha volta e, puxa, Roarke, sou uma policial! Para alguém me derrubar é preciso mais que um estalar de dedos.

— O que faz de você um grande desafio. Tem um apelo adicional.

— Isso é conjeturar demais. Por outro lado...

— Ele poderia ter escolhido você em vez de Ariel Greenfeld. Se está na mira dele nos últimos dias ou semanas, poderia ter sido você a mulher que ele capturou hoje.

— Não, não poderia. — Isso, ela percebeu enquanto se despia, era o que a incomodava. Roarke precisava enxergar, aceitar e relaxar. — Pense nisso... Eu mal passei uma hora sozinha na minha sala desde sexta-feira à noite. Quando saio desta casa ou da Central, sempre estou com você ou com Peabody. Talvez você ache que ele pode simplesmente pular em cima de mim. Mas ele conseguiria derrubar nós dois ou duas policiais?

Ele parou e a analisou longamente. A pressão que sentia na barriga começou a perder força aos poucos.

— Tem razão. Mas você planeja mudar essa rotina.

— Sim, estou considerando isso. Mas se formos por esse caminho, e isso ainda é um grande *se*, estarei grampeada, protegida. E armada.

— Quero um sensor de rastreamento no seu carro.

— Haverá.

— Não, estou dizendo que quero um aparelho desses antes de sairmos de casa pela manhã. Vou providenciar isso.

Dar e receber, Eve se obrigou a lembrar. Mesmo quando, talvez *especialmente* quando, dar e receber era um pé no saco.

— Tudo bem. Mas lá se vão meus planos para dar uma escapulida e me encontrar com Pablo, o guardião de piscinas, para curtir uma hora de sexo quente e suarento.

— Todos precisam fazer sacrifícios. Eu mesmo tive que reprogramar meu encontro com Vivien, a camareira francesa, três vezes nos últimos dois dias.

— Viu só? Chupa, agora! — brincou Eve quando escorregou na cama.

— Ah, isso ela certamente faz.

Eve bufou com força e lhe deu uma cotovelada de leve quando ele a puxou por trás para junto dele.

— Tarado!

— Olha só! Você me excita dizendo essas coisas quando precisamos dormir. — Os dedos dele tocaram de leve o seio dela e deslizaram por todo o seu peito, brincando sobre a sua pele, para em seguida voltar a subir lentamente.

Com um suspiro, ela colocou a mão sobre a dele, incentivando a carícia. Assim era melhor, pensou ela. Aquela era a melhor forma de encerrar um dia longo e difícil... Corpos deslizando um sobre o outro no escuro.

Quando os lábios dele encontraram a nuca de Eve, ela se esticou como um gato preguiçoso.

— Dormir é só uma das maneiras de recarregar as energias.

— Acho que sim. Do mesmo modo que acho que não vou conseguir manter as mãos longe de você.

Ela sentiu o membro dele enrijecer contra o corpo dela e foi envolvida por uma onda de calor.

— Que lugar estranho para alguém ter uma mão. Você devia consultar um médico sobre essa deformidade. Devia... Ah! — Ela estremeceu e pareceu cintilar quando ele se deixou deslizar para dentro dela.

— Há um lugar ainda melhor. — A mão dele deslizou lentamente para baixo, pressionada contra a dela, enquanto ele a penetrava várias vezes e dava prazer a ambos com estocadas lentas e intensas.

Ela se deixou levar, a respiração presa e o corpo mole e fluido como vinho. As mãos dele estavam livres para tocar, pegar e provocar. Seios, torso, barriga e o calor glorioso onde tudo se conectava.

Ele conseguia sentir cada tremor, cada tiritar que passava por dentro dela; apesar dos tremores, ela continuava envolvendo-o com firmeza.

Ela sussurrou o nome dele quando rolou, colocou-se por cima e se deixou lançar por sobre o orgasmo. Na escuridão total ele conhecia tudo sobre ela: corpo, coração, mente. Mergulhado no momento, murmurou algo junto dela, no idioma da sua infância destroçada. Com ela, ele finalmente se sentia completo.

Tão fácil, tão requintada e simples aquela fusão, aquela junção extrema. Não havia espaço vazio quando ele estava com ela, nem imagens fantasmagóricas de sangue e morte. Apenas paz; ela conhecia unicamente paz e prazer. Aquelas mãos tão hábeis e pacientes. Os sussurros que ela conhecia bem e sabia que vinham embebidos a partir do fundo de um poço profundo e turbulento.

Aqui ela conseguia ser mais flexível, aqui ela podia se render. Então, ela se deixou erguer mais e mais, estremecendo com força quando se agarrou por um momento, apenas mais um momento antes de alcançar o ápice sem fôlego. Mas se segurou por um segundo enquanto o sentiu escalar o mesmo clímax, sempre colado nela.

E assim ela se deixou deslizar mais uma vez, envolta completamente por ele.

No escuro ela sorriu, apertou a mão dele e a colocou entre os seus seios.

— *Buenas noches*, Pablo.

— *Bonne nuit*, Vivien.

Ela tombou, sorrindo, em sono profundo.

A quilo era uma pena. Realmente uma pena, mas ele não podia fazer mais coisa alguma com Gia. Nada na pesquisa que ele fizera sobre ela tinha indicado que aquela jovem era portadora de uma mente tão facilmente destrutível. Com toda a sinceridade, ele sentia como se estivessem apenas começando, e agora tinha que acabar com ela.

Ele tinha levantado muito cedo, na esperança de ela ter despertado em algum momento da noite. Tinha lhe aplicado dopamina e tentou também lorazepam, substâncias que não eram fáceis de encontrar, mas sabia que o trabalho que teve para consegui-las foi necessário.

Tentou choques elétricos e achou aquilo muito interessante. Só que nada, nem música, nem dor, nem drogas, nem os choques sistêmicos foram capazes de alcançar e abrir a fechadura da porta atrás da qual a mente dela se escondera.

Após o sucesso retumbante e empolgante com Sarifina, aquela era uma decepção esmagadora. Mesmo assim, lembrou a si mesmo, eram necessárias duas pessoas para haver uma parceria.

— Não quero que você se culpe, Gia. — Ele colocou os braços dela nos canais instalados ao longo da mesa para drenar o sangue.

— Talvez eu tenha apressado demais as coisas com você, acho que fiz uma abordagem malcalculada. Afinal, cada um de nós tem sua tolerância própria e única para a dor, o estresse e o medo. Nossas mentes e corpos são construídos para suportar até determinado limite. Embora seja verdade — continuou, ao fazer o primeiro corte no pulso dela —, que um bom treinamento, exercícios, dietas e boa educação podem aumentar esses níveis. Mas quero que você saiba que eu entendo que você deu o seu melhor.

Depois de abrir as veias em seu pulso direito, ele rodeou a mesa e abriu as do pulso esquerdo.

— Apreciei muito o tempo que passamos juntos, mesmo que tenha sido breve. Trata-se do seu ritmo, simples assim. Como meu avô me ensinou, cada ser vivo não passa de um relógio que começa a parar a partir do nosso primeiro sopro, no instante em que nascemos. É a forma como usamos esse tempo que conta, não é verdade?

Quando ele acabou, afastou-se para lavar e esterilizar o bisturi, e esfregou com vigor o resto de sangue que ainda tinha nas mãos. Em seguida, enxugou-as cuidadosamente sob o ar quente do secador.

— Muito bem — disse ele, alegremente. — Vamos apreciar um pouco de música, agora. Costumo tocar "Celeste Aida" para as minhas meninas quando é chegada a hora de elas partirem. É uma peça requintada. Sei que você vai adorar.

Ordenou que a ária começasse a tocar e então, quando a música encheu o ambiente, ele se sentou com os olhos sonhadores fixos em algum ponto no espaço. Suas lembranças retornaram décadas até ela.

Assistiu enquanto os últimos momentos da vida de Gia Rossi se esvaíam.

Capítulo Treze

Eve se arrastou para debaixo do chuveiro enquanto Roarke se secava após sua ducha. A voz dela estava enferrujada quando ordenou que os jatos fossem ligados, e seus olhos pareciam ter sido revestidos por dentro das pálpebras com um adesivo fino durante a noite.

A explosão de jatos quentes ajudou um pouco, mas ela sabia que demoraria muito mais até que todos os motores do seu organismo fossem ligados. Considerou tomar a pílula energética aprovada pelo Departamento de Polícia, mas resolveu deixar isso como última opção. O comprimido certamente lhe daria um forte impulso de energia, mas ela acabaria se sentindo ligada e agitada demais o dia todo.

Preferiu apelar para a cafeína. O máximo de cafeína que conseguisse ingerir.

Quando saiu da ducha, Roarke vestia sua calça. Apenas a calça, ela observou; estava de peito nu, descalço e como todo aquele cabelo preto e lindo ainda úmido do chuveiro.

Outras coisas proporcionavam ao seu organismo uma boa sacudida, mas Roarke encabeçava a lista de preferências.

Quando ele veio na direção dela oferecendo uma caneca de café puro e forte, o amor de Eve pareceu desconhecer limites.

O som que ela emitiu foi de apreciação pela visão dele e de prazer pelo primeiro gole que lhe trouxe a vida de volta.

— Obrigada.

— Comida virá em seguida. Nós acabamos não jantando antes de dormir, e você não pode passar o dia todo à base de café e atitude.

— Eu gosto da minha atitude. — Mas ela foi até o closet e pegou uma roupa que lhe pareceu quente e confortável. — Como é que você pode parecer tão sexy e descansado depois de dormir só algumas horas, enquanto eu me sinto como se meu cérebro tivesse sido usado como campo de uma partida de futebol?

— Muita força de vontade e bom metabolismo. Ele escolheu uma camisa e a vestiu, mas não se deu ao trabalho de abotoá-la. Em seguida estudou Eve atentamente enquanto ela vestia a calça cinza-escura. — Eu poderia pedir uma bebida energética para você.

— Não. Elas sempre deixam um sabor de cocô na boca e me fazem sentir os olhos vesgos o tempo todo. É muito estranho. — Ela vestiu uma camiseta branca de manga comprida e colocou um suéter preto por cima. — Vou tomar só um pouco de...

Ela parou e franziu a testa ao ouvir a batida na porta do quarto.

— Qual a pessoa em perfeito juízo que acorda tão cedo?

— Vamos descobrir. — Roarke caminhou até a porta e a abriu para Mavis e Belle.

— Eu vi a luz debaixo da porta.

— Há algo de errado com a bebê? — perguntou Roarke. — Ela está doente?

— Bella? Não, ela está totalmente MQD... Mais que demais. Só precisava de uma troca de fralda e de um aconchego. Mas olhei pelo corredor e vi a luz acesa. Tudo bem se entrarmos por alguns minutos?

— Claro. Estava prestes a pedir o café da manhã. Vocês gostariam de alguma coisa?

— Não, ainda é muito cedo para eu comer. Mas aceito um pouco de suco. Mamão, se tiver.

— Sente-se.

— Tudo bem? — quis saber Eve.

— Sim. Quer dizer, vocês sabem como é... Quando Belle tocou a primeira trombeta, eu perdi o sono. Estou agitada.

Mavis se levantou em um pijama vermelho com listras brancas que Summerset deve ter desenterrado de algum lugar. A roupa era grande demais para ela, conservadora em excesso.

Aquele pijama imenso a fazia parecer, aos olhos de Eve, pequena e frágil.

— Está tudo bem e vai ficar ótimo. Você não tem nada com o que se preocupar.

— Acho que só queria ver se vocês estavam bem e se há algo que eu possa fazer para ajudar.

— Está tudo sob controle. — Já que Mavis estava ali em pé, se balançando suavemente de um lado para o outro de um jeito que fez Eve se sentir ligeiramente enjoada, ela apontou para uma cadeira na saleta de estar da suíte. — Sente-se.

— Estava pensando que Trina e eu poderíamos olhar as agendas do salão e talvez conseguíssemos encontrar também a peruca. — Mavis deu de ombros. — Trina acha que o cara estava usando alguns produtos de alto nível... Cremes e loções para rosto e corpo. Eu poderia, quem sabe, rastrear onde eles estão disponíveis e... Sei lá! Talvez isso ajudasse vocês.

— Talvez ajudasse, sim.

Roarke serviu um copo de suco, algumas frutas frescas e uma cesta de brioches. Mavis olhou para eles e depois para Roarke.

— Se eu não estivesse completamente apaixonada pelo meu ursinho, brigaria com Dallas a ponto de rolarmos no chão só para ficar com você.

— E eu esmagaria você como um inseto — avisou Eve.

— Sim, mas iria mancar depois durante algum tempo. Está tudo bem para vocês se eu e Belle ficarmos aqui pelo menos até... até Leonardo voltar, mais tarde? Eu pensei que...

— Vocês podem ficar o tempo que quiserem — ofereceu Roarke, enquanto servia mais duas bandejas que pegara no AutoChef.

— Obrigada. É que ele está muito preocupado. Começou a pensar no que poderia ter acontecido se Belle e eu estivéssemos com Trina quando esse cara tentou enganá-la. Sei que isso é improvável, mas quando a pessoa tem um filho começa a enveredar por prados assustadores.

— Todos os prados são assustadores — sentenciou Eve. — Você e Belle devem relaxar e ficar por aqui.

Como em resposta a isso, Belle começou a se mexer e choramingar. Mavis se virou meio de lado, desabotoando a parte de cima do pijama, e declarou:

— Acho que se Trina terminar mais cedo o que vai fazer na polícia...

— Claro, claro. — Por instinto, Eve desviou os olhos e agarrou seu café. — Vou trazê-la de volta assim que ela acabar. Sem problemas.

— Que *mag*! Seria um grande alívio. Então...

— Ah, bem, então... — Roarke se ergueu da cadeira como se tivesse sido impulsionado por uma mola quando um dos seios de Mavis saltou para fora e a boca ávida de Belle entrou em cena. — Vou só... — *Sair e me enfiar em algum lugar.*

Essa reação tornou a expressão de Mavis mais leve e sua risada borbulhou pelo quarto.

— Belle quer seu café da manhã, também. E praticamente todo mundo já viu meus seios.

— E, como acredito que já comentei, eles são absolutamente encantadores — elogiou Roarke. — Mas eu me pergunto se não deveria...

— Não, sente-se. — Rindo muito agora, Mavis pegou o suco e se levantou da cadeira, conseguindo com facilidade equilibrar ao mesmo tempo o copo de suco e a bebê pendurada no peito

— Você vai se acostumar com isso em pouco tempo, mas agora vamos embora. Normalmente nós duas tiramos um belo cochilo depois do almoço. Se eu encontrar alguma coisa sobre a peruca ou os produtos, pode deixar que aviso.

— Tudo bem.

Quando eles ficaram sozinhos novamente, Roarke olhou para seu prato.

— Por que será que escolhi ovos estrelados para o café da manhã?

— Porque eles se parecem muito com um par de seios amarelos muito bonitos e brilhantes. — Rindo, Eve pegou um pedaço de bacon. — E todo mundo sabe que Mavis costuma pintar os dela de amarelo, de vez em quando.

— Toda vez que ela amamenta o bebê eu me sinto tão... rude.

— Pensei que a palavra fosse "assustado".

— Um pouco disso, talvez, mas também intruso. Parece um momento tão íntimo!

— Acho que vamos acabar conseguindo superar isso. Temos que entrar em ação. Coma seus peitos.

Eles se separaram na Central, quando Eve levou Trina até onde Yancy trabalharia no retrato falado.

— Você sabia que, se os policiais dedicassem mais tempo e criatividade às questões de moda e da boa aparência, ajudaria muito a área das relações públicas? — declarou Trina.

Eve pegou uma das passarelas aéreas e reconheceu um trio de policiais da Divisão de Drogas Ilegais que vinha pela passarela contrária. Rostos mal barbeados, sapatos cheios de arranhões e a protuberância em um dos lados da jaqueta, onde o coldre ficava.

Eles lhe pareceram ótimos.

— Sim, vamos organizar um seminário sobre isso. Moda defensiva.

— Isso não seria nada demais — insistiu Trina. — A roupa pode ser uma espécie de defesa, sabia? Ou uma ofensa.

— Talvez seja, sim.

— A roupa pode ser uma declaração ou uma reflexão. A sua, por exemplo, mostra que você não só está no comando, mas também parece disposta a distribuir porradas por aí.

— Minha calça diz que eu estou no comando? — Eve não precisava dos vários diplomas de Mira para reconhecer uma pessoa com os nervos à flor da pele.

— Todo o conjunto, entende? Cores escuras, mas não sombrias. Bons tecidos, cortes retos. Você poderia energizar um pouco o seu visual usando um vermelho ou um verde forte de vez em quando. Talvez um azul néon.

— Vou manter isso em mente.

— Você também devia usar óculos escuros.

— Vou perdê-los.

— Pode parar. Quantos anos você tem? 12? Óculos escuros seriam totalmente demais para completar o visual. Será que isso vai levar muito tempo? Você acha que eu vou ficar aqui o dia inteiro? E se eu não conseguir fazer isso direito? E se eu notei tudo errado? E se...

— Pode parar. Quantos anos você tem? 12? — Quando Trina deu um risinho nervoso, Eve saltou da passarela. — O processo levará o tempo que for preciso. Se você tiver que parar, basta pedir. Yancy é o melhor que eu tenho, o melhor profissional com quem já trabalhei. E, se você notou alguma coisa de um jeito errado, vamos jogar você numa jaula durante algumas horas até você se lembrar de tudo direitinho.

— Você está me zoando.

— Um pouco. — Eve seguiu na frente e empurrou várias portas.

Yancy já estava lá, organizando tudo em sua estação de trabalho. Ele se levantou e lançou um sorriso rápido e descontraído quando elas entraram.

— Olá, tenente.

— Bom dia, detetive. Agradeço muito você ter chegando tão cedo para isso.

— Não foi nada. Você é Trina? — Ele estendeu a mão. — Como vai?

— Meio tonta, eu acho. Nunca fiz isso antes.

— Simplesmente relaxe. Vou direcioná-la ao longo de todo o processo. Que tal alguma coisa para beber? Algo gelado?

— Ahn, talvez. Pode ser um refrigerante de limão. Zero.

— Vou pegar para você. Sente-se e fique à vontade.

Trina o observou atentamente quando ele saiu.

— Uau, meu paizinho. Ele é um carinha suculento!

— Você não está aqui para mordiscá-lo.

— Mas ele tem dias de folga, em algum momento, certo? — Trina esticou o pescoço para ter uma visão melhor da bunda de Yancy antes que ele dobrasse a esquina. — Alguma vez você já cavalgou esse potro?

— Não. Por Deus, Trina!

— Aposto que foi uma grande perda. Com uma bunda redonda como aquela, aposto que ele consegue martelar a noite toda.

— Obrigada. Muito obrigada por colocar essa visão na minha cabeça. Isso certamente vai melhorar muito a minha relação de trabalho com o detetive Yancy.

— Pois eu gostaria de melhorar a relação de trabalho com ele. — Trina soltou um suspiro. — Puxa, pensar em sexo faz com que eu me sinta menos nervosa. É bom saber disso. Além do mais, não vai ser nenhum tormento trabalhar com o detetive Bunda Sexy.

— Não me esculhambe o dia, Trina! — Eve passou a mão pelo cabelo quando Yancy voltou com uma bebida para Trina e uma para si mesmo. — Você sabe onde me encontrar — disse Eve para ele.

— Pode deixar. Trina e eu... — Ele deu uma piscadela para Trina. — Vamos descobrir o rosto desse cara para a senhora, tenente. Então, Trina, há quanto tempo você trabalha na área de beleza?

Eve sabia que essa era a forma como ele trabalhava, recebendo as testemunhas com descontração para deixá-las mais relaxadas, batendo papo sobre coisas banais e aliviando o peso que elas sentiam. Eve lutou contra a necessidade de dizer a ele para insistir com determinação e simplesmente recuou para ir embora.

Ela ainda tinha tempo suficiente para chegar à sua sala e organizar os dados — e seus próprios pensamentos — antes da reunião com a equipe. *Ligue para Peabody*, disse Eve para si mesma enquanto seguia para a Divisão de Homicídios. *Mande-a preparar todos os dados.*

Termine a reunião e depois vá para a chata e irritante coletiva de imprensa. Ela precisava rodar o programa de probabilidades sobre si mesma para saber se poderia ser um alvo; trabalharia com esses dados durante algum tempo antes de discutir o assunto com Mira. Mas precisava sair em campo, precisava estar nas ruas.

Se aquele canalha a estivesse vigiando, ela talvez conseguisse identificá-lo.

Seguiu em linha reta até sua sala e parou de repente ao ver Feeney sentado em sua cadeira de visitas com as sobrancelhas unidas, olhando para uma caneca de café.

Ele se levantou. Um trapo, pensou Eve. Era isso que ele parecia, um trapo humano. As costas dela se ergueram e seu estômago se embrulhou.

Os olhos dele, inchados e com olheiras, fitaram-na.

— Você tem um minuto?

— Claro. — Ela entrou e fechou a porta. Pela primeira vez na vida, desejou que sua sala fosse maior. Não havia lugar suficiente para eles se rodearem, pensou Eve, nem espaço para um ou para o outro, não importava o que estivesse para acontecer.

De repente as palavras saíram da boca de Eve sem plano ou reflexão.

— Quero lhe pedir desculpas por...

— Pare! — Ele disse isso com tanta energia que a cabeça dela quase voou para trás como se tivesse levado um golpe. — Pode parar! A coisa já está ruim o bastante sem isso. Eu estava errado. Totalmente fora da linha. Você é a investigadora principal desse caso e está comandando esta força-tarefa. Eu estava absurdamente errado ao questionar você e sua autoridade. E também fui totalmente sem noção ao dizer tudo aquilo para você. Portanto... — Ele fez uma pausa e tomou um bom gole de café. — É isso aí.

— É isso aí — ela repetiu. — É assim que vai ser?

— A bola está no seu campo, é você quem deve decidir como vai ser. Se quiser que eu saia da equipe, tem bons motivos para isso. Já tem minhas anotações e posso lhe conseguir um substituto.

Nesse momento ela desejou que ele tivesse explodido de vez com ela, no lugar de insultá-la daquela forma.

— Por que você está dizendo isso para mim? Por que acha que eu quero sua saída da equipe?

— Em seu lugar, eu pensaria sobre isso. Estou falando sério.

— Papo furado. Isso tudo é papo furado. — Ela não chutou sua mesa, mas chutou a própria cadeira, fazendo-a deslizar pela sala até se chocar contra a cadeira das visitas, que recuou um pouco e bateu contra a parede lateral. — Você diz isso porque não está no meu lugar, não é, seu filho da puta?

Os olhos caídos de Feeney se arregalaram.

— Do que foi que você me chamou?

— Você me ouviu. Se está melindrado, é muito teimoso ou muito burro para deixar de lado seus sentimentos de mágoa e fazer um bom trabalho comigo, é você quem vai ter de superar essa porra por conta própria, ouviu? Não posso me dar ao luxo de perder um membro importante da equipe nessa fase da investigação e você *sabe* disso. Sabe disso *muito bem*! Portanto, não me venha aqui com esse papo escroto de que eu tenho motivos para chutar você para fora do caso!

— Pois saiba que você é quem vai acabar levando um chute, só que na bunda!

— Você não conseguia me derrubar dez anos atrás — ela devolveu — e com certeza não conseguiria me derrubar agora.

— Quer testar isso, garota?

— Se você quiser um round comigo, eu lhe dou essa chance, mas só quando este caso estiver encerrado. E, se você ainda estiver como esse cabo de vassoura espetado no rabo, vou arrancá-lo e lhe dar algumas vassouradas. Que diabos está errado com você?

Sua voz falhou, de leve, fazendo com que ambos se sentissem péssimos.

— Você chega aqui todo travado, com raivinha e nem me deixa pedir desculpas. Começa a despejar um monte de merda em cima de mim e nem me deixa ter a chance de lhe pedir desculpar por ter fodido tudo.

— Você não fez nada, cacete. Quem fez *fui eu*.

— Muito bom, então. Uma beleza! Agora somos dois fodendo tudo!

Ele se afundou na cadeira como se tivesse perdido o fôlego.

— Talvez nós tenhamos fodido tudo, mas eu tenho mais anos de experiência nisso do que você.

— Agora vamos discutir quem consegue foder as coisas de forma mais completa? Ótimo, muito bom, então — repetiu ela. — Você receberá todo o meu respeito no cargo do Supremo Comandante dos Babacas-que-fodem-com-tudo. Sente-se melhor agora?

— Não, não me sinto melhor porra nenhuma. — Ele soltou um suspiro cansado que amainou a raiva explosiva de Eve.

— O que você quer, Feeney? O que quer que eu diga?

— Quero que você me escute! Deixei que a coisa me consumisse por dentro. Esse canalha me escapou e deixei que isso me consumisse. Eu mesmo lhe ensinei que não conseguimos pegar todos, não foi? Também lhe ensinei que não devemos nos martirizar nem culpar quando não conseguimos encaixar todas as peças soltas, muito menos depois de termos feito o nosso melhor.

— Sim, você me ensinou.

— Pois eu não ouvi a mim mesmo dessa vez. E essa bile amarga continuou me subindo da barriga para a garganta. — Seus lábios se apertaram quando ele balançou a cabeça. — Você encontrou uma nova forma de abordar o caso e eu, em vez de me empenhar e cair dentro, pulei em cima de você. Uma parte de mim pensou: "Deixei passar essa possibilidade? Comi mosca e todas aquelas mulheres morreram de forma horrenda por minha causa?"

— Você sabe que a coisa não é assim, Feeney. Também sei que entender isso nem sempre é suficiente. Até que ponto eu era boa nove anos atrás?

— Você só precisava amadurecer.

— Não é isso que eu estou perguntando. Até que ponto eu era boa no que fazia?

Ele bebeu mais um gole de café e olhou para ela.

— Você foi a melhor recruta com que eu trabalhei na vida, já era a melhor naquela época.

— Trabalhei nesse caso junto com você, minuto a minuto, passo a passo. Nós não deixamos nada passar, Feeney. A possibilidade simplesmente não estava lá. As evidências, as declarações das testemunhas, o padrão. Se ele as pegou desse jeito ou agarrou algumas delas dessa maneira, as provas não estavam lá para nos mostrar isso.

— Passei muito tempo ontem lendo e relendo os arquivos. Sei o que você está dizendo. O que estou tentando explicar é que foi esse o motivo de eu pular em cima de você.

Feeney pensou no que sua esposa tinha lhe dito na noite anterior. Que ele criticara Dallas porque ela fazia parte da família. Que ela o deixara explodir porque *ele* era a família dela. Ninguém, de acordo com sua querida Sheila, arrasava um com o outro de forma irrefletida ou com tanta regularidade quanto pessoas de uma mesma família.

— Eu também não gostei de você me dizer que eu precisava de um descanso — ele murmurou. — Basicamente você me disse que eu precisava de uma porra de um cochilo, como se eu fosse o avô de alguém.

— Você *é* o avô de alguém.

Seus olhos brilharam de raiva para ela, mas havia uma ponta de diversão ali.

— Cuidado onde pisa, garota!

— Eu deveria ter comentado com você sobre o novo ângulo da investigação antes da reunião com a equipe. Não, eu realmente deveria ter feito isso — insistiu ela quando o viu balançar a cabeça. — E você deveria saber que eu teria feito exatamente isso se tudo não estivesse acontecendo tão depressa. Não existe ninguém na polícia, ninguém que possua um distintivo que eu respeite mais que você.

Ele levou um momento para limpar a garganta bloqueada de sentimentos fortes.

— Digo o mesmo sobre você. Mais uma coisa só, e depois assunto encerrado. — Ele tornou a se levantar — Não fui eu que coloquei você aqui, Dallas. Você nunca foi uma novata — disse-lhe ele, com a voz rouca de emoção. — Enxerguei uma policial boa e completa no momento em que pus os olhos em você. Eu lhe ofereci toda a base que consegui, garota... Exigi muito de você e forcei a barra ao extremo porque sabia que você aguentaria o tranco. A verdade é que não fui eu quem colocou você aí, e dizer aquilo foi de uma idiotice infinita. *Foi você* quem se colocou aqui. E eu tenho orgulho disso. Era só o que eu queria dizer.

Ela simplesmente balançou a cabeça. Nenhum dos dois lidaria bem com a situação se ela soluçasse.

Quando ele saiu, deu dois tapinhas desajeitados no ombro dela e fechou a porta.

Eve precisou ficar mais um minuto onde estava até ter certeza de que tinha recuperado o controle. Depois de respirar fundo algumas vezes para se firmar, sentou-se à mesa, mas alguém bateu na porta.

— Que foi? — Teve vontade de rosnar, e fez exatamente isso quando Nadine enfiou a cabeça pela fresta da porta. — A entrevista coletiva para a imprensa é às nove em ponto.

— Eu sei.

— Você está bem?

— Estou maravilhosa. Vá embora!

Nadine simplesmente se esgueirou para dentro da sala e fechou a porta.

— Cheguei alguns minutos atrás e... Bem, digamos que ouvi uma troca de palavras interessantes, feita por vozes alteradas. A repórter dentro de mim lutou para manter a pose de pessoa razoavelmente bem-educada. Mas foi uma batalha campal e levei alguns minutos para conseguir me afastar. Fui dar uma volta até ver que o caminho já estava livre. Então, repito a pergunta: você está bem?

— Essa era uma conversa particular.

— Você não deveria ter conversas particulares em instalações públicas, muito menos a plenos pulmões.

Observação correta, Eve foi forçada a admitir.

— Estou bem. Estamos bem. Foram só algumas coisas que precisávamos colocar para fora.

— Isso me fez pensar em como seria interessante se eu preparasse uma reportagem sobre tensões no local de trabalho e como os policiais lidam com o problema.

— É melhor deixar esse caso de fora.

— Esse caso em especial, sim. É o preço da amizade.

— Se isso é tudo...

— Não é. Sei que você não levou muito em consideração a história da vidente romena, mas...

— Na verdade, talvez ela tenha desenterrado uma pepita interessante. Você me trouxe outra?

— Está falando sério? Espero que você me conte todos os detalhes. Porque pode ser que eu tenha trazido mais uma, sim.

Mesmo usando um terninho cor de framboesa com saia muito justa, Nadine conseguiu encostar um quadril na quina da mesa de Eve.

— Bolívia — começou. — Andamos cavando algumas informações nos tabloides bolivianos. Você ficaria surpresa com as pepitas que podem ser encontradas em jornais desse tipo que geralmente a polícia despreza.

— Sim, aqueles bebês alienígenas são uma tremenda ameaça para a sociedade.

— Essa notícia é clássica por alguma razão. Mas nós encontramos uma história interessante sobre o Otelo, o mouro de Veneza.

— Da última vez que eu conferi, Veneza ficava na Itália.

— Não! Otelo, a peça de Shakespeare. E a ópera de Verdi! Otelo era um sujeito negro, um cara muito importante, casado com uma branca belíssima; casamentos entre pessoas de raças diferentes não eram comuns na época em que... Sei lá quando essa história se passa.

— Nove anos atrás?

— Não. — Nadine riu. — Muitos séculos atrás, na verdade. De qualquer forma, Otelo acaba sendo manipulado por esse outro cara para acreditar que sua esposa o está traindo. Otelo a estrangula. E tudo acaba em música e história.

— Não entendi nada, Nadine.

— Estou só fornecendo a atmosfera para o que vem em seguida. É que houve um grande baile à fantasia na casa de ópera em...

— Casa de Ópera?

— Sim. — Os olhos de Nadine se estreitaram. — Isso significa alguma coisa?

— Por favor, continue.

— Uma mulher em La Paz alegou ter sido atacada por um sujeito vestido como Otelo. Usava máscara preta, capa, luvas. Ela contou que ele tentou arrastá-la para longe e depois estuprá-la. Como não havia nenhuma marca para confirmar sua história, várias testemunhas afirmaram que a moça tinha sido vista conversando alegremente com um cara que vestia essa fantasia no início da noite e, para piorar, estava mais bêbada que um gambá quando começou a gritar. Então as suas afirmações foram desconsideradas pela polícia. Mas os tabloides divulgaram o barraco. A mulher tinha 31 anos, cabelo escuro, e o suposto incidente ocorreu entre a descoberta da segunda e da terceira vítimas. Será que O Noivo tinha tentado agarrar outra noiva? Seria o mouro de Veneza em busca de sua Desdêmona? A mulher embarcou nessa, também.

Nadine se mexeu de leve sobre a mesa.

— Talvez ela estivesse contando a verdade, certo? Garantiu que ele falava espanhol de forma excepcional, mas com sotaque americano; era bem-informado sobre música, literatura e muito viajado. Pois bem... Com um pouco mais de pesquisa, descobrimos que essa mulher era uma garota de programa, e que várias delas tinham sido espalhadas entre os convidados da festa para... entretê-los.

— Uma acompanhante licenciada? — Eve franziu os lábios, pensativa. — Ele não tem como alvo as profissionais dessa área. Elas não se encaixam no seu perfil.

— As garotas que executam funções como essas não anunciam seus serviços, senão se queimam.

— Ok, é possível que ele não tenha percebido que ela era uma profissional.

— Exatamente, e você pode ler nas entrelinhas e supor que ela sentiu cheiro de grana no lance e se atirou para cima do cara. Ele sugeriu que saíssem para tomar um pouco de ar, o que acabaram fazendo. Em seguida ele propôs darem uma voltinha de carro, coisa que ela não poderia fazer, ou perderia os honorários pela participação no evento. De um jeito ou de outro, ela conta que começou a se sentir meio estranha... tonta e confusa. Também garantiu que não tinha bebido nada, o que, claro, era mentira. Mas estou apostando que ela respeitava seus limites com o álcool quando estava trabalhando. Os policiais acharam que ela estava bêbada como um gambá, e não drogada.

— Pode ser. — Eve assentiu com a cabeça. — Sim, pode ter acontecido assim.

— Quando ela percebeu que ele a estava levando para longe da casa de ópera, resistiu. Aqui é onde eu acho que ela viajou na maionese e inventou coisas, ou teria havido marcas, roupas rasgadas e algo desse tipo. Acho que ele tirou o time de campo quando ela começou a lutar e gritar. Ela acabou voltando para a festa e ele caiu fora.

— Você precisa me trazer mais do que isso.

— Eu trouxe. A terceira vítima era uma garçonete que trabalhou para o fornecedor que organizou o bufê dessa festa. E esteve na festa. Uma semana depois, estava morta. Portanto...

— Ele procurou por vítimas em potencial durante o evento — concluiu Eve. — Acabou escolhendo duas. A primeira não funcionou para ele. Então ele foi para a segunda. Onde ela foi vista pela última vez? — Eve se virou para abrir o arquivo.

— Deixando seu apartamento quatro dias antes de seu corpo ser encontrado. Tinha sido escalada para trabalhar naquela noite, mas alegou estar doente. Demorou dois dias para ser declarada como desaparecida porque...

— Tinha levado uma mala e roupas. Boas roupas.

— Excelente memória! Isso mesmo. Todos imaginaram que a jovem tinha saído com um cara. O que foi exatamente o que aconteceu. A primeira mulher informou que Otelo tinha uma voz que parecia suave como seda. Usava botas de salto alto e um turbante para compensar sua baixa altura.

— Sim, ele é baixo, isso nós já descobrimos.

As sobrancelhas de Nadine se ergueram.

— Ah, já descobriram?

— Você vai ter tudo quando chegar a hora. Algo mais?

— Ela disse que ele falou sobre música e ópera, particularmente, como se fosse um deus. A mulher disse um monte de besteiras, para falar a verdade. Que os olhos dele eram vermelho fogo, suas mãos pareciam aço quando se fecharam em torno de sua garganta e blá-blá-blá. Mas há mais uma coisa interessante que soa como verdade. Ela perguntou sobre o trabalho dele e ouviu que ele estudava a vida e a morte. De um jeito distorcido, pode ser isso que ele pensa estar fazendo.

— Ok. Tudo bem.

— Isso me valerá alguma informação interna?

— Se eu deixar vazar qualquer coisa para você neste momento, vou colocar o meu na reta. Não se preocupe com a coletiva de imprensa, envie um estagiário. Quando eu for liberada, prometo lhe revelar tudo.

— Extraoficialmente... Você está perto?

— Extraoficialmente? Estou cada vez mais perto.

Como essas duas conversas acabaram com o seu tempo de preparação, Eve simplesmente recolheu o material. Iria organizar tudo às pressas mesmo. Alinhando os fatos em sua cabeça, ela saiu, lembrando que agora sempre havia café decente na sala de conferências — uma cortesia de Roarke.

Olhou para as pessoas com vozes alteradas e viu um de seus detetives e dois guardas miniaturizados por um homem do tamanho da máquina de venda automática que eles tentavam conter.

— Quero ver o meu irmão! — gritou o gigante. — Agora!

Carmichael, geralmente calma e imperturbável na opinião de Eve, manteve a voz baixa e suave.

— Escute, Billy, já lhe explicamos que seu irmão está prestando um depoimento. Assim que ele acabar...

— Vocês o prenderam numa cela! Estão batendo nele!

— Não, Billy. Jerry está nos ajudando. Estamos tentando encontrar o homem mau que machucou o chefe de vocês. Billy, você se lembra de que uma pessoa machucou o sr. Kolbecki?

— Eles o mataram, o deixaram mortinho. E agora vão matar Jerry. Onde está Jerry?

— Vamos nos sentar aqui um instantinho...

Billy gritou o nome de seu irmão tão alto que todos os policiais pararam de trabalhar e saíram de suas salas.

Eve mudou de rumo e seguiu na direção da encrenca.

— Qual é o problema aqui?

— Tenente! — A sempre tranquila Carmichael lançou para Eve um olhar de pura frustração. — Billy está chateado. Alguém matou o homem bom para quem ele e o irmão trabalham. Estamos conversando com o irmão de Billy agora. Vamos oferecer uma bela bebida para Billy antes de conversar com ele também. O sr. Kolbecki era seu chefe também, não é verdade, Billy? Você gostava do sr. Kolbecki.

— Eu varro o chão e lavo as janelas. Ele me dá um refrigerante quando estou com sede.

— Sim, o sr. Kolbecki deixa você tomar refrigerantes. Esta aqui é a tenente Dallas. Ela é a minha chefe. Agora eu tenho que fazer o meu trabalho, vamos todos nos sentar e...

— É melhor vocês não machucarem meu irmão, ouviram? — Resolvendo apelar para a autoridade máxima ali, Billy ergueu Eve no ar e a balançou com força, como uma boneca de pano. — Vocês vão se arrepender se machucarem Jerry.

Os policiais em volta sacaram suas pistolas phaser. Gritos assaltaram os ouvidos de Eve e seus ossos pareceram chacoalhar dentro do corpo. Ela avaliou seu oponente, observou o tamanho do seu rosto e do seu punho. Resolveu poupar os nós dos dedos e chutou com força o saco do oponente.

Foi lançada no ar e teve uma fração de segundo para pensar: *Agora, fodeu!*

Aterrissou com força de bunda no chão, deslizou no piso e bateu a cabeça com força contra uma máquina de venda automática; logo surgiram estrelas lhe dançando em torno dos olhos.

Aviso! Aviso!, anunciou a máquina.

Quando Eve pegou a arma, alguém a agarrou pelo braço. Roarke conseguiu bloquear o punho dela que voou contra o seu rosto antes que ele atingisse o alvo.

— Calma! — sussurrou para tranquilizá-la. — Ele foi derrubado. E você, como está?

— Ele fez tocar sinos dentro da minha cabeça. Droga! — Ela apalpou o piso em torno e esfregou a parte de trás da cabeça enquanto olhava para o homem enorme agora sentado no chão, protegendo a virilha com as duas mãos e soluçando. Gritou:

— Carmichael!

— Senhora — Carmichael se inclinou sobre Eve, deixando que os guardas contivessem Billy. — Tenente. Minha nossa, Dallas, lamento muito tudo isso. A senhora está bem?

— Que porra é essa?

— A vítima foi encontrada por esse rapaz e pelo seu irmão esta manhã, quando eles se apresentaram para trabalhar. A vítima possuía um pequeno mercado na Washington Square. Parece que o dono foi atacado antes de fechar a loja na noite passada, depois roubado e espancado até a morte. Trouxemos os irmãos para interrogatório e estamos procurando o agressor noturno. Não acreditamos, até o momento, que os irmãos estejam envolvidos com o crime, mas eles podem ter informações pertinentes sobre o paradeiro do funcionário do horário noturno.

Carmichael soltou um suspiro e continuou.

— Tenente, esse rapaz que a atacou, Billy, veio conosco numa boa. Chorou um pouco ao saber sobre a morte do patrão. Ele tem o raciocínio um pouco lento, entende? O irmão, Jerry, disse-lhe que estava tudo bem, pediu para ele vir conosco a fim de conversarmos e prometeu que lhe daríamos um refrigerante. Só que ele ficou muito alterado logo que se separou do irmão. Puxa, Dallas, nunca imaginei que ele pudesse partir para cima de você. Quer que eu chame um paramédico?

— Não, não preciso da porra de um paramédico. — Eve se ergueu com pouco esforço. — Leve-o para a sala de observação. Deixe que ele veja que seu irmão não está sendo surrado com ajuda do nosso vasto suprimento de cassetetes e porretes.

— Sim, senhora. Ahn... Quer que nós acusemos Billy de agredir uma oficial da polícia?

— Não. Esqueça isso. — Eve se aproximou e se agachou diante do homem imenso que soluçava — Escute, Billy. Olhe para mim. Vamos levar você para ver Jerry agora.

Ele fungou e limpou o nariz que escorria com as costas da mão.

— Agora mesmo?

— Prometo.

— Havia sangue por toda parte e o sr. Kolbecki não conseguia acordar. Isso fez Jerry gritar, e ele me disse que eu não deveria olhar nem tocar nele. Em seguida, os policiais vieram e levaram Jerry para longe de mim. Ele cuida de mim e eu cuido dele. Vocês não podem levar Jerry para longe de mim. Se alguém o machucar como fizeram com o sr. Kolbecki...

— Ninguém vai fazer isso. Qual é o tipo de refrigerante que Jerry gosta mais?

— Limão. O sr. Kolbecki sempre nos deixa beber refrigerantes com sabor limão.

— Por que você não pega um refrigerante de limão para Jerry nesta máquina? Esta policial poderá levá-lo para ele, e você poderá ver tudo através da janelinha de vidro. Você verá Jerry conversando com o detetive. Depois, você poderá falar com o detetive também.

— Vou ver Jerry agora?

— Vai, sim.

— Ok. — Ele sorriu, doce como um bebê. — Meu saco está doendo.

— Aposto que está.

Eve se endireitou e deu um passo atrás. Roarke já tinha recuperado suas pastas e os discos que tinham voado junto com ela. Ele estendeu a pasta para Eve.

— Você está atrasada para a reunião, tenente.

Ela pegou a bolsa e reprimiu um sorriso.

— Vá enxugar gelo.

Capítulo Quatorze

Era fascinante de tantas formas diferentes assisti-la trabalhar, pensou Roarke.

Ele saiu da sala de conferências quando ouviu o barulho, a tempo de ver o homem que parecia uma montanha em erupção erguer Eve do chão. Seu instinto, naturalmente, foi o de correr para proteger sua esposa. E tinha sido rápido.

Mas ela fora mais rápida.

Ele chegou a perceber como Eve calculou tudo nos poucos segundos em que ele balançou sua cabeça para a frente e para trás. Socar, enganar ou chutar, ele se lembrava. Do mesmo modo que viu mais irritação do que choque em seu rosto quando ela saiu voando.

Levou uma tremenda pancada na cabeça, refletia agora, mas a raiva foi mais forte que a dor. Ele já tinha visto isso também. Assim como percebeu a compaixão pelo sofrimento e confusão do menininho assustado dentro do corpo de um homem.

E ali estava ela, momentos depois, tomando conta da situação e deixando todo o resto para trás.

Não era de espantar que tivesse sido ela, basicamente desde o primeiro minuto que a tinha visto. E seria para sempre até ele dar o último suspiro. E provavelmente muito além disso.

Ela não tinha usado o casaco de couro na reunião, observou ele. Parecia esbelta e um pouco perigosa com sua arma presa ao coldre sobre o suéter. Ele a tinha visto colocar no pescoço o diamante que uma vez ele lhe dera antes de vestir o suéter naquela manhã.

A joia Lágrima do Gigante, de valor inestimável, junto da arma da polícia. Essa combinação, pensou Roarke, dizia algo sobre as suas duas vidas, fundidas uma à outra.

Enquanto ouvia a atualização rápida que Eve fazia, ele brincou com o botão cinza — o botão que pertencera a ela e ele sempre carregava no bolso desde aquele primeiro dia.

— Espero ter um rosto dentro das próximas horas — continuou ela. — Até agora, estas são as pistas que vamos seguir. E quanto à ligação com as Guerras Urbanas, capitão Feeney?

— O ritmo está lento — disse ele — devido à falta de registros. A Força registrou todos os alojamentos e clínicas que funcionavam na cidade, e estou trabalhando com esses dados. Mas havia um grande número de locais não oficiais que foram invadidos e usados de forma temporária. Outros lugares foram destruídos ou, posteriormente, demolidos. Interroguei e ainda vou interrogar indivíduos que estiveram envolvidos em questões militares e paramilitares, ou como civis. Vou me concentrar na questão da eliminação dos corpos.

— Você precisa de mais homens?

— Tenho alguns que posso convocar para me ajudar.

— Faça isso, então. Vamos aos interrogatórios domiciliares. Newkirk, você e sua equipe irão conversar mais uma vez com todas as pessoas dessa área. Ela se virou e usou sua ponteira a laser para destacar uma área de cinco quarteirões em torno da padaria onde Ariel Greenfeld trabalhava. Cada apartamento, cada loja, cada acompanhante licenciada dessas ruas, todos os moradores de rua e também os mendigos. Alguém viu Greenfeld na tarde de domingo. Faça-os lembrar. Baxter, você e Trueheart ficarão com este setor em torno da residência de Greenfeld. Ele a observou e vigiou ali. A partir da rua, de outro edifício ou de um veículo. A fim de se familiarizar com sua rotina, ele certamente ficou de tocaia mais de uma vez. Jenkinson e Powell, tornem a interrogar todas as pessoas na região onde York e Rossi moravam. Peabody e eu vamos voltar à academia e à boate.

Ela fez uma pausa, e Roarke quase podia vê-la repassar mentalmente a sua lista de verificação.

— O ângulo imobiliário. Roarke!

— Existe um número importante de residências particulares — começou ele —, bem como várias empresas e residências nos locais que pertenciam ou foram operadas pelo mesmo indivíduo ou indivíduos durante o espaço de tempo coberto pela nossa pesquisa. Mesmo reduzindo essa área de busca para as ruas abaixo da 50, em Manhattan, o número ainda é considerável. Acredito que, se eu cruzar meus dados com os de Feeney, e fizermos uma pesquisa para os edifícios particulares que já existiam durante as Guerras Urbanas, seja como prédio residencial ou de outra forma, vamos diminuir o número total de imóveis.

— Bom. — Ela pensou por um momento. — Boa ideia. Faça isso. Casos que tenham ligação com este, McNab!

— Isso é como tentar encontrar a pulga certa em um gorila.

— Essa frase é minha — murmurou Callendar ao lado, e ele sorriu.

— A frase é sua, mas acho que podemos ter uma boa pista. A primeira vítima na Flórida trabalhava como camareira em um resort sofisticado. Foi vista pela última vez depois de sair do Cassino Sunshine, aproximadamente à uma da manhã. Geralmente, em suas noites de folga, ela passava algumas horas jogando nas máquinas de pôquer. Seguindo a teoria de que o assassino tinha feito contato prévio com a vítima ou era conhecido dela, fiz uma pesquisa no registro de hóspedes do resort para os trinta dias anteriores à sua morte. Os investigadores da época deram uma passada por lá depois do segundo corpo ter sido descoberto, mas, como parecia que a vítima tinha sido agarrada fora do cassino, concentraram seus esforços nisso. Uma cópia do registro, entretanto, estava no arquivo do caso. Peituda e eu analisamos tudo.

— E você teve sorte — murmurou Callendar.

— Sou bom demais nisso — respondeu suavemente McNab. — Tão bom que descobri um hóspede que deu entrada três semanas antes da vítima ser raptada, tendo ficado hospedado por quatro dias. Seu nome é Cicero Edwards. Como o resort exigia um endereço de contato, Edwards indicou um em Londres. Investiguei o endereço informado e não encontrei coisa alguma. Nenhum Cicero naquele local. Na verdade, os dados eram falsos. O endereço que ele informou era o de uma...

— Uma casa de ópera — adiantou Eve, e o rosto bonito de McNab formou um bico de decepção.

— Pronto, me dei mal e comi poeira — comentou ele. — Royal Opera House, para ser exato. Isso levou o especialista aqui, da área de detecção eletrônica, deduzir que esse era o nosso cara. Ele me parece ter uma quedinha por mulheres gordas que cantam com vozes muito agudas.

— Tenho informações que podem adicionar mais peso a isso. — Eve encaixou as informações que Nadine lhe repassara. — Bom trabalho. — Acenou para McNab e Callendar. — Encontrem mais pistas. Roarke, veja se consegue desenterrar os endereços de todos os prédios que foram usados como casas de ópera e teatros, ou que apresentaram óperas durante as Guerras Urbanas. E também...

— Ele deve ter ingressos para todas as temporadas — disse Roarke. — Se é um aficionado sério e tem grana para bancar esse luxo, certamente se daria esse presente. Camarotes é a hipótese mais provável. Aqui no Metropolitan, muito provavelmente no Royal e outras casas de ópera de renome.

— Podemos trabalhar nisso — replicou Eve. — Pesquise e faça verificações cruzadas. Ele gosta de variar o nome. Procure por qualquer variação de Edward. Ela olhou para seu relógio de pulso e xingou baixinho. Estou atrasada para a coletiva de imprensa. Entrem em ação!

Ela se virou e estudou o nome que tinha adicionado ao quadro branco. Ariel Greenfeld.

— Vamos encontrá-la! — disse ela, e saiu da sala.

Ela conseguiu passar pela coletiva de imprensa sem ranger os dentes para as perguntas tolas dos novatos. Considerou isso um progresso. Whitney esperava por ela fora da sala de entrevistas.

— Esperava participar da sua reunião matinal com a equipe — disse o comandante —, mas algo me deteve.

— Conseguimos novas pistas desde o meu último relatório. Senhor, eu gostaria de verificar o progresso do detetive Yancy com a testemunha. Posso atualizá-lo sobre o caso a caminho de lá.

Ele assentiu com a cabeça e acelerou o ritmo para acompanhar o passo dela.

— Um amante da ópera — disse Whitney, quando ela terminou de lhe repassar os novos dados. — Minha esposa gosta de ópera.

— Sim senhor.

— Eu também gosto um pouco, para ser franco. — Sorriu de leve. — Ele pode ter começado a se achar inteligente demais com seus endereços falsos, que levavam a casas de ópera.

— A palavra "casa" também pode ser uma das chaves, comandante. Eu não sei muito a respeito de ópera, mas observo que fala muito de morte grande parte do tempo. A vidente na Romênia falou sobre uma tal de "casa da morte". Videntes muitas vezes são enigmáticas e usam visões cheias de simbolismos.

— Sim. Devemos considerar a possibilidade de que ele possa ter, ou já teve, alguma ligação mais direta com a ópera. Um cantor ou financiador, um membro da produção ou um músico.

— É possível, sim.

— O fantasma da ópera. A história de um homem desfigurado que assombra uma casa de ópera e mata — explicou Whitney. — Seu lugar para assassinatos pode ser uma antiga casa de ópera ou teatro.

— Estamos em busca disso. Há outras áreas que podemos investigar. Gostaria de discuti-las com o senhor e com Mira em algum momento, se elas se mostrarem relevantes.

— Trabalharemos todos junto de você.

Ele seguiu com ela até a sala de Yancy. Eve perguntou a si mesma se o comandante percebia o fato de que, por onde quer que passasse, todos os policiais se colocavam em posição de alerta. Talvez já não reparasse mais.

Eve viu que Yancy estava sozinho em sua estação de trabalho, e, em seguida, notou que seus olhos estavam fechados e que ele usava fones de ouvido. Embora Eve preferisse o comandante longe quando era obrigada a repreender um detetive, isso não a impediu de dar um belo e sólido pontapé na cadeira de Yancy.

Ele se levantou da cadeira na mesma hora.

— Ei, cuidado com onde... Tenente! — O tom irritado desapareceu quando ele viu Eve e se transformou em algo mais próximo de ansiedade ao ver Whitney. — Saudações, Comandante.

Ele saiu de perto da cadeira e se colocou diante deles.

— Onde diabos está a minha testemunha? — exigiu Eve. — E com que frequência você tira um cochilo desses durante o turno?

— Não estava dormindo, senhora! Trata-se de um programa de meditação de dez minutos — explicou ele, tirando os fones dos ouvidos. — Trina precisava de um tempo para descansar, então eu sugeri que ela fosse até a lanchonete ou desse uma caminhada curta por aí. Neste ponto no trabalho é muito fácil parar de guiar e começar a direcionar a testemunha. Meditar por alguns minutos limpa minha cabeça.

— Seus métodos geralmente produzem bons resultados — elogiou Whitney. — Só que, neste caso, dez minutos de intervalo é uma indulgência que não podemos permitir.

— Entendido, senhor. Respeitosamente, porém, devo dizer que percebo quando uma testemunha precisa respirar para arejar as lembranças. Ela é boa. — Yancy olhou para Dallas. — Ela é muito boa. Conhece rostos, pois o seu trabalho é avaliá-los. Já me forneceu mais informações do que a maioria das testemunhas comuns consegue. Minha opinião é que, depois desse intervalo, ela vai se lembrar das feições com exatidão. Deem uma olhada.

Ele tinha usado um bloco de desenho e a tela do computador. Eve caminhou ao redor da cadeira para conseguir uma visão mais precisa de ambos os trabalhos.

— Isso está bom — ela concordou.

— Vai ficar melhor. Ela continua a mudar os olhos e a boca, mas é porque o viu mais de uma vez. Ainda não conseguiu decidir sobre a cor dos olhos, mas a forma ela acertou. O formato dos olhos, do rosto, até mesmo o ângulo que as orelhas fazem com a cabeça, nisso tudo ela se manteve firme.

O rosto era redondo, orelhas bem-desenhadas e pequenas. Os olhos pareciam levemente caídos, mas exibiam uma expressão agradável. A boca, um pouco fina no topo, estava curvada numa sugestão de sorriso. Tinha pescoço curto, reparou Eve, de modo que sua cabeça se assentava próxima dos ombros.

No todo ele parecia um sujeito sem graça com um tipo de rosto sem traços marcantes. Um sujeito em quem as pessoas não prestariam muita atenção.

— Nada se destaca nesse homem — ela comentou. — Exceto sua banalidade absoluta.

— Exato! — concordou Yancy. — Isso torna tudo mais difícil para as testemunhas. É muito custoso lembrar detalhes sobre alguém que realmente não tem nada que chame a atenção. Ela estava mais em sintonia com a roupa que ele usava, como falava, como cheirava, esse tipo de coisa. Eram esses detalhes que formavam a impressão que ele deixava. Levou um tempo para ela conseguir construir um rosto além disso. Mas é muito boa.

— Você também é — elogiou Eve. — Dê-me uma cópia deste retrato falado agora mesmo. Depois me envie a versão final quando vocês conseguirem terminá-la.

— Alguns desses detalhes ainda vão mudar. — Mesmo assim, Yancy ordenou ao computador que imprimisse uma cópia. — Acho que o nariz vai ficar mais curto e... — Ergueu a mão, como se sinalizasse a si mesmo para parar de divagar. — É por isso que precisávamos de uma pausa no trabalho. Até eu estou fazendo projeções.

— Isso nos dará uma base. Quando você acabar com Trina, gostaria que conseguisse alguém para levá-la de volta à minha casa. Ela está sendo aguardada lá.

— Farei isso, tenente.

— Bom trabalho, detetive.

— Obrigado, comandante.

Quando saíram, Whitney olhou para Eve.

— Verifique com ele a nova versão em uma hora. Se não houver alteração alguma, vamos divulgar essa imagem mesmo. Precisamos que ela seja tornada pública o mais rapidamente possível.

— Sim, senhor.

— Entre em contato quando você quiser se encontrar comigo e com a dra. Mira — acrescentou antes de seguir seu caminho.

Eve não se importava com o frio que fazia, era bom estar de volta na rua. Ela já tinha aturado o bastante, por ora, do trabalho de escritório, computadores e reuniões. A verdade é que necessitava de algum tempo para pensar, só ela e seu quadro de assassinatos. Naquele momento, porém, o que precisava mesmo era se movimentar.

— É difícil acreditar que só estamos investigando essa morte desde sexta-feira à noite. — Peabody curvou os ombros enquanto elas caminhavam em direção à BodyWorks. Parece que já estamos trabalhando nesse caso há mais de um mês.

— O tempo é relativo. — Ariel Greenfeld, pensou Eve, estava desaparecida fazia cerca de dezoito horas.

— McNab se debruçou sobre um monte de dados até quase três da madrugada. Apaguei logo depois da meia-noite, mas ele estava com força total. Algo a ver com algo suculento em seu trabalho eletrônico, acho. Claro que, quando ele está cavalgando o computador, não sobra tempo algum para... sabe como é... cavalgar esta que vos fala. Esse intervalo é o mais longo espaço de tempo, desde que passamos a morar na mesma casa, que não usamos a cama ou alguma outra superfície para fins recreativos.

— Uma hora — disse Eve, lançando os olhos para o céu —, qualquer hora dessas você será capaz de passar uma semana inteira sem colocar na minha cabeça uma imagem de você e McNab fazendo sexo.

— Pois é exatamente isso que está me preocupando. — Elas passaram pela entrada da academia e exibiram os distintivos enquanto caminhavam para o elevador. — Você acha que o florescer da descoberta está perdendo o viço? Que estamos deixando de sentir a fagulha do desejo? Na verdade já faz vários dias, desde quarta-feira à noite, que nós nem...

— Não complete a frase! — Eve ordenou ao elevador que as levasse até o salão principal da academia. — Você não consegue ficar nem mesmo... deixe ver... quatro dias sem se preocupar com o florescer da descoberta e as fagulhas do desejo?

— Não sei. Acho que... Bem, acho que não — decidiu Peabody —, porque quatro dias é basicamente uma semana de trabalho, quando a pessoa não é policial. Se você e Roarke passassem uma semana no seco, você não iria se preocupar?

Eve não tinha certeza de que isso algum dia tivesse sido um problema entre eles. Simplesmente balançou a cabeça e saiu do elevador.

— E então? Você e Roarke não tiveram algum momento de aconchego desde que pegamos esse caso?

Eve parou, virou-se e olhou para a parceira.

— Detetive Peabody, você está mesmo aí em pé, na minha frente, me perguntando se eu fiz sexo nos últimos dias?

— Bem. Estou, sim, ora.

— Controle-se, Peabody!

— Você *fez*! — Peabody seguiu quase trotando ao lado de Eve. — Eu sabia. Eu *sabia*! Vocês andam praticamente trabalhando 24 horas por dia e mesmo assim arranjaram um tempinho parta transar. E nós somos mais jovens. Quer dizer, não estou insinuando que vocês sejam velhos — emendou Peabody bem depressa, quando Eve lançou um olhar gélido em sua direção. — Vocês são jovens e estão em forma; são a imagem perfeita da juventude e da vitalidade. Acho melhor eu parar de falar, agora.

— Isso seria ótimo. — Eve foi direto para o escritório do gerente.

Pi se levantou da mesa.

— Vocês têm novidades!

— Estamos seguindo uma série de pistas. Gostaríamos de falar com sua equipe novamente e fazer perguntas entre alguns de seus membros.

— Tudo que precisarem.

Embora ainda faltasse algum tempo para Yancy complementar o retrato falado, Eve pegou o esboço que levara.

— Dê uma olhada nisso e me diga se conhece este homem ou já o viu por aqui.

Pi pegou o esboço e o estudou cuidadosamente.

— Ele não me parece familiar. Temos um grande número de membros, muitos deles veem aqui esporadicamente, outros são clientes de curta duração e usam essas instalações apenas enquanto estão na cidade a negócios ou a lazer. Conheço de visita um monte de clientes regulares desse tipo, mas este aqui não reconheço.

Ele baixou o papel.

— Este é o homem que está com Gia?

— Neste momento ele é apenas uma pessoa que nos interessa achar.

Eles passaram uma hora na academia, mas ninguém reconheceu o homem cuja imagem foi exibida. Quando saíram da academia, o *tele-link* de Eve tocou.

— Dallas falando!

— Aqui é Yancy. Ficou pronto. Está tão bom quanto eu consigo.

— Mostre-me.

Ele virou a imagem para a tela. Eve viu que os traços eram um pouco mais definidos que o esboço que ela carregava. As sobrancelhas estavam ligeiramente mais elevadas, a boca tinha um formato menos acentuado. E o nariz era, na verdade, um pouco menor.

— Excelente. Vamos divulgar a imagem. Notifique Whitney e diga-lhe que pedi que Nadine Furst receba o material cinco minutos antes dele ser distribuído para o resto da mídia.

— Combinado.

— Bom trabalho, Yancy.

— Ele parece o simpático e confiável avô de alguém — comentou Peabody. — O tipo de sujeito que distribui balinhas de hortelã para as crianças. Não sei por que, mas isso torna as coisas ainda piores.

Seguro, foi a palavra que Trina tinha dito. Ela disse que ele parecia um homem *seguro*.

— Ele vai se ver nas telas de todos os canais. Vai se ver em algum momento nas próximas horas, no máximo amanhã. E vai saber que estamos mais perto do que jamais estivemos antes.

— Isso preocupa você — disse Peabody, assentindo com a cabeça. — Ele pode matar Gia Rossi e Ariel Greenfeld movido por puro pânico e depois, por instinto de autopreservação, sumir do mapa novamente.

— Sim, ele pode fazer isso. Mas temos de tornar público esse retrato falado. Se ele já tem uma quarta mulher em vista e já entrou em contato com ela, pode ser que ela veja a imagem. Isso não apenas vai salvar sua vida como poderá nos levar direito à porta dele. Não há escolha. Não tenho opções.

Mas ela pensou em Gia Rossi. 86 horas desaparecida, e o relógio continuava a correr.

Considerando que o esboço que estava em sua mão era mais exato que a maioria dos retratos falados, Eve o usou enquanto elas conversavam com pessoas em vários prédios, lojas e residências. Também o mostraram a dois mendigos e aos vendedores de carrocinhas de lanches que trabalhavam nas esquinas.

— Ele é, tipo assim, invisível. — Peabody esfregou as mãos geladas uma na outra enquanto elas se dirigiam para a boate. — Sabemos que ele andou por toda parte e esteve dentro da academia, mas ninguém o viu.

— Ninguém presta atenção, e talvez isso seja parte da sua patologia. Ele tem sido ignorado ou negligenciado. Esta é a sua maneira de se sentir importante. As mulheres que ele agarra, tortura e mata, essas não vão esquecê-lo.

— Sim, mas estão mortas.

— Isso não vem ao caso. Elas o enxergam. Quando você provoca muita dor em alguém, quando consegue amarrar suas vítimas, mantê-las em cativeiro, isoladas, e as machuca muito, você passa a ser o mundo delas. — Tinha sido exatamente desse jeito para ela mesma, Eve lembrou. Seu pai tinha sido o seu mundo inteiro, o mundo terrível e brutal em que ela vivera os primeiros oito anos de sua vida.

O rosto dele, sua voz, cada detalhe do pai de Eve estava entalhado de forma precisa e indelével em sua mente. Nos seus pesadelos.

— Ele é a última coisa que elas veem — acrescentou ela. — Isso deve provocar nele uma bela descarga de adrenalina.

Dentro da boate Starlight, luzes coloridas piscavam e música suave e onírica tocava. Casais circundavam a pista de dança enquanto Zela, vestindo um terninho vermelho justo na cintura — que Eve imaginou que fosse vintage —, ficava do lado de fora, observando tudo.

— Muito bem, sr. Harrow. Sr. Yo, relaxe um pouco os ombros. Isso mesmo, assim está melhor.

— Aula de dança — informou Peabody, enquanto Zela continuava a gritar instruções e soltar exclamações de incentivo. — Os alunos são muito bons. Opa, nem todos — remendou, quando um dos homens que usava uma elegante gravata borboleta pisou no pé de sua parceira. — Mas também são muito bonitinhos, ao jeito deles.

— Adoráveis, especialmente se considerarmos que um deles pode dançar sozinho em casa depois da aula, antes de torturar a sua mais recente prisioneira morena.

— Você acha que um deles... — Peabody olhou para o senhor de gravata borboleta com ar desconfiado.

— Não. Ele já terminou sua tarefa neste lugar. Não há informações sobre ele já ter pescado no mesmo lago duas vezes. Mas tenho quase certeza de que ele dançou o foxtrote ou sei lá o nome da dança nessa mesma pista em algum momento das últimas semanas.

— Por que será que eles chamam a dança de foxtrote? — especulou Peabody. — Fox significa raposa, e as raposas costumam trotar, mas o trote delas não se parece com uma dança.

— Vou colocar uma equipe de pesquisa para investigar a origem do nome. Vamos lá.

Elas desceram os degraus de prata e imediatamente chamaram a atenção de Zela. Ela assentiu com a cabeça e aplaudiu com entusiasmo quando a música terminou.

— Isso foi ótimo! Agora que vocês estão aquecidos, Loni vai ensinar a todos um pouco de rumba.

Zela gesticulou para Eve e Peabody, apontando na direção do bar, enquanto a jovem ruiva levava Gravata Borboleta para o centro da pista. A ruiva sorriu com entusiasmo.

— Tudo pronto? Assumam suas posições, todos!

Havia um único atendente no bar. Ele usava smoking e colocou sobre o balcão um copo de água borbulhante com uma fatia de limão antes mesmo de Zela pedir.

— O que posso servir para as caras damas?

— Eu poderia tomar um espumante de cereja? — pediu Peabody, antes de Eve ter chance de olhá-la com desaprovação.

— Para mim nada, obrigada — disse Eve, e em seguida pegou o esboço e o colocou sobre o balcão. — Vocês reconhecem este homem?

Zela olhou para a imagem.

— Esse é... — Balançou a cabeça para os lados. Pegou a água, tomou longos goles e colocou o copo novamente sobre o balcão. Em seguida, pegou o esboço e o inclinou na direção das luzes. — Sinto muito. Ele simplesmente não me parece familiar. Recebemos tantos homens de certa idade por aqui! Mas acho que, se eu tivesse trabalhado com ele ou lhe dado algumas aulas, certamente me lembraria.

— E você? — Eve pegou o esboço e o empurrou sobre o balcão do bar.

O atendente parou de misturar a bebida de Peabody e franziu o cenho ao olhar para o retrato falado.

— É esse o filho da puta... Desculpe, Zela. — Ela simplesmente balançou a mão no ar, diminuindo a importância do palavrão. — Foi esse homem que matou Sari?

— Ele é um cara com quem queremos conversar.

— Sou bom para reconhecer rostos, faz parte do ofício. Não me lembro dele alguma vez ter sentado no meu bar.

— Você trabalha de dia?

— Sim. Nós... isso é, minha esposa teve um filho há seis meses. Sari me colocou trabalhando de dia para que eu pudesse estar em casa com a minha família durante a noite. Ela era boa com coisas desse tipo. Amanhã é o funeral dela. — Ele olhou para Zela. — Isso não está certo.

— Não. — Zela pôs a mão sobre a dele por um momento. — Não está nem um pouco certo.

Havia muita tristeza em seus olhos quando ele se afastou para terminar de preparar a bebida.

— Estamos todos lidando com isso de um jeito péssimo — disse Zela, calmamente. — Tentamos trabalhar e tocar a vida em frente porque é o que podemos fazer. Mas é difícil... É como tentar engolir um sapo do passado que continua entalado em nossa garganta.

— Isso diz muito sobre ela — comentou Peabody, como um consolo. — Mostra por que ela era importante para tantas pessoas.

— Sim. Sim, isso é verdade. Falei com a irmã de Sari ontem — continuou Zela. — Ela perguntou se eu poderia escolher as músicas para o funeral. Pediu algo de que Sari gostasse. É difícil. Mais difícil que qualquer coisa que eu pudesse imaginar.

— Tenho certeza de que é. E quanto a essa jovem? — Eve olhou para a ruiva. —Será que trabalhou com Sari em alguma das aulas?

— Não. Na verdade, esta é a primeira turma de Loni. Tivemos que fazer algumas... Bem, algumas trocas internas. Loni trabalhava em rodízio, às vezes recolhendo os agasalhos dos clientes e outras vezes servindo as mesas. Eu a promovi a recepcionista e instrutora de dança.

— Eu gostaria de falar com ela.

— Claro, vou ficar no lugar dela e mandarei que venha. — Zela se levantou e exibiu um sorriso pálido. — Pobrezinhos dos meus pés. O sr. Buttons é uma gracinha de pessoa, mas é um completo desajeitado.

Os dançarinos fizeram a mudança de instrutora. Loni deu no seu parceiro desajeitado um curto beijo no rosto antes de correr para o bar em seus saltos de oito centímetros.

— Oi! Sou Loni.

— Tenente Dallas. Esta é a detetive Peabody.

Peabody disfarçou o olhar guloso para o espumante de cereja que estava sendo preparado e tentou parecer mais oficial.

— Já conversei com os outros detetives. Aliás, preciso dizer: que delícia aqueles dois! Será que eles vão voltar?

— Eu não saberia afirmar com certeza. Você reconhece este homem?

Loni olhou para o retrato falado quando o barman pousou ao lado dela o drinque rosa e espumante enfeitado com uma cereja.

— Eu não sei. Hummm. Na verdade, não. Eu acho. Não sei.

— Qual das duas, Loni? Você não sabe ou não tem certeza?

— Ele meio que se parece com um carinha, só que ele tinha cabelo escuro, todo penteado para trás, e também um bigode fininho.

— Esse cara era baixo, alto, estatura mediana...?

— Humm, deixe-me pensar. Mais para baixo. Porque Sari ficava vários centímetros mais alta que ele. É claro que ela estava usando saltos altos, então...

— Espere aí. Você viu este homem com Sari?

— Esse carinha? Sim, vi. Bem, muitos dos homens gostavam de dançar com Sari quando ela estava trabalhando no salão. Provavelmente não é esse cara porque...

— Espere um instante — Eve pegou o *tele-link* e ligou para a Central. — Preciso que você altere o esboço, Yancy. Coloque cabelo escuro penteado para trás e um bigode fino. Mande o resultado para este *tele-link*.

— Sim, tenente, um minutinho só.

— Quando foi que você viu este homem com Sari? — questionou Eve, tornando a olhar para Loni.

— Não tenho certeza. Algumas semanas atrás, acho. É difícil lembrar exatamente, entende? Só me lembro disso porque eu estava trabalhando no salão e convidei esse homem para dançar. Nós devemos sempre convidar os clientes desacompanhados para dançar. Ele era meio tímido, mas muito doce; contou que tinha acabado de entrar aqui e só queria ouvir a música; declinou o convite e agradeceu. Depois, só um pouco mais tarde, eu o vi dançando com Sari. Aquilo me deixou meio triste, sabe? Tolice a minha! — Ela encolheu os ombros. — Mas eu fiquei, tipo... *Puxa, acho que ele prefere as morenas em vez das...* Oh. — Ela ficou levemente pálida. — Oh, meu Deus. Foi *esse* cara?

— Confirme você — Eve pegou o *tele-link* e o virou para que Loni pudesse ver o retrato falado recém-ajustado.

— Oh, Deus, oh, meu Deus! Acho que... Puxa, estou realmente achando que esse é o cara. Brett!

— Está tudo bem. — O barman pegou na mão dela. — Acalme-se. — Inclinou a cabeça para olhar para a tela e balançou novamente a cabeça para os lados. — Ele não veio até o meu bar. Eu não me lembro dele sentado aqui, junto deste balcão.

— Onde ele estava sentado, Loni?

— Ok. Ok. — Ela respirou fundo algumas vezes e girou o corpo devagar a fim de analisar a boate. — Segundo nível, tenho certeza disso. Mais ou menos na parte de trás, daquele lado.

— Preciso conversar com quem serve mesas nesse setor. Você consegue lembrar em que noite isso aconteceu, Loni?

— Não sei... Umas duas semanas atrás. Talvez três. Sabe o que é? Eu já tinha guardado o agasalho dele uma vez. Lembro-me de pegar seu casaco para guardar, é por isso que tenho certeza de que era ele naquela noite. Tinha guardado seu casaco numa outra noite e ele estava sozinho. Então, no outro dia, quando estava trabalhando no salão, eu o vi e pensei: "Ah, sim, aquele cara está desacompanhado." Mas ele não queria dançar comigo.

— Uma única lágrima lhe escorreu pelo rosto. — Ele queria Sari.

Capítulo Quinze

— Discreto — disse Eve, abrindo caminho através do tráfego no instante em que uma neve espessa e pesada começou a cair. — Limita seus contatos com qualquer um que não seja o alvo.

— Nenhum dos garçons conseguiu reconhecê-lo, nem os mano-bristas. Ele poderia até mesmo morar ou trabalhar por perto da boate — arriscou Peabody.

— É... Ou estacionar o carro ele mesmo em outros lugares. Pode ser que ele use transporte público para essa fase do jogo. Qual o taxista que vai se lembrar de um cliente qualquer que entrou ou desembarcou do carro, ainda mais depois de vários dias ou, neste caso, semanas? É uma busca inútil. Loni só se lembrou do rosto porque ele feriu sua vaidade. Caso contrário, não passaria de mais um rosto esquecido. Teria sido mais inteligente dançar com ela. Não seria mais lembrado cinco minutos depois.

Eve olhou pelo retrovisor externo e mudou de pista.

— Ele entra, se mistura com a multidão e fica fora dos holofotes, no fundo da cena. Provavelmente deu uma gorjeta normal para o garçom: Assim, mais tarde eles não vão pensar: "Ah, sim, ele foi um pão duro" ou "esse cara quis se exibir." Simplesmente comum, dentro da média. Mantém a constância.

— Foi bom ter uma confirmação. Loni tem certeza de tê-lo visto na boate e garante que ele fez contato com York lá. Mas isso não nos conta mais além do que já sabemos.

— Conta que ele gosta de alterar sua aparência. Faz alterações ligeiras, nada chamativo. Cabelo escuro, bigodinho, peruca cinza. Isso comprova que é improvável que ele frequente ou revisite o ponto de contato depois de ter escolhido o alvo. Sabemos que ele não perde o controle, que consegue manter qualquer papel que tenha escolhido interpretar durante a fase de perseguição e tocaia.

Ela virou o carro numa rua à esquerda, seguiu um quarteirão para oeste e depois mudou para a direção sul.

— Ele dançou com York e colocou as mãos nela. Conversaram olho no olho. Era parte do trabalho dela bater papo com o parceiro. Tudo que sabemos sobre ela nos diz que era uma mulher inteligente, ligada e que sabia lidar com pessoas. Mas não percebeu nenhum sinal, nada que tenha feito soar seu alarme ou sugerido que aquele cara era encrenca.

— Verifique no seu espelho retrovisor — disse Eve a Peabody. — Vê um carro preto, seis veículos atrás de nós?

Peabody se virou e observou o espelho com olhos treinados.

— Vejo, sim, mas muito mal. Essa neve está bem pesada. Por quê?

— Está nos seguindo. Há cinco ou sete quarteirões, desde que saímos da boate. Não está perto o bastante para eu conseguir enxergar a placa. Já que você é mais jovem que eu, como lembrou recentemente, talvez seus olhos tenham mais acuidade.

Peabody encolheu os ombros.

— Não. Não consigo enxergar a placa. Ele está muito colado ao carro da frente. Talvez se ele ficasse um pouco para trás ou chegasse mais perto...

— Vamos ver se conseguimos isso. — Eve aproveitou uma brecha e ameaçou trocar de faixa.

A explosão de uma buzina e o guincho de freios molhados no pavimento gelado e liso a fizeram ficar onde estava. Na pista ao lado uma limusine derrapou loucamente, numa tentativa para evitar atropelar um idiota que corria por entre os carros.

Ela ouviu o baque, viu o rapaz ser atingido e rolar de lado. Ouviu-se um som horrível em seguida, quando a limusine bateu de frente numa caminhonete 4x4 que vinha pela outra pista.

— Filho da puta.

Quando colocou a luz de "Em serviço" sobre a viatura, Eve olhou mais uma vez pelo retrovisor. O carro preto tinha desaparecido.

Ela bateu a porta do carro com força ao sair, a tempo de ver o rapazinho se levantar com dificuldade e se lançar numa corrida às cegas, mancando um pouco. Foi quando ela ouviu um grito de "segurem esse garoto, ele roubou minha bolsa!" acima da sinfonia urbana de buzinas e xingamentos.

— Filho da puta — repetiu Eve. — Lide com o problema, Peabody! — ordenou ela, e saiu em perseguição do ladrão de rua.

Ele conseguiu retomar o ritmo rapidamente e provou com isso, pensou Eve, que era alguém mais jovem do que ela. Ele correu, pulou, escorregou e só faltou voar até o outro lado da rua, onde colocou os pés na calçada e seguiu a toda.

Ele podia ser mais jovem que Eve, mas as pernas dela eram mais compridas e logo ela conseguiu diminuir a distância. Ele olhou por cima do ombro e seus olhos exibiram alarme e irritação. Enquanto corria, ele arrancou a bolsa marrom debaixo do casaco volumoso e começou a balançá-la no ar como se fosse um pêndulo estiloso.

Ele derrubou os pedestres à sua frente como se fossem pinos de boliche e Eve teve de saltar, se esquivar e se desviar deles.

Quando ele girou o corpo de leve e balançou a bolsa por sobre a cabeça, Eve se abaixou, agarrou a alça e simplesmente puxou com força, o que o fez despencar sobre a calçada.

Irritada, ela se agachou.

— Você é muito burro! — murmurou entre dentes e o empurrou de costas.

— Ei! Escute! — Algum bom samaritano tentou impedi-la. — O que está fazendo com o menino? Qual o problema com você?

Eve plantou sua bota no peito do garoto para mantê-lo colado no chão e sacudiu seu distintivo no ar.

— Quer fazer o favor de seguir seu caminho, meu chapa?

— Piranha! — xingou o garoto, no instante em que o bom samaritano franziu o cenho para o distintivo de Eve. Então, como um terrier raivoso, ele a mordeu com força.

— Mordidas de humanos são muito mais perigosas que mordidas de animais, sabia? — Peabody agora estava atrás do volante e Eve seguia no banco do carona. Tentava erguer a perna e puxar a calça para ver o estrago. — Ele arrancou um pedaço da sua pele! — notou Peabody, com um solidário franzir de olhos. — Puxa, ele mordeu você com vontade.

— Pequeno canalha, filho da mãe! Vamos ver se ele vai gostar de responder à Justiça por atacar uma policial, além das outras acusações. O menino mordedor tinha uma dúzia de carteiras nos bolsos do casaco.

— Você precisa desinfetar isso.

— Ele me fez perder o sedã que nos seguia. Deveria tê-lo chutado até sangrar só por isso. — Arreganhando os dentes, Eve usou o pano limpo que Peabody desenterrara de algum lugar para estancar a ferida. — Ele virou numa rua transversal logo que viu o tumulto à frente. Foi isso que ele fez, porque é o que faz sempre. Evita multidões e confrontos. Filho da puta do cacete!

— Aposto que isso deve estar doendo. Tem certeza de que era o cara?

— Percebo muito bem quando estou sendo seguida.

— Sei disso. Só estou me perguntado o porquê de ele estar nos seguindo. Está tentando descobrir o que já sabemos, acho. Mas para quê? Tudo o que ele poderia descobrir é para onde vamos, e os lugares onde estivemos seriam óbvios numa investigação desse tipo.

— Ele está seguindo meus passos para descobrir meu ritmo e sentir meus movimentos. Quer encontrar uma rotina.

— Mas por que... — A ficha caiu e Peabody se agitou no banco. — Puta merda! Ele está espreitando você.

— E ele acha que não vou sacar que estou sendo seguida? — Ela puxou a barra da calça de volta para o lugar, porque olhar as marcas dos dentes só fazia doer mais. — Ele acha que pode calcular meus passos. Que vá sonhando! Não conhece o alvo que escolheu dessa vez. Ele... ahn... mordeu mais do que vai conseguir mastigar.

— Há quanto tempo você sabia que ele estava de olho em você?

— Saber com certeza? Desde meia hora atrás. Já vinha brincando com essa possibilidade durante algum tempo, mas ver que ele estava na nossa cola serviu para confirmar a suspeita.

— Você poderia ter mencionado essa ideia para a sua parceira.

— Não comece! Essa era uma de só Deus sabe quantas possibilidades. Agora é que estou aceitando isso como altamente provável e você é a primeira a saber. Um sedã preto nada chamativo, com faróis embutidos, nenhuma ornamentação no capô. Parecia ter uma grade de cinco barras da frente. Acho que vamos conseguir chegar em um modelo a partir disso.

Ela quase suspirou de alívio quando Peabody entrou na garagem da Central. Queria colocar um pouco de gelo na porcaria da perna.

— Placa de Nova York, foi tudo que eu consegui ver. Dei só uma olhada na cor da placa. A distância era muito grande e havia neve demais para conseguir enxergar algum número.

— Você precisa tomar precauções básicas com esse ferimento.

— Sim, sim, pode deixar.

— Uma dessas precauções devia ser tirar um cochilo de uma hora no berço. Você está arrasada.

— Eu odeio o berço. — Eve saltou do carro e sentiu a perna muito dolorida. — Se eu precisar apagar por uma hora, vou usar o chão da minha sala. Funciona para mim. Faça-me um favor — acrescentou, enquanto mancava até o elevador. — Marque um encontro com Whitney e com Mira, o mais cedo possível. Vou até lá em cima na enfermaria para roubar um antisséptico e uma atadura.

— Você não precisa "roubar". Eles farão um curativo em você.

— Não quero que os paramédicos me façam curativo nenhum! — resmungou Eve. — Odeio todos eles. Vou só afanar o que preciso para cuidar de mim mesma.

Eve circulou pela enfermaria e cometeu o crime básico de "furto em loja" — se quisermos ser absolutamente precisos —, pois embolsou o que precisava sem registrar nada na saída.

O problema é que, se ela registrasse o que levava e para que precisava, eles insistiriam em examinar seu machucado. E, se ela lhes mostrasse o ferimento, começariam a atormentá-la para que ela se tratasse ali mesmo. Tudo bem, talvez fosse bom ela tomar um analgésico.

Quando entrou em sua sala, Roarke já estava lá.

— Vamos ver isso.

— Ver o quê?

Ele simplesmente ergueu as sobrancelhas.

— Droga! Peabody tem a língua maior que a boca. — Eve retirou os itens roubados do bolso do casaco e os jogou sobre a mesa. Pendurou o casaco no cabide, em seguida sentou-se e apoiou a perna lesionada sobre a mesa.

Roarke estudou a ferida quando ela puxou para cima a perna da calça e resmungou um pouco.

— Está feio isso aí.

— Já enfrentei coisas piores que a mordida de um ladrãozinho de rua fresco.

— É verdade. — Mesmo assim ele limpou, tratou e enfaixou a ferida pessoalmente. Em seguida se inclinou e deu um beijo rápido sobre o curativo quadrado.

— Pronto, assim está melhor.

— Ele me seguiu.

Roarke endireitou o copo na mesma hora, e o ar de diversão tranquila sumiu de seus olhos.

— Imagino que não estamos falando do ladrãozinho de rua fresco.

— Eu saquei que ele estava logo atrás de mim, em um sedã preto. Não consegui enxergar a placa, mas acho que dá para reconhecer o modelo, e talvez o ano. Eu poderia ter conseguido mais, quem sabe até mesmo encurralá-lo, se aquele ladrãozinho idiota não tivesse corrido para o meio da rua. Tive de controlar a viatura, senão iria bater na limusine que atropelou o babaca e depois numa 4x4 que surgiu na minha frente. Foram poucos segundos, mas ele desapareceu.

— Ele não sabe que você percebeu a presença dele, então.

— Não vejo como saberia. Simplesmente foi cauteloso. Surgiram problemas mais à frente e ele caiu fora para evitá-los. Se ele anda por aí me servindo de sombra, ainda não deve ter visto os noticiários da mídia com o rosto dele. Mas certamente vai ver...

Ela se mexeu um pouco para aliviar o latejar em sua panturrilha.

— Seja um cara legal e me arrume um café, pode ser?

Ele foi até o AutoChef.

— Qual será seu próximo passo?

— Vou me encontrar com Whitney e com Mira para discutir as possibilidades de me colocar como isca numa armadilha. Depois, vou conferir as novidades com os membros da equipe e lhes informar sobre os novos dados. Em algum momento vou precisar de uma ou duas horas só para pensar. Preciso trabalhar bem os planos na cabeça e brincar com as possibilidades.

Ele lhe trouxe o café.

— Na condição de parte interessada na integridade da isca, eu gostaria de participar dessa reunião.

— Você não consegue ficar longe de uma reunião, não é? Mas vai ter que deixar seus melindres fora da sala.

— Meus o quê?

— Melindres, cuidados excessivos. Se eles não estiverem em cena, não nos trarão problemas. — Ela deixou a cabeça tombar para trás por um minuto e deixou que o café fizesse mágicas no seu organismo. — E lembre-se de que não sou uma isca qualquer. Sou uma policial experiente e superfoda.

— Com uma bela mordida dada por um bandidinho fresco bem na panturrilha.

— Bom, isso também.

— Olá, Dallas! — Peabody apareceu na porta. — Como está sua perna?

— Ótima, e a partir de agora não deverá ser citada em papo algum.

— O comandante e a dra. Mira vão nos receber no gabinete do comando em vinte minutos.

— Vou chegar a tempo.

— Mais uma coisa: o policial Gil Newkirk chegou para falar com você. Está na sala de guerra.

— Estou indo.

Gil Newkirk usava um uniforme que lhe caía muito bem. Tinha um olhar sólido que mostrava a Eve que ele sabia cuidar de si mesmo nas ruas. Seu rosto tinha aquele tipo de resistência, a mesma sobre a qual Feeney se referira ao citar "maturidade".

Eve já o encontrara várias vezes ao longo dos anos e o considerava sensível e direto.

— Oficial Newkirk.

— Olá, tenente. — Ele pegou a mão que ela ofereceu com um aperto curto e firme. — Parece que a senhora já montou um esquema eficiente aqui.

— É uma boa equipe. Estamos estreitando o campo de buscas.

— Fico feliz em ouvir isso, e creio ter lhe trazido algo substancial. Se a senhora tiver tempo agora...

— Sente-se. — Ela fez um gesto amplo e se juntou a ele na mesa de conferência.

— A senhora já conseguiu o rosto dele. — Newkirk apontou para o esboço preso a um dos quatro quadros do caso. — Andei analisando aquelas feições, tentando colocá-las diante de mim nove anos atrás, durante os interrogatórios que fizemos de porta em porta. Havia muitos rostos, tenente. Mas esse não me trouxe lembrança alguma em especial.

— Já se passou muito tempo.

— Reli todas as minhas anotações da época e fui até a casa de Ken Colby, que também trabalhou no caso. Ele foi morto em serviço cinco anos atrás.

— Sinto muito.

— Era um bom homem. Sua viúva me permitiu examinar seus arquivos e anotações sobre a antiga investigação. Eu os trouxe comigo. — Ele deu um tapinha na caixa que levara com ele. — Pensei que isso poderia acrescentar algo de novo.

— Agradeço muito.

— Dois rapazes surgiram nas minhas lembranças quando revirei o passado hoje de manhã depois dos dados que você me passou ontem à noite. Só que os rostos não batem.

— O que apareceu a respeito deles?

— Tipo físico e cor. Meu filho e eu conversamos sobre isso algum tempo. — Ele ergueu uma sobrancelha.

— Eu não tenho nenhum problema com isso — assegurou-lhe Eve.

— Sei que vocês estão analisando os ângulos das Guerras Urbanas. Lembrei que um desses caras nos disse que costumava trabalhar com mortos nas Guerras Urbanas junto com seu pai. Recolhia corpos. Trabalhou como paramédico em seguida, mas acabou jogando tudo para o alto quando foi a uma convenção em

Las Vegas e ganhou a sorte grande. Lembrei-me dele porque sua história era fabulosa. O outro sujeito era um cara rico. Dinheiro antigo, de terceira geração. Ele tinha taxidermia como hobby. Sua casa estava cheia de animais mortos.

Ele entregou um disco a Eve e continuou:

— Coloquei os nomes deles em destaque nos arquivos. Caso a senhora resolva dar mais uma olhada.

— Obrigada, faremos isso. Você está em horário de serviço, Newkirk?

— Não, hoje é minha folga.

— Se você tiver algum tempo e interesse, talvez você possa pesquisar esses nomes junto com Feeney e compará-los com os dados atuais. Eu ficaria muito grata.

— Será um prazer. Fico feliz em ajudar de alguma forma.

Eve se levantou e lhe estendeu a mão mais uma vez.

— Obrigada. Tenho uma reunião agora, mas volto para verificar tudo assim que puder. Peabody, Roarke, venham comigo!

Ela teve que se concentrar para não mancar; forçando o passo sobre a perna latejante, seguiu para a minúscula e frequentemente fedorenta cabine do elevador.

— Lembre-se — disse a Roarke — de que você é um civil, e esta é uma operação da Polícia de Nova York.

— Meu cargo é "consultor civil especializado", sra. Policial.

Eve não riu, ou pelo menos tentou, e se apertou no elevador.

— Mais uma coisa, Roarke: não chame o comandante de "Jack". Isso prejudica o tom sério e oficial da reunião, além de ser... simplesmente errado.

— Olá, Dallas!

Ela virou a cabeça para ver um dos detetives da Divisão Anticrime sorrindo para ela.

— Olá, Renicki.

— Ouvi dizer que um moleque de rua deu uma dentada em você e pegou raiva.

— Ah, foi? E eu ouvi dizer que uma acompanhante licenciada lambeu você e agora está sendo tratada de gonorreia.

As gargalhadas e uivos em volta foram altos e divertidos.

— E isso... — murmurou Roarke, em meio ao tumulto — é o exemplo de um comportamento sério e oficial.

Em seu gabinete, Whitney ficou atrás da mesa e Mira ao lado da poltrona de visitas.

— Olá, tenente — cumprimentou ele. — Detetive. Roarke.

— Senhor, como acredito que o consultor especialista poderá ajudar quanto ao tema desta reunião, pedi para que ele fosse incluído.

— A decisão é sua. Sentem-se, por favor.

Enquanto Roarke, Peabody e Mira tomavam seus lugares, Eve ficou em pé.

— Com sua permissão, comandante, devo primeiro atualizar o senhor e a dra. Mira.

Ela repassou os fatos mais importantes de forma rápida e sucinta.

— Você estava sendo seguida? — Whitney não questionou sua declaração, mas quis saber: — Alguma suspeita sobre o motivo?

— Sim, senhor. A dra. Mira abordou a possibilidade de que eu possa ser um alvo para o assassino. O trampolim para as mulheres que ele escolhe é Roarke, e o trampolim para qualquer ligação com Roarke sou eu.

— Você não mencionou essa teoria para mim, doutora.

— Pedi à dra. Mira algum tempo para analisar a viabilidade da teoria — atalhou Eve, antes de Mira ter chance de falar. — Queria considerar as probabilidades e rodar um programa com elas antes de focar essa área da investigação. Tendo feito isso, acredito que é uma teoria válida. Eu era detetive na época da primeira investigação e trabalhava como parceira do investigador principal. Creio que me encaixo dentro dos parâmetros de sua escolha de vítima. Talvez tenha cruzado com ele há nove anos ou caminhado por alguma linha paralela.

"Acho que ele voltou para Nova York por razões específicas — continuou Eve. — E acho que uma deles é a sua intenção de me capturar.

— Ele vai se decepcionar — comentou Whitney.

— Sim, senhor, ele vai.

— Até que ponto você corrobora esta teoria, Mira?

— Já rodei meu próprio programa de probabilidades e acredito que, considerando a patologia do suspeito, ele considera a façanha de capturar a tenente, uma mulher com formação considerável e muita autoridade, uma mulher casada com um homem de poder inquestionável, como sendo a sua grande realização. No entanto, isso me leva a outra pergunta. Como ele vai se superar depois disso?

— Ele não pode se superar depois disso — Roarke declarou. — E sabe que não o fará. Eve é a última, não é? O melhor, o maior desafio, sua vitória mais retumbante.

— Sim. — Mira assentiu com a cabeça. — Eu concordo. Ele está disposto a alterar, mesmo que ligeiramente, o perfil ideal de vítima. Essa não é uma mulher à qual pode ser fixada uma rotina específica, um padrão de hábitos e lugares sempre frequentados. Não é alguém de quem ele possa se aproximar até ficar cara a cara, como acreditamos que ele fez com muitas das outras vítimas, senão todas, para depois atraí-la. Ela deve compensar os grandes riscos envolvidos para conseguir raptá-la. Ele está de volta ao próprio começo — continuou Mira. — Está de volta ao que poderíamos chamar suas raízes. Porque é aqui que ele vai terminar o seu trabalho.

— Ele já parou antes — lembrou Peabody. — Um ano ou dois, várias vezes. Como podemos saber que ele simplesmente decidiu terminar tudo agora? Este tipo de assassino não para nunca, a menos que seja capturado ou morto.

— Não, ele não para nunca — confirmou a psiquiatra.

— A senhora acha que ele está morrendo — disse Eve, olhando para Mira. — Ou que ele decidiu se autodestruir depois de me exterminar.

— Acho. Sim, acredito exatamente nisso. Também acredito que ele não teme o fim. A morte é uma realização para ele, um ciclo cronometrado que ele tem controlado ao longo de quase uma década, até onde sabemos. Ele não teme a própria morte, o que o torna mais perigoso.

— Precisamos dar a ele uma abertura. — Eve estreitou os olhos. — O mais rápido possível.

— Se ele perceber facilidades demais, não vai morder a isca. — Roarke encontrou o olhar de Eve quando ela se virou. — Sei muita coisa sobre desafios. Quando o sucesso vem fácil demais, não vale o trabalho. Ele vai querer ralar muito pelo que deseja. No mínimo, vai querer acreditar que enganou você. E ele teve muito mais tempo para planejar, elaborar e estudar o problema que você.

— Concordo. — Mira se inclinou para a frente. — Se o que acreditamos é verdade, você será o *grand finale*, a cereja do bolo em seu trabalho. Você o completará. O fato de que você o está perseguindo ao mesmo tempo em que ele persegue você acrescentará um brilho especial a todo o processo. Você será, literalmente, a sua obra-prima. Como sua necessidade de controle é elevada, ele deve sentir que está manipulando o resultado. Que atraiu você, apesar de seu treinamento e das suas vantagens sobre ele, do mesmo modo que atraiu as outras.

— Então vamos deixá-lo acreditar nisso — propôs Eve —, até o momento de o derrubarmos. Ele já deve saber, a essa altura, que conhecemos o seu rosto. Minha percepção, a partir do perfil e pelo que sabemos dele, é de que isso só vai acrescentar mais emoção ao seu entusiasmo, à sua diversão. Ninguém nunca chegou tão perto antes. E, apesar de nunca ter buscado abertamente chamar a atenção para si mesmo pela matança, seu método indica o orgulho do trabalho que executa. No fim das contas, se é disso que se trata, será que ele não quer ser conhecido?

— E lembrado — confirmou Mira.

— Nós não sabemos onde nem quando, mas sabemos quem é o alvo, e sabemos o motivo. Isso nos traz grandes vantagens. Temos o rosto, o tipo físico, a faixa etária. Sabemos muito mais sobre ele do que sabíamos nove anos atrás.

Eve queria andar de um lado para outro e se movimentar pela sala enquanto ela falava, mas considerou inadequado fazer isso no gabinete de Whitney.

— Ele provavelmente tem alguma ligação com as Guerras Urbanas; gosta de ópera; em vez de meios físicos, usa a manipulação e o logro para capturar suas vítimas, e muitas vezes faz contato pessoal com elas antes do rapto. Diferentemente de nove anos atrás, suas vítimas viviam ou trabalhavam do centro de Manhattan para baixo. Isso é proposital.

— Ele queria que nós chegássemos mais perto dessa vez — concordou Whitney. — E, ao usar pessoas ligadas a Roarke, tornou tudo mais pessoal.

— Mas ele não sabe o quanto nós descobrimos — contribuiu Peabody. — Não sabe que já chegamos à conclusão de que Dallas é sua cartada final. Enquanto ele pensar que ela está olhando só para a frente, quer dizer, que está focada na busca, vai achar que basta se aproximar dela por trás para recolher seu prêmio.

— O que nos leva de volta a uma abertura plausível. Uma situação que ele ache que ajudou a precipitar — disse Eve, olhando para Roarke. — Você precisa voltar ao seu trabalho.

— Como assim?

— Voltar ao controle de suas empresas. Voltar a comprar, controlar e demonstrar interesses em todo o universo conhecido durante determinado período de tempo, a cada dia. Ele não vai fazer movimento algum em minha direção se eu continuar colada em você — olhou para Peabody — ou em qualquer outra pessoa. Precisamos lhe dar um pouco de espaço. Se ele conhece minhas rotinas, sabe que geralmente vou sozinha de casa para a Central e vice-versa; também sabe que eu costumo fazer um balanço do caso depois do turno, por conta própria. Precisamos deixar a janela aberta para ele entrar.

— Dar a ele a impressão de que eu voltei ao ritmo normal de trabalho, por assim dizer, é relativamente fácil — afirmou Roarke. Seu tom era calmo, quase casual. Mas Eve percebeu a frieza de aço por baixo do que ele dizia. — Só que, enquanto essa janela estiver escancarada, vou permanecer como um membro ativo desta equipe. Isto não é — continuou, dirigindo-se para o comandante — simplesmente uma questão de insistir em querer participar do trabalho de proteção da tenente. Esse homem capturou três das minhas funcionárias, e uma delas já está morta. Não vou voltar aos meus negócios até ele estar preso ou morto como Sarifina York.

— Entendido. Tenente, foi sua escolha trazer o civil a bordo. A menos que você avalie que seus talentos e conhecimentos específicos não são mais úteis, acredito que ele deve permanecer ativo.

— Você não pode ficar muito colado em mim — começou Eve. — Se ele pressentir que você está preocupado com minha segurança, poderá tirar o time de campo na mesma hora. Portanto, certifique-se de que sua farsa da volta ao ritmo normal é convincente.

— Isso não será problema.

— Continuaremos trabalhando nisso, sem mudanças dramáticas na rotina, mas vamos dividir entre nós o trabalho de campo e os interrogatórios.

— Quanto a você, tenente, onde quer que vá — ordenou Whitney — estará grampeada e será monitorada.

— Sim senhor. Vou preparar isso com Feeney agora mesmo. Preciso de um sensor para minha viatura e...

— Isso já foi feito — informou Roarke, sorrindo serenamente quando ela se virou para ele. — Você concordou com essa ação há algum tempo, lembra?

É verdade, pensou Eve, mas ela não imaginava que ele fosse assumir essa tarefa para si mesmo antes de liberá-la oficialmente. O que, teve de admitir para si mesma, era burrice. Uma atitude dessa vinda de Roarke era exatamente o que ela deveria esperar.

— Sim, eu concordei.

— Você vai usar um colete à prova de balas — avisou Mira.

— Doutora Mira fala por mim — murmurou Roarke, e seu sorriso se ampliou ao ver a irritação no rosto de Eve.

— Colete é um exagero. O padrão dele...

— Ele estará mudando o padrão ao pegar você — lembrou Mira.

— Um colete vai garantir a sua segurança e o sucesso da operação, caso ele tente atordoar você ou feri-la, a fim de incapacitá-la. Ele é inteligente o suficiente para saber que precisa de uma vantagem física com você.

— Use o colete. — A voz de Whitney foi firme. — Configure os sistemas eletrônicos e grampos com Feeney. Quero saber onde você está a partir deste momento, a cada segundo. Quando estiver trabalhando em campo, na viatura ou na rua, por algum motivo, também teremos uma equipe monitorando tudo. Não se trata apenas de manter um dos meus soldados a salvo, tenente — ele assegurou a Eve. — É uma questão de fechar essa janela no segundo em que ele passar por ela. Trabalhe com isso e me forneça todos os detalhes.

— Sim, senhor.

— Dispensados.

Roarke passou os dedos ao longo do braço de Eve enquanto se dirigiam para o andar de baixo pela passarela aérea.

— Um colete não é um castigo, querida.

— Pois então use um desses durante algumas horas e volte para me dizer isso. E nada de me chamar de "querida" durante o trabalho.

— Você pode me chamar de "querida" a qualquer hora que quiser — avisou Peabody, e isso o fez sorrir.

— Tenho alguns acertos para fazer. Vejo você mais tarde na sala de guerra, querida. — Ele começou a se afastar delas. — Tenente, eu estava falando com Peabody — completou Roarke, ao ver Eve ranger os dentes.

Capítulo Dezesseis

Não levaria muito tempo para Roarke fazer ajustes na rotina. No entanto, ele apenas *pareceria* dar mais atenção aos negócios. Só que teria que trabalhar de verdade quando chegasse no escritório doméstico, fazendo malabarismos entre finanças e assassinatos.

Por enquanto, porém, voltou para a sala de guerra, a fim de manter no ar ao mesmo tempo as várias bolas de seu trabalho eletrônico. Avistou Eve saindo da sua sala. Estava a poucos metros de distância, e ele a observou dando seus passos longos e rápidos. Havia lugares para ir, ele pensou, e assassinos para apanhar.

Ele parou, pegou uma garrafa de água para ambos e só então entrou na sala de guerra.

Eve fora direto para a estação de trabalho de Feeney. O policial com quem Feeney conversava era o pai de Newkirk — o brilhante jovem com a mente atenta a detalhes, lembrou Roarke. O visitante assentiu com a cabeça, reuniu alguns discos e se deslocou para outra área.

Eve queria uma conversa pessoal com Feeney, Roarke concluiu. Ele foi para a sua própria estação de trabalho a fim de resolver um problema e estudou a dinâmica entre eles.

Reparou que Feeney absorvia as informações e notou seus olhos se estreitarem, considerando algo. Viu também um franzir de cenho que denotava alguma preocupação. Houve uma rápida troca de ideias e muita agitação nas palavras de Feeney; então ele coçou atrás da orelha e mergulhou a mão no bolso. Lá dentro ele pegou um pacotinho.

Amêndoas açucaradas, Roarke sabia. E, de fato, Feeney pegou uma para ele e ofereceu para Eve.

Tomando isso como um sinal de que agora eles já planejavam estratégias e ações, Roarke se levantou da cadeira e foi até lá para se juntar à dupla.

— Ele elevou seu padrão de forma considerável — disse Feeney para Roarke.

— É o que parece.

Feeney girou lentamente da esquerda para a direita em sua cadeira e depois da direita para a esquerda.

— Devemos grampeá-la, não há problema nenhum. Poderíamos colocar também uma câmera nela. Isso nos dará olhos externos *se* e *quando* precisarmos disso.

— Eu não quero que ele perceba que estou com uma câmera — avisou Eve.

— Tenho um equipamento perfeito — Roarke olhou para Feeney. — A nova geração do HD Mole. XT-Micro. Na maioria das vezes é usado na lapela, mas, como todo mundo sabe que ela não usa broches nem acessórios de moda, o aparelho poderá ser facilmente reconfigurado como um botão de blusa ou jaqueta. Também haverá opção para gravarmos sons. Ela poderá ativar ou desativar a câmera por voz, usando uma frase ou palavra-chave.

— "Ela" está bem aqui, sabiam? — reclamou Eve.

— Havia dois *bugs* na última geração desse aparelho — observou Feeney, ignorando Eve solenemente.

— Foram exterminados — assegurou Roarke. — Esse aparelho cuidará do áudio e do vídeo, e o modelo XT não pode ser detectado, a menos que ela passe por um sistema de rastreamento com nível muito sofisticado.

Feeney assentiu e mastigou.

— Sim, podemos usar isso. Gostaria de dar uma olhada nele antes.

— Mandei vir um, deve estar chegando. Também instalei um rastreador multifuncional na viatura dela, de nível militar avançado.

Apreciando o equipamento de alta sofisticação, Feeney deixou escapar um assobio baixo e um sorriso curto.

— Com isso teremos certeza de que não vamos perdê-la de vista, mesmo que ela decida ir dirigindo até a Argentina. Vamos instalar os receptores aqui e nos aparelhos de comunicação. A equipe de cobertura poderá ficar cinco ou seis quarteirões atrás.

— E quanto à vigilância aérea?

— Podemos mobilizá-la, caso seja preciso.

— Não se trata de um golpe de estado — murmurou Eve. — Apenas um homicida idoso.

— Que já capturou, torturou e matou 24 mulheres.

Eve exibiu uma careta para Roarke.

— Acho que, se ele aparecer na janela que vamos abrir, conseguiremos agarrá-lo. Vocês dois vão em frente e configurem todos os brinquedinhos eletrônicos que quiserem. Mas devemos lembrar que não adianta apenas tirá-lo da toca, teremos que entrar lá. Para Gia Rossi e Ariel Greenfeld poderem ter alguma chance, temos de chegar até elas. Preciso entrar lá e deixar que ele pense que me atraiu. Se o levarmos para longe do covil, não haverá garantia de que conseguiremos descobrir o local onde ele as está mantendo presas.

Ela conseguiu a atenção deles, esperou um segundo e continuou:

— Não vou aceitar que essas duas mulheres sangrem ou morram de fome porque estamos mais preocupados em manter minha pele a salvo, pegá-lo e derrubá-lo antes de descobrirmos onde elas estão. Sua segurança é primordial. Isso é uma diretriz da investigadora principal.

Feeney balançou seu pacote de amêndoas e o ofereceu a Roarke.

— Gil e eu pescamos alguns locais e indivíduos que valem a pena conferir.

— Peabody e eu vamos tomar a frente. Isso será apenas um procedimento operacional padrão, caso ele esteja acompanhando nossos passos. Informe o que vocês conseguiram, Feeney. Quanto tempo temos antes do seu brinquedo novo e cintilante chegar aqui? — perguntou a Roarke.

— Cerca de dez ou quinze minutos.

— Excelente. Vou procurar os coletes idiotas. — Sinalizou para Peabody. — Roarke, você vai ter que arrumar uma carona de volta para casa.

— Entendido. Tenente, um momento, por favor. — Roarke caminhou com ela até a porta. — Quero essas mulheres de volta em segurança, tanto quanto você. Também gosto da sua pele a salvo exatamente como está agora. Temos que encontrar um jeito de fazer tudo isso dar certo. Essa é uma diretriz do homem que ama você. Portanto, cuide bem do seu traseiro, senão vou ser o primeiro a chutá-lo.

Ele sabia que Eve não gostaria daquilo, mas, como precisava desse momento, pegou o queixo dela entre os dedos e lhe deu um beijo curto e vigoroso antes de se afastar.

— Oun — Suspirou Peabody, baixinho, ao sair da sala de guerra logo atrás de Eve. — Isso foi tão doce!

— Sim, chutar traseiros em nossa casa é tão comum quanto distribuir doces. Vamos ao vestiário para pegar os coletes.

— Coletes? Você vai usar mais de um?

— Se eu vou usar um colete, você também vai.

— Oun — repetiu Peabody, mas dessa vez em um tom totalmente diferente.

Menos de quarenta minutos depois elas estavam na garagem, devidamente protegidas por coletes e grampeadas por vários eletrônicos. Peabody puxou sua jaqueta.

— Isto me faz parecer gorda, não faz? *Tenho certeza* de que me faz parecer gorda, e eu ainda estou carregando alguns quilos extras por causa do inverno.

— Nosso plano não é atrair o filho da mãe com sua silhueta esbelta, Peabody.

— Fácil para você dizer isso. — Virando de lado, ela tentou conferir seu reflexo em uma porta envidraçada. — Essa bosta de roupa engrossa todo o meu tronco, que já não precisa de ajuda nessa área. Estou parecendo um toco. Um toco de árvore.

— Tocos não têm braços nem pernas.

— Sim, eles têm ramos. Acho que, se têm ramos, tecnicamente não podem ser considerados tocos. Então o que eu pareço é uma árvore atrofiada. — Ela se largou no banco do carona. — Agora tenho uma motivação extra para agarrar esse canalha. Ele me faz parecer uma árvore atrofiada.

— Exato. Vamos arrancar a pele dele só por causa disso! — Eve saiu com a viatura. — Preste atenção para o caso de alguém nos seguir. Ativar equipamento, aqui fala Dallas — disse ela para testar os aparelhos. — Vocês estão recebendo o sinal?

— Temos imagem e som com qualidade boa — respondeu Feeney. — A equipe de cobertura vai se manter um mínimo de três quarteirões atrás de vocês.

— Entendido, vou deixar o equipamento ligado direto enquanto estivermos em campo.

Foram procurar primeiro o motorista do rabecão. Ele tinha se dado bem na vida, refletiu Eve. Morava numa casa bonita e digna de três andares revestida de tijolinhos, numa tranquila área do West Village.

Uma empregada androide atendeu a porta. Era um modelo feminino com curvas tão voluptuosas que Eve imaginou que tivesse mais utilidade na ordem sexual do que na doméstica. Olhos esfumaçados, voz rouca, cabelos em desalinho, tudo embrulhado por um body preto e sexy.

— Se as senhoras quiserem esperar no saguão, vou avisar ao sr. Dobbins que vocês estão aqui. — Ela andou lentamente, mais parecendo deslizar, observou Eve, como se fosse uma felina flexível e predatória.

— Se o trabalho dela aqui é só passar o aspirador de pó — comentou Peabody —, eu uso roupas tamanho 36.

— Pode ser que ela passe o aspirador de pó depois de chupar o cabo da vassoura do velho.

— As mulheres são tão grosseiras! — comentou Roarke em seu ouvido.

— Nada de papo — reclamou Eve, analisando o saguão.

O lugar mais parecia um corredor largo, notou, iluminado pela luz que entrava pelo painel de vidro ornamentado da porta da frente. Havia várias portas de ambos os lados, a cozinha provavelmente ficava nos fundos. Os quartos em cima.

Ali havia muito espaço para um homem circular bastante de um lado para outro.

Ele fez exatamente isso ao surgir usando chinelos muito surrados. Vestia uma camiseta folgada e tinha o cabelo quase na altura dos ombros, penteado para trás e tingido em um tom absolutamente preto e improvável.

Seu rosto era muito fino, a boca cheia demais, o corpo muito frágil e esbelto para ser o homem com quem Trina e Loni tinham conversado.

— Sr. Dobbins?

— Eu mesmo. Quero ver algum tipo de identificação, senão vocês vão dar meia-volta agora mesmo.

Ele estudou atentamente o distintivo da Eve e depois o de Peabody, sua boca se movendo silenciosamente enquanto lia.

— Tudo bem então. Do que se trata?

— Estamos investigando o assassinato de uma mulher em Chelsea — começou Eve.

— Sim, essa história do "noivo". — Dobbins sacudiu um dedo.
— Leio os jornais e assisto aos noticiários, certo? Se vocês fizessem
o seu trabalho e protegessem as pessoas, não precisariam vir me
incomodar com perguntas. Os policiais apareceram aqui anos atrás,
quando aquela menina do outro lado da rua foi assassinada.

— O senhor a conhecia, sr. Dobbins? A menina que foi assassinada há nove anos?

— Eu a via entrar e sair de casa, certo? Nunca falei com ela. Vi
a nova morta no telão. Nunca falei com ela também.

— Então o senhor já viu essa nova garota? — quis saber Eve.

— No noticiário, como acabei de dizer, certo? Não preciso ir até
Chelsea para coisa alguma. Tenho tudo de que preciso aqui, certo?

— Tenho certeza de que não precisa. Sr. Dobbins, soubemos
que o seu pai dirigia um rabecão para conduzir os mortos até o
necrotério durante as Guerras Urbanas.

— Sim, o vagão da morte. Eu andava com ele quase todos os
dias. Carregávamos o veículo com cadáveres na parte de cima, em
baixo e dos lados; sempre lotados, o tempo todo. Às vezes também
aparecia gente viva que tinha sido declarada como morta. Quero
me sentar.

Ele simplesmente se virou e entrou, quase se arrastando, pela
porta que ficava à direita. Depois de trocar olhares, Eve e Peabody
o seguiram.

A sala de estar estava lotada de móveis velhos. As paredes poderiam, um dia, ter sido brancas, mas agora exibiam o tom amarelado
de dentes em mau estado.

Dobbins se sentou, pegou um cigarro em uma bandeja de prata
muito fosca e o acendeu.

— Um homem ainda pode fumar em sua própria casa. Pelo
menos isso vocês não conseguiram impedir. A casa de um homem
é a porcaria do seu castelo, certo?

— O senhor tem uma bela casa, sr. Dobbins — elogiou Peabody.

— Adoro as casas com revestimento de tijolinhos que existem nessa área. Temos sorte por muitas delas terem sobrevivido às Guerras Urbanas. Aquele deve ter sido um momento terrível.

— Até que não foi tão ruim. Eu sobrevivi. A guerra também serviu para me fortalecer. — Ele tragou o cigarro com muita força, como se quisesse provar o que dizia. — Vi mais coisas antes de completar vinte anos do que a maioria vê 120 de idade.

— Não consigo nem imaginar. É verdade que havia tantos mortos em determinadas áreas que a única maneira de manter um registro deles era entalhar um número de identificação diretamente nos corpos?

— Sim, era assim que se fazia. — Ele soltou uma baforada e sacudiu o dedo. — Quando os saqueadores chegavam aos mortos antes, arrancavam tudo deles, deixavam-nos pelados. Eu entalhava na pele dos defuntos o número do setor onde havíamos encontrado cada corpo, a fim de mantermos o controle. Depois os carregávamos para o necrotério, onde o médico da casa dos mortos os marcava com um número e registrava tudo em um livro. Um desperdício de tempo, na maior parte dos casos. Quando chegavam lá, já não passavam de carne.

— O senhor manteve contato com alguém daquela época? As pessoas que faziam o mesmo trabalho que vocês, os médicos ou paramédicos?

— Para quê? Quando eles descobrem que a pessoa tem algum dinheiro, sempre aparecem para pedir uma esmola. — Ele deu de ombros. — Vi Earl Wallace alguns anos atrás. Ele costumava carregar uma arma para proteger o rabecão, às vezes. Só fiz questão de comparecer ao funeral do dr. Yumecki, faz cinco ou seis anos. Fui lá mostrar meus respeitos. Ele merecia respeito, e olhem que não havia muita gente assim naquela época. Fizemos uma bela despedida para ele. Foi o seu neto que organizou tudo. O velório aconteceu na sala de estar em vez de no salão de recepção, mas foi uma boa despedida mesmo assim.

— O senhor sabe como entrar em contato com o sr. Wallace ou o neto do dr. Yumecki?

— Como diabos eu poderia saber? Simplesmente acompanho a lista de óbitos. Quando encontro alguém que sei que mereceria meu tempo, vou até lá para a despedida. Prometi isso naquela época, então é o que eu faço.

— O que o senhor prometeu naquela época? — incentivou Eve.

— Havia mortos em todos os lugares. — Seus olhos pareceram se enevoar e Eve imaginou que ele os vira antes e continuava a vê-los agora. — Não havia cerimônias de despedidas. Eram todos cremados ou enterrados depressa, muitas vezes em grupo, pode-se dizer. De forma que nós, aqueles que os carregavam, identificavam, etiquetavam e descartavam, combinamos entre nós que quando chegasse a nossa vez, pelo menos os que ainda estivessem vivos e capazes de andar, apareceriam para dar o último adeus. É o que eu faço.

— Quem mais faz isso? Do tempo das Guerras Urbanas?

Dobbins deu mais uma tragada profunda.

— Não me lembro de nomes. Vejo alguns de vez em quando.

— O que acha deste aqui? — Eve exibiu o retrato falado. — Você já viu este homem?

— Não. Ele se parece com o Carregador, talvez. Lembra um pouco.

— Carregador?

— Nós pegávamos os corpos e os deixávamos no necrotério. Ele os carregava a partir dali, então o chamávamos de "Carregador". Compareci ao seu funeral faz uns vinte anos, talvez mais. Fizemos uma grande cerimônia para o Carregador. — Ele tragou novamente o cigarro já molhado. — Boa comida. Ele morreu há muito tempo.

Quando elas entraram novamente no carro, Eve ficou sentada diante do volante durante algum tempo, pensando.

— Ele pode estar fingindo... bancando um velho amargo que caminha meio torto — Sugeriu Eve. — Mas isso seria forçar a barra.

— Ele poderia estar usando um disfarce quando Trina o viu.

— Poderia — Eve concordou —, mas eu diria que Trina teria reparado qualquer mudança importante que tivesse sido feita no rosto dele. Esse é o trabalho dela. Vamos investigar os dois nomes que ele citou.

A parada seguinte foi a casa de um tal Hugh Klok, que morava junto do Washington Square Park. Os mortos que Dobbins vira "de um lado para outro, entrando e saindo" tinham sido despejados ali. Segundo as anotações de Gil Newkirk, Hugh Klok já tinha sido interrogado há nove anos, assim como os outros vizinhos. Klok estava registrado como um negociante de antiguidades que tinha comprado e reformado toda a propriedade vários anos antes dos primeiros assassinatos.

Fora descrito, na época, como testemunha prestativa, mas que deu poucas informações de valor.

Comércio de antiguidades dava um bom lucro quando a pessoa sabia o que fazia. Eve imaginou que Klok sabia trabalhar bem, pois o que fizera com a propriedade era impressionante. O que originalmente tinha sido apenas duas casas geminadas fora unido para formar uma imensa residência afastada da rua por um pátio largo.

— Muito estiloso — comentou Peabody quando elas se aproximaram do portão de ferro ornamental na entrada do pátio.

Eve apertou o botão da campainha no portão e foi atendida na mesma hora por uma voz computadorizada que pediu que ela declarasse a finalidade da sua visita.

— Polícia. Gostaríamos de falar com o sr. Hugh Klok. — Ela levantou seu distintivo para ser digitado.

O sr. Klok não está na residência no momento. Por favor, deixe seu recado neste posto de verificação ou, se preferir, entre e grave sua mensagem com um membro da segurança da casa.

— Opção dois. Podemos aproveitar para dar uma olhada de perto — disse em seguida, olhando para Peabody.

O portão vibrou e se abriu parcialmente. Elas atravessaram o pátio de paralelepípedos e subiram um pequeno lance de escadas até o nível principal. A porta se abriu de imediato. O atendente também era um androide, só que fabricado para parecer um homem de meia-idade com ar digno.

— Estou autorizado a receber sua mensagem para o sr. Klok.

— Onde está o sr. Klok?

— Saiu. Viagem de negócios.

— Foi para onde?

— Não estou autorizado a transmitir essa informação. Se isto é uma emergência ou o assunto que a senhora tem com ele é de grande importância, entrarei em contato com o sr. Klok imediatamente para que ele possa, por sua vez, retornar a mensagem. Caso prefira esperar, ele deve estar de volta em um ou dois dias.

Atrás do androide com ar respeitável havia um saguão de entrada imponente. Lá dentro, Eve sentiu que havia uma grande quantidade de espaço desabitado.

— Peça ao sr. Klok para entrar em contato com a tenente Eve Dallas, do Departamento de Polícia da Cidade de Nova York, assim que ele regressar.

— Pois não.

— Há quanto tempo ele viajou?

— O sr. Klok está fora de casa há duas semanas.

— E o sr. Klok mora sozinho?

— Exatamente.

— Algum hóspede apareceu durante sua ausência?

— Não há pessoas nesta residência.

— Ok. — Eve teria preferido entrar para bisbilhotar um pouco. Mas sem mandado ou motivo forte não havia jeito legal de nenhum tipo para passar dos limites.

Ela saiu da residência Klok e seguiu para uma área movimentada de Little Italy.

Uma das vítimas tinha trabalhado como garçonete em um restaurante de propriedade de Tomas Pella. Por sua vez, Pella tinha servido na Força Básica durante as Guerras Urbanas e havia perdido no conflito um irmão, uma irmã e a mulher com quem fora casado durante apenas dois meses. Sua jovem esposa morrera depois de servir como médica nos confrontos.

Ele nunca mais se casou. Em vez disso abriu três restaurantes de sucesso, mas vendeu tudo há oito anos.

— Um homem recluso, de acordo com as anotações feitas por Newkirk — informou Eve. — Também está descrito como um sujeito mal-humorado e de pavio curto.

Ele morava em uma casa pintada de branco a curta distância de confeitarias, mercados e cafés.

Quando ela foi recebida pela terceira vez por um androide — novamente feminina, mas em um confortável estilo de empregada doméstica —, Eve concluiu que os homens daquela geração preferiam serviçais eletrônicos a humanos.

— Somos a tenente Dallas e a detetive Peabody. Gostaríamos de falar com o sr. Tomas Pella.

— Sinto muito, mas o sr. Pella está muito doente.

— Ah, está? O que ele tem?

— Receio não poder discutir sua condição médica com a senhora sem a autorização dele. Poderei lhe prestar ajuda em mais alguma coisa?

— Ele está lúcido? Consciente? É capaz de falar?

— Sim, mas seu estado exige repouso e tranquilidade.

Androides eram mais resistentes do que os seres humanos em alguns níveis, mas ainda podiam ser constrangidos e intimidados.

— Exijo ter uma conversa com ele. — Eve balançou o distintivo no ar, mantendo os olhos ávidos e firmes. — Acho que vou perturbar muito mais o repouso e a tranquilidade do paciente se tiver que conseguir um mandado e trouxer médicos da polícia até aqui para avaliar a sua condição. Existe alguém da área médica acompanhando o caso dele?

— Sim. Há uma médica ao seu lado em todos os momentos.

— Então informe a essa médica que, se o sr. Pella está acordado e lúcido, precisamos falar com ele. Entendeu?

— Sim, claro. — Ela deu um passo para trás, fechou a porta depois delas entrarem e pegou o *tele-link* interno da casa. — Se o sr. Pella estiver em condições de atender, há duas policiais aqui que insistem em falar com ele... Sim, eu espero.

A doméstica olhou para Eve e pareceu tão intimidada quanto um androide conseguiria.

O saguão ostentava tetos altos e era elegantemente decorado, apesar de haver poucos móveis. A escadaria seguia pela esquerda, numa elegante linha reta com degraus de madeira muito polida e uma passadeira vermelha um pouco desbotada no centro. O lustre tinha três fileiras de vidro soprado em tons de azul delicado e pálido.

Ela vagou alguns metros além para olhar para a direita e viu uma sala de estar formal. Fotografias estavam alinhadas sobre o consolo branco e liso da lareira. Pelo estilo da roupa usada pelas pessoas retratadas, Eve percebeu que aquela era uma galeria dos mortos de Pella. Pais, irmãos, o rosto bonito e eternamente jovem da sua esposa.

Ele era o terceiro homem na sua lista, pensou Eve, mas nesse caso podia-se dizer que Pella ocupava a verdadeira casa dos mortos.

— As senhoras poderiam me acompanhar, por favor? — A empregada androide cruzou as mãos sobre a cintura, em um gesto formal. — O sr. Pella vai recebê-las, mas a médica pediu que a senhora torne sua visita o mais breve possível.

Quando Eve não respondeu, a androide simplesmente se virou e começou a subir os degraus. Eles rangeram de leve, reparou Eve. Pequenos gemidos e suspiros de idade. No topo havia uma saleta que se dividia em dois corredores, um à direita e outro à esquerda. A androide pegou o corredor à direita e parou diante da primeira porta.

A janela do aposento, pensou Eve, devia dar para a agitação da rua e da vida exterior.

Mas não foi vida que ela sentiu ao entrar. Se aquela era a casa dos mortos, ali ficava a suíte principal.

A cama era enorme, com dossel; a cabeceira e os pés eram pesadamente esculpidos na forma de algo que Eve imaginou serem querubins alados. A luz era fraca e as cortinas estavam completamente fechadas sobre as janelas altas.

O homem na cama era fantasmagórico, pálido demais, encostado em travesseiros brancos. Um respirador de oxigênio fora fixado sobre seu rosto e, acima dele, seus olhos quase sem cor estavam cheios de raiva amarga.

— O que você quer?

Para um homem doente, sua voz era muito forte, embora o respirador a tornasse rouca. Uma voz alimentada, talvez, pelo que Eve percebeu em seus olhos.

— Senhor! — A médica era corpulenta e parecia competente. — O senhor não deve se deixar transtornar.

— Vá para o inferno. — Ele quase cuspiu as palavras, com um encolher de ombros. — E saia daqui!

— Mas, senhor...

— Fora! Ainda estou no comando aqui. Caia fora! Quanto a você — Ele apontou, tremendo um pouco, para Eve. — O que quer aqui?

— Estamos investigando o assassinato de uma mulher cujo corpo foi encontrado no East River Park.

— Sim, o "noivo". Ele voltou a atacar. Eu já fui noivo uma vez.

— Já me contaram. — Ela deu um passo e se colocou mais perto da cama. Não podia insistir para que ele removesse o respirador. Devido a isso e à luz pobre, suas feições eram difíceis de distinguir. Mas ela viu que o cabelo dele era branco, o rosto redondo, e as bochechas meio caídas a fizeram pensar na mesma hora na causa daquilo: esteroides. — O senhor está ciente de que ela foi morta da mesma maneira que Anise Waters, que trabalhava para o senhor e foi morta há nove anos?

— Nove anos. Um estalar de dedos ou uma sentença de prisão perpétua. Tudo depende, não é?

— O tempo é relativo? — perguntou ela, observando aqueles olhos.

— O tempo é um filho da puta. Você vai descobrir com o passar dos anos.

— Um dia.

— Vocês, policiais, me investigaram nove anos atrás. Agora você está aqui de volta para fazer o mesmo? Pois bem, dê uma olhada em mim.

— Quando foi a última vez que o senhor esteve fora da cama?

— Posso me levantar sempre que tiver vontade. — Havia um ar de insulto e frustração em sua voz, e ele se remexeu na cama, obrigando-se a sentar mais reto. — Não consigo ir muito longe, mas posso muito bem sair do leito. Você está achando que eu me levantei e matei essa garota? E depois agarrei outras duas?

— O senhor está bem-informado, sr. Pella.

— O que mais eu tenho que fazer nos meus malditos dias a não ser assistir ao telão? — Ele empurrou o queixo em direção à imensa tela na parede em frente à cama. — Eu sei quem você é. A policial do Roarke.

— Isso é um problema para o senhor?

Ele sorriu e seus dentes apareceram sob o respirador.

— Que tal este aqui? — Eve mostrou o retrato falado para ele. — Sabe quem é este homem?

Ele olhou para a imagem de um jeito que fez Eve achar que iria descartá-lo por completo. Foi então que ela viu alguma impressão invadir seus olhos, algo que surgiu e desapareceu como um lampejo, no curto instante em que ele realmente prestou atenção ao rosto.

— Quem é este homem?

— Um sujeito que gosta de matar mulheres, é o meu palpite.
— Um ar de firme resistência estava de volta ao seu rosto... Uma
expressão que dizia "que se dane". — Pelo meu ponto de vista, isso
é um problema seu, e não meu.

— Posso fazer muita coisa para transformar isso em problema
seu também. O senhor gosta de morenas, sr. Pella?

— Não tenho tempo para as mulheres. Elas não ouvem ninguém.
E depois morrem, ainda por cima.

— O senhor serviu na Força Básica durante as Guerras Urbanas.

— Matei homens... mulheres também. Mas eles chamavam a isso
"ato heroico". Ela estava muito ocupada salvando vidas quando eles
a mataram. Alguém provavelmente também achou isso heroico. Não
havia nada de heroísmo naquilo, mas a gente nunca mais consegue
tirar da cabeça o que aconteceu.

— O senhor identificou o corpo dela?

— Não quero falar sobre isso. Não quero mais que Therese seja
mencionada aqui.

— O senhor está morrendo, sr. Pella?

— Todo mundo está morrendo. — Ele sorriu novamente. —
Alguns de nós estão simplesmente mais perto do fim que os outros.

— O que está acabando com a sua vida?

— Um tumor. Eu o derrotei. Venho fazendo isso há mais de
dez anos. Só que, dessa vez, eles dizem que ele vai me vencer. É o
que veremos...

— Alguma objeção contra eu e minha parceira darmos uma
olhada na sua casa enquanto estamos aqui?

— Você quer circular livremente pela minha casa? — Ele ergueu
o corpo um pouco mais. — Não estamos mais em tempos de
Guerras Urbanas, Policial do Roarke, quando pessoas do seu tipo
podiam fazer o que bem queriam. Isso aqui ainda é a porcaria dos
Estados Unidos da América. Se quiser vasculhar a minha casa
consiga a porra de um mandado. Agora, caia fora!

Eve ficou em pé do lado de fora com as mãos nos quadris, esquadrinhando a casa de Pella. Poucos instantes depois, viu as cortinas do quarto dele se mexendo de leve para, logo em seguida, ficarem paradas novamente.

— Filho da mãe duro na queda — comentou Eve.

— Sim, mas será que ele é duro o bastante?

— Aposto que sim. Se estivesse a fim de matar alguém, era exatamente isso que faria. Há o aspecto de ter sido noivo, temos o amor perdido. Por que essas mulheres deveriam viver, ser felizes e jovens quando ele perdeu sua esposa? E foi soldado durante as Guerras Urbanas. Sabe como matar uma pessoa, parece um homem com muita raiva e que consegue ter controle sobre isso quando quer.

— O quarto de doente, o respirador... — avaliou Peabody — Tudo isso poderia ser uma armação.

— Sim, talvez. Mas ele deve saber que poderíamos descobrir essa farsa. Claro que, se ele realmente está morrendo, isso seria apenas mais um ponto na coluna das probabilidades. Só que nenhum juiz vai nos dar um mandado, com base unicamente no que temos, para revirar a casa de um homem idoso e acamado perto da morte. — Ela parou e se comunicou com a equipe. — Dallas falando. Feeney, está me ouvindo bem?

— Alto e claro.

— Vamos colocar dois guardas de prontidão neste lugar. Vão ser nossos informantes. Pella não me contou tudo que sabe, mas está rolando uma inquietação qualquer aqui. Ele sabe algo sobre alguma coisa ou alguém, e foi o rosto desenhado que provocou isso.

— Entendido.

— A equipe de apoio detectou alguém nos seguindo?

— Nada.

— Pois é, eu também não. Vou largar Peabody no apartamento dela e vou para a minha casa sozinha. Vou continuar a trabalhar de lá. Dallas desligando.

— Lar doce lar? — empolgou-se Peabody.

— Lar é o lugar para onde você irá a fim de desencavar novos dados sobre a esposa de Pella, que foi morta. Quero mais detalhes, tudo que você conseguir encontrar. Posso descolar uma autorização para confirmar seus dados médicos. Dê uma olhada mais detalhada em Dobbins também.

— Parece que não vou conseguir transar mais uma vez esta noite.

Eve ignorou o comentário.

— Vou dar outra olhada no sr. Hugh Klok, que continua indisponível. O cara é especializado em antiguidades, o que significa que faz muitas viagens. Vamos ver se alguma dessas figuras frequenta a ópera. Roarke pode dar uma olhada mais de perto em seus imóveis. Talvez as casas signifiquem alguma coisa. Quero as plantas de todas elas, só por precaução.

Ela se afastou com o carro do meio-fio, na esperança de sentir alguém de tocaia ou deslizando através do tráfego atrás dela. Mas tudo que sentiu foram as ruas lotadas e o impulso lento de veículos que tinha transformado a neve que caíra mais cedo em um mingau lúgubre.

Capítulo Dezessete

— Já estou em casa, bem trancada — anunciou Eve no instante em que os portões se fecharam atrás dela. — Vou desligar a câmera e os grampos. Dallas se despedindo!

Não havia tempo horrível ali, pensou. A neve se espalhava pura e intocada sobre o terreno e os jardins; envolvia as árvores em um manto pesado, espesso e molhado para que a casa imensa sobressaísse como o foco principal de uma pintura de inverno. E, tal e qual como numa pintura, agora que o vento gelado do fim de março acabara, tudo estava absolutamente imóvel.

Ela saiu do carro e, mesmo passando pelo irritante frio, refletiu e achou que talvez Peabody tivesse razão: a primavera poderia estar mais perto.

Quando ela entrou na casa, Summerset pareceu escorrer lentamente até o saguão de entrada, com o gordo Galahad o seguindo como uma sombra.

— Vim lhe comunicar que Roarke vai se atrasar um pouco em sua volta para casa. Parece-me que está enfrentando consideráveis problemas com os próprios negócios agora que gasta muito tempo atolado nos *seus* problemas profissionais.

— Escolha dele, Espantalho. — Ela pendurou o casaco no primeiro pilar da escada.

— Há sangue em suas calças.

Ela olhou para baixo. Quase tinha se esquecido da mordida que levara. Ladrãozinho filho da mãe.

— Está seco.

— Então não vai escorrer pelo chão — anunciou ele com voz impassível. — Mavis deseja que a senhora saiba que ela não conseguiu identificar a peruca, mas ela e Trina acreditam ter diminuído a busca da marca do creme corporal até sobrarem apenas três opções. A informação completa está em sua mesa.

Eve subiu dois degraus, em parte porque estava louca para chegar ao andar de cima e em parte porque lhe permitiu olhar para baixo sobre o mordomo.

— Elas já foram embora?

— Já, por volta de meio-dia. Leonardo voltou de viagem. Providenciei transporte e as mandei diretamente para casa. Trina ficará em companhia deles até que este assunto seja resolvido.

— Ótimo. Excelente. — Ela subiu mais dois degraus e parou. Summerset era um estorvo na sua vida a maior parte do tempo, mas Eve percebeu o tom de preocupação em sua voz. Quaisquer que fossem as suas numerosas falhas, e Eve nem sabia por onde começar a enumerá-las, a verdade é que ele tinha desenvolvido uma fraqueza estranha e pegajosa por Mavis.

— Elas não têm nada com o que se preocupar — avisou ela, olhando fixamente para ele. — Estão seguras.

Ele simplesmente assentiu com a cabeça e Eve continuou até o andar de cima. Galahad subiu trotando atrás.

Ela foi para o quarto, limitando-se a lançar um olhar lânguido para a cama imensa e estilosa. Sabia que, se desabasse ali, continuaria desabada, e essa não era a resposta que buscava. Em vez disso ela se despiu, colocou sobre a cômoda a arma, o coldre que tinha prendido no tornozelo naquela tarde, e, por fim, o distintivo. Em seguida, vestiu uma camiseta regata e shorts de ginástica.

Decidiu tirar o curativo da batata da perna, mas logo se ordenou parar. Se ela olhasse para o ferimento, aquele troço idiota começaria a doer novamente.

O que ela precisava era de um bom e forte treino para esvaziar a mente e manter seu corpo acordado à força.

Galahad, obviamente, tinha outras ideias sobre como usar seu próprio tempo, e já estava enroscado exatamente no centro da cama.

— Viu só? É por isso que você é gordo — Ela avisou ao gato. — Comer, dormir, talvez rondar um pouco pela casa; em seguida comer e dormir um pouco mais. Eu devia pedir a Roarke para instalar uma esteira de exercícios para animais domésticos no andar de baixo. Seria bom você malhar um pouco para se livrar dessa banha.

Decidido a mostrar a Eve sua opinião sobre a sugestão recebida, Galahad deu um grande bocejo e fechou os olhos.

— Claro, vá em frente, me ignore.

Ela entrou no elevador e desceu para a academia doméstica.

Fez uma corrida de três quilômetros usando sua configuração favorita no equipamento: praia. Sentiu a textura da areia sob seus pés, o cheiro do mar em torno dela, a visão e o som das ondas do mar que vinham e recuavam.

Em meio ao esforço e naquele belo ambiente, terminou a corrida numa espécie de transe, então passou para os pesos. Suada e satisfeita, terminou a sessão com um pouco de treinamento de flexibilidade antes de entrar debaixo da ducha.

Ok, talvez a mordida na perna estivesse latejando um pouco em protesto, mas ainda assim aquilo era melhor do que um cochilo, assegurou para si mesma. Apesar disso, foi obrigada a admitir que o gato roncando na cama parecia muito feliz. Vestiu calças largas e uma camiseta preta que percebeu, quase com surpresa, que era de caxemira; depois, calçou meias grossas. Com a pasta de arquivos debaixo do braço, passou do quarto para o escritório caseiro.

Programou um bule de café e bebeu a primeira caneca enquanto atualizava os dados para, em seguida, circular diante do quadro dos assassinatos. Fez uma pausa e olhou longamente para aquele cuja imagem Yancy tinha esboçado.

— Quer dizer que você voltou para casa só para morrer? Foi isso, Ted, Ed, Edward, Edwin? É tudo uma questão unicamente de tempo, ciclos e morte? Tudo isso está sendo a sua ópera pessoal?

Ela circulou novamente, analisando o rosto de cada vítima.

— Você as escolheu e as usou. Depois as jogou no lixo. Mas todas elas representam alguém. Quem é esse alguém? Quem ela representava para você? Mãe, amante, irmã, filha? Será que traiu você? Será que o abandonou? Ou o rejeitou?

Ela se lembrou de algo que Pella tinha dito e franziu a testa.

— Elas morrem, ainda por cima? Foi mais que isso? Ela foi levada de você, foi morta? Isto é uma recriação da morte dela?

Estudou seu próprio rosto, a reprodução da foto da sua própria identidade, que ela acabara de pregar no quadro. O que ele via quando olhava para ela?, tentou imaginar. Não apenas mais uma vítima, dessa vez, mas uma adversária. Isso era novo, não era? Caçar a sua caçadora?

O *grand finale*. Sim, Mira poderia estar certa a respeito disso. Uma reviravolta no final do espetáculo. Aplausos, muitos aplausos e a cortina que se fechava.

Ela se serviu uma segunda caneca de café, sentou na cadeira e colocou os pés sobre a mesa de trabalho. Talvez ele não fosse apenas um fã de ópera. Um artista? Um cantor ou compositor frustrado?

O artista não se encaixava no perfil dele, decidiu. Isso envolveria muita preparação e um grande trabalho de equipe. Ele seria dirigido e receberia ordens. Não, esse não era o seu estilo.

Um compositor, talvez? A maioria das pessoas que escreviam alguma coisa trabalhava sozinha quase todo o tempo. Assumiam a tarefa de dar forma às letras e à música.

— Computador, trabalhando com todos os dados atuais, executar a série de probabilidades que se seguem. Qual é a probabilidade do criminoso ter voltado a Nova York e ter como alvo a tenente Eve Dallas, em um desejo de completar o seu trabalho?

"Qual é a probabilidade de que esse desejo tenha sido estimulado pelo conhecimento de sua própria morte iminente ou por planos para se autodestruir?

"Qual é a probabilidade, considerando a sua utilização de casas de ópera como endereços falsos, de ele estar ou ter estado envolvido profissionalmente com ópera?

"Qual é a probabilidade, tendo em vista os cronogramas dos ataques do agressor e os subsequentes períodos de descanso, de ele utilizar produtos químicos para suprimir ou liberar o seu desejo de matar?"

Entendido.

— Espere um pouco, ainda estou pensando. Qual é a probabilidade das vítimas representarem uma pessoa ligada ao criminoso e que tenha sido, em algum momento, torturada e morta pelos métodos que ele emprega agora? Pode começar a calcular.

Entendido. Processando...

— Isso mesmo, faça isso. — Inclinando-se para trás na cadeira, Eve tomou um gole de café e fechou os olhos.

Deixou que as ideias se filtrassem, mastigou-as mentalmente por algum tempo e usou os resultados para formular outras hipóteses. Em seguida, simplesmente se sentou e deixou tudo em fogo brando dentro da cabeça.

Quando Roarke entrou, ela estava com as botas sobre a mesa e os tornozelos cruzados. Havia uma caneca de café na mão. Seus olhos estavam fechados, seu rosto não tinha expressão. O gato veio pisando de mansinho atrás dele e voou direto para a poltrona, antes que alguém chegasse lá. Então se esparramou, como se estivesse exausto depois da longa caminhada do último cochilo até a sesta.

Roarke começou a atravessar o escritório, mas parou de repente diante do quadro de assassinatos. Se alguém o tivesse atacado com um bastão de aço no peito, o choque teria sido muito menor que ver o rosto de Eve naquele quadro em meio às fotos das mulheres mortas e desaparecidas.

Ele perdeu o fôlego. A capacidade de respirar simplesmente deixou seu corpo, como ele imaginou que a própria vida faria, caso a perdesse. O fôlego voltou de repente, soprado para dentro dele pela fúria em estado puro. Seus punhos se cerraram nos lados do corpo, formando duas bolas duras prontas para a violência. Ele pôde imaginar aqueles punhos perfurando o rosto do homem que enxergava Eve como uma possível vítima, uma espécie de grande prêmio em sua coleção. O que ele queria, literalmente, era o impacto dos punhos contra a carne dele, invadindo seus músculos e lhe destruindo ossos da cara, e não um simples ataque contra o papel e a tinta da sua imagem.

Deleitou-se com a dor fantasma forte e crua que invadiu as suas juntas.

Ela não pertencia àquele lugar. Nunca pertenceria àquela galeria repugnante da morte.

No entanto ela precisava se colocar lá, ele percebeu. Colocara a sua foto no meio das outras. Tinha uma mente de aço, refletiu. Sua policial, sua esposa, seu mundo. De cabeça e sangue frios, alinhando fatos e dados, mesmo quando sua própria vida era parte deles.

Ele ordenou a si mesmo que se acalmasse, a fim de entender o motivo dela ter se colocado ali. Sim... Ela precisava enxergar o quadro inteiro, porque só o analisando por completo conseguiria fechar o circuito.

Ele desviou o rosto do quadro e olhou para Eve. Ela estava exatamente na mesma posição de quando ele tinha entrado. Voltara para casa, estava imóvel... e a salvo.

Foi até ela, percebendo que um pouco da raiva e do medo ainda estava com ele quando sentiu vontade de simplesmente arrancá-la da cadeira, envolvê-la e abraçá-la com força. E se deixar ficar ali. Em vez disso, porém, abaixou-se para tirar a caneca da mão dela.

— Vá pegar seu próprio café! — protestou ela, abrindo os olhos.

Não estava dormindo, percebeu ele. Apenas imersa em pensamentos.

— Desculpe, erro meu. Achei que você estava dormindo durante o trabalho.

— É a minha hora de raciocinar, meu chapa. Não ouvi você entrar. Como estão indo as coisas?

— Razoavelmente bem. Dei algumas braçadas na piscina e tomei uma bela ducha para iludir a mim mesmo e me fazer acreditar que ainda me sinto humano.

— Pois é, tomei a rota da corrida na praia e depois puxei um pouco de ferro. Na maioria das vezes funciona. Tenho calculado probabilidades e fiz malabarismos com alguns dados. Preciso preparar um relatório e depois rodar novas probabilidades. Depois eu vou...

— Quero dez minutos — interrompeu ele.

— Ahn?

— Dez minutos. — Ele pegou o café da mão dela, colocou-o de lado, pegou-a pela mão e puxou para fora da cadeira. — Em um lugar onde existam somente eu e você.

Ela ergueu as sobrancelhas quando ele a puxou para longe da mesa.

— Fazer o que você quer em dez minutos não é exatamente um motivo para se gabar, garotão.

— Não estou falando de sexo. — Ele passou os braços em volta dela e continuou se movendo no que ela agora entendia que era uma dança lenta e fluida. — Ou não especificamente disso. Quero dez minutos de você — repetiu, baixando a testa e colando-a na dela. — Apenas isso, sem mais nada, nem ninguém.

Ela respirou fundo e sentiu a ducha que ele tomara. O cheiro persistente do sabonete em sua pele.

— Isso sempre é gostoso. — Ela tocou os lábios nos dele e inclinou a cabeça. — O gosto também é bom.

Ele passou o dedo de leve na covinha do queixo dela e roçou os lábios de ambos.

— Também gosto. E conheço um ponto especial em você. — Ele usou um dos dedos para virar a cabeça dela de leve e pousou os lábios ao longo do seu maxilar, pouco abaixo da orelha. — Bem aqui. Está perfeito.

— Ah, esse ponto?

— Há vários outros, mas esse é um dos meus favoritos.

Ela sorriu e descansou a cabeça no ombro dele, um dos locais prediletos dela, e se deixou guiar com leveza através da dança fácil.

— Roarke.

— Que foi?

— Nada. É simplesmente gostoso dizer seu nome.

Sua mão acariciou as costas dela para cima e para baixo.

— Eve — disse ele. — Você tem razão, mais uma vez. É gostoso mesmo. Eu amo você. Não há nada que pareça mais perfeito do que isso.

— Ouvir isso também não é nada mal. E saber é o melhor de tudo. — Ela levantou a cabeça e encontrou os lábios dele novamente. — Eu amo você.

Eles ficaram ali unidos e terminaram a dança silenciosa como tinham começado: ele com a testa encostada à dela.

— Isso, agora sim — murmurou ele. — Bem melhor. — Ele recuou e levou as mãos dela aos lábios.

Ele tinha um jeito especial de, simplesmente fazendo isso, provocar um *tsunami* dentro dela. Os lábios quentes em sua pele e aqueles olhos azuis selvagens que a observavam por sobre suas mãos unidas a fizeram desejar que houvesse *cento e dez* minutos para aproveitar, só daquele jeito. Desde que ele pudesse ficar junto dela.

— Isso é muito bom mesmo — garantiu ela.

— Por que não me deixa preparar uma refeição para a gente? — sugeriu ele. — Você pode me contar tudo sobre essas probabilidades.

— Não, eu preparo. Deve ser a minha vez, agora. Você pode supervisionar tudo, se quiser.

Ela deu um passo para trás, virou-se e viu. Caiu em si, percebendo naquele instante que ele também deveria ter visto a foto dela pregada no quadro.

— Ah, Cristo, santo Cristo. — Chocada, ela agarrou um punhado de seu próprio cabelo e puxou com força. — Escute, isso foi burrice. Sou burra. Só coloquei minha foto lá para...

— Não se chame de burra, você está longe de ser isso, pelo menos na maior parte do tempo. — Seu tom era leve e tranquilo. — Pode deixar que ficarei feliz em avisar quando estiver sendo. Não vai ser problema para mim.

— Sim, você já deixou isso bem claro no passado. Mas isso aqui foi só uma...

Ela parou de falar novamente quando ele ergueu a mão.

— Você se colocou ali porque tem que ser objetiva e muito mais: tem que ser capaz de enxergar a si mesma como ele a enxerga. Não só como você é, mas como ele a vê. Se não fizer isso, poderá ser descuidada em algum momento.

— Certo, é isso mesmo. — Ela deslizou as mãos para dentro dos bolsos. — Você entendeu o quadro todo. Isso está bom para você?

— Vai ajudar se não estiver? Obviamente não. Então, vou lidar com isso. E vou matá-lo se ele machucar você.

— Ei, ei, espere um pouco...

— Não estou me referindo à sua variedade corriqueira de galos, hematomas e ocasionais mordidas — acrescentou, olhando para a perna dela. — Aliás, você parece receber ferimentos desse tipo com uma regularidade assustadora.

— Sei me defender — ela retrucou, estranhamente insultada.

— E você também já levou algumas porradas, meu chapa. — Os olhos dela se estreitaram quando ele levantou um dedo. — Puxa, fico realmente revoltada quando você fala essas coisas.

— Uma pena. Se ele conseguir passar pela sua guarda, por mim e por todo o resto, e lhe provocar algum dano físico real, vou acabar com ele com minhas próprias mãos e à minha maneira. Você vai ter que aceitar isso, já que esse é exatamente o meu jeito de ser assim como o seu jeito de ser a fez pregar sua foto no quadro das vítimas.

— Ele não vai passar pela minha guarda.

— Então, não teremos problemas, certo? O que tem para jantar?

Ela quis argumentar, mas não conseguiu encontrar margem alguma de manobra. Sendo assim, deu de ombros e saiu em direção à cozinha.

— Quero carboidratos.

Aquele homem era muito irritante. Em um minuto ele lhe beijava a mão em um gesto tipicamente calmo e romântico que a fazia se derreter toda, e no minuto seguinte declarava, com a voz absolutamente calma, que cometeria assassinato de uma forma ainda mais assustadora que por uma rajada de arma.

E o pior de tudo, pensou, quando o gato bateu com a cabeça contra sua perna, é que ele agiu e falou sério nas duas situações. Droga, ele *era* exatamente as duas coisas, sem dúvida.

Ela ordenou espaguete com almôndegas ao AutoChef, recostou-se na quina da bancada e suspirou. Sim, ele podia ser exasperante, complicado, perigoso e difícil, mas ela amava cada peça do quebra-cabeça que Roarke representava.

Eve ofereceu ao já desesperado Galahad uma porção de cada prato, para ser justa, antes de carregá-lo de volta para o escritório. Ela viu que Roarke tinha interpretado corretamente os "carboidratos" aos quais ela se referira como espaguete e escolhera uma garrafa de vinho tinto. Estava sentado na cadeira dela, bebendo tranquilamente e analisando a tela do computador.

— Talvez ele consiga provocar algum dano real em *você* — comentou ela, enquanto colocava os pratos sobre a mesa —, e então eu que vou matá-lo.

— Por mim está ótimo. Vejo algumas questões interessantes colocadas aqui, tenente. — Como se aquela fosse uma refeição casual qualquer, e para eles talvez fosse, Roarke enrolou o macarrão com habilidade ao redor do garfo. — São porcentagens muito interessantes.

— É alta a probabilidade de Mira ter acertado sobre a razão dele ter voltado para Nova York, bem como o motivo de ter me transformado em um possível alvo. Também está no alto da lista a possibilidade dele ter alguma ligação profissional com a ópera. Não sei se concordo com isso.

— Por quê?

— Isso exige muito trabalho, certo? Foco, energia, dedicação. Na maioria dos casos, também exige interação constante com outras pessoas. É um fator importante, sem dúvida — disse ela, estudando as tabelas no monitor —, mas, quando deixei a ideia rolar na mente durante o tempo que tirei para raciocinar, ele não se encaixou nesse papel. Não costuma trabalhar em equipe. Minha avaliação é que gosta de ter alguma tranquilidade. Você poderia, em algum nível, chamar os assassinatos que ele comete de "apresentações", mas não é assim que eu os vejo. Eles são mais íntimos. Um ato que acontece apenas entre ele e a vítima até tudo terminar.

— Um dueto.

— Um dueto. Humm. — Ela rolou essa ideia na cabeça junto com as outras. — Sim... Certo, um dueto, isso eu consigo enxergar. Um homem, uma mulher, a dinâmica entre eles, algo extremamente pessoal. Uma apresentação que acontece longe do público e é muito íntima para compartilhar com os outros. Porque eu acho que, em algum momento, ele esteve intimamente ligado à mulher que todas elas representam. Isso mesmo. Elas formavam um dueto com ele.

— E a parceira dele foi morta.

— Sim, isso fez o trem da vida dele descarrilar. É por isso que acho que ele usa produtos químicos para controlar a si mesmo por longos períodos ou, inversamente, para libertar a si mesmo por períodos curtos. Nesse ponto, o computador e eu concordamos. Então, olhei os tipos de medicamentos que conseguem suprimir impulsos homicidas. Se ele estiver doente como estamos teorizando, pode ser que tome remédios para sua condição específica. Você conhece Tomas Pella?

— O nome não me é familiar, creio que não.

— Ele parece saber quem você é.

— Bem, eu conheço muita gente de vista.

— E um monte de gente conhece bem você, disso eu sei. Ele tinha alguns restaurantes em Little Italy, mas vendeu tudo logo depois que a primeira onda de crimes começou, nove anos atrás.

— Pode ser que eu os tenha comprado, pelo menos um deles. Vou verificar meus registros.

— E quanto a Hugh Klok, negociante de antiguidades? Você compra um monte de coisas velhas.

— Esse nome não me traz nada à cabeça.

— Vou pesquisar sobre ele. Um dos outros investigados que Newkirk se lembrou do caso antigo era um sujeito que trabalhava com taxidermia. Você sabe do que se trata, certo? A arte de empalhar animais mortos.

— O que sempre levanta a pergunta: por que diabos alguém faria isso?

— Sim, também não entendo qual é o lance. — Eve desviou os olhos para Galahad, que viera lentamente se sentar e se limpar após a refeição. — Isto é, você gostaria de fazer isso com... você sabe... depois que ele gastar suas nove vidas?

— Por Deus, não — reagiu Roarke. — Não só é uma coisa muito... assustadora seria a palavra, no nosso caso, mas também me parece terrivelmente humilhante para ele.

— Sim, é o que eu também penso. Mas gostei da ideia do taxidermista pelo simbolismo. Casa dos mortos e blá-blá-blá. Ele está limpo nessa história. Mora em Vegas II há quatro anos. Caiu fora daqui. De qualquer forma, vou vasculhar o passado dos outros dois e do terceiro que interroguei hoje... Dobbins.

— Tenho certeza de que isso dará uma conversa tão interessante para um jantar quanto a filosofia que se esconde na taxidermia e nos gatos mortos. Vá em frente.

No centro da cidade, em seu apartamento, Peabody e McNab trabalhavam em duelo, cada um em seu computador pessoal. Como ele rendia mais com barulho e ela não se importava, o ambiente vibrava com o som do *trash rock* e do rap revisionista. Ela estava sentada meio curvada sobre o monitor, tentando se abstrair do que rolava em torno e tateando através de uma busca complicada.

Ele estava para cima e para baixo na sala como um cãozinho agitado, alternando exclamações de indignação com as letras das canções. Peabody não sabia como alguém conseguia trabalhar daquele jeito. Mas também sabia que ele não só conseguia como *precisava* fazer assim.

Os restos da comida chinesa que encomendaram jaziam espalhados em volta das mesas de trabalho. Peabody já lamentava não ter resistido àquele último rolinho primavera.

Quando finalmente encontrou os dados que buscava, lágrimas lhe turvaram os olhos. A fisgada quente das lágrimas era um aviso de que estava exausta e com a resistência no mínimo.

— Ei, ei, Body! — McNab reparou no olhar em seu rosto. — Desligar música! Computador, salvar o trabalho e fazer uma pausa! Qual o problema, amor?

— É tão triste. Isso me deixou arrasada.

— O quê? — Ele já se colocara atrás dela para acariciá-la e massagear os ombros.

Era um bom negócio, refletiu ela, ter alguém para mimá-la nos momentos de instabilidade.

— Encontrei Therese, Therese Di Vecchio Pella. Era a esposa de Tomas Pella, um dos caras com quem Dallas e eu conversamos hoje.

— Eu sei. Li nas anotações de Newkirk Pai, feitas no primeiro caso.

— Eles se casaram em abril. Serviam na Força Básica. Ele era cabo, ela era médica. E veja só, olha aqui! — Ela bateu na tela com o dedo. — Em julho ela foi enviada para esta área aqui, perto do Soho e de Tribeca. Houve uma explosão com vítimas, a maioria civis. O lugar ainda pegava fogo e havia marcas de tiros no prédio, mas ela entrou. Usava o símbolo da cruz vermelha, o símbolo dos médicos. Mas foi atingida por um tiro dado por um atirador de elite quando tentou alcançar os feridos. Tinha só 20 anos. Tentava ajudar civis feridos e a mataram.

Ela se recostou na cadeira e limpou as lágrimas do rosto com os nós dos dedos.

— Eu não sei. Isso me pegou e parece me rasgar por dentro. É preciso sentir esperança para parar tempo suficiente para se casar no meio de um conflito desses. E então, de repente, a pessoa se vai e tudo acaba. Ela tentava ajudar as pessoas e se foi. Tinha só 20 anos.

McNab se inclinou para a frente e pousou um beijo no alto da cabeça dela.

— Quer que eu assuma essa pesquisa por um tempo?

— Não precisa. Nós conversamos com aquele velho hoje. Bem, não era tão idoso, na verdade, mas parecia mais velho que Moisés, deitado ali naquela cama com o respirador ligado. E então eu li isso e caiu a ficha: ele foi jovem um dia e amava essa garota. De repente... puf! Ela era jovem demais.

— Eu sei que é difícil, amor, mas...

— Não, não. Quer dizer, sim, claro que é difícil, mas ela é muito jovem para ser a fonte do padrão seguido pelo assassino. — As lágrimas, algumas delas ainda entre os cílios, foram esquecidas. — Essa moça tinha 20 anos e a vítima mais jovem tinha 28. Entre 28 e 33 anos é o intervalo de idade das vítimas. Therese Pella morreu muito jovem, e isso provavelmente tira Pella da lista de suspeitos.

— Vocês estavam considerando seriamente esse cara?

— Ele tem a idade certa, o tipo físico esperado, tinha ligação com as Guerras Urbanas, mora numa casa própria e é um sujeito amargo. Tem um tumor... pelo menos diz que tem, Dallas está confirmando. Eram recém-casados, ele mal tinha deixado de ser noivo quando perdeu a noiva, que era uma morena bonita. Só que, depois disso, a história não bate mais.

Peabody se recostou novamente, balançando a cabeça para os dados diante da tela.

— Isso não segue o padrão. Ela foi atingida por um atirador e não foi torturada. Era oito anos mais nova do que a vítima mais jovem quando foi morta. Isso foge do perfil. Mas havia algo nele. Uma inquietação, foi como Dallas chamou. Havia certa inquietação no ar quando conversamos com ele.

— Talvez ele saiba de alguma coisa. Talvez esteja conectado.

— Sim, talvez. Preciso levar isso para Dallas e depois escavar mais fundo em busca de outros dados sobre Pella.

— Vou lhe dar uma mãozinha. — McNab fez mais uma boa massagem nos ombros de Peabody e, em seguida, brincou com as pontas do cabelo dela. — Tudo bem com você agora?

— Sim. Acho que estou com problemas de pouco sono e muita coisa na cabeça.

— Você precisa fazer uma pausa.

— Talvez eu faça. — Ela esfregou os olhos novamente, dessa vez para dissolver a fadiga, em vez de limpar as lágrimas. — Se não estivesse tão frio lá fora, eu daria uma volta, pegar um pouco de ar, fazer algum exercício.

— Eu não sei sobre o ar — disse ele, quando ela se levantou. — Mas posso ajudar com o exercício. — Sorrindo, colocou a mão na bunda dela e lhe deu um aperto.

— Ah, pode? — Os olhos dela dançaram e sua libido disparou. — E você está a fim?

— Deixe-me responder a essa pergunta rasgando suas roupas. Ela soltou um riso gritado quando caíram no chão.

— Puxa, eu pensei, você sabe, que não estávamos mais sentindo o florescer e as fagulhas do desejo.

— Pois algo está florescendo muito bem aqui na minha frente — avisou ele, arrancando a suéter dela.

Ela arriou a calça dele a fim de verificar por si mesma. Olhando para baixo, confirmou:

— Está mesmo, eu que o diga!

— E quanto às fagulhas... — ele esmagou a boca contra a dela em um beijo tão escaldante que ela imaginou fumaça saindo de suas orelhas. — Se houver mais do que isso, vamos atear fogo neste lugar.

Ela viu os olhos dele assumirem uma expressão sonhadora quando sua mão cobriu o seu seio, e sentiu os músculos do estômago se apertando em resposta.

— Humm, Body, a mais feminina das pessoas do sexo feminino. Vamos ver o que conseguimos acender por aqui.

Mais tarde, muito mais tarde, Eve estudou os dados que Peabody enviara para o seu escritório.

— Ela tem razão — murmurou, enquanto lia. — A vítima era muito jovem e morreu de um jeito diferente. Dobbins me parece simplesmente desajeitado e desinteressado demais por tudo. Klok me parece esbelto e magro em excesso. Mas existe algo estranho por aqui. E simplesmente não consigo enxergar o que é.

— Talvez consiga se tiver uma noite de sono decente.

Em vez disso, ela caminhou até os quadros na parede mais uma vez.

— Ópera. E quanto à ideia dos ingressos para a temporada de ópera?

— Consegui a lista dos titulares de bilhetes do Metropolitan para toda a temporada, mas não surgiu nada na primeira verificação cruzada. Vou tentar outros métodos.

— Ele troca de nomes, muda de sobrenomes e de identidade. É método de quem trabalha com material secreto. Tudo de forma suave, debaixo do radar. Onde ele aprendeu a fazer isso? Métodos de tortura... Operações secretas costumavam empregar métodos de tortura.

— Pois posso lhe garantir que, em minhas fontes sobre o assunto de torturadores, não está aparecendo ninguém dessa geração que ainda esteja vivo e na ativa, nem alguém que trabalhe depois do expediente em busca de jovens morenas.

— Mas valeu a pena arriscar uma busca mais aprofundada — refletiu Eve. — Uma operação secreta poderia mudar o aspecto de tudo. Alguém que tenha trabalhado em operações militares ou paramilitares, no passado. Ele aprendeu os métodos em algum lugar e depois desenvolveu habilidades para manipular os próprios dados.

— Ou então tem as conexões ou os fundos para contratar alguém para manipular tudo por ele — lembrou Roarke.

— Sim, ainda temos essa possibilidade. Então vamos lá... Por que torturamos uma pessoa?

— Para obtermos informações.

— Sim, pelo menos aparentemente. Por que mais alguém tortura? Por satisfação pessoal, desvio de sexualidade, sacrifício ritual.

— Fazer experiências. Outra justificativa verdadeira e comprovada para infligir dor em alguém.

Ela olhou para ele.

— Podemos eliminar a necessidade ou o desejo de obter informações e também o desvio sexual. Não existe dúvida, para mim, de que ele consegue algum tipo de gratificação pessoal ao provocar dor, mas tem que haver mais. Um ritual poderia ser parte disso, mas os crimes não são religiosos ou ligados a algum culto. Sobra a realização de experiências — repetiu ela. — Isso se encaixa. Devemos levar em consideração que ele é muito bom nisso. Habilidades para torturas são a sua especialização. Ele não é desordenado em relação a isso... Exibe grande precisão. Mais uma vez, onde ele aprendeu tudo isso?

— E lá está você de volta às Guerras Urbanas.

— Elas continuam aparecendo. Alguém o ensinou a torturar, ou ele estudou sozinho. Testou antes de experimentar de verdade. Mas não aqui, não em Nova York.

Circulando diante do quadro, ela avaliou e considerou novos ângulos de abordagem.

— Já investigamos outros nomes antes. Corri o programa de Pessoas Desaparecidas com base no tipo físico das vítimas. Mas... e se ele experimentou em outro lugar? Se ele propositadamente mutilou os corpos para evitar a correlação ou os eliminou por completo?

— Seria bom fazer uma pesquisa global sobre mutilações e pessoas desaparecidas que tenham o mesmo tipo físico das vítimas.

— Pode ser que ele não tenha sido tão cuidadoso. Se encontrarmos alguma coisa... Ele pode ter deixado alguma pista para trás. — Ela parou e olhou para o retrato falado do homem que caçava. — Ainda estava aprimorando a sua arte, tentava encontrar o próprio caminho. Já fizemos pesquisas globais, mas talvez não tenhamos voltado no tempo o suficiente.

— Vou configurar uma nova busca. Consigo fazer isso mais rápido — disse ele, antes que Eve conseguisse argumentar. — Depois ainda vamos levar um bom tempo para obter algum resultado com o qual você possa trabalhar de verdade. Vou programar a pesquisa e depois nós dois vamos dormir um pouco.

— Está decidido. Ok.

Os sonhos vinham em explosões nebulosas, como se ela nadasse através de uma neblina densa que se dispersava e tornava a se formar, dissolvia-se e logo adensava. O relógio tiquetaqueava sem parar.

Ao fundo do eco do tique-taque, ela ouviu os sons de uma batalha feroz. Um tiroteio, pensou. Explosões, tiros, gritos selvagens e apelos desesperados dos homens e das mulheres que lutaram.

Deu para sentir o cheiro de sangue, de fumaça e de carne queimada antes de conseguir ver tudo. A carnificina tinha um cheiro enjoativo e quase adocicado.

À medida que sua visão clareava e as imagens entravam em foco, ela via a batalha se desenrolar sobre um palco cuja cenografia parecia representar a cidade numa forma estranha e estilizada. Os edifícios, todos pretos e prateados, pareciam meio tortos e inclinados sobre as ruas pintadas de branco, que, por sua vez, seguiam numa forma denteada irregular, criando ângulos impossíveis e inexplicáveis becos sem saída.

Os atores vestiam trajes brilhantes, muito elaborados, pareciam flutuar sobre piscinas de sangue e giravam em meio a uma fumaça escura enquanto massacravam uns aos outros.

Ela olhou para baixo com muito interesse, do alto do seu camarote dourado. Abaixo, em um poço onde os corpos jaziam destroçados, ela podia ver a orquestra tocando loucamente os instrumentos. Dos dedos dos músicos escorria sangue, pois as cordas eram afiadas como navalhas.

No palco, gritos e apelos eram canções que, ela percebeu, pareciam ferozes, violentas. Cruéis.

A guerra nunca poderia ser de outra forma.

— O terceiro ato está quase no fim.

Ela se virou e olhou para o rosto do assassino quando ele pegou, no bolso de sua roupa formal, um imenso cronômetro.

— Eu não entendo. É só morte. Quem escreve essas coisas?

— É morte, sim. Paixão, força e vida. Tudo leva à morte, não é? Quem poderia saber disso melhor do que você?

— Assassinato é diferente.

— Ah, certamente. É artístico e deliberado. Ele arranca o fim das mãos do destino e coloca esse poder nas mãos daquele que cria a morte. Daquele que a transforma em um presente.

— Que presente? Como pode o assassinato ser um presente?

— Assim... — Ele apontou para o palco no instante em que uma mulher de cabelo castanho ensanguentado, rosto e corpo destroçados era levada em uma maca. — Isso tem a ver com imortalidade.

— Imortalidade é para os mortos. Quem era ela quando estava viva?

Ele simplesmente sorriu.

— O tempo acabou. — Ele parou o cronômetro e o palco ficou subitamente escuro.

Eve se ergueu na cama sugando o ar com força. Aprisionada entre o sonho e a realidade, tapou os ouvidos com as mãos para abafar o tique-taque.

— Por que esse barulho não para?

— Eve. Eve! É o seu *tele-link* que está tocando. — Roarke curvou os dedos sobre seus pulsos e, com muito cuidado e suavidade, puxou as mãos dela para baixo. — É o seu *tele-link*.

— Por Deus. Espere. — Ela balançou a cabeça, tentando se recompor e voltar ao momento presente. — Bloquear sinal de vídeo! — ordenou, e só então atendeu. — Dallas falando!

Emergência para a tenente Eve Dallas. Dirija-se imediatamente ao Union Square Park, junto da Park Avenue. Foi encontrado o corpo de uma mulher não identificada. Há sinais de tortura.

Eve virou a cabeça e encontrou os olhos do Roarke.

— Entendido. Notifique a detetive Delia Peabody e requisite a presença do dr. Morris, chefe dos legistas do Instituto Médico Legal. Seguindo o procedimento para esse tipo de ocorrência, retransmita a notificação ao comandante Whitney e à dr. Mira. Estou a caminho. Dallas desligando.

— Vou com você. Eu sei... — disse Roarke, já se levantando.

— Você não vai cumprir muito bem o seu papel de isca ao meu lado, mas é Gia Rossi a mulher que foi encontrada nesse parque, e eu vou com você.

— Sinto muito.

— Ah, Eve. — O tom da voz dele mudou, tornando-se mais suave. — Eu também sinto.

Capítulo Dezoito

Do mesmo modo que Eve via sua casa em meio à paisagem nevada como uma pintura, Roarke via a cena do crime como uma peça. Uma peça sombria com movimentos constantes, muito barulho e ação totalmente centrada em torno de uma única personagem.

O lençol branco sobre a neve igualmente branca, o corpo branco colocado sobre ele com o cabelo castanho escuro brilhando sob as luzes implacáveis. Ele achou que os ferimentos se destacavam terrivelmente, como gritos contra a carne pálida.

E lá estava a sua esposa em pé com o seu casaco preto e sem luvas, é claro. Ambos tinham esquecido as luvas dessa vez. Ela também estava com a cabeça descoberta e seus olhos eram duros. Seu papel era o de coordenadora de palco, avaliou ele, e de uma importante atriz também. Além do mais, era a diretora e autora daquele ato final.

Haveria compaixão nela, isso ele já sabia; também haveria raiva, os dois amarrados por uma fita de culpa. Mas esse pacote emocional complicado estava escondido bem no fundo, isolado do exterior por uma mente fria e calculista.

Ele a observou conversando com peritos, guardas e com todos os outros que entravam e saíam daquele palco de inverno. Então Peabody, sua confiável parceira, coberta por um casaco pesado que a fazia parecer uma tartaruga em sua carapaça, atravessou o palco na hora exata. Juntas, ela e Eve se abaixaram até o ponto focal sem vida que atraía os holofotes impassíveis para o centro do palco.

— Não chegamos nem perto — disse McNab ao lado dele.

Roarke desviou a atenção da cena por alguns instantes e olhou para McNab.

— O quê?

— Não conseguimos chegar a tempo. — As mãos de McNab estavam enfiadas em dois dos muitos bolsos de seu casaco verde folha, e as pontas compridas de um cachecol corajosamente listrado voavam soltas às suas costas. — Estávamos nos movimentando por dezenas de caminhos que vinham de dezenas de outras direções. À medida que nos movimentamos, dava para sentir que estávamos chegando mais perto. Mas não foi perto o bastante para ajudar Gia Rossi. Isso é difícil. O golpe é duro.

— Muito duro — concordou Roarke.

Será que realmente tinha acreditado, em um tempo tão distante que parecia pertencer a outra vida, perguntou-se Roarke, será que sinceramente imaginara que era da natureza dos policiais não sentir nada? Ele tinha aprendido, desde quando conhecera Eve, que a realidade era muito diferente. Permaneceu calado ouvindo as falas das personagens, cada um desempenhando o seu papel.

— O momento da morte foi 1h30 da madrugada de segunda-feira — disse Peabody. — Ela já está morta há pouco mais de 26 horas.

— Ele a manteve escondida por um dia. — Eve estudou o entalhe no torso. 39 horas, 8 minutos e 45 segundos. — Ele a manteve por mais de um dia antes de descartá-la. Ela não durou o suficiente para ele. As feridas são menos graves e menos abundantes que as de York. Algo deu errado dessa vez. Ele não foi capaz de sustentar o trabalho.

Menos graves, sim; Peabody podia ver que isso era verdade. E ainda assim os cortes, as queimaduras e os hematomas mostravam que ela passara por sofrimentos terríveis.

— Talvez ele tenha ficado impaciente dessa vez. Talvez tenha precisado matá-la mais cedo.

— Acho que não. — Com os dedos selados, Eve pegou o braço da vítima e os ergueu para avaliar as marcas deixadas pelas cordas. Em seguida ela o virou para examinar mais de perto as feridas no pulso que lhe tinham provocado a morte. — Ela não se debateu tanto quanto York, houve menos danos das cordas nos pulsos e nos tornozelos. Está vendo os golpes mortais desferidos aqui? São tão fundos e precisos quanto os outros. Ele ainda está no controle. E continua querendo que elas aguentem mais tempo.

Ela colocou o braço para baixo de novo sobre o lençol muito branco, imaculadamente branco.

— É uma questão de orgulho na sua habilidade; torturar e criar dor, mas mantê-las vivas. Depois, aumentar o nível de dor, de medo, das lesões, tudo isso ao mesmo tempo em que as mantém respirando. Só que Gia Rossi não aguentou e acabou com a festa dele ao sucumbir antes do momento que ele projetara, muito antes do recorde que ele queria bater.

— E isso também aconteceu antes de ele poder ver os boletins da mídia com o seu retrato falado — calculou Peabody. — Ele não agiu assim por ter entrado em pânico ou por ter descontado a raiva nela.

Eve ergueu a cabeça.

— Não. E, mesmo que tivesse, ela continuaria morta. Mesmo que tivesse, nós ainda faríamos o que tínhamos que fazer. Deixe essa preocupação de lado. Ele começou a trabalhar nela no sábado de manhã e terminou na segunda-feira. York morreu na sexta à noite. Então, ele teve um curto momento de celebração, talvez, ou pode ser que tenha curtido uma boa noite de sono antes de zerar o cronômetro para Rossi.

Separou algum tempo para me seguir, pensou Eve. Outro método de tortura experimentado e verdadeiro. Descansar e rever tudo. Então, já era tempo de atrair e agarrar Ariel Greenfeld. Ele precisa que sua próxima vítima esteja sempre pronta no matadouro.

— Limpá-la levou algum tempo. Mas fez tudo sem pressa, sem correria. Ele já tinha escolhido o local da desova, e a área foi inspecionada. A tela estava preparada.

De sua posição agachada, Eve examinou a área.

— Por causa do frio, poucas pessoas estariam passeando no parque. Isso lhe deu tempo — ela continuou. — Para colocá-la no veículo, transportá-la até aqui. Trazê-la até este local.

— Os peritos acharam muitas pegadas para investigar. A neve estava fresca e macia. Vão analisar as solas para nos conseguir o tamanho do pé e a marca do calçado.

— Sim. Mas ele não está preocupado com isso. É inteligente o bastante para usar sapatos com número maior, para nos despistar. Ou usou um sapato tão comum que será impossível rastrearmos sua origem. Quando o agarrarmos, vamos encontrar esse par de calçados e isso vai ajudar a condená-lo, mas os sapatos não nos levarão até onde ele está agora.

De forma tão impessoal quanto as duras luzes que iluminavam a cena, Eve examinou o corpo.

— Ela era forte e estava em excelente forma. — Um bom exemplar?, especulou consigo mesma. Será que ele imaginou que tinha encontrado uma excelente candidata para o seu dueto asqueroso?

— Ela lutou, mas não tanto quanto York. Não foi tão resistente quanto Sarifina York, nem de longe. Desistiu, foi isso que ela fez. Era fisicamente forte, mas algo nela apagou. Isso deve ter sido uma grande decepção para ele.

— Estou feliz por ela não ter sofrido tanto. Eu sei o que você vai dizer — emendou Peabody quando Eve ergueu a cabeça. — Mas, já que não conseguimos salvá-la, estou feliz por não ter sofrido tanto.

— Se ela tivesse se aguentado por mais algum tempo, talvez pudéssemos ter salvado sua vida. Mas não importa o ângulo como você analise o fato consumado, Peabody, pois agora isso não significa porra nenhuma.

Ela se endireitou quando viu Morris vindo na direção deles. Percebeu, em seus olhos, algo que também estava dentro dela e um pouco no que Peabody sentia. Ela veria aquela mesma mistura complicada de raiva, desespero, culpa e tristeza nos olhos de todos os policiais envolvidos.

— Gia Rossi — foi tudo que Morris disse.

— Exato. Ela está morta há pouco mais de 26 horas, pelo nosso indicador. Um grupo de garotos que atravessavam o parque a encontrou. Bagunçaram um pouco a cena do crime, mas basicamente fugiram correndo. Um deles deu o alarme.

— Algo saiu errado para ele ao lidar com Gia. — Eve olhou para o corpo novamente. — Ele não conseguiu muito tempo com ela. Talvez tenha simplesmente apagado, ou talvez ele tenha usado algo experimental, alguma substância química que apagou os circuitos da vítima.

— Vou exigir prioridade para o exame toxicológico. Ela não foi tão massacrada quanto as outras.

— Tem razão, não foi.

— Ela já pode ser removida?

— Eu estava prestes a virar o corpo.

Com um aceno, ele se agachou para ajudar Eve e, juntos, rolaram o corpo.

— Nenhum ferimento nas costas — observou Morris.

— A maioria das vítimas não tem. Ele gosta de trabalhar face a face. A coisa tem que ser pessoal. Precisa ser íntima.

— Algumas contusões, lacerações, queimaduras, perfurações na parte de trás dos ombros e nas panturrilhas. Menos do que nas outras. — Com muito cuidado, ele afastou o cabelo de lado e examinou a parte de trás do pescoço, o couro cabeludo e as orelhas. — Em comparação, eu diria que ele mal conseguiu alcançar o segundo estágio, dessa vez. Você tem razão, algo deu errado. Vou levá-la agora.

Ele se endireitou e encontrou os olhos de Eve.

— Ela tem família?

Ele nunca perguntava isso, ou o fazia tão raramente que Eve nem registrava.

— Ela tem uma mãe em Queens; o pai e a madrasta moram em Illinois. Vamos entrar em contato com eles.

— Por favor, me avise caso eles queiram vê-la. Eu os acompanharei pessoalmente.

— Tudo bem.

Ele olhou para longe, para além das luzes, na escuridão fria.

— Gostaria que já fosse primavera — suspirou ele.

— Sim, as pessoas continuam sendo mortas, mas é um ambiente mais agradável para todos nós. Sem falar nas flores. Elas dão um toque agradável.

Ele riu e algumas das sombras que pairavam sobre sua figura pareceram se dissipar.

— Gosto muito de narcisos. Sempre penso nas trombetinhas no centro da flor como pequenas bocas compridas e imagino-as conversando umas com as outras numa língua que não conseguimos ouvir nem entender.

— Isso é meio assustador — ela decidiu.

— Então nem vou falar dos amores-perfeitos.

— Não, por favor! Vou verificar tudo com você mais tarde. Peabody, comece a fazer os primeiros interrogatórios — Ela deixou Morris, ouvindo ele murmurar "tudo certo agora, Gia", por fim seguindo na direção de Roarke.

— Quase acabei aqui — avisou ela. — Você deveria...

— Não vou para casa — rebateu Roarke. — Vou começar a trabalhar na sala de guerra. Pode deixar que me viro para chegar lá.

— Vou com você para continuar trabalhando, Roarke — disse McNab, e olhou para Eve — Se estiver tudo bem por você, tenente.

— Vá em frente e entrem em contato com o resto da equipe. Não há razão para eles ficarem quentinhos na cama quando nós estamos em ação. A partir de agora, esta será uma operação em atividade 24 horas por dia. Vou dividir todo mundo em duas equipes com turnos de 12 horas. O cronômetro vai ser ligado para Ariel Greenfeld. Nós não vamos encontrá-la desse jeito.

Ela olhou para trás e repetiu:

— Juro que não vamos encontrá-la assim.

Ainda não havia amanhecido quando ela chegou à Central. Antes de ir para a sua sala, passou na sala de guerra. Quando as luzes se acenderam, olhou ao redor. Tudo estava quieto agora, sem o burburinho das pessoas. Ela não tornaria a ficar assim, pensou Eve. Não até que o caso fosse encerrado.

Ela solicitaria mais homens, mais olhos, mais ouvidos, pernas e mãos. Mais gente para trabalhar nas ruas, espalhar a imagem do assassino, conversar com os vizinhos, moradores de rua, taxistas e viciados. Haveria mais gente para bater nas portas dos muitos prédios que Roarke tinha listado em sua pesquisa.

Mais pessoas para empurrar, forçar, insistir e para rastrear cada fio solto, não importava o quanto esse fio fosse fino ou estivesse cheio de nós.

Até tudo acabar só haveria aquela investigação na vida de cada um deles, apenas um assassino a buscar, um só objetivo para ela e para todos sob o seu comando.

Ela caminhou até o quadro branco e, com sua própria caligrafia, escreveu, ao lado do nome da vítima, o tempo que tinha levado para morrer.

Então olhou para o próximo nome que tinha colocado na lista. Ariel Greenfeld.

— Você segure as pontas, por favor. Ainda não acabou e não vai acabar agora, portanto, aguente firme.

Ela se virou e viu Roarke observando-a da porta.

— Você chegou rápido — disse ele. — McNab e eu fizemos um desvio para passar pela DDE, a fim de requisitar mais equipamentos. Feeney já está a caminho.

— Ótimo.

Ele atravessou a sala e ficou de pé ao lado dela, diante do quadro branco.

— Tudo depende, em algum nível, dela mesma. De você também, de nós, e certamente dele, mas até certo ponto depende dela.

— Cada hora a mais que ela aguentar, nós estaremos mais perto.

— E cada hora a mais que ela aguentar será mais uma hora em que ele poderá atacar você. Sei que você deseja exatamente isso. Gostaria que acontecesse mais depressa, se pudesse escolher.

Não era hora de falsidade. Nem de evasivas.

— Isso mesmo.

— Quando mataram Marlena, tantos anos atrás, e a destruíram em mil pedaços para provar a mim que tinham razão, eu quis que eles viessem me pegar também.

Eve pensou na filha de Summerset, em como tinha sido levada, torturada e morta por rivais de um criminoso jovem e empreendedor chamado Roarke.

— Se eles tivessem atacado em bando, você teria sido destruído, como ela.

— Pode ser que sim. É muito provável. — Ele desviou o olhar do quadro para encontrar os dela. — Mas eu queria isso, e teria até mesmo provocado a ação deles se pudesse fazer isso. Porém, já que isso não aconteceu, encontrei outro jeito de acabar com cada um deles. — Ele é apenas um homem. E pode ser que não encontremos outro jeito.

Pensando nas mulheres que já estavam perdidas, ele olhou novamente para o quadro. Apenas um homem, e talvez um único caminho.

— Isso é tudo muito verdadeiro. Mas vou lhe dizer uma coisa... algo que me ocorreu lá fora, no frio e no escuro, quando você tentava entender o que ele fizera com Gia Rossi: ele acha que conhece você. — continuou Roarke.

Ele virou a cabeça para ela, os olhos azuis brilhantes disparando lanças contra os dela.

— Ele acha que entende o que você é, que sabe quem você é. Mas está enganado. Ele não conhece nem compreende gente como você. Se chegarmos ao ponto de ficarem só vocês dois, cara a cara, mesmo que por um momento, pode ser que ele obtenha um vislumbre de quem e o que você é. E, se o fizer, certamente conhecerá o medo.

— Nossa — Um pouco abalada e levemente perplexa, Eve deu um suspiro. — Isso não é o que eu estava esperando de você.

— Quando olhei para Gia Rossi e vi o que ele tinha feito com ela, pensei como seria imaginar você lá. Seu rosto ao lado do dela, como está no seu quadro lá em casa.

— Roarke...

— Mas não fiz isso — continuou ele, erguendo a mão para roçar os dedos em sua bochecha. — Não consegui. Não porque fosse mais do que eu conseguiria suportar. Não foi por causa disso, mas porque ele nunca terá poder nem controle sobre você. Sei que você não vai permitir. E isso, querida Eve, é um conforto imenso para mim.

— É um bom reforço psicológico para mim, também. — Ela direcionou o olhar para a porta, só para ter certeza de que eles ainda estavam sozinhos. Então se inclinou e o beijou. — Obrigada. Tenho de ir.

— E se ele te matar — Roarke acrescentou enquanto ela caminhava até a porta —, eu vou ficar extremamente puto.

— Quem poderia culpá-lo?

Ela seguiu em direção à sua sala, mas parou quando Peabody a chamou.

— Baxter e Trueheart estão notificando a mãe da vítima, conforme ordenado. Acabei de falar com o pai.

— Tudo certo. Assim que Baxter chegar nós vamos liberar o nome dela para a mídia.

— Falando em mídia, dei uma passada na sua sala para ver se você estava lá. Há cerca de meio milhão de mensagens de vários repórteres.

— Cuidarei disso. Por favor, avise quando todo mundo estiver na sala. Vamos fazer a reunião o mais cedo possível.

— Certo. Dallas, você quer que eu atualize os quadros?

— Já fiz isso. — Ela se virou e seguiu para a sua sala.

Deu uma olhada na lista das pessoas que ligaram e as transferiu para a assessoria de relações públicas da polícia. Só quando viu um recado de Nadine parou e ordenou ao aparelho que o tocasse.

— Dallas, as linhas estão sobrecarregadas de gente dizendo que apareceu outra vítima. A coisa vai ficar feia e eu liguei para avisá-la. A merda bateu no ventilador e vai respingar em você e no Departamento de Polícia. Se houver algo que eu possa usar, me ligue de volta.

Eve considerou o pedido e ligou para Nadine. A repórter atendeu no primeiro toque.

— Pensei que os queridinhos da mídia dormissem até meio-dia — brincou Eve.

— Claro, assim como os policiais. Já estou na minha sala — disse Nadine. — Vim trabalhar numa matéria. Entro no ar às 8h da manhã. Plantão de notícias. Se você tiver alguma novidade, este é o momento de compartilhar.

— Uma fonte do Departamento de Polícia de Nova York afirmou esta manhã que novas e relevantes informações sobre o indivíduo que a mídia batizou de "o Noivo" acabaram de surgir.

— E essas informações novas e relevantes são...?

— No entanto, nossa fonte não divulgou pormenores sobre esta informação, devido à necessidade de limitar o acesso aos dados e mantê-los dentro da investigação. Também foi afirmado pela mesma que a força-tarefa estabelecida para realizar a investigação está trabalhando dia e noite para identificar e deter o indivíduo responsável pelas mortes de Sarifina York e Gia Rossi, bem como para buscar justiça para elas e para as outras 23 mulheres cujas mortes são atribuídas ao mesmo indivíduo.

— Muito interessante — disse Nadine —, mas há muita enrolação aí. A mídia virá com tudo em cima. Você vai receber alguns golpes.

— Você realmente acha que não estou cagando e andando para algumas marcas roxas provocadas por quem gosta de aparecer, Nadine? Divulgue o comunicado. O que eu quero é que ele saiba que o cerco está se fechando e que estamos chegando nele. Quero que se preocupe com o que podemos ter. E não divulgue o nome de Gia Rossi antes do programa das 8h da manhã.

— Que tal isso? — propôs Nadine. — Essa fonte da polícia pode confirmar ou negar que a investigação está focada em um suspeito específico?

— A fonte não confirma nem nega, mas afirmou que os membros da força-tarefa estão em busca e já localizaram e interrogaram várias pessoas de interesse da investigação.

— Ok. — Nadine balançou a cabeça enquanto escrevia. — Continua não dizendo nada, mas parece que diz alguma coisa.

— Você ainda tem seus pesquisadores à mão?

— Sempre.

— Posso ter algo para eles brincarem, mais tarde. É só isso, Nadine. Se você quiser a declaração oficial do departamento, procure a relações públicas.

Eve desligou e pegou café. Embora a incomodasse, usou o café para engolir um comprimido energético. Era melhor ficar energizada demais do que lenta, decidiu, e ligou para obter os resultados da pesquisa global que fizera a partir de casa.

Quando os nomes começaram a rolar, ela se recostou na cadeira e fechou os olhos. Eram milhares, pensou. Bem, o que mais ela poderia esperar, considerando os numerosos elementos de busca que tinha pedido para Roarke?

Ela teria de restringi-los e refiná-los.

Seu *tele-link* tocou.

— Sim, o que é?

— A equipe está reunida — informou Peabody.

— Estou indo para aí.

Oficiais esgotados, reparou Eve ao entrar na sala de guerra. Sua equipe agora consistia de oficiais cansados, frustrados e revoltados. Às vezes, ela refletiu, policiais trabalhavam melhor desse jeito. Iriam em frente movidos a adrenalina e irritação — e, em muitos casos, com a força extra das pílulas de energia.

Nada de papo furado ao falar com eles, pensou. Sem evasivas.

— Nós a perdemos. — A sala caiu na mesma hora em um silêncio sepulcral. — Utilizamos todos os recursos dos principais departamentos da polícia e das secretarias de Segurança Pública de todo o país que apoiaram o nosso trabalho. Usamos a experiência, o cérebro e a determinação de cada policial desta sala. Mas a perdemos. Vocês têm trinta segundos para lamentar o golpe, se acharem uns merdas e aguentarem o peso da culpa. Depois disso zeramos tudo e seguimos em frente.

Ela largou a pasta de arquivos sobre a mesa e foi se servir de mais café. Quando voltou, pegou a cópia que tinha acabado de fazer da foto de Ariel Greenfeld e a prendeu no centro de um quadro novo.

— Esta aqui nós não vamos perder. A partir de agora estaremos em plantão 24 horas por dia enquanto durar a investigação. A partir de agora, ela será a única vítima nesta cidade. A partir de agora, será a única pessoa importante em nossas vidas. Policial Newkirk?

— Sim, senhora.

— Você e os policiais com quem está trabalhando vão pegar o primeiro turno de 12 horas. Serão rendidos pelos policiais que eu vou designar exatamente às... — verificou seu relógio de pulso — sete da noite. Capitão Feeney, vou aceitar sua recomendação de convocar mais dois detetives eletrônicos para trabalharem no segundo turno. Quanto aos detetives de campo, vou determinar a hora da sua substituição em seguida.

— Tenente. — Trueheart pigarreou para limpar a garganta, e Eve podia notar que ele reprimiu o desejo de erguer a mão antes de falar. — O detetive Baxter e eu estamos planejando dormir em rodízio. Discutimos essa ideia quando voltávamos da missão de notificar os parentes mais próximos da nova vítima. Com sua permissão, preferimos não ser rendidos e combinar entre nós o ciclo de 24 horas no ar.

— Você precisa de mais homens, Dallas — acrescentou Baxter.

— E terá mais homens. Só que não tiraremos hora alguma de folga. E quanto a você, Canalha Doente? — perguntou ele, referindo-se ao apelido de Jenkinson.

— Só vamos dormir depois de agarrá-lo.

— Tudo bem, então — concordou Eve. — Vamos tentar isso nos seguintes termos: rodei uma pesquisa global para mutilações, assassinatos e mulheres desaparecidas que se encaixam na descrição dos alvos. Concluímos, por essa primeira varredura, que é provável que o assassino já tenha matado antes e que também tenha praticado antes. Ampliei a busca — disse a Feeney —, tornando-a global e voltando cinco anos a mais no passado; isso nos rendeu milhares de resultados.

Ela levantou o disco com a cópia da pesquisa e o jogou para Feeney.

— Precisamos reduzir e refinar esses resultados. Também temos que encontrar uma ou mais vítimas que poderiam ser obras suas e encontrar erros.

— Item número dois — continuou ela, e foi trabalhar em sua lista.

Enquanto Eve divulgava as novidades e informava os novos planos à sua equipe, ouvia seus relatórios e coordenava as funções, Ariel Greenfeld despertava. Ela já tinha acordado duas vezes antes, mas mal conseguira registrar os detalhes do ambiente à sua volta antes dele entrar. Um quarto pequeno com paredes de vidro e equipamentos médicos? Será que estava em um hospital?

Esforçou-se para enxergá-lo com mais clareza, mas tudo estava enevoado. Como se os seus olhos e sua mente tivessem sido manchados com óleo. Pensou ter ouvido música, vozes muito agudas. Anjos, talvez? Ela estava morta?

Em seguida, tornou a apagar, deslizando para baixo e mais para baixo, até o porão do esquecimento.

Dessa vez, quando acordou, o quarto era maior. Pelo menos lhe pareceu maior. As luzes eram muito brilhantes, quase dolorosas para os olhos. Sentia-se fraca e enjoada, como se tivesse estado doente durante muito tempo, e novamente imaginou: hospital.

Será que sofrera um acidente? Não conseguia lembrar e, enquanto tentava fazer um balanço sobre o que acontecera, não sentiu dor. Obrigou-se a pensar dali para trás, tentar descobrir qual era a última coisa que *conseguia* se lembrar.

— Bolos de casamento — murmurou.

Sr. Gaines! O casamento da neta do sr. Gaines. Ela conseguiu a oportunidade de pegar o trabalho, um bom trabalho: projetar e preparar o bolo, e trabalhar como chef das sobremesas para a recepção.

A imensa casa do sr. Gaines, uma residência bela e antiga, uma sala de estar bonita, com lareira. Um ambiente acolhedor e confortável. Sim! Ela se lembrava disso. Ele a tinha apanhado e a levara até lá para uma reunião com a sua neta. E depois...

Tudo parecia desaparecer a partir daí, mas forçou o nevoeiro para longe. Quando tudo clareou, seu coração começou a martelar. Chá e biscoitos. O chá... havia alguma coisa no chá. Surgiu algo nos olhos dele quando ela tentou se levantar.

Não era um hospital. Deus, oh Deus, não, ela não estava no hospital. Ele tinha colocado algo em seu chá e a levara para algum lugar. Ela precisava ir embora dali, tinha que ir embora agora.

Tentou se sentar, mas seus braços e pernas estavam presos. Em pânico, sugou o ar para dar um grito e tentou se erguer o máximo que pôde. E sentiu o terror circular através dela como um rio revolto.

Estava nua sobre uma mesa, com as mãos e os pés amarrados. Algum tipo de mesa de metal com cordas que saíam de aberturas laterais e lhe cortaram a pele quando tentou arrancá-las. Quando seus olhos giraram ao redor da sala, Ariel viu monitores, telões, câmeras e mesas com várias bandejas de metal.

Havia coisas afiadas nas bandejas. Instrumentos aterrorizantes e pontudos.

Quando seu corpo começou a tremer, sua mente quis negar e rejeitar aquilo. Lágrimas lhe transbordaram dos olhos quando se retorceu e contorceu o corpo, numa tentativa desesperada de se libertar.

A mulher no parque. Havia outra mulher desaparecida. Ela vira os noticiários na mídia. Uma coisa horrível, foi o que pensou. *Aquilo não era terrível?* Mas então ela saíra para trabalhar e não pensara mais na tragédia. Aquele caso não tinha coisa alguma a ver com ela. Tratava-se apenas de mais uma péssima coisa que acontecera com outra pessoa.

Tudo sempre acontecia com outras pessoas.

Até agora.

Ela puxou o ar novamente com força e soltou um grito ainda mais desesperado. Gritou por socorro até seus pulmões arderem e sua garganta parecer em fogo. Em seguida, gritou um pouco mais.

Alguém tinha que ouvir, alguém tinha que aparecer!

Só que, quando alguém ouviu e apareceu, o medo sufocou seus gritos como uma mão que a estrangulasse.

— Ah, você já está acordada! — exclamou ele, sorrindo para ela.

E ve inseriu no sistema a lista de Roarke com os nomes dos compradores de bilhetes para a temporada de ópera. Sua primeira pesquisa ordenou destaque para homens entre sessenta e oitenta anos de idade.

Ela expandiria a busca depois, caso fosse necessário, pensou. Por outro lado, ele poderia ter criado uma empresa fictícia para esse fim ou inventado uma personagem masculina ou feminina.

Não havia garantia de que tinha comprado bilhetes para o ano todo, refletiu. Ele poderia escolher a dedo as apresentações que tivessem mais apelo para ele em vez de cobrir toda a temporada.

Quando a lista alterada surgiu, ela fez uma busca padronizada em cada nome.

Já tinha passado dos três quartos da lista quando achou uma pessoa especial.

— Aí está você — murmurou. — Aí está você, seu canalha! Stewart E. Pierpont é o seu nome dessa vez? O "E" devia ser de Edward. Quem foi Edward na sua vida?

Seu cabelo era grisalho na foto da identidade, cortado numa juba grande e dramática. Ele alegava ser cidadão britânico com residência em Londres, Nova York e Monte Carlo. Um viúvo, dessa vez, reparou Eve. Isso era novidade.

A falecida esposa estava listada como Carmen DeWinter, também britânica, que morrera aos 32 anos.

Eve estreitou os olhos ao ver a data da morte.

— Época das Guerras Urbanas. Talvez você tenha ficado esperto demais dessa vez, Eddie.

Ela fez uma pesquisa no nome de Carmen DeWinter, mas não achou ninguém que combinasse com os dados indicados na identidade de Pierpont.

— Está bem, está bem... Mas havia uma mulher, não havia? Ela morreu, foi morta ou... Ei, quem sabe se não foi você mesmo que a matou? Mas ela existiu.

Voltou a Pierpont e checou os endereços listados. Uma casa de ópera em Monte Carlo, uma sala de concertos em Londres e o Carnegie Hall, em Nova York.

Manteve o padrão, ela pensou. Mas os ingressos para a temporada certamente foram entregues em algum lugar ou então foram retirados pessoalmente.

Ela pegou o que tinha, correu para a sala de guerra e foi direto para a mesa de Roarke.

— Quem você conhece no Metropolitan Opera e quanto pode gastar para comprar informações e limpar o caminho para mim?

— Conheço algumas pessoas. Do que você precisa?

— Qualquer coisa e tudo que exista sobre ele. — Ela jogou sobre a mesa a pesquisa sobre Pierpont. — É ele, com o estilo de titular de carnê para a temporada completa. Foi uma boa ideia a sua, por falar nisso.

— Fazemos o que podemos.

— Pois faça mais! Não há tempo para formalidades nem para burocracia. Quero o caminho livre para quem puder me informar tudo sobre esse cara.

— Dê-me cinco minutos — pediu ele, e pegou seu *tele-link* pessoal.

Ela se afastou para lhe dar mais espaço, e seu próprio *tele-link* tocou.

— Dallas falando.

— Pode ter pintado alguma coisa — anunciou Baxter. — Nos anéis de noivado. Temos trabalhado muito nisso e acho que descobrimos onde ele os comprou. Tiffany's... Ele tinha que escolher uma loja clássica.

— Achei que já tínhamos procurado lá antes.

— Tínhamos, sim, mas ninguém se lembrava de encomendas de anéis nesse estilo em especial. Mesmo assim, decidimos tentar novamente. Sabe como é... estilo clássico, loja clássica. Apesar deles não serem chamativos demais, são de excelente qualidade. Estávamos insistindo com os funcionários sem chegar a lugar algum quando uma mulher nos ouviu conversando. Uma cliente. Ela se lembrava de ter estado ali pouco antes do Natal e notou um sujeito comprando quatro anéis desse tipo, de alto padrão. Comentou com o cliente e ele lhe contou alguma coisa sobre suas quatro netas. Ela achou tudo encantador, e foi por isso que se lembrou dele. Acontece que, quando pedimos ao gerente para pesquisar mais a fundo, soubemos que eles venderam uma edição limitada de anéis nesse estilo no final do ano passado.

— Registros das vendas! — exigiu Eve.

— Pagamento em dinheiro, quatro anéis de prata Sterling compradas no dia 18 de dezembro do ano passado. A testemunha é maravilhosa, Dallas. Contou que "bateu o maior papo com ele". Tenho a sensação de que tentou dar em cima dele, pois ela contou que elogiou o perfume que ele usava e até perguntou a marca. Alimar Botanicals.

— Trina tem um nariz fantástico. Essa é uma das marcas que ela citou.

— Melhor ainda é que ele mencionou que ouviu falar desse perfume pela primeira vez em Paris, e teve o prazer de descobrir que ele também era vendido aqui em Nova York, em uma boutique spa na Madison que tem filial no centro da cidade, um lugar chamado Bliss. Ele tentou envolver Trina nessa filial.

— Sim, esse é o local exato. Veja se sua testemunha pode trabalhar com Yancy.

— Agitei isso e já tenho a resposta. Ela disse que ficaria "encantada" em colaborar. Uma maravilha, Dallas, e com olhos de falcão. Ela viu uma foto na carteira quando ele pegou o dinheiro. Comentou com ele que aquela era uma foto antiga que a fez lembrar da própria juventude. Uma morena linda. Ela acha que pode ajudar Yancy a fazer um retrato da morena também.

— Bom trabalho, Baxter. Excelente trabalho! Traga a sua testemunha-maravilha. Dallas desligando. O vento está virando a nosso favor. — Seus olhos estavam duros e brilhantes quando ela se voltou para Roarke. — Está virando nesse exato momento.

— Jessica Forman Rice Abercrombie Charters. — Roarke entregou a Eve uma agenda eletrônica. — Presidente do Conselho. Ela ficará feliz em conversar com você. Está em casa agora de manhã. Se ela não puder ajudar, vai encontrar alguém que possa.

— Você até que é um cara útil.

— De muitas formas e maneiras diferentes.

O sorriso pareceu agradável no rosto de Eve. Pareceu poderoso.

— Peabody, venha comigo.

Capítulo Dezenove

A Jessica com muitos sobrenomes morava em um enorme apartamento de três andares. A sala de estar se espalhava em vários ambientes e se destacava por um janelão que ia do chão ao teto, fornecendo uma vista panorâmica do East River.

Em um dia claro, Eve calculou que poderia se colocar junto à janela e enxergar a ilha Rikers.

A velha dama tinha decorado o lugar para combinar consigo mesma, misturando o muito antigo com o ultranovo, e o resultado era um estilo eclético e surpreendentemente cativante. Eve e Peabody se sentaram nas almofadas espessas de um sofá estofado em um tom assassino de vermelho enquanto a anfitriã servia chá em um bule branco de porcelana enfeitada por esparsos botões de rosa em xícaras aflitivamente delicadas.

O chá e uma bandeja de biscoitos finos como papel tinham sido trazidos por uma mulher elegantemente vestida com a compleição física de um palito de dente.

— Nós já nos encontramos uma ou duas vezes, tenente — comentou Jessica.

— Sim, eu me recordo. — Agora que a via pessoalmente, Eve se lembrava bem. A senhora diante dela era muito magra e bem cuidada, com uma idade insuspeita de mais de 80 anos e cabelo em forte tom dourado que cascateava em ondulações estilosas ao lado do rosto de feições marcantes. Sua boca, fina e agitada, estava pintada em rosa pétala, e seus olhos com cílios longos e fortes tinham um tom profundo de verde.

— Você usa Leonardo — afirmou Jessica.

— Só quando ele se lava antes — rebateu Eve.

Jessica deu uma risadinha alegre, um som atraente de eterna juventude.

— Uma das minhas netas é louca pelas peças que ele desenha. Não aceita usar nenhum outro estilista. Ele combina com ela e com você também. Acredito que as pessoas devem sempre escolher as coisas que mais combinam com elas.

Quando ela serviu o chá, Eve teve que se forçar a não comentar que café forte servido numa caneca resistente combinava muito mais com ela.

— Agradecemos muito que a senhora possa nos dedicar um pouco do seu tempo, sra. Charters.

— Jessica, por favor. — Ela ofereceu a Peabody uma xícara e um sorriso cintilante. — Por favor, satisfaçam uma curiosidade minha. Posso lhes perguntar uma coisa? Quando vocês interrogam um suspeito... Oh, esperem, o termo correto hoje em dia é "entrevistam"... Quando vocês entrevistam um suspeito, costumam ser violentas?

— Não precisamos ser — garantiu Peabody. — A tenente é tão assustadora que as pessoas confessam naturalmente.

O riso alegre voltou a encher a sala.

— Puxa, o que eu não daria para ver isso! Adoro dramas policiais. Sempre tento me imaginar culpada e especulo sobre como aguentaria a pressão dos interrogatórios... isto é, entrevistas. É que tive uma vontade desesperadora de matar meu terceiro marido, entendem?

— É um bom impulso para resistir — Eve comentou.

— Sim. — Jessica exibiu seu sorriso de pétala de rosa. — Teria sido gratificante, mas complicado. Por outro lado, no divórcio as coisas raramente correm bem. Ora, ora, estou atrasando vocês. Em que posso ajudá-las?

— Stewart E. Pierpont.

As sobrancelhas de Jessica se uniram.

— Sim, sim, conheço esse nome. Ele fez alguma coisa ligada a assassinatos?

— Temos muito interesse em conversar com ele, mas estamos tendo um pouco de dificuldade para localizá-lo.

Apesar da ligeira confusão que era evidente no rosto de Jessica, seu tom permaneceu firme e agradável.

— Seu endereço deve estar no nosso arquivo. Vou pedir ao meu assistente Lyle que o procure.

— O endereço que ele informou não é verdadeiro. A menos que eles estejam aceitando inquilinos no Royal Opera House ou no Carnegie Hall.

— *Sério?* — Jessica esticou a palavra e subitamente surgiu em seus olhos uma luz ansiosa. — Ora, ora, ora... Eu deveria ter imaginado.

— Como assim "deveria ter imaginado"?

— É uma figura muito estranha, o sr. Pierpont. Ele participou de algumas festas e eventos de gala ao longo dos anos. Não é particularmente sociável e nem um pouco filantrópico. Nunca consegui arrancar donativos dele, e olhem que sou recordista mundial de adulação.

— Festas e eventos de gala são por convite, certo?

— Claro. É importante que... Ah, entendo! Como ele recebe os convites se o endereço que informou não é real, certo? Por favor, me deem um momento, sim?

Ela se levantou, cruzou a sala passando sobre o piso polido, seguiu pelo espesso tapete turco e saiu da sala.

— Gostei dela — comentou Peabody, servindo-se de um biscoito.

— Ela meio que me faz lembrar a minha avó. Não na aparência, nem no estilo ou na história de vida — continuou Peabody, olhando em volta da sala. — Mas tem uma vivacidade fabulosa. Não apenas sabe como as coisas são como parece que *sempre soube.*

"Ei, esses biscoitos são *mag*. E tão finos que praticamente dá para ver através deles". Ela comeu outro. "Comida quase transparente não pode ter muitas calorias. Coma um, Dallas, senão vou me sentir como uma porca gulosa."

Com ar distraído, Eve comeu um biscoito.

— Ele não faz doações para o Metropolitan. Vai a uma apresentação de vez em quando, mas não doa dinheiro algum. Os ingressos custam caro e os eventos também, mas ele recebe alguma coisa em troca. Aqui está o controle novamente. Se você doar, não poderá direcionar, pelo menos com precisão, para onde seu dinheiro vai.

Ela ergueu os olhos quando Jessica voltou.

— O mistério foi esclarecido em parte, mas continua nebuloso. Lyle relatou que o nosso sr. Pierpont solicitou que todos os seus ingressos, toda a sua correspondência, os convites, as cartas pedindo doações e assim por diante, sejam retirados por ele mesmo na bilheteria do teatro.

— Isso é comum? — quis saber Eve.

— Não, não é. — Jessica se sentou e pegou seu chá. — Na verdade, é muito incomum. Mas nós tentamos agradar nossos clientes, até mesmo aqueles que têm de ser apertados para liberar algum donativo.

— Quando foi a última vez que você viu ou falou com ele?

— Deixe-me ver. Ah, sim, ele assistiu à nossa apresentação de gala de inverno. Foi no segundo sábado de dezembro. Lembro que tentei, mais uma vez, convencê-lo a se juntar à nossa Associação dos Beneméritos. A taxa de adesão é alta, mas traz belos benefícios. Ele é o tipo de pessoa que gosta de ópera, conhece e aprecia muitas obras de canto lírico, mas não demonstra interesse em financiar a montagem delas. É mão-fechada. Sempre o vejo assistindo às nossas apresentações ao longo dos anos. Costuma ir ao teatro a pé. Não gasta dinheiro nem para comprar um carro. E está sempre sozinho.

— Alguma vez ele conversou com você sobre a sua vida pessoal?

— Deixe-me pensar. — Cruzando as pernas, ela balançou um pé para trás e para a frente. — Arrancar informações sobre a vida pessoal do nosso público é uma ferramenta essencial para conseguir donativos. Ele é um viúvo de longa data e viaja muito. Contou que já assistiu a grandes performances em todas as casas de ópera importantes do mundo. Prefere as óperas italianas. Oh!...

Ela ergueu um dedo e fechou os olhos por um momento, como se tentasse acessar uma recordação distante.

— Lembro agora que, alguns anos atrás, insisti um pouco mais, depois dele ter tomado alguns cálices de vinho, achando que conseguiria convencê-lo a assinar o formulário de adesão. Passamos a discutir se o verdadeiro apreço pela arte e pela música era inato ou se poderia ser aprendido. Ele me disse que aprendera a apreciar ópera por influência da sua mãe, quando ainda era menino. Eu disse que essa era uma prova indubitável de que era algo inato. Ele, porém, argumentou que não... Embora tivesse sido a única mãe que conheceu, ela era a segunda esposa de seu pai. E tinha sido uma soprano.

— Uma cantora profissional?

— Perguntei-lhe exatamente isso. O que foi mesmo que ele disse? Algo meio estranho. Ela tinha sido uma profissional, mas as circunstâncias tinham lhe negado uma carreira, e o tempo dela se esgotou. Tenho certeza de que foi isso que ele respondeu. Perguntei-lhe o que tinha acontecido, mas ele se desculpou e foi embora quase às pressas.

— Será que Lyle sabe dizer quando foi a última vez em que Pierpont pegou algo na bilheteria?

— Ele sabe e lhe perguntei exatamente isso, antecipando sua pergunta. Foi na semana passada.

— Como ele pagou?

— Dinheiro vivo, Lyle me garantiu. Ele sempre paga em dinheiro e... sim, isso também é muito incomum. Mas nós não nos preocupamos com tais excentricidades. Ele sempre usa *black tie* nas apresentações, o que também é um pouco excêntrico, na minha opinião. E seus convidados também se vestem sempre a rigor.

— Mas você disse que ele está sempre sozinho.

— Sim. Eu me refiro a quando ele oferece o seu ingresso para determinado espetáculo a um convidado. — Como era uma anfitriã atenta e prestativa, ela levantou o bule para derramar mais chá na xícara de Peabody. — Já vi, ocasionalmente, outros homens em seu camarote. Na verdade, houve um convidado que assistiu em seu lugar à estreia de *Rigoletto*, na semana passada.

— Você conseguiria descrevê-lo?

— Ah, preto no branco. Foi assim que eu o analisei, no dia. Black tie muito formal, cabelo branco e pele clara. Lembro-me de ter perguntando a mim mesma se ele poderia ser algum parente do sr. Pierpont. Havia uma semelhança, pelo menos me pareceu que havia. Eu não o vi antes nem depois do espetáculo, e nem no intervalo. Ou então não notei.

— Você conseguiria descobrir os nomes das pessoas que costumam usar o camarote de Pierpont quando ele vai?

— Nunca há mais ninguém quando Pierpont ou um de seus convidados assiste a um espetáculo. — Jessica sorriu enquanto estendia o prato de biscoitos. — Isso é um pouco estranho, não acha?

— Ele compra os ingressos e carnês diretamente na bilheteria — disse Eve, quando voltaram à viatura. — Não quer mais ninguém nas proximidades, perturbando-o ou chegando muito perto.

— Vamos ficar de tocaia na ópera. — Peabody pegou sua agenda para fazer algumas anotações. — Talvez ele precise de mais uma dose de ópera por esses dias.

J. D. ROBB

— Sim, vamos armar isso. Sua madrasta. É ela que as mulheres representam. É dela o retrato que ele carrega na carteira. Ele a idealiza e demoniza ao mesmo tempo.

— Você parece Mira falando.

— É o que se encaixa. Ele a mata vezes sem conta, provavelmente recriando sua morte real. Em seguida a lava e a coloca sobre um lençol de linho branco. Como o tempo dela acabou, então faz questão que o tempo se esgote também para as mulheres que ele escolhe para representá-la. Esse é o cerne da questão, com forte referência às Guerras Urbanas. Ela foi eliminada nas Guerras Urbanas, e aposto que ele usou essa data para a sua falsa esposa, nos dados de Pierpont.

— Isso explica o lance da esposa e o anel de noivado. Ela era a sua madrasta, mas também a sua fantasia feminina — teorizou Peabody. — Sua noiva. Ele não a estupra, pois isso iria destruir a fantasia. A coisa não é sexual, e sim romântica. Patologicamente romântica.

— Mas quem é ela? Começaremos a procurar mulheres com sua descrição que morreram mais ou menos na data informada por Pierpont em sua ficha.

— Muitas mortes não foram registradas durante as Guerras Urbanas.

— A dela certamente foi. — Eve girou o volante subitamente para mudar de faixa e se encaixar numa abertura minúscula no nó que era o tráfego. — Ele teria providenciado isso. E foi em Nova York, aqui mesmo. Nova York é o início e o fim para ele. Se nós a encontrarmos, ela nos levará até ele.

Eve ouviu o relógio interno em sua cabeça tiquetaqueando sem parar, marcando o tempo que se escoava. E pensou em Ariel Greenfeld.

Ela não sabia que era possível sentir tanta dor e sobreviver. Mesmo depois que ele parou — e ela achou que ele jamais pararia —, seu corpo ainda queimava e sangrava.

Tinha chorado e gritado muito. Em algum canto da mente de Ariel, ela percebeu que ele gostara daquilo. Tinha se entretido muito com os gritos impotentes dela, com seus soluços selvagens e as lutas desesperadas para se soltar.

Ela jazia na mesa agora, tremendo e em estado de choque, enquanto vozes se entrelaçavam pelo ar em um idioma que ela não compreendia. Seria italiano?, perguntou a si mesma, lutando para se concentrar e se manter consciente. Sim, provavelmente italiano. Ele tinha tocado música enquanto a torturava, e seus gritos tinham se misturado às vozes enquanto as medonhas facas pequenas dele cortavam sua carne.

Ariel se imaginou usando aquelas facas nele. Ela nunca fora violenta. Na verdade, tinha sido um fracasso lamentável nas aulas básicas de defesa pessoal que frequentara com alguns amigos. *Fracota*, era como eles a tinham apelidado, ela lembrou naquele instante. Riram muito porque, no fundo, nunca acreditaram que algum deles poderia um dia ter que usar os socos e chutes que vinham tentando aprender.

Ela era uma confeiteira, simplesmente. Gostava de cozinhar e criar bolos, biscoitos e doces que colocavam sorrisos nas bocas dos clientes. Ela era uma boa pessoa, não era? Não conseguia se lembrar de algum dia ter magoado alguém.

Tinha experimentado um pouco de zoner na adolescência, e isso era errado. Tecnicamente falando. Mas nunca fizera mal a ninguém.

E tinha descoberto que a ideia de lhe provocar algum mal ajudava a entorpecer a dor. Quando imaginava se libertando das cordas, agarrando uma das facas e enfiando-a na barriga balofa dele, não sentia tanto frio.

Ela não queria morrer assim, desse jeito horrível. Alguém viria, disse a si mesma. Teria de aguentar, precisava sobreviver até que alguém aparecesse e a salvasse.

Mas, quando ele voltou, tudo dentro dela se encolheu novamente. Lágrimas lhe inundaram a garganta e os olhos. E até mesmo seus choramingos foram suprimidos.

— Essa foi uma pausa agradável, não foi? — perguntou ele, com aquela voz assustadoramente simpática. — Mas temos que voltar ao trabalho. Muito bem, agora... o que vamos fazer em seguida?

— Sr. Gaines? — Não grite, ela ordenou a si mesma. Não implore. Ele gosta disso.

— Sim, minha querida?

— Por que o senhor me escolheu?

— Você tem um rosto agradável e um cabelo lindo. Também tem bom tônus muscular nos braços e nas pernas. — Ele pegou um pequeno maçarico. Ela teve que morder os lábios com força para suprimir um gemido quando ele ligou o equipamento, que assobiou baixinho. Em seguida ele estreitou a chama até colocá-la no mínimo.

— Isso é tudo? Quer dizer, eu fiz alguma coisa?

— Fez? — perguntou ele, distraído.

— Fiz alguma coisa para chatear o senhor ou deixá-lo com raiva de mim?

— Não, em absoluto! — Ele se virou e sorriu gentilmente quando a chama estreita assobiou mais forte.

— É só que... sr. Gaines, sei que o senhor vai me ferir. Não consigo impedi-lo. Mas o senhor poderia me dizer por quê? Só queria entender por que o senhor vai me machucar.

— Isso não é interessante? — Ele virou a cabeça meio de lado e a estudou. — Ela pergunta... Sempre pergunta por quê. Só que pergunta aos berros. Nunca faz a pergunta de forma tão educada.

— Ela só quer entender.

— Ora, ora, ora, ora... — Ele desligou o maçarico, e o peito de Ariel se mexeu de alívio. — Isso é diferente. Gosto de variações. Ela era linda, você sabia?

— Ah, era? — Ariel umedeceu os lábios quando ele puxou um banquinho e se sentou para poder conversar com ela face a face.

Como é que ele podia parecer um homem tão *comum*?, perguntou a si mesma. Como poderia parecer tão simpático e ser tão cruel?

— Você é muito bonita, mas ela era quase perfeita. E, quando cantava, era gloriosa.

— O que... o que ela cantava?

— Ela era soprano. Dona de uma voz múltipla.

— Eu... eu não sei o que isso significa.

— Seu brilho era tão intenso! Ela era *allegra*... aquelas notas altíssimas e claras pareciam simplesmente fluir para fora dela. Tinha a cor e a textura da *lirica*, mas com a intensidade e a profundidade da *drammatica*. Sua extensão vocal...

Os olhos dele ficaram úmidos quando ele pressionou os dedos sobre os próprios lábios e beijou as pontas.

— Eu conseguia ouvi-la durante horas a fio, e fazia isso. Ela tocava o acompanhamento no piano quando estava em casa. Ela tentou me ensinar, mas... — ele sorriu com uma ponta de melancolia e ergueu as mãos. — Não tinha talento para música, apenas um vasto apreço por ela.

Enquanto falava, não a torturava, pensou Ariel. Precisava mantê-lo falando.

— Pela ópera? Não sei nada sobre ópera.

— Você deve achar ópera algo sem graça, chato e antiquado.

— Acho que é lindo — disse ela, com cuidado. — Simplesmente nunca ouvi de verdade, antes. Ela cantava ópera? — Perguntas, Ariel pensou em meio a todo aquele desespero. Faça muitas perguntas, para que ele gaste algum tempo respondendo. — E... ela era uma soprano? Com... ahn... voz múltipla? Significando alcance amplo?

— Exato, sim, isso mesmo, muito bem! Tenho muitas das suas gravações, mas não as executo aqui. — Olhou ao redor da sala. — Não seria apropriado.

— Gostaria muito de ouvi-la cantar. Adoraria ouvir sua voz múltipla.

— Ah, gostaria? — Os olhos dele assumiram um ar de sagacidade. — Você é muito inteligente. Ela também era — Ele se levantou e tornou a pegar o maçarico.

— Espere! Espere! Será que eu não poderia ouvi-la cantar um pouco? Talvez entendesse melhor se pudesse ouvi-la cantar? Quem era ela? Quem foi... Oh, Deus, meu Deus, *por favor!* — Ela tentou puxar o braço para longe da ponta da chama que ele usou para "rabiscar" traços, quase de forma provocativa, ao longo do braço dela.

— Vamos ter que conversar mais tarde. Agora realmente precisamos voltar ao trabalho.

Eve foi direto procurar Feeney quando chegou à Central.

— Morenas entre 28 e 33 anos que morreram nesta data em Nova York. Precisamos dos nomes, dos últimos endereços conhecidos e causa da morte.

— Os registros por volta dessa época são vagos — ele avisou. — Muitas mortes não foram registradas, um monte de pessoas ficava sem identificação e muita gente era identificada de forma incorreta.

— Procure melhor. É isso que vai abrir as portas sobre este assunto. Vou verificar Yancy e ver se ele já conseguiu alguma imagem da foto na carteira.

Para dar mais tempo a Yancy, ela procurou Whitney e pediu mais homens para colocar uma equipe de tocaia no Metropolitan.

— Concedido. Preciso de você para uma coletiva de imprensa ao meio-dia — avisou Whitney.

— Comandante...

— Se você pensa que não sei o quanto você está se sentindo acuada e pressionada, está enganada, tenente. — Ele parecia tão irritado quanto ela. — Trinta minutos. Serão só trinta minutos, mas, a menos que você esteja a caminho de prender esse filho da puta, preciso de você lá. Temos que conter essa pressão.

— Sim, senhor.

— Confirme a novidade relevante que você repassou para Nadine esta manhã, os turnos de 24 horas. Quero que você expresse confiança de que Ariel Greenfeld será encontrada viva.

— Farei isso, comandante. E acredito que ela estará viva.

— Pois os convença disso. Dispensada. Ah, tenente, se eu souber que você colocou o pé fora deste prédio sem o seu colete de proteção e os grampos diversos, vou esfolá-la viva. Pessoalmente.

— Entendido.

Foi um pouco irritante perceber que ele percebeu que ela planejara "esquecer" o colete. Odiava aquele troço. Mas tinha que respeitar um homem que conhecia os seus subordinados.

Entrou no setor de Yancy e o viu trabalhar com a testemunha-maravilha de Baxter. Ele acenou para Eve antes dela conseguir caminhar entre as estações de trabalho até chegar onde ele estava. Ele se levantou, sorriu e disse algo para a testemunha antes de chamar Eve para um canto.

— Acho que estamos progredindo aqui. Ela conseguiu descrevê-lo bem, mas só viu de relance a foto da carteira. Estamos trabalhando nisso, Dallas. Você precisa me dar um pouco mais de tempo e espaço.

— Você pode me dar o novo retrato falado dele?

— Já mandei para o seu computador. Há diferenças sutis na estrutura facial em relação à imagem de Trina; o cabelo está diferente, as sobrancelhas também. Mesmo assim o meu olho garante que é o mesmo cara.

— Seu olho é bom o suficiente para mim. Quando você conseguir a imagem da mulher, envie-a para mim e para Feeney. Faça isso funcionar, Yancy. Este pode ser nosso grande recurso.

Quando Eve chegou na própria divisão, Peabody saía da sala de guerra.

— Achei Morris, conforme ordenado. Ele está a caminho daqui com os resultados toxicológicos. Jenkinson e Powell enviaram um recado. Estão na butique spa. Há um funcionário que alega poder ter visto em algum momento o nosso suspeito lá.

— Há uma imagem nova no meu computador. Envie-a para eles e peça que a exibam a todo mundo na loja e no salão.

— Entendido.

— Tenente Dallas?

Eve e Peabody se viraram ao mesmo tempo. Era o vizinho de Ariel, o que estava de ressaca. Eve o reconheceu de imediato.

— Erik, certo?

— Isso mesmo. Preciso falar com a senhora. Tenho que descobrir o que está acontecendo. Aquela mulher, Gia Rossi, ela está morta. Ariel...

— Pode deixar que eu falo com ele — ofereceu Peabody.

— Não, deixe isso comigo. Mande a nova imagem para Jenkinson. Vamos nos sentar, Erik. — Ela não tinha tempo de levá-lo até o saguão e não teve coragem de dispensá-lo. Em vez disso, foi com ele até um dos bancos junto da sala de ocorrências.

— Você está preocupado e também chateado — começou Eve.

— Preocupado? Chateado? Estou é apavorado, complemente fora de mim. Ele está com ela. Aquele maníaco pegou Ariel. Eles disseram que ele tortura as prisioneiras. Ele a está machucando neste exato momento e nós estamos simplesmente sentados aqui.

— Não, não estamos. Cada policial designado para este caso está trabalhando muito.

— Ela não é um *caso*! — Sua voz se elevou e quase falhou. — Droga, ela é um ser humano. Ela é Ariel!

— Você quer que eu enfeite a realidade para você? — A voz de Eve estava mais aguda de forma proposital para cortar qualquer risco de histeria. — Se você quer tapinhas no ombro e palmadinhas de consolo, veio ao lugar errado e procurou pela pessoa errada. Estou lhe dizendo que tudo que tenho e todos os recursos estão sendo usados, bem como todos os policiais que foram convocados. Se você acha que não sabemos quem ela é, está enganado.

Se você acha que seu rosto não está na cabeça de todo mundo aqui, também está enganado.

— Não sei o que fazer. — Suas mãos se fecharam e golpearam as próprias coxas com força. — Não posso ficar aqui sem saber o que fazer ou como ajudar. Ela deve estar tão assustada...

— Sim, ela deve estar apavorada. Não vou enrolar você, Erik. Ela está assustada e provavelmente está sofrendo. Mas vamos encontrá-la. Quando o fizermos, prometo que você será avisado. Faço questão de que você seja um dos primeiros a saber que ela está a salvo.

— Eu a amo. Nunca disse a ela. Nunca disse a mim mesmo, para ser franco. — Ele conseguiu se acalmar e deu um suspiro longo e instável. — Estou apaixonado por Ariel e ela não sabe disso.

— Você poderá dizer quando a tivermos de volta. Vá para casa. Ou, melhor ainda, vá para a casa de um amigo.

Depois de acompanhá-lo até a saída, ela voltou para a sala de guerra e foi direto para a mesa de Roarke. Pegou a garrafa de água dele e tomou um gole.

— Sirva-se — ofereceu ele.

— Tomei um comprimido estimulante algumas horas atrás. Isso sempre me deixa com sede. E também — flexionou os ombros — energizada. Localização, localização, localização — acrescentou, e o fez sorrir.

— Tenho mais algumas para você e estou trabalhando para encurtar a lista. Alguma novidade na ligação dele com a ópera?

— Só pedaços, fragmentos dele, mas vou receber uma imagem da mulher que ele está recriando, por assim dizer. Depois que conseguirmos identificá-la, teremos mais dados sobre ele. Agora preciso passar a lábia na mídia.

Ela se virou para sair e quase deu de cara com Morris.

— Desculpe. Desculpe. — A porcaria do estimulante a fazia sentir como se estivesse saltando para fora da própria pele. — O que você conseguiu? Conte-me tudo enquanto caminhamos. Preciso chegar à sala da mídia.

— Você tomou uma pílula energética?

— Dá para notar?

— Em você, geralmente dá. Ele usou dopamina e lorazepam nela. Não tínhamos detectado essas substâncias antes.

— Qual é o efeito delas? — Ela lamentou não ter levado a água de Roarke, ao sair da sala. — Será que foi isso que a apagou?

— Eu diria que ele esperava o resultado oposto. Essas substâncias são usadas, às vezes, em pacientes catatônicos.

— Ok, então ela se desligou na frente dele. Ele tentou trazê-la de volta e manteve o cronômetro correndo.

— Concordo. Mesmo assim, no caso dela ter entrado em estado de verdadeira e profunda catatonia, ele poderia ter, potencialmente, mantido o cronômetro ligado durante muitas horas... até mesmo dias.

— Mas qual é a graça disso? — reagiu Eve. — Não obter reação alguma? Ela não está desempenhando o seu papel.

— Exato, mais uma vez eu concordo. Isso condiz com o fato dela não apresentar tantas lesões quanto as outras. Ele não podia trazê-la de volta, então desistiu.

— Não imagino que você tenha comprado em qualquer lugar essa dopamina e... Qual é o nome da outra?

— Lorazepam.

— Sim, essas duas. Provavelmente não estão à venda na drogaria mais próxima.

— Não. E um médico não as prescreveria para uso doméstico. É algo que deve ser administrado por um profissional licenciado e sob condições controladas.

— Talvez ele seja médico ou algum tipo de paramédico. Ou então conseguiu se fazer passar por um. — Ele era bom em desempenhar papéis diferentes, refletiu Eve. E atuava muito bem. — Pode ser que tenha conseguido isso em um hospital ou centro médico. Mas, se nunca usou essas substâncias antes, por que queria tê-las à mão? Nada disso — emendou ela, antes de Morris ter a chance de falar. — Se ele as conseguiu, fez isso no fim de semana e aqui em Nova York.

— Um psiquiatra, basicamente, seria a fonte mais lógica.

— Repasse isso para Peabody, sim? Quero uma pesquisa completa sobre as instalações em Nova York que mantêm essas drogas em estoque. Diga a ela para usar Mira, se precisar de apoio ou de um especialista. Medicamentos desse tipo têm que estar, por lei, trancados e ser minuciosamente controlados.

— Por lei, sim — concordou Morris. — Só que, na prática, isso nem sempre acontece.

— Vamos rastreá-los. Comece por conseguir os inventários completos que existem nessas instalações sobre essas drogas específicas. Qualquer desvio ocorrido nos dará mais uma porta para forçar.

— Posso fazer isso. Um médico dos mortos continua sendo médico — acrescentou, ao ver Eve franzir o cenho para ele. — Acho que eu poderia ajudar nisso.

— Leve tudo para Peabody — repetiu Eve — Trabalhe com ela. Vou me encontrar com vocês quando terminar o que estou fazendo aqui.

N a sala de guerra, Roarke baixou, copiou e imprimiu a lista dos imóveis investigados. Curioso, pegou o tablet para acessar os últimos minutos da entrevista coletiva de Eve enquanto vagava em busca de uma nova garrafa de água. Ela parecia obstinada e dura, pensou — e quem a conhecia bem, como ele, sabia que ela também estava esgotada e revoltada.

Ela acabaria por ficar doente se aquilo não acabasse logo, concluiu. Iria se forçar a ir em frente até entrar, literalmente, em colapso.

Não havia jeito algum de criticá-la ou reclamar disso, pois, dessa vez, ele estava tão atolado no trabalho quanto ela. Desligou o tablet quando ela se despedia e foi até a sala de comunicações.

Refletiu que, se mandasse vir uma dúzia de pizzas, ela pelo menos acabaria comendo alguma coisa. E ele bem que toparia comer também.

Depois de voltar ao seu posto, deu mais uma olhada na sua lista. Casa Funerária Lowell, localizada no Lower East Side, observou. O funeral de Sarifina York seria realizado ali. Naquele dia, inclusive, lembrou. Ele deveria ir até lá para apresentar seus respeitos.

Ligou para a funerária pelo computador para confirmar o horário do funeral. Se não conseguisse se afastar do trabalho — os vivos tinham preferência sobre os mortos —, poderia enviar flores, o que certamente faria.

Anotou o horário da cerimônia, o endereço e a sala exata onde o funeral aconteceria. A página da funerária tinha ligação direta com uma casa de flores — uma opção inteligente, prática e rápida, decidiu. Mesmo assim, preferiu confiar a Caro, sua assistente pessoal, a incumbência de enviar um tributo floral.

Com ar pensativo e distante, olhou mais uma vez para o link denominado História da Instituição e clicou nele. Talvez ali ele conseguisse mais dados além dos que já descobrira pelos registros oficiais.

Momentos depois seus olhos ficaram frios e seu sangue quase ferveu. Roarke olhou para Feeney, que parecia profundamente envolvido com a própria pesquisa.

— Feeney! Acho que descobri algo importante.

Capítulo Vinte

E ve continuava em pé, com os punhos nos quadris, estudando os dados que Roarke ordenara que aparecessem no telão.

— A propriedade não apareceu nas buscas iniciais porque foi rebatizada várias vezes ao longo dos anos. Além do mais, não pertencia oficialmente à mesma pessoa, grupo de pessoas ou empresas durante o tempo que você pediu que eu pesquisasse. Mas, após uma varredura mais profunda, descobri que a propriedade, oculta sob engenhoso disfarce, pertence à Fundação Lowell.

— Uma casa funerária. A casa da morte.

— Isso mesmo. Como você pode ver a partir da história apresentada no site da funerária, o prédio pertencia, originalmente, à família Lowell. Isso no início dos anos 1920. Era usada como residência e também como casa funerária. James Lowell estabeleceu ali a sede da sua atividade comercial, e também morou na residência com sua esposa, dois filhos e uma filha. O filho mais velho foi morto na Segunda Guerra Mundial. O caçula, Robert Lowell, se juntou ao negócio e o assumiu de vez depois da morte do pai. A partir daí ele expandiu as atividades, abrindo outros locais em Nova York e em Nova Jersey.

— A morte é um negócio rentável — comentou Eve.

— E como! Mais ainda em tempos de guerra. O filho mais velho de Robert Lowell, outro James, ligou-se ao negócio e morava na filial do Lower West Side. Eles já tinham mais uma filial, por essa época. Durante as Guerras Urbanas, o terreno da matriz foi usado como clínica e acampamento militar para a Força Básica. Muitos dos mortos foram levados para lá e eram preparados pelos Lowell, que tinham fama de ser firmes defensores da Força Básica.

— O segundo James Lowell é velho demais. — Ainda com as mãos nos quadris, Eve analisava os dados. — Existem alguns centenários muito ágeis e ativos, mas não ágeis o bastante para isso.

— Concordo. Mas ele, por sua vez, teve um filho. Um filho único, do primeiro casamento. Ficou viúvo quando sua esposa morreu de complicações no parto. E posteriormente tornou a casar, creio que seis anos mais tarde.

— É isso! — reagiu Eve, em voz baixa. — Já achamos a segunda esposa? E o filho?

— Não achamos registro algum da segunda esposa até agora. Muitas transcrições foram destruídas durante as Guerras Urbanas. Os bancos de dados estão longe de ser completos, de um jeito ou de outro.

— Essa é uma das razões desses palhaços, os Lowell, terem sido capazes de manipular os registros — desabafou Feeney.

— Provavelmente para escapar dos impostos, na época — completou Roarke. — Eles trocaram o nome de Lowell para Casa Mortuária Manhattan durante as Guerras Urbanas, depois de uma venda fictícia do prédio. Mais tarde, após outra venda feita cerca de vinte anos atrás, seguida de um retorno ao nome original, há cinco anos, por meio de outra nova transferência escritural no Registro Geral, o nome passou a ser Centro Sunset de Luto,.

— Sempre mudando...

— Com a ajuda de um pouco de contabilidade criativa, suponho — confirmou Roarke. — O que chamou minha atenção foi ver que um membro da família Lowel está sempre na direção dos negócios há quatro gerações. Fiquei curioso com isso e cavei mais fundo.

— Esse seu marido tem uma pá eletrônica de ouro — elogiou Feeney, e deu um tapinha nas costas de Roarke.

— Bem, foi cavando que descobri que a Fundação Lowell era dona de empresas que possuíam outras empresas e assim por diante, incluindo as que aparentemente compraram o prédio.

— O que significa que estiveram lá o tempo todo.

— Exatamente. E encontramos isso aqui na última geração: Robert, batizado em homenagem ao avô,

Ele exibiu a fotos e os dados da identidade. Eve se aproximou da tela e franziu o cenho.

— Ele não se parece com esboço de Yancy. Os olhos, sim, e talvez a boca, mas o resto não tem a ver com o retrato falado. A idade bate, os dados profissionais também. Residência em Londres.

— O endereço é da English National Opera — comentou Feeney. — Já confirmamos. — Ele bateu na imagem que estava na tela. — Será que Yancy se enganou tanto assim?

— Nunca soube de um caso que ele tenha feito o retrato tão distante da realidade assim. E Yancy o fez a partir dos dados de duas testemunhas. Esse não é ele. — Eve passou os dedos pelo cabelo. Hora de ir em frente! — Imprima isso. Quero uma equipe de cinco: Feeney, Roarke, Peabody, McNab e Newkirk. Vamos fazer uma visitinha a uma casa funerária. Quero a equipe de proteção dez minutos atrás de mim.

— Dez? — repetiu Roarke.

— Isso mesmo. Está na hora de abrir a janela um pouco mais. O tempo está acabando para Ariel Greenfeld. Pode ser que, dessa vez, ele resolva se movimentar na minha direção enquanto eu estiver a caminho de lá ou depois que já tiver entrado.

Ela levantou a mão quando Yancy entrou.

— Feeney, consiga um mandado para nós. Não quero problemas para entrar no prédio. Yancy, mostre-me o retrato dela.

— Aqui está.

Um rosto marcante, pensou Eve. Olhos amendoados fortes e muito femininos, nariz fino, uma boca de lábios grandes e cheios, uma cascata de cabelos escuros. Ela sorria, olhando para algum ponto além. Seus ombros estavam nus, exceto por duas alças finas cintilantes. Em volta do pescoço, uma corrente de ouro com um pingente em forma de árvore.

Árvore da Vida, lembrou Eve.

— Ora, ora, que filha da mãe! — Mais um ponto para a vidente romena.

— Callendar, pegue esse rosto e descubra a dona. Encontre-a. Execute um programa de cruzamento de dados sobre a imagem. Pesquise nos jornais, revistas e noticiários entre 1980 e 2015. Compare tudo com artigos relacionados à ópera.

— Sim, senhora.

— Yancy. — Eve apontou com o queixo para a imagem exibida na tela. — Essa é a foto da identidade oficial dele.

— Não. — Yancy simplesmente abanou a cabeça. — De jeito nenhum. Trina o definiu com precisão. Esse aí é um parente, talvez. Um irmão ou primo. Mas não é o sujeito que Trina me deu, nem o que a sra. Pruitt descreveu depois de o conhecer na Tiffany's.

— Tudo bem. Morris, você está bem, trabalhando sozinho na pesquisa dos medicamentos?

— Dou conta disso.

— Se descobrir algo novo, dê um toque na mesma hora. Vamos embora, pessoal. Saiam dez minutos depois de mim. E ninguém entra até eu dar o sinal.

— A cerimônia funerária de Sarifina York está sendo realizada lá — lembrou Roarke. — Seria muito apropriado eu lhe oferecer meus respeitos.

Eve refletiu por um momento.

— Dez minutos depois de mim — insistiu. — A menos que eu chame vocês mais cedo, você entra nessa hora e faz as homenagens. Consiga aquele mandado, Feeney.

— Colete e grampos — exigiu Roarke, com firmeza.

— Sim, já sei... Na garagem. Em cinco minutos. — Ela saiu para se preparar.

Quando saiu da garagem da Central, os instintos de Eve estavam ligados em busca de alguém que a seguisse, mas sua cabeça estava voltada para Ariel.

Ela rezou para desmaiar, mas a dor não permitiu a fuga. Mesmo quando ele interrompeu o trabalho, *finalmente* parou, a agonia a manteve à tona. Ela tentou pensar em seus amigos, na sua família, na vida que levara antes, mas tudo parecia muito distante e diferente. Nada do que vivera entrava em foco com clareza.

Havia somente a dor agora, a dor e ele...

...E também o tempo que parecia se escoar no telão instalado na parede. Sete horas, vinte e três minutos e os segundos velozes que não paravam.

Então Ariel pensou em como o faria pagar por aquilo. Por tirar tudo que conseguira na vida. Sua rotina, seu senso de ordem, seus prazeres e esperanças. Se ela pudesse se libertar, ela iria fazê-lo pagar caro por despi-la daquela forma indigna.

Falar, recordou-se. Encontre uma maneira de fazê-lo falar novamente.

Faça-o falar e sobreviva.

Eve não percebeu ninguém atrás dela e essa descoberta a irritou. E se ele tivesse mudado de ideia sobre a tentativa de agarrá-la? E se ela o tivesse assustado, de algum modo, e, naquele instante, estivesse à caça de outra mulher inocente?

— Cheguei ao local — avisou ela —, e estou entrando. Feeney, faça-me sorrir.

— O mandado acabou de chegar.

— Beleza! Vamos cortar o papo agora. Em dez minutos abordamos o alvo.

Avaliando o prédio, ela atravessou a calçada. Três andares, incluindo o porão. Barras antitumulto, sistema de segurança sólido. Um resistente revestimento de tijolinhos vermelhos, apesar de um tanto desbotados. Duas entradas na frente e duas atrás, com saídas de emergência em ambos os lados e no piso superior.

Se Ariel estava ali dentro, a probabilidade maior era o porão. O andar principal era aberto ao público, os outros também eram para o público e para os funcionários.

Ela subiu os degraus e apertou a campainha.

A porta foi aberta momentos depois por uma mulher de pele escura vestindo uma roupa digna e discreta.

— Boa tarde. Em que posso ajudá-la?

Eve exibiu seu distintivo.

— Sarifina York.

— Sim, estamos todos reunidos no Salão da Tranquilidade. Por favor, queira entrar.

Eve entrou e esquadrinhou a área. O amplo corredor central dividia o piso principal em duas alas. O ar cheirava a flores e cera de polimento. Ela olhou pelas portas duplas abertas e viu que várias pessoas já haviam chegado para homenagear Sarifina.

— Preciso falar com quem está no comando.

— Da cerimônia?

— Não, da funerária.

— Ah, claro. O sr. Travers está atendendo um cliente no momento, mas...

— E quanto ao sr. Lowell?

— O sr. Lowell não se encontra na residência. Ele mora na Europa. Mas o sr. Travers é o chefe das operações.

— Quando foi a última vez que o sr. Lowell esteve aqui?

— Eu não saberia dizer. Trabalho para os Lowell há dois anos e nunca o encontrei pessoalmente. Creio que podemos dizer que ele está basicamente aposentado. A senhora gostaria de conversar com o sr. Travers?

— Gostaria, sim, mas você tem que interrompê-lo. Este é um assunto oficial da polícia.

— Claro. — Como se ouvisse a expressão "assunto oficial da polícia" todos os dias, a mulher sorriu serenamente e fez um gesto com a mão. — Se a senhora quiser me acompanhar, vou levá-la para uma das salas de espera no andar de cima.

Eve olhou para o Salão da Tranquilidade quando passou pela porta. Havia muitas fotos de Sarifina, abundantes flores e música ambiente no estilo big band retrô, tão apreciada pela falecida.

— O que funciona no porão? — quis saber Eve, enquanto elas subiam a escada.

— Um setor de trabalhos específicos. É onde ficam as áreas de preparação dos mortos. Muitos familiares enlutados pedem ou exigem uma boa imagem dos entes queridos que perderam.

— Embalsamar os mortos? Serviços de cosmética?

— Temos um agente funerário, um técnico e um estilista na equipe.

Um estilista, refletiu Eve. Claro, de que adiantava uma pessoa morta aparecer em público se estaria fora de moda?

A mulher a levou até uma pequena sala de espera cheia de flores suaves e móveis confortáveis.

— Vou dizer ao sr. Travers que a senhora está à espera dele. Por favor, fique à vontade.

Sozinha, Eve vagou pela sala. Ele não está aqui, pensou. Não faria sentido levar Ariel e as outras para lá, onde o trabalho era constante em todo o prédio. Havia muita gente. Era um espaço para negócios.

Ele não fazia parte de um grupo, seu ato era solitário. Do mesmo modo que tinha certeza de que Robert Lowell, ou seja lá o nome que usava no momento, não estava em Londres.

Travers entrou. Era alto, magro como um caniço e tinha um rosto sombrio, mas confortável. Se Eve estivesse entrevistando candidatos para diretores de funerária, ele teria sido sua escolha imediata.

— Bom dia, policial...

— Tenente. Eve Dallas é o meu nome.

— Sou Kenneth Travers. — Como ele estendeu a mão ao se aproximar, Eve o cumprimentou. — Sou o diretor. Em que posso ajudá-la?

— Estou à procura de Robert Lowell.

— Sim, foi o que Marlee me informou. O sr. Lowell mora na Europa há vários anos. Apesar de continuar sendo o dono da organização, tem muito pouco envolvimento direto com as operações do dia a dia.

— Como você entra em contato com ele?

— Através dos seus advogados em Londres.

— Vou precisar do nome da firma de advocacia e do número de contato dele.

— Sim, claro. — Travers cruzou as mãos na cintura. — Desculpe, mas eu gostaria de perguntar a que tudo isso se refere.

— Acreditamos que ele tem ligações com uma investigação em curso.

— A senhora está investigando os assassinatos de duas mulheres que foram encontradas recentemente. Essa informação procede?

— Sim, é isso mesmo.

— Mas o sr. Lowell se encontra em Londres. — Ele repetiu a informação lentamente, de um jeito que o fez parecer transbordar de tanta paciência. — Ou viajando. Ele viaja com muita frequência, pelo que sabemos.

— Quando você o viu pela última vez?

— Cinco, talvez seis anos atrás. Sim, creio que seis anos.

Eve pegou a foto da identidade.

— Este é Robert Lowell?

— Ora, é exatamente ele. Estou muito confuso, tenente. Esta é realmente a imagem de Robert Lowell, o pai. Só que ele está morto há... por Deus, quase quarenta anos. Seu retrato está pendurado no meu escritório.

— É mesmo? — Esperto, Eve decidiu. Um filho da mãe muito inteligente. — E quanto a este homem? — Ela mostrou o esboço mais recente feito por Yancy.

— Sim, esse é o atual sr. Lowell ou alguém muito semelhante a ele. — A cor em seu rosto quase desapareceu quando ele olhou com mais atenção o esboço e ergueu os olhos para Eve. — Eu vi essa imagem sendo exibida nos noticiários. Para ser sincero, não tinha ligado uma coisa à outra. Como já lhe disse, não vejo o sr. Lowell há vários anos e nunca... Simplesmente não liguei o rosto dele a essa imagem até agora, quando senhora perguntou. Mas entenda, tenente, deve haver algum engano. O sr. Lowell é um homem muito tranquilo e solitário. Ele não poderia...

— Isso é o que todos dizem. Tenho uma equipe que está vindo para cá e vai chegar a qualquer momento com um mandado. Precisamos vasculhar todas as instalações.

— Mas, tenente Dallas, asseguro-lhe que ele não está aqui.

— Na verdade, acredito em você, mas precisamos vasculhar o prédio mesmo assim. Onde ele fica quando vem a Nova York?

— Eu honestamente não sei. É tão raro ele vir... E não é meu papel perguntar isso. — Os dedos de Travers se transferiram para o nó da gravata sombria e alisaram o tecido duas vezes.

— Havia uma segunda filial da funerária no Lower West Side durante as Guerras Urbanas.

— Sim, sim, acredito que sim. Mas somos a única filial no centro da cidade desde que entrei para a empresa.

— Quanto tempo faz isso?

— Tenente, sou diretor daqui há quase 15 anos. Só tive contato direto com o sr. Lowell poucas vezes. Ele deixou claro que não gosta de ser incomodado.

— Aposto que não. Preciso dos advogados, sr. Travers, e de qualquer outra informação sobre Robert Lowell que você tenha. O que você sabe sobre a madrasta dele?

— Sua... Creio que ela foi morta durante as Guerras Urbanas. Como não tinha, que eu saiba, envolvimento algum com a empresa, as informações que tenho a respeito dela são mínimas.

— Nome?

— Sinto muito, não saberia informar assim, de cabeça. Pode estar em nossos registros. Bem, isso tudo é... isso é muito perturbador.

— Sim — concordou Eve, secamente. — Assassinatos podem arruinar um bom funeral.

— O que eu quis dizer foi que... — Um pouco de cor voltou ao seu rosto, mas sumiu em seguida. — Entendo que a senhora deva fazer o seu trabalho. Porém, tenente, temos um evento funerário em andamento neste momento para uma das mulheres que foi morta. Preciso pedir à senhora e aos seus homens que sejam discretos. Este é um momento extremamente difícil e delicado para os amigos e familiares da srta. York.

— Vou me certificar de que os amigos e familiares de Ariel Greenfeld não acabem no seu Salão da Tranquilidade tão cedo.

Eles foram tão discretos quanto meia dúzia de policiais conseguiria ser; Feeney e McNab hackearam os aparelhos eletrônicos em busca de dados. Eve foi para a sala de preparação, no porão, com Roarke.

— Não muito diferente do necrotério. Menor — observou ela, examinando as mesas de trabalho de aço, as macas nas laterais, as mangueiras, tubos e ferramentas. — Acho que ele conseguiu algum do seu conhecimento de anatomia trabalhando aqui. Poderia ter tido algum do seu treinamento inicial trabalhando em cadáveres.

— Que pensamento charmoso.

— Bem, considerando que já estavam mortos mesmo ou, pelo menos, esperamos que sim, provavelmente isso não os aborreceu muito. Ah, mais uma coisa, para a sua informação: quando chegar a minha hora, não quero agentes conservantes e dispenso o estilista. Construa um fogueirão e me jogue lá dentro. Depois, jogue-se na pira mortuária para provar sua dor insuportável e devoção eterna.

— Vou anotar seu pedido para não esquecer.

— Nada aqui embaixo para nós. Quero descobrir o local da outra filial, a que foi instalada e funcionou durante as Guerras Urbanas. E também quaisquer outros imóveis cujo proprietário seja Lowell, de qualquer tipo, forma ou finalidade.

— Vou conseguir isso — garantiu Roarke.

Ela tirou o comunicador do bolso e fez uma careta para o zumbido da estática.

— A qualidade da recepção é uma bosta aqui embaixo. Vamos voltar lá para cima e ver se Callendar teve alguma sorte com a busca pela madrasta.

— Ela poderia ter tido alguma propriedade em seu nome — continuou Eve, quando eles começaram a subir. — Talvez ele a use agora. Os advogados estão arrastando o processo, como costumam fazer. Só que Whitney e o secretário Tibble vão acabar com a festa deles rapidinho.

— Se ele continua a ser inteligente — comentou Roarke —, os advogados só a levarão a contas numeradas e serviços de mensagem. Ele sabe se acobertar bem.

— Então, vamos atacar essas contas e serviços. O canalha está aqui em Nova York. Ele tem um covil supersecreto aqui na cidade, um espaço de trabalho com meios de transporte. Uma dessas pontas soltas que estamos puxando vai nos levar até ele.

Eve mal chegara ao primeiro andar quando o comunicador emitiu um sinal sonoro.

— Dallas falando!

— Eu a encontrei! — Callendar só faltou cantarolar a frase — Edwina Spring. Eu a encontrei na seção de música e entretenimento de uma edição antiga do *The New York Times*. Uma nova sensação no mundo da ópera, se você acredita nesse tipo de exagero. Prodígio.

Tinha só 18 aninhos quando tomou de assalto e deixou perplexos o Metropolitan e toda a Nova York. Há mais informações chegando, agora que descobri o nome exato dela.

— Execute um programa multitarefa. Veja se consegue encontrar alguma propriedade na cidade registrada no nome dela.

— Entendido.

— Reúna todas essas informações, Callendar. Tenho um lugar para ir antes de voltar para a Central, mas depois sigo para aí.

— Que lugar? — Roarke quis saber.

— Pella. Ele sabe de alguma coisa. Seus exames médicos confirmam que está para bater as botas e mal consegue atravessar o quarto. Mas ele sabe de alguma coisa e não estou mais a fim de aturar as suas brincadeiras.

— Você não foi seguida ao vir para cá.

— Tem razão.

— Então é improvável que alguém a siga a partir daqui. Como Peabody está ocupada, vou com você visitar esse tal de Pella.

— Sei cuidar de mim mesma.

— Certamente sabe. Mas você quer remover alguém da equipe só para monitorar seus grampos? Será mais simples e mais rápido se eu for com você. Depois o resto da equipe poderá nos encontrar na Central.

— Talvez. — Unicamente por uma questão de conveniência, ela deu de ombros. — Tudo bem.

Quando chegaram à casa de Pella, enfrentaram objeções e abanar de mãos tanto de androides médicos que monitoravam sua condição quanto dos empregados, também androides. Eve simplesmente forçou a barra através de todos.

— Se vocês têm alguma queixa, comuniquem-na ao chefe de polícia. Ou então ao prefeito. Isso mesmo, o prefeito adora receber reclamações apresentadas por androides.

— Somos obrigados a cuidar do sr. Pella, para assegurar sua saúde e seu conforto.

Obviamente algum engraçadinho tinha programado o androide de arrumação da casa para se lamentar.

— Nenhum de vocês vai se sentir muito saudável ou confortável se eu os transportar para a Central. Portanto, saiam do meu caminho, senão vou citá-los por obstrução da justiça.

Eve deu uma cotovelada na médica e abriu a porta do quarto.

— Fique um pouco para trás, fora da linha de visão dele — disse baixinho para Roarke. — Ele pode não abrir o bico, caso perceba que eu trouxe reforço.

Estava escuro, tanto quanto antes, e dava para ouvir as inspirações ruidosas e repetitivas de Pella, que sugava o ar pelo respirador com dificuldade.

— Já disse que não queria ser incomodado, a não ser que a chamasse! — Sua voz era impaciente e ele parecia muitos anos mais velho do que na véspera. — Vou providenciar para que você seja desmontada até sobrarem apenas circuitos e membros soltos, se você não me der um pouco de *paz*, maldição!

— Isso vai ser difícil de conseguir a partir de onde você está — comentou Eve.

Ele se mexeu de leve e seus olhos se abriram pesadamente para colar nos dela.

— O que você quer? Não tenho que falar com você. Já conversei com meu advogado.

— Tudo bem então. Pois fale com ele novamente e peça a ele para ir encontrá-lo na Central de Polícia. Ele vai lhe explicar que eu tenho o poder de segurar você lá por até 24 horas, na condição de testemunha material de homicídios.

— Que tipo de baboseira é essa? Não testemunhei nada, a não ser esses androides malditos pairando aqui como abutres ao longo dos últimos seis meses.

— É melhor você me contar tudo que sabe, Pella, ou uma boa parte do tempo de vida que ainda lhe resta vai ser gasta comigo. Robert Lowell e Edwina Spring. Abra o bico.

Ele se mexeu inquieto na cama e agarrou com força a ponta do lençol.

— Se você sabe tanta coisa, para que precisa de mim?

— Escute aqui, seu filho da puta. — Ela se inclinou sobre ele. — Vinte e cinco mulheres estão mortas e outra está em sérios apuros. Pode estar morrendo.

— Pois *eu também* estou morrendo! Lutei por esta cidade, sangrei por ela. Perdi a única coisa no mundo que me importava, e nada mais teve importância desde então. Por que devo ligar para mais alguma mulher?

— Ariel é o nome dela. Essa jovem ganha a vida fazendo bolos. Tem um vizinho do outro lado do corredor do seu apartamento; um apartamento que é pequeno, mas muito bonito. Ele parece ser um cara legal. Ela não sabe que ele está apaixonado por ela; não sabe que ele veio até mim hoje, desesperado e com medo, implorando para que eu a encontre. O nome dela é Ariel e você vai me contar tudo que sabe.

Pella virou a cabeça e olhou para as janelas drapeadas.

— Eu não sei de nada.

— Seu mentiroso filho da puta! — Ela agarrou o respirador com força e viu quando os olhos dele se arregalaram. Ela não pretendia realmente arrancá-lo, provavelmente não faria tal coisa, mas ele não sabia disso. — Você quer respirar uma última vez?

— Os androides sabem que você está aqui. Se alguma coisa acontecer comigo...

— Eles vão fazer o quê? Vão contar como você... opa... caiu mortinho da silva quando, por acaso, estávamos conversando? Eu, uma oficial da lei que jurou servir e proteger? E que também trouxe uma testemunha para confirmar sua versão?

— Que testemunha?

Eve olhou para trás e fez sinal com a cabeça para que Roarke entrasse no campo de visão de Pella.

— Se este filho da puta simplesmente bater as botas enquanto eu o interrogo de forma pacífica a respeito de ele conhecer ou não um suspeito, isso será um acidente, certo?

— Sem dúvida. — Roarke sorriu com um jeito frio e calmo. — Um imprevisto.

— Você sabe quem ele é — disse Eve, quando os olhos de Pella voltaram para ela. — E também sabe quem eu sou. A policial de Roarke, não foi disso que você me chamou? Pode acreditar em mim quando digo que, se acontecer de você parar de respirar e eu mentir sobre como tudo aconteceu, ele vai jurar que as coisas se passaram exatamente assim.

— Sobre uma pilha de Bíblias — confirmou Roarke.

— Mas você não está pronto para morrer ainda, está, Pella? — A mão de Eve ficou firme sobre o respirador quando ele piscou para ela várias vezes. — Aparece nos olhos quando alguém ainda não está pronto para morrer. Então, se você quer ter a chance de conseguir a próxima respiração e a que vem depois dela, conte-me a maldita verdade. Você conhece Robert Lowell. E conheceu Edwina Spring.

— Largue isso! — Ele chiou ao falar. — Vou encher você de acusações.

— Você estará morto e os mortos não me assustam. Você os conheceu. Se quiser a próxima respiração, Pella, diga que sim.

— Sim, sim. — Ele empurrou a mão de Eve para longe do respirador, e o som áspero de sua respiração ofegante se aliviou um pouco quando ela ergueu a mão. — Sim, eu os conhecia. Mas não para interações sociais. Eles eram a elite. Eu era apenas um soldado. Agora, vá para bem longe de mim!

— Nem pensar! Conte-me o que você sabe.

Os olhos de Pella pularam de Roarke para Eve sem parar. Então, por um momento, ele simplesmente os fechou.

— Ele tinha mais ou menos a minha idade... era alguns anos mais jovem, na verdade, mas nunca serviu. Tinha um jeito suave. — A mão de Pella tremeu um pouco quando subiu e acariciou o respirador para ter certeza de que o aparelho continuava na posição correta. — Tinha um olhar macio e brando, e também a grana de sua família nas costas, é claro. Gente desse tipo nunca sujou as mãos, nunca arriscou a própria pele. Ela... Eu preciso de um pouco d'água.

Eve olhou para o lado e viu um copo com um canudo articulado sobre a mesinha de cabeceira. Ela o pegou e entregou a ele.

— Não consigo segurar essa porcaria. Hoje estou muito mal. E piorei desde quando você entrou.

Sem dizer nada, ela inclinou o canudo para baixo para que ele conseguisse guiá-lo com a mão trêmula até a abertura no respirador.

— E quanto a ela?

— Belíssima. Jovem, elegante, sua voz era a de um anjo. Ela vinha para a nossa base de vez em quando e cantava só para nós. Ópera, quase sempre italiana. Ela despedaçava nossos corações a cada nota.

— Você alimentava alguma paixonite por ela, Pella?

— Sua vaca! — ele murmurou. — O que você sabe do amor verdadeiro? Therese era tudo. Mas eu amava o que Edwina era e o que nos trazia. Esperança e beleza.

— Ela ia até a base de vocês em Broome?

— Sim, em Broome.

— Eles moravam lá, não é?

— Não. Antes eu pensava que sim, mas não durante os combates, não enquanto soldados estavam baseados lá. Depois, quem diabos sabe? E quem se importa? Mas, quando eu servia lá, eles não moravam na base de Broome. Tinham outro lugar, uma casa no West Side.

— Onde?

— Foi há muito tempo. Nunca estive lá, não um soldado como eu, é claro. Alguns dos outros foram, a maioria oficiais, e a gente ouvia histórias. Sim, alguns dos oficiais e os clandestinos.

Ela sentiu que mais uma peça se encaixava.

— Os que faziam operações secretas?

— Exato. Todos ouviam coisas. Eu ouvia coisas. — Ele fechou os olhos. — Dói voltar para lá. — Pela primeira vez a sua voz soou fraca. — E eu não consigo parar de ir para lá.

— Sinto muito por tudo o que você perdeu, Pella. — Nesse momento ela estava sendo sincera. — Só que Ariel Greenfeld está viva e precisa de ajuda. O que você ouviu naquela época que poderia ajudá-la agora?

— Como diabos eu poderia saber?

— Certamente teria algo a ver com ela, com Edwina Spring. Ela morreu, não é?

— Todo mundo morre. — Mas sua mão voou para o respirador mais uma vez e seus olhos observaram Eve com cautela. — Certo dia, ouvi Edwina conversar com um soldado que eu conhecia. Um primeiro tenente jovem que viera do norte do estado. Não me recordo qual era o seu nome. Eles dois sempre sumiam por algum tempo quando ela vinha cantar. Dava para ver o que acontecia pela maneira como se entreolhavam. Era o mesmo olhar que Therese e eu trocávamos um com o outro.

— Eles eram amantes?

— Provavelmente. Ou queriam ser. Ela era jovem, muito mais jovem que o Carregador.

— Quem era? Esse Carregador?

— Era assim que eles chamavam Lowell... James Lowell.

— Porque ele carregava os corpos que o rabecão trazia, certo? — disse Eve, se lembrando do comentário de Dobbins.

— Isso mesmo. Edwina devia ter a metade da idade dele, era uma mulher cheia de vida, lindíssima. Ele era muito velho para ela... e havia algo nos olhos dele. Nos olhos do velho também, o pai dele. Havia algo nos olhos deles que fazia arrepiar os cabelos da nuca.

— Eles descobriram tudo sobre ela e o soldado.

— Sim, descobriram o caso. Acho que planejavam fugir. Ele não teria sido o primeiro a desertar, nem o último. Era verão. Já estávamos com o setor protegido mesmo, pelo menos temporariamente. Um dia, saí para dar uma caminhada e para tentar me lembrar contra o que, exatamente, estávamos lutando ali. Eu os ouvi conversando atrás de uma das barracas de suprimentos. A voz dela não dava para confundir com a de nenhuma outra. Eles falaram sobre fugir para o norte, para as montanhas. Um monte de pessoas já tinha fugido da cidade para as montanhas, para o campo, e ele tinha familiares ao norte dali.

— Quer dizer que ela ia abandonar o marido e fugir com esse soldado. — E Robert Lowell, Eve calculou, devia ter cerca de vinte anos.

— Não deixei que me vissem ali por perto. E jamais os teria dedurado a alguém. Sabia muito bem o que era amar uma mulher e recear pela vida dela. Recuei um pouco e atravessei a rua para que eles não percebessem que eu tinha estado tão perto. Dei a eles privacidade, entende? Era pouca a porra da privacidade naquela época. Mas eu o vi do outro lado da tenda, ouvindo tudo o que conversavam.

— Lowell. — Eve percebeu. — O mais jovem.

— Ele parecia estar em transe. Eu já tinha ouvido falar que ele sofria de um problema mental. Havia rumores sobre isso, mas achava que era apenas uma desculpa que usavam para mantê-lo fora da luta. Mas, quando olhei do outro lado da rua, quando o observei com calma, vi que havia algo ali que não estava certo. Não, nem um pouco certo. Preciso de mais água.

Novamente, Eve ergueu o copo e direcionou o canudo para a boca dele.

— Ele os dedurou.

— Sim, deve ter dedurado, sim. Não havia nada que eu pudesse fazer a respeito, não com ele lá. Pretendia avisá-los mais tarde, advertir o tenente sobre o garoto. Mas nunca tive chance de fazer isso. Subi pelo quarteirão debatendo comigo mesmo sobre o que deveria ou não fazer. Queria conversar com Therese a respeito do assunto antes de tomar qualquer atitude. Já tinham ido embora quando voltei. O soldado fora enviado numa missão e Edwina tinha voltado para casa. Nunca mais tornei a ver qualquer um dos dois com vida.

— O que aconteceu com eles?

— Foi mais de uma semana mais tarde. — Sua voz estava arrastada e o cansaço parecia genuíno, julgou Eve. Ela não iria conseguir muitas informações a mais. — O soldado foi denunciado como "ausente sem autorização", e ela ainda não tinha voltado. Achei que eles tinham conseguido escapar. Então, numa noite, saí para fazer a ronda de sentinela. Ela fora jogada na calçada. Ninguém soube dizer, ou não quis revelar, como alguém conseguira passar pelos postos de controle para atirá-la ali. Estava morta.

Uma lágrima deslizou lentamente pelo seu olho, desviando pela lateral do respirador.

— Eu já tinha visto corpos daquele jeito antes, e sabia como eles chegavam a ficar daquela maneira.

— Tortura?

— Eles tinham feito coisas desprezíveis com ela e, em seguida, a jogaram na rua completamente despida e mutilada, como lixo. Tinham lhe arrancado os cabelos e retalhado seu rosto, mas eu sabia quem era. Eles a deixaram com a Árvore da Vida no pescoço. Era o pingente que ela sempre usava no cordão. Como se para ter certeza de que não haveria engano na identificação do corpo.

— Você achou que tinham sido os Lowell os autores disso? O marido dela, o sogro e o enteado?

— Eles disseram que ela fora levada e torturada pelo inimigo, mas isso era mentira. Já tinha visto aquele tipo de trabalho antes, um trabalho que sempre tinha sido feito no inimigo. O velho era um torturador. Todo mundo sabia disso, mas as pessoas tinham o cuidado de não falar abertamente sobre o assunto. Quando acreditavam que um prisioneiro tinha informações importantes, eles o levaram para Robert Lowell, o velho. Quando vieram pegá-la, ele chorou como um bebê... Estou falando do homem que você está procurando agora.

Os olhos de Pella se abriram mais e exibiam uma expressão feroz, apesar de sua voz vacilante.

— Quando ele a viu sob o lençol que a cobria, chorou com uma voz aguda, como uma mulher. Dois dias depois, perdi Therese. Nada mais importava depois disso.

— Por que você não contou à polícia essa história nove anos atrás, quando esses assassinatos começaram?

— Não me veio à cabeça fazer a ligação daquilo com uma mulher que fora morta quase que em outra vida. Nunca mais pensei nisso, nem nela. Por que deveria? Foi então que eu vi o retrato falado. Fazia muito tempo que tudo acontecera, mas achei algo familiar naquele rosto. Quando você apareceu aqui ontem, eu sabia quem ele era.

— Se você tivesse me repassado todas essas informações ontem, se tivesse me dado o nome dele, você poderia ter poupado Ariel de 24 horas de dor.

Pella apenas virou a cabeça para o outro lado e fechou os olhos.

— Todos nós sentimos dor — sentenciou.

Cavalgando uma onda de repugnância, Eve saiu intempestivamente da casa de Pella.

— Canalha miserável. Preciso encontrar toda e qualquer propriedade que pertença aos Lowell ou que tenha estado no nome de Edwina Spring durante as Guerras Urbanas. Coloque em ação a sua famosa pá de ouro e cave essas informações para mim.

— Você dirige e eu consigo tudo — prometeu Roarke, já teclando em seu tablet.

Ela se posicionou atrás do volante e ligou para Callendar, na Central.

— Mais algum dado?

— Dados sim, propriedades não. Posso dizer que Edwina Spring se aposentou, para imensa lástima dos apreciadores de ópera da época. Tinha 20 anos quando se casou com o rico e proeminente James Lowell. Há muitos eventos sociais depois disso. Um evento de gala aqui, uma festa ali, mas o interesse por ela parece que desapareceu aos poucos. Mas eu encontrei sua certidão de óbito. Ela está registrada como Edwina Roberti. Na descrição biográfica encontrei "cantora de ópera que deixou viúvo o seu marido, Robert Lowell". A causa da morte na certidão relata que foi suicídio. Não há nenhuma imagem, tenente, mas só pode ser ela.

— Sim, é ela.

— E, tenente... Morris tem mais alguma coisa.

— Passe a ligação para ele.

— Dallas, o Centro de Família Manhattan na Primeira Avenida. Lá existe uma ala psiquiátrica infantil que era financiada pelos Lowell no final do século XX. As doações continuam a ser feitas através de uma fundação. Conversei com o chefe dos funcionários. No sábado ele recebeu a visita inesperada de um representante da Fundação Lowell. Um tal de sr. Edward Singer. A seu pedido, ele foi conduzido para visitar as instalações. E a lista dos medicamentos controlados está com alguns produtos faltando.

Ela calculou a distância.

— Vou mandar alguém até lá para conseguir uma declaração oficial.

— Dallas, eles mantêm os discos de segurança, gravação completa, durante sete dias. Eles têm as imagens dele em disco.

— Vamos até lá pegá-las. Faça com que os peritos analisem o armário de remédios. Talvez nós continuemos tendo sorte. Muito bem, Morris.

— Agora eu me sinto melhor.

— Entendo o que você quer dizer. Desligando. — Ela largou o *tele-link*, olhou para Roarke e ligou para o comunicador de Peabody.

— Estamos construindo a gaiola. Tudo o que temos a fazer agora é jogar o canalha dentro dela.

Capítulo Vinte e Um

Ela estava construindo um bom caso, alinhando as conexões, os motivos e a patologia. Não tinha dúvida alguma de que, quando eles encontrassem e prendessem Robert Lowell, estaria entregando de bandeja ao advogado de acusação um caso perfeito.

Mas isso não ajudava em nada Ariel Greenfeld.

— Consiga-me alguma coisa! — exigiu ela quando entraram no elevador da garagem de Central.

— Você sabe como eram os registros daquela época? — Roarke retrucou. — O que acontecia com eles? Estou montando um quebra-cabeça no qual metade das peças importantes está faltando ou espalhada. E preciso de um equipamento melhor do que a porra do meu tablet.

— Ok, tudo bem. — Ela apertou os dedos sobre o centro da testa. O efeito da maldita pílula energética estava passando, e ela podia sentir o colapso do seu organismo esperando para acontecer. — Deixe-me pensar.

— Não sei como ainda consegue raciocinar a essa altura do campeonato. Você vai cair de cara no chão, Eve, se não reservar algum tempo para descansar.

— Ariel Greenfeld está sem tempo nenhum para descansar.

— Ela saiu do elevador. — Precisamos da localização de todas as empresas de Lowell e dos registros das suas propriedades em todo o mundo. Algum local em uso atualmente vai aparecer, e nós trabalharemos a partir daí. Fale com o diretor, force a barra contra esses sacanas dos advogados britânicos e contra as instituições financeiras nas quais ele tem contas numeradas.

— Pois lhe asseguro que levaríamos semanas, na melhor das hipóteses, para arrancar qualquer coisa da área financeira. Seus advogados terão outros advogados, que vão jogar você de um lado para outro. E, se ele foi cuidadoso como imagino que tenha sido no planejamento desses ataques, as contas que encontraríamos serviriam unicamente para alimentar outras, e assim por diante. Eu poderia penetrar através dessas camadas em casa, mas mesmo assim isso me tomaria uma quantidade considerável de tempo.

E ajudaria a encontrar Ariel?, perguntou Eve a si mesma.

— Não posso colocar você trabalhando só nisso. Vamos forçar a barra com as propriedades e os advogados em primeiro lugar. Tem que haver um cofre em um banco, também. Ou cofres. Ele só usa dinheiro vivo, então por que não guardaria grana no cofre pessoal de algum banco nos diferentes locais onde tem casas ou planos para trabalhar? Um banco no centro da cidade seria a minha melhor aposta.

Ela entrou na sala de guerra e foi até Callendar.

— Procure por bancos grandes que ficam localizados no centro de Manhattan. Quero que envie para cada um deles o retrato falado e a descrição que temos de Robert Lowell, juntamente com vários codinomes já conhecidos. Também quero uma pesquisa sobre toda e qualquer pessoa com a qual ele tem ou teve parentesco, esteja ela viva ou morta. Nomes, último endereço conhecido e propriedades que estejam registradas no nome desses possíveis parentes.

— Roarke, se precisar de alguma ajuda na busca dos imóveis, pode convocar qualquer pessoa da DDE. Atenção! — gritou ela, para se fazer ouvir sobre a conversa e os bipes da sala. — Quando o capitão Feeney não estiver aqui e eu também não estiver na sala de guerra, o nosso consultor civil ficará no comando das operações eletrônicas. Qualquer pergunta sobre como proceder, procurem por ele.

— O queridinho da tenente — disse Callendar, alto o bastante para Roarke ouvir e num mau humor simulado que o fez rir um pouco.

— Aposto dez paus que acho algo na pesquisa dos imóveis antes de você achar na dos bancos — propôs Roarke a ela.

— Aposta aceita, Bunda Gostosa.

Eve os deixou e foi para a sua sala atualizar as anotações e dar uma olhada nas possíveis aberturas novas. Enquanto trabalhava, ligou para Feeney.

— Alguma coisa para mim?

— Não há nada nos registros aqui. O negócio passou para o nosso cara quando seu velho morreu. Todos os registros indicam o mesmo endereço falso em Londres. O diretor me disse que havia alguns registros em papel, alguns discos no arquivo dos desativados, mas Lowell levou tudo com ele, alguns anos atrás. Desculpe, garota.

— Filho da puta organizado! Alguém que trabalhe lá já estava empregado no tempo em que Lowell morava lá?

— Não, verifiquei isso. Estou levantando todos os registros que existem. Vamos vasculhar tudo neles a seguir. Vou fazer isso agora.

— Vejo você na sala de guerra.

Ela se forçou a levantar da cadeira, pois queria ficar em pé. Seu corpo estava quase despencando de cansaço, dava para sentir isso. Se ela não se mantivesse em movimento, desabaria.

Ele *estava* em Nova York, raciocinou. E onde quer que tenha morado ou trabalhado, onde quer que estivesse mantendo Ariel presa também seria em Nova York, em algum lugar que tivesse sobrevivido, ao menos parcialmente, às Guerras Urbanas. Um lugar com ligação direta com o passado e com o da mulher que recriava.

Nada além disso serviria para ele, disso Eve tinha certeza.

A morte era o seu negócio. A preparação do corpo ou a sua desova; os ecos das Guerras Urbanas, os lucros e a ciência que a envolvia. Ele vivia em função da morte.

Ao matar, ele recriava a morte de uma mulher específica repetidas vezes para alimentar a própria necessidade de controle, para provocar dor. E também para estudar a dor e a morte.

Os dispositivos de tortura eram, na opinião do chefe dos legistas e do laboratório, ferramentas e instrumentos utilizados durante as Guerras Urbanas, com acréscimo de alguns poucos dispositivos modernos. Até mesmo as drogas encontradas nas vítimas. Ele tinha sempre que manter a conexão.

Ópera. O drama, o campo de ação, a tragédia. E, mais uma vez, a ligação com Edwina Spring. Os disfarces eram fantasias de palco, na verdade; cada codinome era apenas um papel a desempenhar dentro do espetáculo.

Não seriam as vítimas a mesma coisa? Apenas um elemento a mais em um rodízio de atrizes?

Quanto tempo mais ele levaria antes de fornecer a Eve a deixa para ela subir no palco? E por que diabos estava esperando tanto para fazer isso?

Pegou um pouco de café e tomou mais uma pílula energética. Tecnicamente, ela não deveria tomar duas delas em um intervalo menor que 24 horas. Mas, se pretendia forçar sua subida ao palco, ela não pretendia entrar em cena com a mente tão enevoada a ponto de a impedir de lembrar as falas certas.

Ela engoliu a pílula sem pensar muito e voltou para a sala de guerra com o café na mão.

Liberou todos os canais de comunicação para que qualquer um, mesmo que estivesse trabalhando em campo, pudesse ouvir e participar.

— Quero atualizações. DDE primeiro. Feeney?

— Estamos prestes a pesquisar os discos retirados da Casa Funerária Lowell. Vamos percorrer os registros em papel e procurar todos os dados pertinentes sobre Robert Lowell e/ou Edwina Spring. Nossa unidade de trabalho secundário tem uma lista de homicídios anteriores não solucionados, e também pessoas desaparecidas que podem ter sido trabalhos anteriores dele. Estamos solicitando arquivos de todos esses casos e nos movendo pela ordem de probabilidade em cada um.

— Qualquer coisa chamou sua atenção?

— Dois casos. Ambos na Itália; um aconteceu há 15 anos, outro há 12. Duas mulheres desaparecidas que se encaixam perfeitamente no nosso perfil de vítima. Uma de Florença, outra de Milão.

— Roarke, Lowell é dono de algum negócio na Itália, em alguma dessas duas cidades?

— Sim, em Milão. Foi inaugurado pouco antes de Lowell herdar tudo.

— Quero todos os detalhes do caso de Milão em primeiro lugar. Baxter, converse diretamente com o investigador principal do caso ou com o seu superior. Use um intérprete, se necessário. Roarke, coloque no telão os outros locais de operações de Lowell em Nova York. Vamos focar nesses aqui — disse ela, quando Roarke liberou os dados. — Quero mandados de busca abrangentes. Feeney, corra atrás disso. Equipes de três homens em cada local e canais de comunicação abertos o tempo todo. Vasculhem áreas privativas ou só para funcionários em primeiro lugar. Obtenham declarações, dados, cada porra de detalhe!

— Achei dois locais onde havia negócios dele antigamente — informou Roarke. — Dois edifícios vendidos. Um deles foi severamente danificado durante a guerra, posteriormente demolido e reconstruído como prédio de apartamentos. O segundo estava intacto, mas foi vendido pelo pai do Robert Lowell atual 23 anos atrás. Ele o comprou logo depois das Guerras Urbanas.

— Vamos visitar os dois. Venha instalar os grampos de som e imagem em mim, Feeney. Peabody e dois policiais poderão me seguir. A um mínimo de dez quarteirões de distância. Vou sair em cinco minutos.

Roarke se levantou para segui-la e, depois de coçar a cabeça, Feeney foi atrás de ambos.

— Você convocou equipes de três homens — observou Roarke.

— A não ser para você.

— Você sabe por quê.

— Não sou obrigado a gostar disso. Você pode dispensar um homem. Vou cobrir você junto com Peabody.

Ela balançou a cabeça.

— Preciso de você aqui. Lá fora você será um peso morto. Trabalhando aqui, poderá fazer a diferença.

— Essa é uma exigência infernal e cruel.

— Não dá para ser de outra forma. — Ela entrou em sua sala para pegar o casaco e avistou Feeney enquanto vestia a roupa.

— Vamos testar tudo em você, garota.

— Tudo bem. — Ela pressionou e girou um dos botões do casaco, ativando os sistemas. — Está tudo funcionando?

Ele olhou para o monitor lateral.

— Afirmativo. — Só então ele olhou para ela. — Estamos fechando o cerco. Você percebe isso, não percebe?

— Claro. Em mais 24 horas, ou talvez 36, vamos capturá-lo. Não quero que levemos tanto tempo, Feeney. Ele provavelmente começou o novo trabalho hoje de manhã bem cedo e devia estar muito bem-disposto. Já trabalha nela há 10 ou 12 horas, eu diria. Talvez ela consiga aguentar mais 24 ou 36, mas talvez não consiga. Não posso fazê-lo vir atrás de mim, mas quero estar lá fora nas próximas horas para lhe dar a oportunidade de tentar me agarrar.

O olhar de Feeney desviou para Roarke e novamente para ela.

— Não é o bastante para ele tentar.

— Sei que não. Preciso me colocar lá dentro, ele tem que me levar até onde está. Sei como lidar com isso. Sei muito bem lidar com isso — repetiu, dessa vez olhando diretamente para Roarke. — Se é que ele vai me dar essa chance. Se não o fizer, preciso de vocês dois aqui para desencavar a próxima peça que nos levará até ele. Se tivéssemos tanto material assim nove anos atrás e acreditássemos que ele poderia vir me pegar, Feeney, o que você teria feito?

Ele inflou as bochechas com um sopro.

— Teria enviado você para a rua.

— Então é melhor eu ir.

Roarke assistiu à saída dela e, quando voltou ao seu posto, dividiu sua tela de trabalho ao meio. Em um lado colocou a pesquisa, no outro a câmera de Eve. Podia ver tudo que ela via e ouvia pelo fone tudo que ela ouvia.

Isso teria que ser suficiente.

Ela escolheu o segundo lugar que ele indicara. Uma casa particular, onde a probabilidade era maior. Enquanto as buscas dele corriam na metade esquerda da tela, ele concentrou toda a atenção no edifício que se aproximava na metade direita. Uma construção urbana e atraente, decidiu, instalada em meio a outros edifícios urbanos e atraentes.

Quando a porta foi aberta por uma mulher acompanhada de um cão que latia sem parar aos seus pés e um bebê apoiado no quadril, ele relaxou. A probabilidade do assassino estar naquele lugar tinha despencado.

Mesmo assim, manteve a tela dividida quando Eve entrou, contornando o cão que a mulher espantou dali.

Ele deixou que partes esparsas da conversa invadissem sua cabeça, mas manteve a maior parte da concentração no trabalho. Tudo que a mulher disse a Eve confirmava os dados oficiais sobre a propriedade. A casa de família pertencia a um executivo e sua esposa, mãe profissional, que moraram junto com os dois filhos e um *terrier* muito irritado.

— Nada aqui — declarou Eve quando voltou para a rua e caminhava em direção ao seu veículo. — Estou me dirigindo para a segunda localização. Não detectei ninguém na minha cola.

Ela estava com frio. Sentia um frio terrível e absurdo. Provavelmente causado pelo estado de choque, disse Ariel para si mesma. Nos filmes policiais, quando alguém entrava em choque, eles colocavam um cobertor sobre a pessoa, não era verdade?

Partes dela tinham ficado dormentes, e ela não sabia se isso era uma bênção ou se essas partes tinham morrido. Sabia apenas que tinha perdido a consciência na segunda — ou talvez na terceira — vez em que ele a torturara.

Mas então ele fez algo mais pesado que a atirou de volta para o pesadelo. Algo que a sacudira com força, como se fosse um choque dado por uma corrente elétrica azul e muito quente.

Mais cedo ou mais tarde ele não conseguiria mais trazê-la de volta. Uma parte dela queria rezar muito por isso, mas se forçou a enterrar essa parte: a parte que chorava e era submissa.

Alguém apareceria. Ela aguentaria tudo viva, e alguém viria a salvar.

Quando voltou a si, teve vontade de gritar. Queria gritar e gritar mais alto, até que a força do som quebrasse todas aquelas paredes de vidro. Até que ela o destruísse. Ela gostou de imaginar isso, aquele rosto simpático e tranquilo se estilhaçando em mil pedaços como paredes de vidro.

— Posso... Posso, por favor tomar um pouco d'água?

— Sinto muito, mas isso não é permitido. Você está recebendo fluidos através do tubo intravenoso.

— Mas minha garganta está muito seca, e eu esperava que pudéssemos conversar um pouco mais.

— Ah, esperava? — Ele andou até a sua bandeja. Ela não se permitiria olhar, não se atreveria olhar para o que ele pegou dessa vez.

— Sim. Conversar sobre música. Qual é a música que está tocando agora?

— Ah, isso é Verdi. *La Traviata*.

Ele fechou os olhos por um momento e suas mãos começaram a se mover de forma rítmica, como as do condutor de uma orquestra.

— Brilhante, não é? Comovente e apaixonante.

— A sua... sua mãe também cantava essa?

— Sim, claro. Era uma de suas favoritas.

— Deve ter sido muito duro para o senhor quando ela morreu. Eu tinha uma amiga cuja mãe acabou com a própria vida. Foi terrível para ela. É... é difícil entender como alguém poderia se sentir tão triste ou tão perdido a ponto de achar que a morte era a resposta.

— Mas é claro que é. A morte é exatamente isso: a resposta para todos nós, no final. — Ele se aproximou mais. — É pelo que todos nós imploramos quando chega a nossa vez. Ela fez isso. Você também fará.

— Não quero morrer.

— Mas vai — disse ele novamente. — Do mesmo modo que ela morreu. Mas não se preocupe porque eu vou lhe dar essa resposta e esse presente, assim como fiz para ela.

O barulho das conversas aumentava e diminuía enquanto as equipes se reportavam à base, após voltarem de seus destinos. Roarke bebia café e arrancava, cuidadosamente, camada após camada de registros antigos, se livrava de pedaços irregulares de dados e tentava costurar pontas soltas em algo que lhe parecia relevante, buscando respostas.

O segundo imóvel tinha um porão. Embora Eve soubesse que as chances eram pequenas, resolveu conferir.

Não era o tipo de lugar que ele usaria, decidiu. Muito moderno, muito feio, muito lotado e com aparatos de segurança. Um homem não conseguiria, de forma confortável, arrastar ali para dentro uma mulher apavorada ou inconsciente sem incomodar os vizinhos.

Mesmo assim, ela fez perguntas a alguns deles e exibiu a imagem de Lowell.

E se ela estivesse enganada, perguntou a si mesma, quanto a ele estar trabalhando fora da cidade? Talvez tivesse comprado uma maldita casa nos subúrbios, e usava Manhattan apenas para caçar e desovar as vítimas. Quanto tempo ela teria desperdiçado olhando para o prédio certo em meio a milhares de outros se ele estivesse matando mulheres em algum rancho em White Plains ou em Newark?

Voltou para o carro. Passaria mais uma vez na confeitaria e no apartamento de Greenfeld. Talvez tivesse deixado passar alguma coisa. Talvez todos eles tivessem comido mosca. Ela faria outra varredura na casa e no local de trabalho de cada vítima.

Lançando-se mais uma vez no fluxo do tráfego, repassou suas intenções à base.

— Vou me manter na rua durante mais algumas horas, preciso ficar em campo aberto. Isso vai parecer exatamente o que é: que estou em círculos, perseguindo a própria cauda.

— Tenho outra ideia — disse Roarke para ela. — Uma fábrica de máquinas de costura no NoHo que foi reurbanizada, modernizada e transformada em lofts no fim do século XX. Descobri indícios de que esse espaço foi utilizado como quartel durante as Guerras Urbanas e sofreu danos consideráveis. Foi restaurado novamente e mais uma vez vendido para funcionar como condomínios de apartamentos, nos anos 2030.

— Ok, vou verificar isso. Informe onde fica. — Ela apertou os lábios quando ele lhe deu o endereço. Já fora do oeste para o leste, e agora iria atravessar o lado oeste mais uma vez, seguindo depois para o norte. — Peabody, estão me acompanhando?

— Afirmativo.

— Estou indo para oeste.

Ela fez o retorno e, logo em seguida, atendeu à ligação que chegou pelo *tele-link* do painel.

— Dallas falando.

— Tenente Dallas? Estou ligando em nome do sr. Klok. A senhora solicitou contato assim que ele voltasse para casa. Pois ele chegou hoje e ficaria feliz em recebê-la, caso ainda esteja interessada em vê-lo.

— Sim, ainda quero falar com ele.

— O sr. Klok poderá se encontrar com a senhora quando lhe for conveniente, tenente. No entanto, seria útil se a senhora pudesse vir até a sua residência, pois ele se feriu após sofrer uma queda. Seus médicos preferem que ele permaneça em casa durante as próximas 48 horas.

— Ah é? O que aconteceu?

— Sr. Klok escorregou no gelo da calçada ao chegar em casa hoje pela manhã. Sofreu uma leve concussão e luxou o joelho. Se não for conveniente para a senhora, o sr. Klok pede que eu lhe informe que ele irá ao seu escritório assim que os médicos o liberarem.

— Posso ir até ele. Na verdade, estou bem na área agora. Posso chegar aí em poucos minutos.

— Muito bem, então. Vou informar ao sr. Klok.

Eve desligou e disse:

— Hummm.

— Sinto cheiro de algo estranho — comentou Feeney em seu ouvido.

— Sim, o momento escolhido foi muito bem cronometrado e conveniente. Mas também seria muita burrice do nosso rapaz me convidar para ir até a casa dele e dar sua tacada. Não quero ser seguida de perto. Até onde ele sabe, estou com minha parceira ao lado.

Ela bateu com os dedos no volante enquanto pensava sobre isso.

— Klok parece limpo nas pesquisas, mas não estou descartando que isso possa ser outra armação. De qualquer modo, quero falar com ele. E, se isso for uma farsa, ele está me dando uma entrada grátis para o seu show.

— Direto para a armadilha que ele preparou — assinalou Roarke.

— Só será uma armadilha se eu o deixar pular em cima de mim. Tenho três homens me dando cobertura, tenho grampos de som e imagem. Vou entrar e você pesquisa o local mais a fundo enquanto me aproximo. Se eu vir ou sentir qualquer coisa estranha, vocês saberão na mesma hora. Peabody, aproxime-se e deixe a van a três quarteirões do destino.

— Entendido — respondeu Peabody. — Estamos cerca de dez quarteirões atrás neste instante, mas há retenções no tráfego. Vamos contornar o engarrafamento antes de ir em frente.

— Faça isso e pesquise mais uma vez os dados de Klok. Vamos ver se ele realmente voltou para Nova York hoje, como mandou dizer. Pesquise jatinhos particulares, voos e transportes comerciais. Se você conseguir confirmação enquanto eu estiver a caminho, retransmita os dados para mim. Vou interromper o contato agora porque faltam apenas dois quarteirões.

Estou muito agitada, pensou Eve, revirando os ombros. A maldita química das pílulas de energia parecia saltar e quicar dentro dela.

— A transmissão está um pouco recortada — comentou Feeney, olhando para Roarke. — Você também sentiu?

— Senti, sim. Há interferência. Pode ser algum sinal perdido que invadiu a nossa frequência — Consegue limpar o áudio?

— Estou tentando. Peabody, você ainda tem contato sonoro?

— Sim. Mas McNab diz que o sinal está instável.

— É interferência — repetiu Roarke, enquanto o sinal aumentava e diminuía. — Outra transmissão está se cruzando com a nossa. Maldição! — Ele se afastou da mesa em um salto. — É outro rastreador. Há outro rastreador na viatura dela. O sinal interfere com o nosso agora porque ela está muito próxima da base dele. O canalha a acompanhou e sabia a hora certa para convidá-la. Sabia que ela estava perto.

— Dallas, Dallas, você está ouvindo? — gritou Feeney para o receptor. — Dallas, porra! Peabody, entre em cena e vá direto para lá. — Ele saltou da cadeira e correu atrás de Roarke quando ele saiu da sala. — Ela sabe o que está fazendo — garantiu Feeney quando entraram juntos no elevador.

— Ele também sabe.

Eve estacionou a viatura e atravessou a rua. O portão do pátio estava aberto para ela. De braços abertos e um jeito muito conveniente, pensou, flexionando os ombros só para sentir o peso da arma.

— Estou na porta — murmurou no microfone, ao apertar a campainha.

O androide abriu a porta.

— Tenente, obrigado por ter vindo. O sr. Klok se encontra na sala de estar. Posso pegar o seu casaco?

— Não. Mostre o caminho.

Ela ia manter o androide por perto, só por garantia.

As cortinas estavam fechadas e as luzes, baixas. Ela viu a figura de um homem sentado em uma poltrona junto da lareira onde um fogo tranquilo crepitava; seu pé estava envolto por molde ortopédico macio e pousado sobre um banco acolchoado.

Ele tinha uma barba curta, castanha; cabelo castanho também curto e alguns hematomas no olho esquerdo. "Corpulento" seria a palavra educada para descrevê-lo, Eve supôs. A expressão que ela escolheria era outra: "muito gordo".

— Tenente Dallas? — Ele tinha um leve sotaque alemão. — Por favor, perdoe-me por não poder me levantar. Sou um desajeitado e me machuquei levemente hoje de manhã. Por favor, sente-se. Posso lhe oferecer alguma coisa? Chá? Café?

— Não.

Ele estendeu a mão enquanto falava. Ela avançou alguns passos para cumprimentá-lo. O gesto comum a traria para mais perto, o suficiente para ela determinar se ele era Robert Lowell.

Quando ela se inclinou para olhar para ele com mais atenção, teve certeza. Ela se mexeu de leve, puxando a mão direita para trás a fim de alcançar a arma.

— Olá, Bob.

Ele simplesmente sorriu.

— Ninguém me chamou de Bob, até hoje. Você viu através de mim.

— Levante-se. Você! — Ela fez um gesto em direção ao androide que circulava pela sala. — Se não quiser que eu frite os seus circuitos, permaneça exatamente aí.

— Estou em desvantagem, aqui — afirmou Lowell, com voz agradável. — Todo esse enchimento na perna e o molde ortopédico.

Eve chutou a banqueta longe e ele bateu com o pé no piso.

— Rosto colado no chão e mãos atrás das costas — ordenou ela. — Agora!

— Vou fazer o melhor que conseguir. — Ele deslizou e se lançou para a frente com as costas curvadas como um corcunda, bufando enquanto lutava para se dobrar sobre a barriga.

Quando ela se abaixou para agarrar o pulso dele e lhe puxar o braço para trás das costas, ele virou a mão e a fechou sobre a dela.

Eve sentiu a picada e xingou alto.

— Esse filho da puta me injetou um sedativo. — Ela apontou a arma para o meio do corpo dele e lançou uma rajada. Em seguida, suas pernas fraquejaram e ela se colocou de joelhos.

— Um método antigo — disse Lowell, girando o corpo com algum esforço. — Numa certa época foi muito usado em assassinatos. Usei só um tranquilizante, como você disse. — Ele sorriu quando ela deslizou lentamente até o chão. — Um sedativo de efeito muito rápido, é claro.

Ele se sentou onde estava até conseguir desabotoar o terno acolchoado e o colocou de lado. Debaixo usava um colete de proteção padronizado.

— Conheço sua habilidade e tive receio de você disparar sua arma de atordoar. É sempre aconselhável tomar precauções. Leve-a até minha sala de trabalho — ordenou ao androide.

— Sim, senhor.

Um segundo androide já levava o carro dela para longe, muito longe dali.

Havia muito tempo, pensou Lowell. Quando ele tivesse certeza de que estava tudo bem, chamaria o androide de volta para casa, trocaria seu disco rígido e substituiria a memória dele por outra, como já tinha feito muitas vezes antes.

O quadro iria ficar em branco.

Ele pegou o terno, o molde ortopédico e recolheu a arma que Eve deixara cair. Era possível que ela tivesse avisado a alguém sobre sua intenção de passar ali. Se esse fosse o caso, algum policial apareceria. Mas não haveria nenhum sinal de sua presença ali.

Seu veículo seria encontrado a quilômetros de distância.

Ele pegaria os dispositivos de comunicação dela e desligaria tudo.

Ele a teria para si, pensou Lowell, ao descer até sua área de trabalho. Para completar o trabalho de sua vida.

D o lado de fora da casa, Peabody quase passou mal de tanta frustração e medo. Já tinha chamado um aríete da polícia para derrubar a porta que eles não tinham conseguido abrir e solicitado maçaricos a laser para cortar as grades antitumulto instaladas em todas as janelas.

Eve estava lá dentro e ela não conseguia encontrar um jeito de entrar.

— Você tem que neutralizar o sistema de segurança.

— Estou trabalhando nisso — disse McNab entre dentes, enquanto usava todos os truques que conhecia. — Ele instalou reforços e bloqueios, um em cima do outro. Nunca vi nada parecido.

Ambos se voltaram para trás quando um carro freou bruscamente na rua, diante da casa. Um pouco do medo de Peabody diminuiu quando ela viu Roarke e Feeney saltarem do veículo.

— Não conseguimos passar pelo sistema de segurança. O lugar está trancado como um forte.

— Saia da frente — disse Roarke, empurrando McNab para longe e pegando as próprias ferramentas.

— Usei a chave mestra, depois tentei neutralizar a segurança e coloquei meu tablet para cuspir códigos. Só que, quando tento invadir o sistema, a senha muda de sequência.

— Esse sistema de dissimulação foi muito usado durante as Guerras Urbanas — explicou Feeney para Peabody, enquanto o suor lhe escorria pelas costas. — No momento em que ela entrou na casa, todas as comunicações eletrônicas ficaram inutilizadas. Conseguimos os dados da propriedade a caminho daqui. O primeiro Robert Lowell fez uma escritura no nome de solteira da esposa. Ela gerenciava um ramo do negócio fora daqui. Uma empresa de fachada durante as Guerras Urbanas. Derrube esse maldito sistema! — ordenou a Roarke.

— Fique quieto e me deixe trabalhar.

— Se você não conseguir derrubar isso e nos colocar lá dentro antes que ele coloque as mãos nela, vou te encher de porrada pelo resto da minha vida.

Os olhos de Ariel voaram na direção de Lowell quando ele entrou logo atrás do androide.

— Quem é ela? Quem é ela?

— Pode-se dizer que é a última da sua espécie. — Ele se inclinou sobre a mesa onde o androide colocara Eve e vasculhou os bolsos dela em busca do *tele-link*, do comunicador e do tablet. Em seguida, removeu seu relógio. — Pegue esses objetos e jogue tudo no reciclador. Depois vá lá para cima e se desligue — ordenou ao androide.

— Muito bem, agora — continuou Lowell, passando a mão suavemente pelo cabelo de Eve. — Você precisa ser lavada e preparada. É melhor fazer isso enquanto você está dormindo. Vamos passar algum tempo juntos, você e eu. Confesso que mal posso esperar por isso.

— O senhor vai me matar agora? — perguntou Ariel.

— Não, nada disso. Para ser franco, seu tempo ainda está correndo. Mas vou fazer algo muito especial. — Ele se virou para Ariel como se sentisse prazer em poder discutir aquele assunto com alguém. — Nunca tive a oportunidade de trabalhar com duas parceiras ao mesmo tempo. Você está se mostrando muito mais resistente que eu esperava. Creio até mesmo que poderá acabar excedendo a maioria, se não todas as que vieram antes de você. Mas ela? — Ele olhou para Eve. — Já coloquei minha expectativa em um nível muito elevado para ela. A última Eva.

— Ela... ela me parece familiar.

— Humm? — Com ar distraído, ele olhou para Ariel novamente. — Sim, imagino que você já deve tê-la visto em algumas reportagens e noticiários da TV. Agora...

— Sr. Gaines!

Ele desistiu de virar o corpo na direção de Eve e franziu a testa para Ariel.

— Sim, sim? O que é tão urgente? Tenho muito trabalho a fazer!

— Qual foi... Qual é o maior recorde que o senhor conseguiu? Quer dizer, qual foi o tempo máximo que... qualquer uma das mulheres que o senhor trouxe para cá aguentou?

Os olhos dele brilharam.

— Ora... Você é realmente uma deliciosa surpresa para mim! Está se sentindo desafiada? Será que ativei seu caráter competitivo?

— Eu não posso... Se eu não souber qual foi o tempo máximo que o senhor alcançou, não poderei tentar ultrapassar essa marca. O senhor vai me informar quanto tempo?

— Posso informar isso. — Com a arma de bolsa na mão, Eve se sentou na mesa de aço. — 85 horas, 12 minutos e 38 segundos.

— Não. — Ele pareceu perplexo a princípio. Em seguida ficou com o rosto vermelho de raiva. — Não, não. Isto *não é* permitido.

— Se não gostou, vai odiar isso aqui.

Eve disparou uma rajada com potência um pouco maior do que seria considerada o procedimento padrão, e ele caiu duro como uma pedra.

— Seu imbecil de merda! — murmurou ela, rezando para não desmaiar nem vomitar.

— Eu sabia que você viria. — Lágrimas surgiram nos olhos de Ariel. — Eu sabia que alguém apareceria e, quando os vi trazendo você para cá, entendi que tudo ia ficar bem.

— Sim, aguente só mais um instante. — Ela teve que arrastar os pés um pouco e dar a si mesma alguns segundos para retomar o equilíbrio. — Você foi ótima. Fez muito bem em manter a atenção dele voltada para você; deu-me a chance de pegar a arma.

— Eu queria matá-lo. Cheguei a me imaginar arrancando a vida dele. Isso me ajudou a aguentar.

— Aposto que ajudou. Escute, ainda estou meio fora do centro. É melhor não tentar cortar as suas cordas, por enquanto. Você vai ter que aguentar um pouco mais, ok? Sei que está doendo, mas você precisa aguentar só mais um pouco.

— Estou com tanto frio!

— Certo. — Eve conseguiu tirar o casaco que vestia e o colocou com cuidado sobre o corpo muito ensanguentado e massacrado de Ariel. — Agora vou amarrá-lo, ok? Vou garantir que esteja bem preso, em seguida vou pedir reforços.

— Você pode me trazer um pouco de água na volta?

Eve colocou a mão no rosto de Ariel.

— Claro.

— E talvez um monte de drogas contra a dor. — Enquanto as lágrimas escorriam, Ariel se esforçou para sorrir. — Este é um casaco muito bom.

— Sim. Eu gosto dele.

Capítulo Vinte e Dois

Duas pílulas energéticas e uma dose de tranquilizante, pensou Eve. Aquela combinação a fez se sentir idiota, trêmula, instável e muito enjoada. Mas precisava não apenas se manter em pé, mas também terminar o trabalho.

Apalpando o próprio corpo, procurou nos bolsos traseiros as algemas. Ou elas não estavam lá, ou ela tinha perdido toda a sensibilidade na mão esquerda.

— Porcaria! Preciso prender esse filho da puta, mas minhas algemas... Devo tê-las deixado cair no andar de cima quando ele aplicou o sedativo. Deixe-me tentar pelo menos... ok.

Ela se virou e viu as cordas soltas nos orifícios da lateral da mesa.

— Muito bem. Aqui vamos nós! Tudo ótimo, estou bem.

— Você não me parece nada bem — comentou Ariel. — Eu provavelmente estou com um aspecto muito pior, mas você não está muito bem, não...

— Andei trabalhando um monte de horas à sua procura, Ariel. — Eve lutou com os nós na corda e xingou baixinho ao ver que seus dedos pareciam tão moles quando salsichas de soja flácidas.

— Obrigada.

— De nada. Que porra escrota esses nós aqui! Será que esse filho da puta foi escoteiro, ou algo assim?

— Sempre achei que escoteiros eram meio esquisitinhos.

Com os dedos instáveis e escorregadios de suor, Eve empurrou e apertou um pouco mais.

— Estou quase conseguindo desamarrar essa bosta. Espere um instantinho.

— Não vou a lugar algum, mesmo.

Eve fez mais força, conseguiu soltar uma das cordas e se inclinou toda para a frente, soprando com força enquanto seu estômago tentava virar do avesso.

— Estou meio mal do estômago. Não se assuste se eu colocar tudo para fora.

Ariel conseguiu dar um sorriso com os dentes cerrados.

— Se acontecer isso, vomite em cima dele. Canalha!

Dando uma risada de jeito solidário e ligeiramente bêbado, Eve se agachou para amarrar as mãos de Lowell.

— Você é foda, Ariel. Uma tremenda mulher, sabia? Dá para entender por que Erik está apaixonado por você.

— O quê? Erik? Erik me ama?

Eve bateu na testa suada, olhou para cima e depois para o rosto pálido de Ariel.

— Provavelmente isso era algo que eu deveria guardar para mim. Passei do limite. Culpa do tranquilizante — continuou, enquanto amarrava a corda em torno dos pulsos de Lowell um pouco mais apertada do que necessário. — Mas escute uma coisa... Se você não está a fim dele ou não gosta dele desse jeito, pegue leve, ok? Porque ele está gamado por você.

Eve ficou em pé, ignorando a forma como a cabeça parecia nadar, soltou a segunda corda para amarrar os pés de Lowell e viu lágrimas correndo pelo rosto de Ariel.

— Puxa, sei que você está muito ferida. Também sei que tudo isso foi foda de aturar, mas aguente mais alguns minutos.

— Sou apaixonada por esse estúpido desde quando ele se mudou para o outro lado do corredor. O idiota nunca demonstrou interesse.

— Ah. — Nossa, as pessoas eram realmente estranhas, pensou Eve. Aquela mulher tinha acabado de passar por sufocos e dores indescritíveis, mas estava chorando agora só porque um cara estava a fim dela. — Ele provavelmente vai demonstrar interesse agora. Santo Cristo, desligar a música! — ordenou, enquanto amarrava os pés de Lowell. Só que as vozes continuaram a encher o ar. — Você sabe como desliga essa merda?

— Na verdade, não. Desde que cheguei aqui estou amarrada em cima dessa mesa.

Eve se sentou no chão e riu sem parar com cara de idiota.

— Você já pensou em desistir de preparar bolos para trabalhar na polícia, Ariel? Juro que você tem a fibra e a veia irônica para isso.

— Gosto de fazer bolos. E vou assar para você o bolo mais espetacular que você já viu. Vai ser uma tremenda obra de arte. Oh, Deus, meu Deus, você acha que alguém vai aparecer em breve com algum remédio para a dor?

— Não vai demorar muito. Vou ver se consigo abrir as portas ou quebrar os vidros.

— Mas... não me deixe, por favor.

— Escute... — Eve conseguiu se levantar e foi para junto de Ariel até as duas ficarem face a face. — Não vou a lugar nenhum sem você. Dou-lhe minha palavra.

— Qual o seu nome? Desculpe, mas você já me disse o seu nome?

— É Dallas. Eve Dallas.

— Se eu der uma chance a Erik e nos casarmos, vou batizar minha primeira filha em sua homenagem.

— Isso anda acontecendo muito, ultimamente.

— Nos tire desse inferno, Dallas.

Eve foi até a porta. Puxou, empurrou, forçou, chutou, bateu. E xingou. Virando-se para trás, voltou até onde Ariel estava e cobriu o rosto dela com o casaco.

— Isso é só por um minuto, para o caso do vidro estilhaçar e voar em todas as direções. — Pegando a arma novamente, mirou e atirou contra a porta.

O vidro aguentou firme, mas ela o viu tremer. Deu uma nova rajada, apontando para o mesmo local, e depois uma terceira vez. Na quarta, o vidro formou uma teia de aranha de rachaduras.

— Já estamos quase lá, Ariel. — Eve guardou a arma, pegou um banquinho e o bateu contra a porta de vidro danificada. Continuou batendo até o vidro ceder, abrindo uma passagem larga e enchendo o piso com milhares de cacos cintilantes.

Empurrando o banquinho para longe, Eve voltou a descobrir o rosto de Ariel. Ela estava mais pálida agora, Eve notou, e tremia sem parar. Elas precisavam sair dali, tinham que ir embora.

— Encontrei uma saída. Vou cortar estas cordas agora.

— Tente não deixar a faca escapar. Já estou farta de ser retalhada.

Eve pegou uma das ferramentas afiadas de Lowell e tirou o casaco de cima de Ariel com a outra mão. Ela estava toda marcada com cortes, perfurações e queimaduras. Eve passou a lâmina na corda e olhou fixamente para Ariel.

— Ele vai pagar por tudo que fez. Vai pagar por cada minuto que você passou aqui. Eu juro.

Ela teve que passar a lâmina com mais força sobre a corda para cortá-la. Pequenas pulseiras de fios ficaram penduradas em torno dos pulsos em carne viva de Ariel. Eve teve que fazer um grande esforço para desviar a mente e levá-la para longe dos ferimentos que via diante de si.

Quando libertou os pés de Ariel, ouviu Lowell dar um suave gemido.

— Ele está acordando, ele está acordando! — Com a voz mais aguda de pânico e de dor, Ariel lutou para se sentar na mesa. — Ele não vai conseguir se soltar, vai?

— Não. Mal consegue se aguentar acordado. E, se tentar alguma coisa, temos isso aqui. — Eve sacou a arma novamente.

— Por que você não o atordoa novamente enquanto eu assisto?

— Aprecio o seu sentimento, mas acho que está na hora de tirá-lo daqui. Olhe, vamos vestir este casaco em você. — Quando Eve deslizou os braços dela para dentro das mangas, Ariel silvou forte.

— Desculpe — disse Eve.

— Que nada, está tudo bem. — Ela manteve os olhos colados em Lowell. — Estou bem. Você pode me ajudar a descer para que eu possa chutá-lo? Na cara? Era isso que eu me imaginava fazendo. Quero chutar a cara dele.

— Mais uma vez, aprecio o sentimento. Mas vou lhe dizer o que vamos fazer. Quero que você envolva os braços em torno do meu pescoço. Há cacos de vidro em toda parte e eu não trouxe um par de sapatos extra comigo. Só preciso que você se agarre em mim para poder levá-la para fora daqui. Agarre-me com força, Ariel. Vou tirar você daqui.

— Vou sair daqui montada em você? Tipo... de cavalinho? — Ariel conseguiu perguntar entre respirações ofegantes quando Eve voltou à mesa.

— Sim, essa é a ideia. Você ganha um passeio grátis, e eu torço para você não ter comido muito dos produtos que prepara.

Ariel deu uma risada aguada e desabou sobre o pescoço e as costas de Eve.

— Pronta? Aqui vamos nós. — Com as próprias pernas bambas por causa das drogas, Eve se inclinou para distribuir melhor o peso e se concentrou na porta. Eram poucos metros até lá, calculou. Colocou um pé na frente do outro com muito cuidado. Mais dois passos, talvez três, e ela conseguiria ultrapassar a área cheia de cacos.

Não havia equipamentos de comunicação lá fora, lembrou a si mesma quando o suor deslizou sobre sua pele e Ariel engoliu um choramingo. Ela precisava chamar o reforço e os paramédicos.

Foi então que ouviu algo sendo derrubado e percebeu o som de passos apressados. Apertou a arma na mão com mais força, e expirou de alívio quando ouviu Roarke gritar seu nome.

— Aqui atrás! Chame os paramédicos! A cavalaria chegou, Ariel.

— Não. — A cabeça de Ariel caiu sobre o ombro de Eve. — Minha cavalaria salvadora foi você.

Roarke voou através do labirinto do porão, seguindo o eco da voz de Eve. O som da voz dela tinha atravessado o barulho da música alta e soou em seus ouvidos como um sopro de vida.

Foi então que a viu... Pálida, o rosto brilhando de suor, a arma em punho, carregando nas costas uma mulher que chorava baixinho.

Ele baixou a própria arma e esperou o tremor que sentia na barriga acalmar.

— Nós viemos salvar vocês.

Ela tentou dar um sorriso para ele.

— Já não era sem tempo!

Ele voou para junto dela no mesmo instante. Apesar da enxurrada de policiais que desciam as escadas em grande número, agarrou o rosto exausto de Eve entre as mãos e a beijou.

— Venha comigo. — Ele se mexeu para levantar Ariel das costas de Eve. — Deixe-me ajudá-la.

— Ele é todo seu? — perguntou Ariel.

— Sim. Ele é todo meu.

Ariel olhou para o rosto de Roarke.

— Uau! — Ariel soltou o ar com força e depois simplesmente fechou os olhos.

— Vamos procurar os paramédicos. — Eve se inclinou para a frente e apoiou as mãos nos joelhos. — Peabody, você está aqui?

— Presente e pronta, tenente.

— Quero este lugar cercado. E também uma equipe de peritos aqui, analisando cada centímetro do lugar com uma lupa e documentando tudo.

— Dallas, você está meio verde.

— Ele me aplicou um tranquilizante. O sacana conseguiu me apagar por meio segundo. Somando as duas pílulas de energia, meu organismo virou uma salada química. — Ela ficou onde estava, tentando prender o riso. — Droga! Todos os aparelhos eletrônicos devem ser confiscados. Há um androide lá em cima em algum lugar, desativado. E, pelo amor de Deus, alguém desligue essa bosta de música antes que a minha cabeça exploda.

Ela se levantou, cambaleou e poderia ter caído se Feeney não a tivesse agarrado pelo braço.

— Minha cabeça está zonza. Estou bem, só um pouco enjoada. Lowell está lá dentro, imobilizado. Você precisa rebocar o rabo dele até a Central. O mérito da captura é seu.

— Não, não é. — Feeney apertou o braço dela com força. — Mas eu posso rebocar o rabo dele para você, é claro. McNab, ajude a tenente a subir até o andar de cima. Depois, traga seu traseiro de volta aqui para baixo para podermos começar a trabalhar nos sistemas eletrônicos.

— Não preciso de ajuda — Eve protestou.

— Você vai cair de cara no chão a qualquer momento — murmurou Feeney em seu ouvido. — Isso vai arruinar sua saída triunfal.

— Sim, tá legal.

— Basta colocar o peso do corpo sobre mim, tenente. — McNab passou um braço em volta da cintura dela.

— Se você apalpar minha bunda, saiba que ainda consigo derrubá-lo com um soco.

— Seja qual for a sua condição, Dallas, você sempre me assusta.

— Ah! — Comovida ao ouvir isso, ela passou o braço em torno dos ombros dele. — Que coisa doce de se dizer!

Aguentando o peso dela, McNab a levou por um labirinto de aposentos e subiu a escada.

— Não estávamos conseguindo entrar — contou ele. — Perdemos mais de dez minutos atrás de você em meio ao tráfego insano e depois não conseguimos invadir essa maldita casa. Seu carro não estava lá, mas nós sabíamos que você tinha entrado. Não consegui desativar o sistema de segurança, foi Roarke quem fez isso. Tínhamos aríetes e maçaricos a laser, mas quem conseguiu entrar foi ele.

— Nada o impede de entrar.

— Levou tempo, até mesmo para ele. Esse lugar é como o maldito Pentágono ou algo assim. Depois, ainda tivemos que passar por mais um bloqueio a caminho do porão.

— Quanto tempo fiquei lá dentro?

— Vinte minutos, meia hora no máximo.

— Não foi tanto tempo assim.

— Pode deixar que a carrego a partir daqui — ofereceu Roarke.

— Não! Nada de me pegar no colo! — reclamou Eve, mas ele já a colocara nos braços.

— Preciso fazer isso, nem que seja por um minuto. — Ele simplesmente enterrou o rosto contra a lateral do pescoço dela enquanto os policiais e os técnicos os cercavam. — Não estava conseguindo chegar até você.

— Pois é, mas conseguiu. Além do mais, eu avisei que sabia cuidar bem de mim.

— E sabia mesmo, sempre soube. Você está machucada?

— Não. Sinto como se tivesse entornado pela goela uma garrafa de vinho inteirinha, vinho de má qualidade. Mas está passando aos poucos. Nossa, seu cabelo tem um cheiro bom. — Ela o cheirou com força, mas logo se conteve e fez uma careta de seriedade. — Malditos tranquilizantes. Você precisa me colocar no chão. Isso está minando minha reputação e minha autoridade.

Ele a colocou em pé devagar, mantendo o braço em volta da sua cintura, como apoio.

— Você precisa se deitar um pouco.

— Nem pensar! Se me deitar, tudo vai começar a girar novamente. Basta andar um pouco para dissipar o efeito.

— Tenente? — Newkirk se aproximou trazendo o seu casaco. — A srta. Greenfeld me pediu para devolver o seu casaco.

— Obrigada. Onde ela está?

— Os paramédicos estão trabalhando nela, acho que estão no saguão da casa.

— Tudo bem. Policial Newkirk? Você fez um bom trabalho.

— Obrigado, tenente. Estou feliz por ter feito tudo certo.

— Quero dar uma olhada nela antes que a levem para o hospital — avisou Eve, olhando para Roarke, e deixou que ele a ajudasse a chegar ao saguão.

Ariel estava sobre uma maca, debaixo de um cobertor, e dois paramédicos se preparavam para removê-la.

— Por favor, me deem só um minuto. E aí? — perguntou à Ariel. — Como vão as coisas?

— Eles me deram alguns medicamentos realmente *mag*. Eu me sinto *muuuito* bem. Você salvou minha vida. — Ariel estendeu o braço para apertar a mão de Eve com carinho.

— Eu tive uma parte nisso. Tão importante quanto o papel dos policiais que vieram em peso para este lugar e este civil aqui. Mas sabe de uma coisa, Ariel? Basicamente, foi *você* quem se salvou. Vamos precisar conversar mais quando você estiver se sentindo um pouco melhor.

— Para que ele possa pagar pelo que fez.

— Isso mesmo.

— Converso a qualquer hora, em qualquer lugar.

— OK. Só mais um segundo — disse Eve aos paramédicos, e estendeu a mão para Roarke. — Deixe-me usar o seu *tele-link* de bolso. — Ela pegou o aparelho e digitou um número. — E aí, Erik? Ei... Ei! — repetiu, quando ele começou a vomitar perguntas. — Acalme-se! Estou com uma pessoa ao meu lado que quer falar com você. — Ela colocou o *tele-link* na mão de Ariel. — Diga olá para o Erik, Ariel.

— Erik? Erik? — Ela começou a chorar e rir, e sorriu para Eve com os olhos enevoados pelas drogas analgésicas. — Ele está chorando. Não chore, Erik. Estou bem agora. Está tudo bem.

— Vão em frente — disse Eve, liberando os paramédicos — e avisem ao cara que está no *tele-link* para onde vocês a estão levando. Ele vai querer estar lá.

— Bom trabalho, tenente — murmurou Roarke quando eles carregaram Ariel para a ambulância.

— Sim. Depois você arruma outro *tele-link* por aí. — Preciso ir até a Central para encerrar isso.

— *Nós dois* temos que ir encerrar isso — corrigiu Roarke.

E ve se sentiu mais estável quando chegou à Central e se obrigou a comer alguns dos ovos falsos da lanchonete na esperança de tranquilizar o organismo. Seguiu com eles até a sala de guerra. De vez em quando comia uma garfada e bebia toda a água que conseguia aguentar.

Queria tomar uma ducha e uma cama. Mais que tudo isso, porém, estava louca por algum tempo sozinha com Lowell na carceragem.

Colocou a comida de lado, levantou-se e caminhou até o quadro dos crimes para ler os nomes listados ali.

— Isso foi por todas elas — disse, com a voz calma. — Tudo que fizemos e o que ainda faremos a partir de agora é para todas elas. Isso é o que deve ficar bem claro na mente de todo mundo. Na carceragem, nos tribunais, nos meios de comunicação. É importante que seja assim.

— Ninguém que trabalhou nesta sala nos últimos dias vai esquecê-las — garantiu Roarke.

Ela assentiu com a cabeça.

— Isso vai levar algum tempo. Sei que você não vai embora até eu acabar, então nem vou me dar ao trabalho de sugerir isso. Você pode ficar na sala de observação. Se achar mais confortável, pode assistir a tudo a partir de um dos monitores.

—Gosto da sala de observação.

— Ok, então. Vou pedir para que o tragam aqui para cima, é melhor ir lá para pegar um bom lugar. Preciso falar com Peabody.

Ela foi em direção à sala de ocorrências. O ambiente estava agitado, mas, quando ela entrou, aplausos entusiasmados irromperam. Eve levantou uma mão.

— Economizem as palmas — ordenou. — A coisa ainda não acabou. Peabody!

Peabody se levantou da mesa de trabalho, virou e fez uma reverência curta antes de sair atrás de Eve.

— Estamos todos orgulhosos.

— Sim, eu sei. Peabody, preciso lhe pedir um favorzão.

— Claro, pode pedir.

— Você ganhou o presente de interrogar esse canalha, pois foi a segunda força da investigação. É um direito seu. Mas preciso lhe pedir para ficar de lado e deixar Feeney assumir essa função.

— Pelo menos posso ficar na sala de observação e fazer um gesto obsceno para Lowell depois?

— Claro que sim. Fico lhe devendo uma.

— Não. Não dessa vez. Ninguém ficou devendo nada a ninguém nessa investigação.

— OK. Traga-o para nós então, sim? Sala de Interrogatório A.

— Será um prazer imenso. Dallas? Preciso fazer uma dancinha curta. — E foi o que fez, misturando sapateado com balé, enquanto se afastava.

Eve entrou em sua sala e chamou Feeney.

— Sala de Interrogatório A, ele está chegando.

— Deixem-no com o cu ardendo!

— Então traga o seu traseiro para a festa e vamos fritar a bunda dele juntos.

— Mas Peabody...

— Vai ficar na Sala de Observação, junto com metade dos policiais desse lugar. Vamos, Feeney, esse prêmio é nosso. Vamos receber a medalha.

— Estou a caminho.

Quando tudo ficou pronto, ela entrou na Sala de Interrogatório A junto com Feeney. Lowell estava sentado calmamente, sozinho, parecendo um homem comum que já passara muito da meia-idade e exibia no rosto um sorrisinho simpático e meio estranho.

— Tenente Dallas, isso é muito inesperado.

— Vamos começar a gravação — ordenou ela. — Na sala estão a tenente Eve Dallas e o capitão Ryan Feeney, dando início ao interrogatório com o suspeito Robert Lowell. — Ela recitou os números do caso, citou as vítimas e leu as Declarações de Direitos e Deveres do prisioneiro. — Robert Lowell você compreende seus direitos e obrigações com relação a este assunto?

— Perfeitamente. Você foi muito clara.

— Você declara conhecimento de que está sendo acusado de sequestro, ataque, cárcere privado e assassinato de seis mulheres; e também do sequestro e da manutenção em cárcere privado de Ariel Greenfeld; e, mais tarde, será interrogado sobre os sequestros, assaltos, cativeiro ilegal e assassinatos de outras mulheres?

— Sim, entendo. — Ele continuou a sorrir com descontração e cruzou as mãos gordas. — Não devíamos economizar nosso tempo por meio da minha admissão de culpa em todas as acusações? Ou através de confissão? Ou isso seria anticlimático demais?

— Você está muito alegrinho — comentou Feeney —, para um homem que vai passar o resto de sua vida de assassino miserável encarcerado numa jaula de cimento.

— Bem, na verdade, não vou passar. Terminarei tranquilamente o meu tempo de vida nas próximas 24 horas, direito que solicitei legalmente e me foi concedido através de um contrato de autocondenação ou eutanásia. Esse contrato deverá ser seguido — explicou ele, com o mesmo ar alegre —, já que meus médicos confirmaram devidamente a minha condição de paciente terminal e testemunharam o meu requerimento. Meus advogados, por sua vez, asseguram que essa autorização irá substituir todos os encargos e acusações, até mesmo as questões criminais. Nem o Estado nem a Polícia Global podem cancelar a aquisição do direito de morrer dado a um homem. Além do mais, isso economizará muitas despesas. Portanto... — Ele deu de ombros.

— Você acha que vai escapar do castigo e cair fora numa boa, simplesmente engolindo umas pílulas? — quis saber Feeney.

— Na verdade, acho sim. Não vai ser do jeito que eu esperava, acredite. Não terminei meu trabalho, pelo menos não completamente. Você era para ser a minha última parceira — explicou, olhando para Eve. — O ponto culminante de tudo. Quando você estivesse eliminada, eu aceitaria a minha morte com todos os meus projetos plenamente realizados. Mesmo assim, creio que alcancei muita coisa.

— Bem... — Eve se recostou na cadeira e assentiu com a cabeça. — Você certamente cobriu todas as possibilidades. Devo reconhecer, Bob, que você pensou em tudo. Admiro isso. Não é tão satisfatório assim interromper a carreira de um assassino desleixado.

— Ordem é um dos meus lemas.

— Sim, notei. Agradeço por economizar nosso tempo ao se mostrar tão disposto a confessar tudo, mas, depois de todo o trabalho que você nos deu, gostaria muito de esclarecer alguns detalhes. Poderíamos chamar isso de nosso "ponto culminante". Então vamos lá... A conversa vai levar algum tempo — avisou ela, com um sorriso fácil. — Você não quer algo para beber? Ainda estou um pouco fora do ar devido ao sedativo que você aplicou em mim e vou buscar um pouco de cafeína pura. Você quer?

— É muita gentileza da sua parte. Eu aceitaria um refrigerante.

— Pois vai ter. Feeney, por que você não dá uma volta por aí enquanto eu vou até a máquina automática? Pausar a gravação!

— Mas que diabo é isso? — quis saber Feeney quando eles saíram da sala de interrogatório.

Tudo nela endureceu: rosto, olhos, voz.

— Tenho um jeito de contornar isso. Mas não quero que você me pergunte qual é esse jeito. Nunca! Quando voltarmos, vamos jogar numa boa, em equipe. Vamos arrancar todos os detalhes dele e amarrar as pontas soltas. Agora, você poderia me emprestar seu *tele-link*? Ainda não peguei o meu de volta. E espere aqui por mim.

Ela pegou o *tele-link* de Feeney e foi caminhando lentamente até a máquina automática. No caminho, ligou para Peabody no modo de privacidade.

— Peça a Roarke, discretamente, para vir aqui fora um minuto. Não fale mais nada sobre isso comigo. E nós nunca conversamos durante o interrogatório. — Ela desligou e olhou para a máquina.

Alguns segundos mais tarde, Roarke veio caminhando até ela.

— Que foi, tenente?

— Pegue uma Pepsi para mim, um refrigerante qualquer e outro de limão. Preciso de você para fazer uma coisa sumir do mapa — disse ela em voz baixa. — Você consegue fazer com que a autorização de autocondenação dele desapareça? Sem deixar vestígio em nenhum lugar do mundo?

— Consigo — disse ele com ar casual ao pedir as bebidas.

— Isso que estou lhe pedindo ultrapassa todos os limites. Mas dei a Ariel a minha palavra de que ele pagaria pelo que fez. E, na sala de guerra, antes de sair, também empenhei minha palavra com todos a respeito disso. É por isso que resolvi cruzar essa linha.

Ele pegou as latas e as entregou a ela. Seus olhos, quando encontraram os de Eve, expressaram tanto quantos muitos livros.

— Preciso providenciar isso — disse ele com voz clara e firme. — Gostaria de poder ficar e esperar por você, mas estou esperando algumas chamadas e transmissões importantes e você deu meu *tele--link* para Ariel. Vou tentar voltar depois de ter cuidado de tudo. Caso contrário, eu a vejo em casa.

— Sim. Ok. Obrigada.

Eles se separaram quando ela voltou para Feeney.

— Trouxe um refri de limão para você.

— Pelo amor de Deus...

— Qual é? Se você quisesse outra coisa, deveria ter avisado. O plano dele vai para o espaço — sussurrou ela. — Não me pergunte sobre isso, basta aceitar minha palavra. Ele não vai ter as coisas do jeito que quer. Vamos deixá-lo pensar que sim até termos tudo que precisamos para condená-lo.

Feeney a olhou nos olhos por um longo momento, depois assentiu.

— Ok. Vamos derrubá-lo, então.

O interrogatório levou horas, mas Lowell não solicitou sequer uma pausa em momento algum. Eve percebeu que ele se deleitava com tudo aquilo. Depois de tanto tempo e muito esforço, finalmente era capaz de compartilhar sua obsessão.

Ele forneceu detalhes meticulosos em cada assassinato.

Eve e Feeney trabalharam em conjunto, em um ritmo ágil e fácil.

— Você tem boa memória — elogiou Feeney.

— Sim, tenho. Você vai encontrar cada projeto muito bem-documentado. Manter os registros e, pode-se dizer, *melhorá-los* era uma das minhas tarefas no tempo da guerra. Tenho certeza de que vocês já coletaram todos os registros no meu laboratório e no escritório. Eu tinha esperança, antes de descobrir que estava morrendo, de que iria conseguir organizar meu trabalho para ser publicado. Isso terá que ser entregue ao mundo como obra póstuma, mas acredito que o desfecho será apropriado.

— Então, vamos ao seu trabalho — propôs Eve. — O que deu início ao processo? Nós já sabemos que essas mulheres...

— Parceiras. Eu as considero parceiras.

— Aposto que elas não se viam desse jeito, mas tudo bem. Cada uma das suas parceiras representa, para você, a sua madrasta.

— Todas se *transformaram* nela, o que é completamente diferente. Ela foi a primeira de todas, entende? A Eva. — Ele sorriu com ar de regozijo. — Agora dá para entender por que eu sabia que você seria a última, certo?

— Sim. Sua sorte funcionou mal dessa vez.

— Sempre soube da possibilidade de falhar, mas, se eu conseguisse, teria alcançado a perfeição. Como ela alcançara. Era magnífica. Você pode encontrar muitas gravações das suas apresentações. Ela abriu mão de uma grande carreira por mim.

— Por você?

— Sim. Nós éramos, digamos... o termo exato seria "almas gêmeas". Embora nunca tenha conseguido tocar como ela, que era uma pianista maravilhosa, nem tivesse uma bela voz para oferecer, foi através dela que adquiri o meu grande amor e admiração pela música. Foi por causa dela que eu fui salvo.

— Como assim?

— Meu pai me considerava imperfeito. Algumas dificuldades na hora do parto provocaram... bem, o que poderíamos chamar de defeito. Tive alguns problemas com o controle de meus impulsos e sofria de muitas mudanças em meu estado de espírito. Ele me internou numa instituição por um tempo quando eu ainda era muito jovem, apesar das objeções do meu avô. Foi então que Edwina entrou na minha vida. Ela foi paciente, amorosa, e usou a música para ajudar a me manter calmo e distraído. Ela foi minha mãe, minha parceira e meu grande amor.

— Ela foi morta durante as Guerras Urbanas — disse Eve, incentivando-o a contar mais.

— Seu fim realmente aconteceu durante as Guerras Urbanas. O ciclo humano tem a ver com o tempo, entende? E também com a vontade e a aceitação individual.

— Mas foi você quem a entregou — afirmou Eve. — Você a ouviu conversando com aquele homem, o soldado por quem ela estava apaixonada. Ouvi dizer que ela estava planejando abandonar você. É claro que você não poderia deixá-la ir, certo?

Um lampejo de irritação cintilou em seu rosto.

— Como você sabe a respeito disso?

— Você é um cara inteligente, Bob. Nós também somos inteligentes. O que você fez quando descobriu que ela pretendia abandoná-lo?

— Ela não podia me deixar, não tinha esse direito. Pertencíamos um ao outro. Aquilo foi uma traição terrível, imperdoável. Não havia escolha sobre o que teria que ser feito.

— O que teria que ser feito? — quis saber Feeney.

— Procurar meu pai e meu avô e lhes contar que ela tinha nos traído. Contei que tinha entreouvido seus planos de traição com um dos homens. Avisei a eles que ela era uma traidora.

— Você os fez pensar que ela era uma espiã. Uma traidora da causa.

Ele estendeu as mãos, cheio de razão.

— Dava tudo no mesmo. Foi uma grande tragédia para todos nós. Ela foi levada, juntamente com o soldado, até o laboratório do meu avô.

— Foi levada para a mesma casa para onde você levou as mulheres, aqui em Nova York. Era lá, no andar de baixo, que o seu avô torturava os prisioneiros durante as Guerras Urbanas.

— Aprendi muito com meu avô. Vi como ele trabalhou com Edwina, ele mesmo insistiu que assistisse a tudo. Entendi muito da vida enquanto o observava. Isso me fez forte e consciente. O processo levou vários dias. Mais tempo que levou para o soldado.

Ele umedeceu os lábios e tomou um gole minúsculo da bebida.

— Os homens são mais fracos, meu avô me ensinou isso. Com muita frequência, são mais fracos que as mulheres. No final, ela pediu para morrer. Olhei em seus olhos e vi todas as respostas, todo o amor e toda a beleza que surge quando o corpo e a mente são despidos até o núcleo. Eu mesmo parei o cronômetro para ela, foi o meu presente final. Ela foi a minha primeira, e todas as que vieram depois foram apenas pálidos reflexos dela.

— Por que esperou tanto tempo para procurar por esses reflexos?

— Os medicamentos. Meu pai era muito insistente sobre a minha medicação e me monitorava de perto. O entendimento e a clareza de espírito, necessários para esse trabalho, se entorpecem com a medicação.

— Mas Corrine Dagby, aqui em Nova York, nove anos atrás, não foi a sua primeira. — Eve balançou a cabeça para os lados.

— Não foi *mesmo*. Você teve que praticar, teve que se aperfeiçoar. Quantas foram antes de Corrine?

— Aprendi com meu avô, continuei a minha educação, e trabalhei no negócio da família. Pratiquei nos mortos sob a tutela do meu avô. E viajei muito. Comecei a prática séria há quase vinte anos, depois da morte de meu pai. Tinha muito para aprender e experimentar, no início. Levei mais uma década até me sentir pronto para começar os projetos. Documentei todas as outras, as falhas, os quase sucessos. Você vai encontrar tudo isso nos meus registros.

— Que conveniente! — Eve olhou para a porta quando ouviu alguém bater. Peabody colocou a cabeça na porta entreaberta.

— Desculpe-me, Tenente. Posso vê-la por um minuto?

— Claro. Continue sozinho — disse a Feeney, quando saiu.

— Roarke acabou de me ligar. Pediu para lhe dizer que ele conseguiu resolver o problema que tinha aparecido e agora que está tudo limpo vai voltar para cá. Também disse que espera chegar a tempo de vê-la terminar o interrogatório.

— Ok. Preciso de você e de McNab para verificar o contrato de autocondenação desse canalha. Não adianta nada aceitar sua palavra de que ele vai se matar legalmente. Verifique todos os dados pessoais obtidos na cena dos crimes e acordem os advogados dele em Londres. Seus médicos também, se você encontrarem os números deles. Quero confirmação de que ele não está nos enrolando.

— Mas por que ele...

— Confirme o que eu pedi, Peabody.

— Sim, senhora.

Eve voltou para a sala e se sentou na cadeira enquanto Feeney arrancava mais detalhes de Lowell.

— Eu queria perguntar uma coisa — disse Eve, entrando novamente na conversa. — Quanto Edwina Spring aguentou? Qual foi o seu tempo?

— Meu avô empregou métodos diferentes, com períodos de descanso mais longos do que eu julguei necessário. Independentemente disso, ela era muito forte e tinha um elevado instinto de sobrevivência. Durou 96 horas, 41 minutos e 8 segundos. Ninguém jamais alcançou essa marca. Acredito que você poderia tê-la superado, e era por isso que eu queria acabar com você o que comecei com ela.

— Eu me pergunto quanto tempo *você* iria aguentar — comentou Eve, levantando-se quando Peabody apareceu na porta novamente.

Eve saiu e fechou a porta antes de falar com ela.

— E então?

— Não consegui achar nada. Não existe nenhuma documentação que confirme o que ele diz. Nada em seus registros, nada nos bancos de dados oficiais, e olha que McNab vasculhou tudo duas vezes. Entrei em contato com o advogado em Londres, o presidente da firma, que não se mostrou satisfeito por ser perturbado em casa.

— Ah, que pena...

— Pois é. Ele executou a velha dança da privacidade. Eu lhe expliquei que o seu cliente foi preso por assassinatos múltiplos e tirou da cartola uma autorização para suicídio assistido, a fim de evitar o próprio julgamento e posterior encarceramento. Coloquei o comandante para falar com ele. O tal advogado poderoso confirmou que Lowell tinha essa autorização, mas não conseguiu apresentá-la também. Ficou meio perturbado com isso. Exigiu que nós suspendêssemos o interrogatório e coisas desse tipo, mas acontece que não tem autoridade alguma aqui nos Estados Unidos.

— Isso é tudo de que preciso.

— Mas...

— Vamos acabar de embrulhar tudo agora, Peabody. Bom trabalho.

Eve caminhou de volta para a sala e fechou a porta na cara de Peabody.

— Só para resumir... — Eve começou. — Você confessou tudo, depois de ser informado e ter demonstrado compreensão total dos seus direitos e obrigações, e também renunciou a qualquer conselho ou representação profissional para defendê-lo dos crimes até agora documentados. Isso está correto?

— "Crimes" é uma palavra sua. Mas sim, está correto.

— Quanto tempo de vida seus exames médicos estimam que você ainda tenha?

— Não mais que dois anos, sendo que os últimos meses serão extremamente dolorosos, desagradáveis e humilhantes, mesmo com o uso de medicamentos. Preferi um final tranquilo e controlado para o tempo que me resta.

— Aposto que preferiu. Só que... Sabe de uma coisa? Você não vai conseguir nada disso. Não existe registro algum de certificações ou autorizações para suicídio assistido, Bob.

— Ora, mas certamente que existe!

— Não há nada, e seus advogados britânicos poderosos também não conseguiram nos apresentar nada desse teor. — Ela colocou as mãos sobre a mesa e se inclinou até o nariz quase encostando no rosto dele. — E, já que não existe registro algum, não temos obrigação alguma de aceitar apenas a sua palavra e lhe proporcionar essa saída fácil. Uns dois anos de sobrevida não é tanto quanto eu gostaria, nem de longe, mas você vai passá-los numa caixa de cimento. Parte desse tempo será gasta em meio a dores, sofrimento e desespero.

— Não. — Ele balançou a cabeça lentamente. — Eu tenho todos esses certificados.

— Você não tem *nada*. Não está mais livre para solicitar uma autorização de suicídio assistido, porque foi acusado e voluntariamente confessou homicídios múltiplos. Sua saída planejada não acontecerá.

— Você está mentindo. — Seus lábios tremeram. — Você está tentando me perturbar e me enganar.

— Vá em frente e pense isso. E continue pensando ao longo dos próximos dois anos. Você vai viver, e cada segundo a mais que conseguir de vida será gasto em muito sofrimento.

— Eu quero... Exijo a presença dos meus advogados.

— Perfeitamente. Você pode trazer um exército de malditos advogados. Eles não conseguirão ajudá-lo. — Seus olhos eram ferozes agora. Não mais os olhos impassíveis e objetivos de uma policial, mas sim os cruéis e flamejantes da justiça. — Você vai conhecer a dor. Vai sufocar e exalar seu último suspiro em meio a muito sofrimento.

— Não. Não. Esse é o meu momento, já está tudo acertado. Preciso da minha música e das minhas pílulas.

— Bob, o de que você precisa é experimentar uma morte longa, lenta e agonizante. — Ela se endireitou. — Por que você não o leva lá para baixo, Feeney? Ele pode se lamuriar um pouco com os advogados antes de descobrir como é morar em uma gaiola.

— Esperei nove anos para fazer isso. — Feeney agarrou Lowell e o obrigou a se colocar em pé. — Estou apostando na ciência médica — afirmou, enquanto arrastava Lowell para a porta. — Em dois anos pode ser que eles descubram uma cura para a sua doença. Isso seria um resultado doce. — Ele olhou por cima do ombro e lançou um sorriso aberto para Eve. — Isso seria deliciosamente doce.

Epílogo

Quando Eve terminou o interrogatório, os policiais se acotovelaram para sair da sala de observação e da sala de conferências, onde vários monitores tinham transmitido tudo. Ela viu Roarke com eles e notou que Baxter forçava a passagem à custa de cotoveladas para ficar diante dela. Deixou Eve sem palavras em seguida, quando a agarrou, ergueu do chão e lhe deu um beijo estalado na boca.

— Jesus Cristo, seu cérebro diminuto enlouqueceu por completo?

— Alguém tinha que fazer isso, e é ele quem sempre consegue — apontou o polegar para Roarke. — Já estou meio zonzo; por isso não me dê nenhum soco na cara — pediu a Roarke. — Você também não — disse a Eve, recolocando-a no chão. — Podem me chamar de mané, mas me emociono muito com finais felizes.

— Vou é mandá-lo para o hospital se você tentar algo assim novamente. Todos vocês que não estão no turno regular podem ir para casa. Dispensados! Deem o fora agora mesmo e... ah... Olá, comandante!

— Excelente trabalho, todos vocês. Sugiro que sigam as ordens da tenente. Vão para casa e durmam um pouco. O departamento está imensamente orgulhoso de cada um de vocês. Tenente!

— Sim, senhor. Vou apresentar o relatório e toda a papelada será devidamente arquivada em uma hora.

— Não, você vai dar o fora também. Vai voltar para casa. Pode deixar que cuido da papelada.

— Senhor...

— Isto é uma ordem. — Ele pegou a mão dela e a apertou com força. — E pode deixar que vou lhe dar um presente extra e lidar com os repórteres também.

— Sim, senhor.

Ela não se opôs quando Roarke passou um braço em volta dos ombros.

— Que tal se eu a levar para casa agora, tenente?

— Sim, você bem que poderia fazer isso. Peabody, não quero ver você aqui antes das dez, amanhã de manhã

— Ah, nem sei como lhe agradecer por isso, Dallas...

— Nem sequer pense em me abraçar! Não há fim para a humilhação que meus homens me obrigam a passar?

— Oun... — Peabody fez um biquinho, mas já estava sorrindo quando Eve saiu.

Ela desabou como uma pedra no minuto em que entrou no carro. Roarke dirigiu com uma mão no volante e a outra sobre a dela. No meio do caminho para casa colocou o carro no piloto automático e deixou sua própria mente vagar, pois também estava esgotado.

As luzes da casa pareciam estrelas brilhando. Ele tirou a mão de cima da dela para pressionar os próprios olhos com os dedos, mas logo saltou do veículo, deu a volta e abriu a porta para Eve. Quando estendeu a mão para ampará-la, ela deu um tapa no seu braço.

— Nada disso, consigo andar.

— Graças a Deus, porque acho que, se eu tentasse pegá-la no colo nesse momento, nós dois cairíamos de bunda no cimento. Aqui. — Ele agarrou a mão dela e lhe deu um puxão. E os dois ficaram mais um momento ali no frio, zonzos de fadiga.

— Temos apenas de entrar, chegar lá em cima e cair na cama — ela decidiu. — Acho que conseguiremos fazer isso.

— Tudo bem, então. Lá vamos nós.

Eles colocaram os braços em torno da cintura um do outro enquanto caminhavam até a porta da frente e entravam em casa.

— Olhem só para vocês dois! — Summerset estava parado como uma nuvem negra, no saguão. — Cambaleando como bêbados! Eu diria que precisam urgentemente de um bom banho e uma refeição decente.

— Vá tomar naquele lugar, seu cara de cu.

— Como sempre, a senhora mantém um invejável controle sobre o seu linguajar.

— Tenho que ficar ao lado da minha esposa dessa vez — explicou Roarke —, senão vou cair no chão. Embora reconheça que "cara de cu" foi um pouco demais. Vamos pegar o elevador, querida. Estou muito cansado para subir a escada.

Summerset agitou o dedo para Galahad, que se levantou para segui-los.

— Acho que não — disse ele, baixinho, para o gato. — Vamos deixá-los a sós, certo? E, agora que as crianças estão em casa sãs e salvas, vamos fazer um pequeno lanche antes de dormir.

— Cama! — exclamou Eve, quando eles saíram do elevador aos tropeços. — Acho que consigo até sentir o cheirinho da cama, mas de um jeito bom. — Começou a largar as coisas pelo caminho: o casaco, a jaqueta e a arma, quase engatinhando para cima das cobertas, enquanto Roarke fazia exatamente a mesma coisa.

— Tenho algo a dizer.

— É melhor fazer isso rápido — advertiu ela —, porque acho que já estou dormindo.

— Já trabalhei com você antes, já a observei e compreendi, até certo ponto, o que você faz. Mas nunca realmente na extensão, nem na profundidade da dessa vez. Acompanhei tudo do princípio ao fim e participei de todas as etapas intermediárias. — Ele caiu na cama com ela. — Você é uma mulher incrível, tenente. Minha querida Eve.

— Você também não é dos piores. — Ela se virou para ele e, com as luzes ainda acesas, fitou-o longamente. — Não vou perguntar como você conseguiu o que eu lhe pedi para fazer.

— É um pouco complicado de explicar no momento.

— Nós o pegamos, colocamos um ponto final nos seus horrores e Ariel Greenfeld está em segurança. Mas não haveria justiça verdadeira dessa vez, nem mesmo uma sombra dela, se você não tivesse feito o que fez. — Ela colocou a mão em seu rosto. — Executamos um bom trabalho.

— Concordo plenamente. — Seus lábios se encontraram de leve. — Agora vamos curtir nossas férias de oito horas.

— Repetindo as palavras de Peabody — ela disse, com a voz já enrolada. — Nem sei como lhe agradecer por isso, Roarke.

— Desligar luzes! — ele ordenou.

No escuro, com sua mão acariciando o rosto dele, ambos deslizaram suavemente para um sono profundo.

Impresso no Brasil pelo
Sistema Cameron da Divisão Gráfica da
DISTRIBUIDORA RECORD DE SERVIÇOS DE IMPRENSA S.A.
Rua Argentina, 171 – Rio de Janeiro, RJ – 20921-380 – Tel.: (21)2585-2000